丽泽人文学术书系

浙江省高校重大人文社科攻关项目（2016QN026）最终成果

沈从文小说的民族国家想象研究

吴翔宇　著

2018年·北京

图书在版编目（CIP）数据

沈从文小说的民族国家想象研究/吴翔宇著. — 北京：商务印书馆，2018
（丽泽人文学术书系）
ISBN 978–7–100–15822–0

Ⅰ.①沈… Ⅱ.①吴… Ⅲ.①沈从文（1902—1988）—小说研究 Ⅳ.①I207.42

中国版本图书馆CIP数据核字（2018）第023276号

权利保留，侵权必究。

丽泽人文学术书系
沈从文小说的民族国家想象研究
吴翔宇 著

商 务 印 书 馆 出 版
（北京王府井大街36号 邮政编码100710）
商 务 印 书 馆 发 行
三河市尚艺印装有限公司印刷
ISBN 978–7–100–15822–0

2018年1月第1版 开本 710×1000 1/16
2018年1月第1次印刷 印张 17 1/4

定价：68.00元

目 录

绪 论 1

第一章 国家表述与沈从文现代意识的生成 26
  第一节 错位身份的反观与"中国想象"指符 26
  第二节 "百年立国"与文学经典的追寻 39

第二章 "神—人"权力谱系：乡土中国的形象学体系 53
  第一节 身体隐喻与乡土中国的"反阉寺"强力 53
  第二节 自然精神与乡土中国的"崇神性"伦理 66

第三章 乡土中国之"常"："爱"与"美"的自然乐章 76
  第一节 爱的生命原力与民族"主体性"的重建 76
  第二节 爱与死相邻：与自然契合的人伦生态 89

第四章 乡土中国之"变"：从"神在生命"到"神之解体" 103
  第一节 "他者"的闯入与"自我"的文化隐痛 104

第二节 "镜像"的去魅："生命"转向"生活" 121

第五章 "向未来凝眸"：现代中国的思想重造 135
　　第一节 "新抽象原则"：重建理想健康的人格模态 136
　　第二节 "清洁运动"：现代性自反特质的超越 150

第六章 现代性认识装置下乡土中国的精神表征 164
　　第一节 "静态"时间隐喻与农业文明的挽歌 164
　　第二节 "互文"空间隐喻与城乡文化的共鉴 175

第七章 文学与政治结缘："民族政治"的析离与聚合 191
　　第一节 "人事""梦"的平衡与失衡 191
　　第二节 "政治无信仰"与沈从文的"重造政治" 212

第八章 新人想象：民族新生的话语实践 223
　　第一节 人类"童年期"遐想与社会化忧思 223
　　第二节 "用天真打量沉重"：儿童文学改编的本土立场 245

结　语 254
参考文献 265
后　记 271

绪　论

自沈从文的作品问世后,对沈从文的研究就已经开始了。20世纪20年代,鲁迅将沈从文界定为一位"乡土作家"。[①]此后,郭沫若、茅盾、冯乃超、巴人、苏雪林、刘西渭、贺玉波、凡容、李同愈、林默涵等人从不同领域、角度和层面对沈从文进行过研究。这其中,除了苏雪林和刘西渭对沈从文评价颇高外,其他同时代的批评家对其批判的声音居多,其中羼杂着政治、党派和阶级等之类的因素,缺乏客观公允,对沈从文贬多扬少。对于自己创作的际遇,沈从文似有自知之明,他这样回忆道:"不幸得很是直到二十四年,才有个刘西渭先生,能从《边城》和其他《三三》等短篇中,看出诗的抒情与年青生活心受伤后的痛楚,交织在文字与形式里,如何见出画面并音乐效果。"[②]20世纪90年代以后,沈从文研究向多元化的方向发展,对于沈从文精神资源的探究也呈现出超越简单化的政治阐释局限的态势,取得了较为瞩目的成就。

然而,就沈从文的民族国家想象实践而论,很多研究者意识到这是现代知识分子开启民族国家想象的主体塑造工程,体现了其独特的现代性价值。这与现代中国艰难的现代危机及弃旧纳新的转型背景密切相关。近代以来,中国遭遇了严重的现代性危机。在对中国社会强烈的劣败感受中,一些思想先觉者开始探求走出当时困境的未来之路。关于民族国家的想象实践也随之开启。围绕着"中国"的过去、现在和未来所展开的思考体现了现代知识分

---

① 鲁迅:《中国新文学大系·小说二集导言》,《鲁迅全集》(第6卷),人民文学出版社2005年版,第247页。
② 沈从文:《关于西南漆器及其他》,《沈从文全集》(第27卷),北岳文艺出版社2009年版,第25页。

子清醒的国家意识,为研究20世纪中国文学提供了重要的理论视野和思维背景。民族国家重构了中国人关于自我与世界秩序的想象,构筑了中国新文学最基本的现代性想象空间,是我们考察现代知识分子与现代性问题的重要维度。

应该说,国内外学者对沈从文的研究取得了较为突出的成绩,但也存在着某些不足和缺憾,值得我们进一步反思和探究。笔者认为至少可以从如下两个方面来进一步推敲和完善:

其一,意识到沈从文中国想象的"反现代性"特征,但对于沈从文重建民族人格、改造社会以及向未来凝眸等重要观念缺乏全面而深刻的梳理和确认。沈从文的中国想象有效地整合了"社会生活史"和"民族心灵史"的内涵,关注到了中国现代化进程中社会生活"横截面"的丰沛内容及民族心灵纵向演进的轨迹。这其中既有恢宏的历史政治事件,又有世俗的人生百态。更为重要的是,它将国人的精神气度、生存状态渗透于微观和宏观的视域中予以观照,呈现出国人共有的民族文化心理、民族心灵创伤以及民族精神。这其中,《边城》等乡土抒情小说和《湘行散记》《湘西》等散文呈现出关于"乡土中国"的不同形态。与前者更多地呈示诗意的乡土中国形象不同,后者似乎有意避开这种抽象抒情的笔调,更多地呈现出现实湘西的样貌,即凌宇所说的"沈从文意识到写作这两本书的责任——向湘西以外的人们报告湘西的实情"[1]。因而,一面是充满抽象抒情的诗化乡土;另一面则是真实湘西的再现,两者构成一种相互拆解又融通的关系。当然,沈从文散文所呈示的乡土中国也渗透了"抒情幻想成分"。1934年和1938年,沈从文两次回湘西,而后写出的还乡散文显然有作家对于湘西实地考察后的"现实的震撼",但也浸润了其一贯的抒情氛围。关于这一点,以往的沈从文散文研究中,很多学者虽也提到"抒情",但基本上都是将其作为一种艺术手法和风格上的抒情特色,并未紧扣沈从文乡土散文内核,这显然是有缺憾的。不管陈世骧、高友工、王德威等学者所谓的"抒情传统"是否存在,但有一点可以肯定,"抒情"这一观念的含义应该更丰富,绝不是仅仅限于一个文体、文类,

---

[1] 凌宇:《从边城走向世界》,岳麓书社2006年版,第366页。

它可能包括作者的理想、价值观，甚至"意识形态"，以及作者是如何表达这些"意识"的。由此，沈从文的中国想象也必定在一个充满动态的形象结构中穿梭，呈现出立体而多元的乡土抒情的意绪。

其二，认识到了沈从文文学创作中的中西、古今对接等问题，但对于两者之间是如何冲突与互动等问题有待进一步扩展和思考。沈从文构建中国形象的文学实践是一个系统性的工程，以往的研究多关注沈从文"乡土中国"形象的审美维度，而对于沈从文开启主体形象建构的"背景"（时机）、"契机"（机制）、"焦虑"（问题）等理论层面的综合还较为薄弱。沈从文的中国想象正是基于中西文化碰撞而产生的，有着民族身份焦虑心理的驱动，他从自身文化血液中找寻本土文化的基因，构建了有别于外国人的"他塑"中国形象，其"自塑"的话语实践是确立中国形象建构主体性的重要保障，有效地扭转了"他塑"中存在的误读、曲解的现象，还原了中国形象该有的本土文化立场和实践路径。与此同时，沈从文的中国想象也丰富了中国作家构建国家形象的内涵，尤其是沈从文诗化中国形象的倾向在催生、引导和凝聚国民精神方面起到了对内文化整合的功能。毋庸置疑，国家形象的主体性与国家形象价值的主体性既有共通性又有差异性。确立了国家形象的主体性后，国家形象价值的主体性才能更好地得以确立。沈从文"自塑"中国形象有助于消除"他者化""异质化"的"他塑"实践，避免误入由某种意识形态或中心话语所制导的形象体系之中。

从学理上来看，作家的民族国家想象紧扣"中国"这一核心要素，用文字的表意来呈现代中国纷繁复杂的演进过程。在这一过程中，文学与人，现实、历史与文化等要素连接在一起，形构了饱含中国特质的文学形象，而这一形象既是历史的，也是审美的，"它是想象的，也是现实的，在真实与虚构的张力关系中展现中国的多样化面貌"[①]。不言而喻，文学视域中的中国想象离不开现代"民族国家"意识的缘起、生成与演变，也无法离弃作家对于现代民族国家的认同与体验，由此开启的文学实践自然就与其所置身的中国情境建立起了不可分割的关系。

---

① 徐放鸣：《国家形象研究视域中的"形象诗学"》，《江海学刊》2013年第4期。

人类对风景的认知从一开始就是文明史的一部分，风景问题是一个复杂的历史性的文化和审美的问题。在美国学者米切尔看来，"我们不是把风景看成一个供观看的物体或者供阅读的文本，而是一个过程，社会和主体性身份（subjective identities）通过这个过程形成"①。这样一来，风景就由一个"名词"转变为"动词"。对于"乡土"这一风景而言，以乡下人自居的沈从文不仅要带领读者去"看"和"领略"其熟悉的故土，而且还要通过这种沉思性的观看来照见其主体性的发明。前者视觉性的风景表呈和后者主体性的文化建构构成了沈从文对乡土风景发现的主体内容。当然，想要实现对乡土风景的发现，必须要有作为内在于乡土情境的人才能真正感知，同时又要有跳出乡土自足圈子的"外在人"的凝视。即是说，只有兼具"内在人"（insider）和"外在人"（outsider）的双重要素才能对于乡土风景有理性而客观的发现。缺失了前者就无法真正进入乡土，而缺失了后者则无法跳出乡土。从这种意义上说，沈从文"寓居于都市的乡下人"的身份定位是完全符合发现乡土风景的条件的。

对于沈从文而言，"发现"乡土风景意味着祛除他人对于乡土认知的偏狭。这主要表现在：本地人对乡土的漠视与不关心，外面人对乡土"异托邦"式的误读②。沈从文两次"返乡"经历为其乡土风景的发现提供了条件。在沈从文的意识之中有一个"原乡"，它支撑着作家用温情的笔调来诗意地怀想，为作家提供不可或缺的文化给养和精神资源。而正因为"生活在别处"，寓居于都市的沈从文不得不以"返归"的姿态去冥想在现实中缺失的家园，这样一来，"还乡"书写也就成为沈从文重构理想精神家园的具体表征。在沈从文这里，"还乡"有两层含义：一是记忆深处的乡土情结，通过回忆性的表述来慰藉作家的思乡、恋乡之情。二是身体力行地从城市返归乡村，通过自己的见闻来与自己记忆中的乡村比照。可以说，沈从文建构和发明的这种精神原乡是一个与现实生活相异的文化板块，"理想"和"现实"的碰撞与参照是沈从文还乡书写必不可少的叙事结构。对此，王德威指出隐藏于沈从文内心深处的乡土冲动："沈从文的重游故地，无论是真实的还是

---

① 〔美〕W. J. T. 米切尔：《风景与权力》，万信琼、杨丽译，译林出版社2014年版，第1页。
② 张箭飞：《风景感知和视角——论沈从文的湘西风景》，《天津社会科学》2006年第5期。

文本的，必将暴露其想象的根源。"①在回忆与现实两条线索的交互网络中，我们能发现沈从文或因身份、地位、阅历的变化或因时代变动等因素而造成的还乡心态、还乡视角的变化，而这变化的河床之下，潜隐的是沈从文对城市的态度的变化，是"乡下人"身份自我认知的不断深入，是沈从文城乡对立思维模式的慢慢明晰、成熟和成型，以及沈从文从一个"造梦"的写作者到一个知识分子的思想蜕变。

尽管沈从文将其文学创作视为"梦梦"，但他始终没有离弃现实生活的敏锐观察和体悟，甚至可以这样认为，如果没有现实生活的刺激，他对于乡土、民族及国人的理解以及自我身份的认同都无法达至更深层次的体悟。对于这个问题，王晓明就曾敏锐地指出："当沈从文在北京开始创作时，首先触动他的不是诗情而是一些很世俗的感情。"②对于沈从文而言，城市是其谋生与文学生产之所，但也给这个"乡下人"带来过诸多困扰和反感，换言之，对于"城市文化圈"的厌弃强化了其对于文化原乡中理想的人事的记忆，而这种召唤出来的记忆与现实生活的经验融为一起，生成出可供反应参照的文化系统。在这个"都市文化圈"里，"教授""绅士"和"大学生"构成了常人钦羡的精英阶层，然而，作为"作家"的沈从文却对其"不能引起多少兴味"。恰恰相反，他却对那些看似低贱的乡民多有好感，"到他们身边时，我们谈到的问题，实在就比我到一个学生身边时可谈的更多……若同一个大学教授谈话，他除了说从书本上学来的那一套心得以外，就是说从报纸上学来的他那一分感想"③。这种爱憎是沈从文身份观念的反映，也驱使其跳出都市那种严肃的人际圈子及教育环境，转而去怀想"自然"这本人生大书。在他的文章中，我们能读到这样的情感倾向："逃避那些书本去同一切自然相亲近"，"当我学会了用自己眼睛看世界一切，到一切生活中去生活时，学校对于我便已毫无兴味可言了。"④在这里，社会是一本"大书"，而占

---

① 干德威：《写实主义小说的虚构：茅盾、老舍、沈从文》，复旦大学出版社2011年版，第271页。
② 王晓明："乡下人"文体与"土绅士"的思想——论沈从文的小说文本，刘洪涛编：《沈从文研究资料》（上），天津人民出版社2006年版，第584页。
③ 沈从文：《常德》，《沈从文全集》第13卷，北岳文艺出版社2009年版，第330页。
④ 沈从文：《我读一本小书同时又读一本大书》，《沈从文全集》（第13卷），北岳文艺出版社2009年版，第251页。

据了这本"大书"主体位置的则是观照现实生活的人生姿态。这种来自"童年"的文化记忆根深蒂固地植入了沈从文的思维深处，当他进入都市后，乡下人难以融入社会的自卑感被凸显出来，一种因陌生而显得格格不入的状态占满了沈从文的内心，"出了北京前门的车站，呆头呆脑在车站前面广坪中站了一会"①。在北京生活了几年的他依然无法真正容身于都市文化圈，这种隔绝的状态更多的不是来自他人"推搡"式的驱逐，而更是沈从文自我疏离的结果，其结果也只能是："在北京文人集会上，他那衣衫褴褛，不修边幅的举止，在文人绅士中令人侧目而视。"②

基于此，沈从文采用一种"'求孤独'俨若即可得到对现象束缚的解放"③的姿态来调和自我与他人的关系。"自卑"和"自尊"相互作用，制导着沈从文对于现实世界的判断和思考，他起初对都市的"醋意"般的揶揄其实也内隐着其对于都市向往的本能，而当都市彻底撕裂了他保留理想的最后底线时，他的自卑激发了出于保护自尊的复仇心理。应该说，沈从文的乡土书写所预设的读者并不是乡下人，而是那些都市文化圈里的大学生、教授和知识分子。质言之，是都市生活激活了沈从文的乡下人意识，在没来到都市之前，他的思维视域囿于乡土生活的经验之中，没有都市他者的烛照是不可能让其真正触发其内隐的乡土意识的。事实上，沈从文并非他所说的"乡巴佬"，而是一个生活在小城里的城镇人，他的家族也是当地较有声望的世家，"那时我家中每年还可收取租谷三百石左右，到秋收时，我便同叔父或其他年长亲戚，往二十里外的乡下去，监视佃夫督促临时雇来的工人割禾"。只不过后来家道中落，这种经历对其体悟乡土和乡下人的命运时产生了重要影响。应该说，现实生活的残酷并未完全剥夺沈从文的童年记忆，幼年心性自然的品格一直影响着沈从文小说的创作。只要稍加注意就会发现，沈从文的叙述口吻也异样于乡民，他与那些纯粹的乡下人还是有一定的距离的。或者可以说，沈从文并不是乡土或乡下人的代言人，他更类似于一个往来于乡土与都市之间的"游走者"。因而，我们可以看到这样的叙述："学校有几个乡

---

① 沈从文：《一个转机》，《沈从文全集》（第 13 卷），北岳文艺出版社 2009 年版，第 365 页。
② 〔美〕金介甫：《沈从文传》，符家钦译，湖南文艺出版社 1992 年版，第 73 页。
③ 沈从文：《由冰心到废名》，《沈从文全集》（第 16 卷），北岳文艺出版社 2009 年版，第 272 页。

下来的同学，身体壮大异常，便有人想出好主意，提议要这些乡下人装成马匹，让较小的同学跨到马背上去，同另一匹马上另一员勇将来作战"，"我常常设计把这些人马调度得十分如法，他们服从我的编排，比一匹真马还驯服规矩"。①进入军队当兵后，很长时间的文书身份也让他与那些半军半匪的"大兵"有较大的隔膜，甚至他还觉得自己优于其他人。刚进部队，他一直想不明白为什么有的兵士可以自由外出，有的却不可以随便出入，"照我想来则大约系城里人可以外出，乡下人可以外出却不敢外出"。然而作者马上又写道，"我记得我的出门是不受任何限制的"②。沈从文一方面以"乡下人"自居，另一方面在回忆中又"有意无意"地表明自己与一般"乡下人"身份的不同。之所以如此，很大程度上是因为他自觉疏离于城市文化圈的边缘，身份的认同危机驱使其置于一种焦虑和游离状态，陷入了自卑又自负的情绪旋涡。

正如英国学者西蒙·沙玛所说："风景首先是文化，其次才是自然；它是投射于木、水、石之上的想象建构。"③从一个带有地域印记的风景出发，可以观照这个民族性格与民族精神结构。沈从文的乡土书写既有对湘西自然风景的介绍，当然也不止于此，他要借湘西这一乡土风景来全方位地审思乡土中国的文化构成与现代走向。在沈从文这里，乡土风景的发现与民族性的发现具有同构性。沈从文秉持"有意来作乡巴佬"的真实意图来观照都市与乡村，这显然超越了单纯湘西风俗民情的展示，而开启了城乡参照的叙事方式，从民族精神重建的高度来讲述都市与乡村故事。作为一个都市的失意者，沈从文所能做的是用记忆之笔再现家园的温情，然而，"无法回家"的现实蚕食着其"期冀返家"的意绪，而这种眷恋与疏离的矛盾也进一步深化了其痛苦的心境。应该说，沈从文最初并不反感都市，抱着"看看我自己来支配一下自己，比让命运来处置得更合理一点呢还是更糟糕一点"④的念头，

---

① 沈从文：《我上许多课仍然不放下那一本大书》，《沈从文全集》（第13卷），北岳文艺出版社2009年版，第276页。
② 沈从文：《辰州》，《沈从文全集》（第13卷），北岳文艺出版社2009年版，第299页。
③ 〔英〕西蒙·沙玛：《风景与记忆》，胡淑陈等译，译林出版社2013年版，第67页。
④ 沈从文：《从文自传》，《沈从文全集》（第13卷），北岳文艺出版社2009年版，第364页。

他离开了家来到北京。他原本希望到都市"来寻找理想，读点书"①，然而现实的残酷逐渐吞噬着他朴素的文学理想，他无奈地接受了事实，文学创作成了他谋生的手段。

在外人看来，沈从文笔下的乡土风景具有某种陌生而神秘的意味。因而沈从文要对乡土进行"去魅"，这种"去魅"既是从内而外的凝视风景的过程，也是由外而内地审思自我以及隐藏在乡土风景背后的民族主体的过程。毕竟在乡土风景中表呈着当地人的生存方式、信仰与观念。在沈从文看来，乡土与都市的沦落和汉民族文化的根性是互为表里的关系。于是，他痛感这样的民族及文化无法真正抗御西方文化的侵蚀，如果不加以疗治，任其发展则后果不堪设想。在湘西时就没有受过正规中学教育的沈从文，到城市后更加觉得自己的卑微，想通过上大学改变自己的地位却也落空，"为了生活不得不把写作作为取得独立的职业，他思想上还是念念不忘做学者"②。这样我们就不难理解沈从文为什么很少写城市里那些地位不如自己的人，而反复挪揄教授、绅士、大学生们。因为他们所受的教育比他好，地位比他高，属于高高在上的绅士阶层，面对这样的群体，沈从文遭受巨大的精神压迫，内心有着难以言表的自卑感。因而，他在文中那种对大学生、教授、绅士等这类人的鄙夷态度只是表面的，其真实心理深层结构是：因向往而被拒绝，所以抗拒；因爱而不得，所以愤慨。

沈从文是一个自尊心极强的人，"我以为我是读书人，不应当被别人厌恶。可是我有什么方法使不认识我的人也给我一分尊敬？"强烈的自尊心从另一面激起沈从文的倔强和执拗，逼迫他不断努力，潜意识中总要和别人"比赛"，有一种超越他人的欲望，要证明自己比别人优秀，如此来平衡自卑感。在军队里，沈从文曾花了很多时间"发愤去写细字，一写便是半天"③，他为自己的字深感自得，"我比他们字写得实在好些"，由于这个原因而受到赏识，做了书记员，"因此更努力写字"，每个月的薪水基本都用来买字帖。尤其当他的字为他赢得几句主任的赞美时，他更加勤奋努力，"就因为这类

---

① 沈从文：《从现实学习》，《沈从文全集》（第13卷），北岳文艺出版社2009年版，第374页。
② 〔美〕金介甫：《沈从文传》，符家钦译，湖南文艺出版社1992年版，第60页。
③ 沈从文：《女难》，《沈从文全集》（第13卷），北岳文艺出版社2009年版，第321页。

话语，常常可以从主任那瘪瘪口中听到，我于是当着众人业已熄灯上床时，还常常在一盏煤油灯下，很细心地用《曹娥碑》字体誊录一角公文或一份报告"①。"我那时所需要的似乎只是上司方面认识我的长处"。沈从文对自己受到称赞总是念念不忘，后来在沅州，沈从文提到他的一个"有钱，有势"的当地的"大拇指人物"亲戚，"对于我的能力，也异常称赞"②。越是自卑的人越渴望得到认可，沈从文的自卑，使他很看重别人尤其上司、上等人物对他的肯定和赏识。自卑的人最大特点是自我价值感不足，总是觉得自己能力不足，低人一等，需要别人的称赞和肯定来提升自我价值感。然而，正如斯图亚特所说："我们当下不应该低估或忽视关于重新发现的本质身份的观念所导致的想象性重新发现行为的重要性。"③为了消减自己作为边缘身份的自卑心理，沈从文有意识地从自己所经验的熟稔的文化基因中找寻可供弥补的有效质素，以此来对抗这种文化的重压。这种"重新发现"自我"本质身份"的过程意味着沈从文要打捞和开掘被都市文化遮蔽的乡土文化传统，要将这种乡土文化传统进行去蔽还原，这显然内合了沈从文关于民族文化重造的话语诉求，并扩充于中华民族整体性构想的宏大主题之中。

在《棉鞋》《松子君》《用 A 字记录下来的故事》《老实人》《公寓中》《善钟里的生活》《不死日记》《中年》等小说中，沈从文用自叙传的方式书写了"我"在都市中无所归依、精神漂泊的生存境遇。这其中有在都市中卖文生存、朝不保夕生活的真实写照，持守着"一点愚人的真"④以及"心性的不加雕琢的公布"⑤，作家真实地控诉了病态都市的生存状态，尤其是对知识者"我"的自我剖析则能窥见其深受郁达夫影响的印迹。在《郁达夫张资平及其影响》一文中，他声称郁达夫小说"给我们一个机会加以诚实的敬视"⑥。在上述小说中，作家对"我"颓废的人生样态的展示是郁达夫式的，

---

① 沈从文：《保靖》，《沈从文全集》（第 13 卷），北岳文艺出版社 2009 年版，第 339 页。
② 沈从文：《女难》，《沈从文全集》（第 13 卷），北岳文艺出版社 2009 年版，第 322 页。
③ 罗钢、刘象愚：《文化研究读本》，中国社会科学出版社 2000 年版，第 210 页。
④ 沈从文：《不死日记·献辞》，《沈从文全集》（第 3 卷），北岳文艺出版社 2009 年版，第 399 页。
⑤ 沈从文：《不死日记》，《沈从文全集》（第 3 卷），北岳文艺出版社 2009 年版，第 418 页。
⑥ 沈从文：《郁达夫张资平及其影响》，《沈从文全集》（第 16 卷），北岳文艺出版社 2009 年版，第 73 页。

不掩盖压抑的潜在意识和声音。对此,金介甫指出:"这些作品中人物的苦恼计有:性的饥渴、手淫、失眠、结核病、精神疲惫和偏执狂——就是说,郁达夫作品中人物的诸般杂症,除了赌钱、嫖妓、酗酒之外,在沈的作品里几乎照单全收。"[1]

寓居在都市的沈从文始终不能忘怀自己的故乡,"我从二十岁起,先后转入几个大都市生活。经过整整半个世纪,表面上我仿佛完全变了,事实上却依然活在我顽童时代生活留给我的无比深刻的印象中"[2]。在沈从文的其他作品中,"还乡"依然是一个重要的主题,这些多以第一人称抒怀的随笔散文,往往有一个思乡恋土的游子形象:《流光》中的"丧魂失魄似的东荡西荡"的"失了家的我";《狂人书简》中的"人间摈弃者";《怯步者笔记·鸡声》中的"空虚寂寞"的"客寓者"。这类怀乡散文遵循着较为相似的思乡抒怀模式:《流光》里由湘西一个亲戚"三表兄"寄来的一封信,让"我惘然想起了过去的事"[3];由北京听到鸡声想起乡下的鸡声,"我至少是有了两年以上没有听到过了";因为夜间听到雨声和雷声,想起消失的岁月,于是"记起小时觉得有趣的端阳将临了"[4]。这类作品往往以触景生情始,由"现在"联想到"过去",然后采用古今对照的方式来感叹世事变迁、人事沉浮:"三年前的秋末","失了家的我"和三表兄同住"常德一个旅馆中",那时虽也很穷困,但"那时的心情,比如今要快乐高兴得多了"[5]。北京的火车汽笛声"若拿来同乡村中午鸡相互唱酬的叫声相比,给人的趣味,可又不相同了……这样的雨,在故乡说来是为划龙舟而落。若在故乡听着,将默默地数着雨点,为一年来老是卧在龙王庙仓房里那几只长而狭的木舟高兴,童心的欢悦,连梦也是甜蜜而舒适!北京没有一条小河,足供五月节龙舟竞赛,所以我觉得北京的端阳寂寞。既没有划龙舟的小河,为划龙舟而落的雨又这样

---

[1] 〔美〕金介甫:《沈从文传》,符家钦译,湖南文艺出版社1992年版,第88页。
[2] 沈从文:《德译〈从文短篇小说集〉序》,《沈从文全集》(第16卷),北岳文艺出版社2009年版,第408页。
[3] 沈从文:《流光》,《沈从文全集》(第11卷),北岳文艺出版社2009年版,第35页。
[4] 沈从文:《生之记录》,《沈从文全集》(第1卷),北岳文艺出版社2009年版,第154—155页。
[5] 沈从文:《流光》,《沈从文全集》(第11卷),北岳文艺出版社2009年版,第35页。

落个不止，我于是又觉得这雨也落得异常寂寞无聊了"①。与现代的境遇相比，沈从文毫无掩饰地流露出对故乡的思念和热爱。叙述主体多以"在故乡说来""若在故乡""且当作故乡"来行文开卷，言外之意，是自己已经不在故乡、不在家了。沈氏的思绪在过去与现在来回穿梭，当下现实景况的落魄沮丧，让其深陷无助的"不在家"的痛苦境地。

沈从文的"不在家"的感受并非是进入城市才有的，早在他离开本乡进入军队后就已经产生。常年的军队生活经历让沈从文目睹了愚蠢、残忍的争夺打杀，六年中眼见了上万无辜百姓被杀头的印象。这种灰暗、残忍、堕落的军队生活和压抑的社会环境，使沈从文恐惧、厌恶、痛恨，在精神上已经与家乡渐行渐远了，"我实在呆不下了，才跑出来！"②于是他一心想离开半军半匪的部队，离开偏僻落后的湘西，想去另一个新鲜、文明、活力的世界寻点理想。然而到了北京后，身体上饥饿难耐，精神上遭受排挤和屈辱，城市生活让他无法适应，城市人对他的轻蔑与刻薄让他隐忍和自卑，这时候沈从文才真正意识到自己是个"失了家"的人。"我想，我是永远在大地上独行的一个人，没有家庭，缺少朋友，过去如此，未来还是如此。"③"我总觉得我是从农村培养出来的人，到这不相称的空气里不会过好日子，无一样性情适合于都市这一时代的规则。"④在身心都受到极大创伤后，内心长久的压抑、孤独、焦虑，使他急于倾诉和发泄，于是沈从文发现了湘西，思乡恋土的情绪油然而生，本能地有一种"还乡"的冲动。通过对童年趣事的甜蜜回忆，对家庭温馨生活的怀旧，对湘西美好乡村图景或家乡日常生活画面的赞美，唤起"在家"的强烈诉求，这种"在家"感主要体现在沈从文对身份的归属与认同感、自我价值的存在感和优越感。

身份的模糊与尴尬增加了沈从文的"不安全感""无家感"。所以沈从文在以"乡下人""乡巴佬""乡下人气质"定位自己的同时，还塑造和赞美了很多淳朴善良、勇敢可爱的"我那地方的人"与"下等人"，比如纤夫、脚

---

① 沈从文：《生之记录》，《沈从文全集》（第1卷），北岳文艺出版社2009年版，第154—155页。
② 沈从文：《从现实学习》，《沈从文全集》（第13卷），北岳文艺出版社2009年版，第374页。
③ 沈从文：《Lǎomei, zuohen！》，《沈从文全集》（第11卷），北岳文艺出版社2009年版，第57页。
④ 沈从文：《致王际真》，《沈从文全集》（第18卷），北岳文艺出版社2009年版，第63页。

夫、土匪、山民、马夫、染坊工人、木匠、制铁工人等等。在沈从文笔下，他们总是亲切、热情、智慧、勇敢的，让"我"喜欢靠近，我经常"出城到那些大场里去找染坊工人与马夫谈话"①，"我常到修械处，我欢喜那几个小工人，我欢喜他们勇敢而又快乐的工作"②。其实他偏爱和想念的这些人，无非都是"乡下人"的代名词，沈从文所言的"我那地方的人""下等人"与"乡下人"是多位一体的。而且在作品中，作为当下作家的"我"经常直接跳出记忆叙述进行插话，"就现在说来，我同任何一个下等人就似乎有很多方面的话可谈"③。如此一来，"乡下人"的美好淳朴，被作者无形中放大和凸显。沈从文在"乡下人"身上找到了归属与认同，从而寻找一点支撑下去的自信。

此外，沈从文以自豪和炫耀的口吻叙述自己的家世，并塑造了童年"我"的不凡形象。祖父年纪二十以内"得到满清提督衔"，"二十二岁左右时，便作过一度云南昭通镇守使。同治二年又作过贵州总督"，死去时"所留下的一分光荣与一分产业，使他后嗣在本地方占了一个优越的地位"。然后便是引以为傲的父亲，生来就不缺少一个将军的风仪，而对沈从文成长影响更大的母亲，"所见事情很多，所读的书也似乎较爸爸读的稍多"。"我的教育得于母亲的不少，她告我认字，告我认识药名，告我决断。"④沈从文回忆这些时，很明显是为自己的家世深感自豪的。家世在沈从文心灵上刻下的优越感，让他面对城市失衡的心理得到一点满足。沈从文的幼年是在富裕而轻松的家庭环境下度过的，虽然"我"不爱学习、逃课、撒谎、狡猾野蛮、放荡不羁、骂野话，甚至赌博，的确像一个"野孩子"，经常逃学去捉鱼摸虾、游泳打架、偷人家园子里的果子。从作者的叙述中，我们分明看出的是一个顽劣、无忧无虑、不爱学习的"小少爷"和"公子"形象。而且作者在追溯当年"我"的时候，凸显了很多"我"的过人之处以及品性的不凡。"初上学时我因为在家中业已认字不少，记忆力从小又似乎特别好，故比较

---

① 沈从文：《常德》，《沈从文全集》（第13卷），北岳文艺出版社2009年版，第329页。
② 沈从文：《怀化镇》，《沈从文全集》（第13卷），北岳文艺出版社2009年版，第312页。
③ 沈从文：《常德》，《沈从文全集》（第13卷），北岳文艺出版社2009年版，第329页。
④ 沈从文：《我的家庭》，《沈从文全集》（第13卷），北岳文艺出版社2009年版，第248—249页。

其余小孩,可谓十分幸福。"沈从文在回忆童年中频繁提到"其他小孩","我却比其他一切孩子解事","只要我不逃学,在学校里我是不至于像其他那些人受处罚的。我从不用心念书,但我从不在应当背诵时节无法对付"①。我们可以看出沈从文无意识地就将自己与"其他小孩"作对比,对比的结果当然是"我"在资质或品性方面比"其他小孩"强,比他们优秀。此外也有从物质条件、身份地位上的对比,比如"家中那时经济情形很好,我在物质方面所享受到的,比起一般亲戚小孩,似乎皆好得多"②。在童年的回忆中,沈从文感到得意扬扬,有意无意地凸显自己的不同寻常、"明慧""聪明"、不同一般的"待遇"、"敏捷同机智"等。我们很难想象,这个聪明伶俐、勇敢机智、野蛮强悍的童年"我"与当下城市中这个敏感、多情、自卑、软弱、谦逊甚至说话不敢大声的"我"是同一个人。也许正因为作家对当下的"我"的诸多不满,才要以夸张的笔法在童年"我"身上赋予诸多美好品性,以得到心理上的补偿。正如阿德勒在《自卑与超越》中所论述的,越是自卑的人越是需要优越感的补偿。自卑的原因在于恐惧,恐惧自己的无意义、无价值和被忽视而缺少存在感。沈从文在塑造童年"我"的形象中,会"有选择"(也许是无意识)地将童年"我"的优点、长处进行夸张性的描绘,而尽量将缺点缩小或掩藏,在童年"我"的身上找到值得骄傲和自豪的存在感,然而这只是一种虚幻的自信,是自卑的防御而已。

即便沈从文感觉自己难以融入都市的生活,但都市对他的影响让其再也无法真正回到故乡,这显然加剧了其被抛掷于无可皈依境地的痛苦感。小说《雪》将沈从文这种双重疏离的漂泊感真切地书写出来了:"到了这乡下以后,我把一个乡间的美整个的啃住,凡事都能使我在一种陌生情形下惊异,我且能够细细去体会这在我平素想不到的合我兴味的事事物物。从一种朴素的组织中我发现这朴素的美,我才觉得我是虽从乡下生长但已离开的时间太久,在我所有的乡下印象已早融化到那都市印象上面了。"③在城市这一大染

---

① 沈从文:《我读一本小书同时又读一本大书》,《沈从文全集》(第13卷),北岳文艺出版社2009年版,第260页。

② 沈从文:《我读一本小书同时又读一本大书》,《沈从文全集》(第13卷),北岳文艺出版社2009年版,第251页。

③ 沈从文:《雪》,《沈从文全集》(第2卷),北岳文艺出版社2009年版,第20页。

缸里淘洗过后的"我"再也回不到故乡，要想再听那些渐渐远去的熟悉的歌声也是一种奢侈："我们再不能在一个地方听长久不变的歌声，第二次，也不能了！"①应该说，沈从文对"在家感"的诉求，是因为城市对他的拒绝和打击才把目光投注在湘西，暂时性地寻求疗伤和慰藉而已，此时沈从文并没有真正上升到寻找精神"本源"的意识，此时"在家"的诉求并不是他"还乡"的终极实现追求，而是特定时期内心的慰藉需要。因而他早期的一些散文篇章并不太成熟，偏向于内心的个人化表达甚至是乏味的情绪发泄，主观情绪很鲜明，很容易流于浅显琐细，还没有达到很深刻的人生感悟和蕴含。而之后的《从文自传》相对成熟了不少，但我们依旧看出沈从文内心的焦虑不安、急于倾诉的心理状态。这部传记，对沈从文来说意义非常，写作这本传记时正好是沈从文进入城市满十年，《从文自传》是他十年来第一次通过散文这样的形式，真诚地回望故乡和自己的心路历程。他只用了三周便一气呵成，没有修改就直接印发，是他写的"最流畅的"一部作品，"沈先生说他写东西很少有一气呵成的时候。他的文章是'一个字一个字地雕出来的'，这本书是一个例外"②。显然，现实生活的刺激让沈从文再一次将创作指向了自己陌生而隔膜的都市，回到了其熟谙的故乡。可想而知，这十年城市生活，内心长久的压抑、苦闷、焦虑和孤独寂寞，对沈从文来说，该是有多么想一吐为快。虽然《从文自传》也涉及湘西历史方面，但它的主旋律还是围绕沈从文个人的，这是他心理情绪排遣的一个出口。况且创作自传时沈从文"当时年龄刚过三十，学习情绪格外旺盛"。"工作效率之高，也为一生所仅有。"③三十岁写自传的作家不多，因为这正是人生、事业、理想正式起步之时，是积极的而非逃避城市，正如学者张新颖所说，沈从文这时写自传，"是为已经可以触摸到的将来而准备的"④。十年的努力让他在城市渐渐站稳脚跟，更能激发他超越的欲望了。所以这初期的"怀乡""思乡"正是沈从文对过去的巡礼和告别，他不会真正回到故乡，而此时"他的乡愁，与其说是原

---

① 沈从文：《船上岸上》，《沈从文全集》（第 2 卷），北岳文艺出版社 2009 年版，第 7 页。
② 汪曾祺：《与友人谈沈从文》，汪曾祺著，李辉主编：《我的老师沈从文》，大象出版社 2009 年版，第 120 页。
③ 沈从文：《从文自传·附记》，《沈从文全集》（第 13 卷），北岳文艺出版社 2009 年版，第 366 页。
④ 张新颖：《沈从文精读》，复旦大学出版社 2005 年版，第 46 页。

原本本的回溯过去，更不如说是以现在为着眼点创造、想象过去"①。因而这个阶段温情脉脉的湘西回忆只是他因当前身心受到创伤而寻求的一个短期的精神庇护所，是"灵魂受伤所诱发的'怀乡病'"②罢了。

乡土中国是现代知识分子基于中国情境而建构出来的具有鲜明中国特质的形象，在费孝通看来，乡土中国的"发现"则是在"近百年来更在东西方接触边缘上发生了一种很特殊的社会"③。即是说，如果没有西方现代文明的烛照，乡土中国在前文明阶段还是一个自足的文化系统，其落后、封闭、愚昧的乡土特性根本不会被意识到，这也意味着乡村与都市的对立根本不会形成，两者价值层面的"中心""边缘"的分立也无从说起，更不用说文明形态的差异了。直至近代以来中国的现代危机，城乡的这种混杂的状态才被外来他者的闯入而打破。正如冯友兰所说，清末中国的大变局彻底颠覆了"中国人的城里人底资格"，而成为乡下人。这种变局也开启了中国人重新认识城市与乡村的精神历程。④在"乡土中国"与"现代西方"的错位比照中，文明的对立与冲突日益彰显，也成为现代中国知识分子认知自我与社会的现代性焦虑的重要基点。

"乡土"与"中国"被放置在同一平台上思考的根本原因在于它们都是在文化冲突中处于落后、边缘、弱势的指称，而知识分子将"乡土"作为研究对象进行构思时，也就意味着对其所想象的"中国"的话语努力。如前所述，乡土的发现有赖于现代性知识装置的确立，然而也正是这种现代性知识装置的存在让乡土又被置于遮蔽的状态下。在现代的话语体系中，乡土往往被想象成为落后、蛮荒、萧瑟的"前文明"状态。这种强势的现代话语的存在在很大程度上弱化了乡土的文化传统与民族特性。

沈从文从不讳言其文学创作的虚构性，他认同唯美派大师王尔德"叙述美而不真之事物，乃艺术之正务"⑤的观点，主张从抽象与虚幻中构筑自己的

---

① 王德威：《写实主义小说的虚构·茅盾，老舍，沈从文》，复旦大学出版社2011年版，第271页。
② 凌宇：《从边城走向世界》，岳麓书社2006年版，第344页。
③ 费孝通：《乡土中国》，生活·读书·新知三联书店1985年版，第1页。
④ 冯友兰：《贞元六书·城乡辨》（上册），华东师范大学出版社1996年版，第248页。
⑤ 沈从文：《〈看虹摘星录〉后记》，《沈从文全集》（第16卷），北岳文艺出版社2009年版，第344页。

文学梦想。在《遥夜》中，他借主人公之口道出了这一倾向："一个人单单做梦，做一切的梦。……我是专做梦的人，这也好。"①也正因为如此，沈从文才得以践行其"希腊小庙"的文学理想。然而，这种理想化的文学梦想也让沈从文屡遭攻讦，在向自然的皈依过程中，淡化了对社会人生的观照与批判，似乎也与作家民族国家想象的话语实践有着较远的距离。那么，沈从文的乡土中国构想与现代民族国家想象的传统真的没有任何关系吗？无视这个问题，我们很难真切地走进沈从文，甚至会误读沈从文。

要廓清上述疑问，我们有必要梳理沈从文思想发展的流变历程。应该说，沈从文并没有耽溺于"造梦"的幻境中，两次返乡的经历告诉他，湘西并不是一成不变的，湘西过去美好的人事正在蜕变，这也唤醒了长于做梦的沈从文。他意识到乡土中国并不是一个独立王国，"与生活不相黏附的诗"②其实是不存在的。更有甚者，随着现代文明和战争的一步步逼近，乡土中国早已失去了过去的光彩。正是基于乡土中国的这种变化，沈从文才将视角转向了对于这个民族命运的思考中来，从"新"与"旧"的框架中构思文学作品。如果说沈从文前期传奇性乡土书写远离历史经验的渗入，搁置乡土中国向何处去的现代议题，那么抗日战争的爆发让他对文学有了全新的认知，他认为："好的文学作品照例应当具有教育第一流政治家的能力"③，"文学可以修正这个社会制度的错误，纠正这个民族若干人的生活观念的错误"④。这种强调文学对政治的参与意识与社会功用并非一日生成的，事实上，《边城》已经显露出作家的这种认知和体验，到了《长河》《芸庐纪事》那里，他更是"从深处认识"⑤的情感来写战事，将乡土的人事赋予了更加复杂的时代语境的内涵，这种"现实人事"的渗入无疑为作家的民族国家想象提供了必不可少的情境与现场。

沈从文对民族命运的思考是积极的，对社会时局的判断也是十分敏锐

---

① 沈从文：《遥夜》，《沈从文全集》（第11卷），北岳文艺出版社2009年版，第12页。
② 沈从文：《水云》，《沈从文全集》（第12卷），北岳文艺出版社2009年版，第110页。
③ 沈从文：《给一个军人》，《沈从文全集》（第17卷），北岳文艺出版社2009年版，第328页。
④ 沈从文：《元旦日致〈文艺〉读者》，《沈从文全集》（第17卷），北岳文艺出版社2009年版，第205页。
⑤ 沈从文：《水云》，《沈从文全集》（第12卷），北岳文艺出版社2009年版，第121页。

的。在他看来，中国一切现存的坏处，比如"帝国主义与鸦片烟，极左倾的残杀与极右倾的独裁，农村破产与土匪割据"，虽可以由历史去负责，但民族未来的存亡，却"必需由我们活到这地面上的人来负责"，可是"如今老年人好像已不能为后人思索，年轻人又还不会来为自己思索，有知识有理性的中坚分子，则大多数在不敢思索情形中鬼混下去，这样一个国家，纵想在地球上存在，还配在地球上存在下去吗？"①对于民族国家的思考，沈从文将国家与青年有效勾连，并充满希望地认为，国家、民族的未来掌握在青年人的手中，"青年人只要肯作事，作事时又能吃苦，勤劳，负责，永不灰心，国家和个人，都有个好前途可望"。他开始相信，"中国青年是能够重造中国的"②。沈从文把民族危机解救与中国未来发展的希望寄托在年轻知识分子身上："希望于明天，还是青年的真正觉醒。我们实需要一个更新的新青年运动，来扭转危机，收拾残破。"③这与"五四"时代精神是非常契合的，并非一些批评家所认为的沈从文是一位无视时代社会发展的书斋作家。事实上，在沈从文的内心深处，"五四"引领了包括他自己在内的知识分子的文学创作，他指出："'五四'二字实象征一种年青人求国家重造的热烈愿望，和表现这愿望的坦白行为。"④以"五四"精神为代表的现代精神"二十年来的发展，不特影响了年轻人的生活观念，且成为社会变迁的主要动力"⑤。沈从文的文学创作以湘西这一地域中的人事为对象，其目的是将湘西与中国统摄起来，从一个点向一个面的渗透。那么，湘西能代表中国吗？当然不能，但沈从文没有停留在地方主义的狭小世界里，而是将其扩展于现代中国的文化语境中。这正如他所说：

    虽然这只是湘西一隅的事情，说不定它正和西南好些地方差不多。

---

① 沈从文：《元旦日致〈文艺〉读者》，《沈从文全集》（第17卷），北岳文艺出版社2009年版，第204页。
② 沈从文：《怎样从抗战中训练自己——给沅州一个失学的青年》，《沈从文全集》（第14卷），北岳文艺出版社2009年版，第119页。
③ 沈从文：《"中国往何处去"》，《沈从文全集》（第14卷），北岳文艺出版社2009年版，第324页。
④ 沈从文：《五四》，《沈从文全集》（第14卷），北岳文艺出版社2009年版，第268页。
⑤ 沈从文：《"五四"二十一年》，《沈从文全集》（第14卷），北岳文艺出版社2009年版，第133页。

虽然这些现象的存在，战争一来都给淹没了，可是和这些类似的问题，也许会在别一地方发生。或者战争已完全净化了中国，然而把这点近于历史陈迹的社会风景，用文字好好的保留下来，与"当前"崭新的局面对照，似乎也很可以帮助我们对社会多有一点新的认识，即在战争中一个地方的进步的过程，必然也包含若干人情的冲突与人和人的关系的重造。①

他深谙"必须把湘西当成中国的湘西，才不至于出问题"②。也正是基于此，他笔下的湘西世界才是具有中国民族意蕴的乡土中国。可以这样说，有感于民族国家身份的焦虑，沈从文从熟谙或想象的"湘西世界"里追索适应现代社会发展的形象质素，并与时代精神保持着默契关系，从而开启了其想象现代中国的话语实践。

在众多的批评体系中，沈从文独特的"乡下人"定位及生命形态的书写，让很多批评者长时间驻足于其宛若"桃花源"式的乡土中国的精神图示之中，批评家从沈从文的文学创作中抽绎出诸如"生命""自然""神性"等抽象概念，完成了对于沈从文形象的颇具概括性的确认。1934年苏雪林写的《沈从文论》，对沈从文的作品进行了分类比较，并尝试确立他在文坛上的独特地位。她说："沈氏作品的艺术好处，第一能够创造一种特殊的风格。在鲁迅、茅盾、叶绍钧等系统之外另成一派。"③刘西渭是在沈从文的鼓励下走上文学评论这条道路的，对沈从文的作品有过深入研究，他认为沈从文是一个走向自觉艺术的小说家，他的小说"是叫我们感觉、想、回味"，"他的小说具有一种特殊的空气，现今中国任何作家所缺乏的一种舒适的呼吸"。④这种作家形象的塑造有着重要的理性判断性，因为这是沈从文文学创作非常鲜明的精神气度，立足于此，能深入论析作家的创作个性和价值归属。当然，也容易因这种显在的"简单"而漠视历史的多元性及知识分子本身的复

---

① 沈从文：《〈长河〉题记》，《沈从文全集》（第10卷），北岳文艺出版社2009年版，第7页。
② 沈从文：《〈沈从文散文选〉题记》，《沈从文全集》（第16卷），北岳文艺出版社2009年版，第385页。
③ 苏雪林：《沈从文论》，《文学》1934年第3卷第3期。
④ 刘西渭：《〈边城〉和〈八骏图〉》，《文学季刊》1935年第2卷第3期。

杂性，进而用一种"本质主义"的态度替代了一个作家形象的丰富内涵。显然，沈从文深谙此道，他坦言："在技术上，我为我作品，似有说明必要的，是我自己先就觉得我走的路到近来越发与别人相远。与别人不同，这成败是不可知的，因为最好的批评家是时间。"① 可以说，简单地附和时评效应、气候背景，对变动的"沈从文形象"缺乏整体观照均是不公允的。要真正地"回到沈从文那里去"，我们有必要梳理其被误读的方方面面，以文本为中心，洞悉沈从文文学创作与20世纪中国的文化生态之间的深微关系，尤其是以作家想象民族国家的话语实践为内核，呈示现代知识分子参与中国主体性建构的精神立场及文学实践。

在很长的时间里，学界对于一种思想资源的认定是通过它对于中国现代思想革命和政治革命的伟大意义而确立的。这样一来，宣扬"对政治无信仰"②的沈从文就很难进入主流文学研究者或文学史家的视野。对此，沈从文将自己的遭遇戏称为"我似乎失了踪"③。王瑶的《中国新文学史稿》以大约700余字的篇幅来介绍沈从文，认为其创作"以趣味为中心的日常琐事，并未深刻写出形象"，而且还指出其存在着"空虚浮泛"的倾向。④ 这种描绘当然有特定历史语境的影响，对沈从文的评价当然无法客观和公允，在这种标准的影响下沈从文的文学价值发掘受到了很大的压制，制约着沈从文思想价值理性重估。只要研究者是从中国政治史或革命史的价值体系中抽绎出符合政治意义的一缕来看取沈从文，是在其多元复杂的思想体系中离析出一个既定的框架，就容易将沈从文的文学史价值遮蔽。这其实是不公平的。与此同时，一些研究者站在乡土想象的立场上，充分肯定其反现代性的现代性想象乡土的方式，将其与鲁迅并举为20世纪中国乡土书写的两大鼻祖。针对沈从文不依附政治体制的自由主义写作的原则，司马长风赞许沈从文是"中国第一个职业作家"⑤。由此一来，沈从文形象被铸就为两种殊异的形象。然而，也正是这种并非定于一尊的阐释丰富了沈从文形象的内涵。事实上，沈从文

---

① 沈从文：《〈一个母亲〉序》，《沈从文全集》（第7卷），北岳文艺出版社2009年版，第289页。
② 沈从文：《水云》，《沈从文全集》（第12卷），北岳文艺出版社2009年版，第127页。
③ 沈从文：《复苏同志》，《沈从文全集》（第25卷），北岳文艺出版社2009年版，第382页。
④ 王瑶：《中国新文学史稿》（上册），上海新文艺出版社1953年版，第274页。
⑤ 司马长风：《中国新文学史》（上卷），香港昭明出版社1975年版，第160页。

的丰富性是由这些不同声音混杂而生成的,恰恰彰显了沈从文存在的价值和意义。在阐释沈从文的过程中,无论是拔高还是贬抑都应将其置于历史语境中辨析和考量。透过对在复杂文化语境中生成的沈从文形象的认知,能科学审视不同语境中接受者对沈从文形象的选择、阐释和评判的异同,并发掘其背后潜藏的话语冲突与互动。

在20世纪中国文学史中,无论是历史的文化积淀还是理性的批评精神,沈从文的文学实践包孕了浪漫主义、自由主义等文化基因,其开创的田园牧歌式的乡土抒情小说体式为很多人所仿效,进而成为中国现代思想文化中无可争议的重要精神资源,并辐射至其他领域之中。以"乡下人"自居的沈从文对于自己的创作非常自信,他毫不自谦地说道:"说句公平话,我实在是比某些时下所谓作家高一等的。我的工作行将超越一切而上。我的作品会比这些人的作品更传得久,播得远。我没有方法拒绝。"[①]然而,尽管沈从文有把握创作的自信,但他也对自己路子的遭遇有着清醒的认知,这种尴尬的矛盾状态折射了中国新文学发展内在的复杂性,其复杂的精神实体所包孕的不确定性和复杂性,使沈从文成为学界无法绕开却令人困惑的话题。这其中,既有肯定的声音,也有批判的声音。在1933年2月与美国作家斯诺的谈话中,鲁迅这样说:"自从新文学运动以来,茅盾、丁玲女士、张天翼、郁达夫、沈从文和田军是所出现的最好的作家。"[②]左翼批评家对沈从文的认定对学界的沈从文研究产生了较大的影响,如郭沫若将沈从文视为"桃红色"的作家,不仅写性,还与时代为敌。[③]胡风将名家意见汇总,作一总检讨,检讨提出了当时文艺界的四种不良倾向,其中第一种倾向是"产生了一种自命清高,但不甘寂寞的人。脱离现实在清高的地位上说风凉话,这种人的代表是沈从文"[④]。除此之外,还有诸如"地主阶级的弄臣"[⑤]"空虚的作家"[⑥]等之

---

① 沈从文:《横石和九溪》,《沈从文全集》(第11卷),北岳文艺出版社2009年版,第181—182页。
② 鲁迅:《七论"文人相轻"——两伤》,《鲁迅全集》(第6卷),人民文学出版社2005年版,第418页。
③ 郭沫若:《斥反动文艺》,《大众文艺丛刊》1948年第2辑。
④ 胡风:《作家团年》,《文汇报》1946年12月30日。
⑤ 冯乃超:《略评沈从文的熊公馆》,《大众文艺丛刊》1948年第1辑。
⑥ 侍桁:《一个空虚的作家——评沈从文先生及其作品》,《文学生活》1931年第1卷第1期。

类的判语。沈从文后来也曾这样说:"我从二十年代写了点文章开始,就是个被骂对象。逐渐升级,由'多产作家'到'无思想''无灵魂'作家。"[1] 站在抗战语境中去考察这种批评是符合道理的,但是沈从文的文本是否真的完全与时代绝缘确是可以商榷的。事实上,沈从文尽管迷恋自己的精神原乡,但是这种远离了世俗尘嚣的乡土背后依然有动态社会历史潜存的影子。文学史家对沈从文的看法也多是从政治价值的角度来评价沈从文,因而使其文学史地位被窄化:"总是有意无意地回避尖锐的社会矛盾,即或接触到了,也加以冲淡调和。作家对于生活和笔下的人物采取旁观的、猎奇的态度;对于黑暗腐朽的社会,缺少愤怒,从而影响了作品的思想艺术力量。"[2] 新时期以后,学界对沈从文的评价出现了新的路向,朱光潜的《从沈从文的人格看他的艺术风格》充分肯定沈从文的创作态度,他从沈从文的民族身份入手,阐释了"少数民族在心坎里的那一股深忧隐痛"对其小说创作的影响[3]。毋庸置疑的是,沈从文的"被发现"得益于海外汉学家(如夏志清、聂华苓、金介甫、王德威等)的发掘,经过他们的努力,沈从文这个曾经被尘封的存在才重新进入研究者的视野之中。甚至在金介甫看来,"不管是在卓越的艺术才华上,还是在把握二十世纪中国社会本质的能力上,沈从文都接近了鲁迅的水准"[4]。

应该说,沈从文创作心理所包蕴的"自然"和"人事"因素是无法完全融合的,这也生成了其复杂乃至矛盾的文学思想。沈从文的创作与"五四"新文学有着契合的内在关系,但他也警惕自己的文学作品会成为某一种话语的注脚,可以说作家对于文学自主性的认知是深刻的。在《答凌宇问》中,沈从文多次以否定的语气回复了凌宇的诸多提问。在问及其歌颂下层人民的雄强、犷悍等品质与当时改造国民性思想有无相通时,他认为"毫无什么共通处"。他还申明"我最担心的是批评家从我的习作里找寻'人生观'或'世界观'"[5]。为什么沈从文会这么决绝地下此论断呢?究其因,他认为自己

---

[1] 沈从文:《复周健强》,《沈从文全集》(第26卷),北岳文艺出版社2009年版,第332页。
[2] 王瑶:《中国现代文学史》(第2册),人民文学出版社1979年版,第280页。
[3] 朱光潜:《从沈从文的人格看他的艺术风格》,《花城》1980年第5期。
[4] 〔美〕金介甫:《沈从文笔下的中国社会与文化》,虞建华、邵华强译,华东师范大学出版社1994年版,第1页。
[5] 沈从文:《答凌宇问》,《沈从文全集》(第16卷),北岳文艺出版社2009年版,第522页。

的习作没有附加批评家所期待的"高深寓意",从小说"讲故事"的原理来看,这也是无可厚非的。纵观沈从文的小说创作,他并没有无视故事之外的社会人生,这实际上也反映了他无法平衡"自然"与"人事"的关系。因而,对沈从文小说的评价以及对沈从文形象的理解不能离弃现代中国动态的文化语境。质言之,文化语境与沈从文形象是相互建构的动态关系:文化语境塑造沈从文形象,沈从文形象反作用于文化语境。这种动态关系决定了沈从文形象既有稳定性又有变动性的特点:稳定的沈从文形象是具有普适性、常态的"源形象",它融聚了20世纪中国复杂的历史质素,勾连于中国新文学发生、发展及转型的过程之中;而变动的沈从文形象则是经由选择、过滤和延传而成的"新形象",它扩展了"源形象"的辐射面,其丰富内涵在波澜壮阔的历史情境中得以充分呈现。20世纪中国文化的演进呈现出多元复杂的特点,文化在传统与现代中转型,在中西文化的激烈碰撞中变革,在空前的社会大变动中转化。这正如沈从文所言:"世界在动中,一切存在都在动中,人的机心和由于长期隔离生分,相争相左得失爱憎积累,在长长时间中,不同情感愿望中,继续生长存在的,彼此俨若无关又密切联系,相激相宕形成的不同趋势,是和风甘雨有助于这个庄稼的成长,还是迅雷烈风只作成摧残和萎悴?没有人可以前知。我常说人之可悯也即在此。人实在太脆弱渺小。"[1] "自然"与"人事"的动态激荡对沈从文形象的生成、传播、嬗变的影响无疑是巨大的。可以这样认为,沈从文形象的建构和消解过程汇集了不同文化力量或不同政治观点的意志较量,关于沈从文形象的讨论或论争,常是中国思想文化乃至社会变革的先声,预示和折射了社会思想动态和现实政治的走向。

沈从文形象是由"自塑"和"他塑"合力生成的公共形象。一方面,沈从文的文学实践确立了沈从文形象的内在基质和品格,在沈从文形象下汇集了几乎大部分的中国现代文学传统,成为考察20世纪中国文化的现代进程无法绕开的精神资源。另一方面,政治权威的政治阐释、文化精英的思想阐释以及学院知识群体的文化阐释外在地丰富和扩充了沈从文形象的内涵。应

---

[1] 沈从文:《致张兆和》,《沈从文全集》(第19卷),北岳文艺出版社2009年版,第181页。

该说,沈从文形象是 20 世纪中国复杂文化语境中被召唤、被建构的文化符码,其生成的逻辑基点是文化认同危机与现代"形象范式"的找寻。在《狂论知识分子》一文中,沈从文对知识分子的精神状况表示出了忧思,他所痛批的既非激进的左翼知识分子,也非极端的民族主义知识分子,倒恰恰是他所从属的学院知识分子,"许多人表现到生活上与反映到文字上的都好像化然别无希望与幻想,只是在承认事实的现状下,等待一件事情,即'胜利和平'。好像天下乱就用不着文人。必待天下太平,可以回老家那时一切照常,再来好好努力做人做事也不迟!"①在这里,沈从文是非常反感那些消极守常的知识分子的做派的,这也反映了他并非消极避世的精神气质。同时,他也批判了甘于中庸之道的学院知识分子,认为他们"近于一种不负责任,唯诺取容,软弱无能者"②。于是,我们容易发掘沈从文拷问包括自己在内的知识分子的文学实践,正如小说《薄寒》中所书写的知识分子那样:"面前男子一群,微温,多礼貌,整洁,这些东西全是与热情离远的东西。"沈从文批判道:"智识把这些人变成如此可怜,如此虚伪。"③其《八骏图》更有批判当时知识分子假绅士的立场,文中知识分子"伪士"的丑态被沈从文鞭辟入里的叙事深刻地揭示出来了。在《白话文问题》一文中,沈从文对于创作伟大作品的作家提出了这样的要求:"由人类求生的庄严景象出发,因所见甚广,所知甚多,对人生具有深厚同情与悲悯,对个人生命与工作又看得异常庄严,来用宏愿与坚信,完成这种艰难工作,活一世,写一世,到应当死去时,倒下完事。工作的报酬,就是那工作本身;工作的意义,就是他如历史上一切伟大作者同样,用文字故事来给人生作一种说明,说明中表现人类向崇高光明的向往,以及在努力中必然遭遇的挫折。虽荆棘载途,横梗在生活中是庸众极端的愚蠢、迷信、小气、虚伪、懒散、自私……他却凭韧性与牺牲,慢慢接近那个幻想。到接近幻想时,他谅已精尽力竭,快要完了。他本身一生实应当如一篇宏大庄严然而同时又极精美的诗歌。"④这无疑是沈从

---

① 沈从文:《狂论知识分子》,原载《生活导报》第 18 期,1943 年 3 月 27 日。《沈从文全集》未收录。
② 沈从文:《中庸之道》,原载《生活导报》第 41 期,1943 年 9 月 19 日。《沈从文全集》未收录。
③ 沈从文:《薄寒》,《沈从文全集》(第 8 卷),北岳文艺出版社 2009 年版,第 329 页。
④ 沈从文:《白话文问题》,《沈从文全集》(第 12 卷),北岳文艺出版社 2009 年版,第 62—63 页。

文自身的写照，他的创作紧接乡土中国的地气，从民族文化的沃土中搜寻讲述"乡土中国"的故事。对于自我的评价，沈从文曾借他人之口毫不讳言地道出了自身的矛盾："正如一个共同相处二十年的熟人的批评：'性格中实综合坚强与脆弱，骄傲和谦虚，大怀和小气，成熟和天真而为一。情感深厚而理智拙劣，对实际权势淡泊，却富有知识上学习的虚荣心。理解人事相当深细，可极端缺少自知。想象十分放纵，举措取予又过于拘泥。'这种批评不一定完全对，但至少是一个熟悉我的人的一种客观的印象。"① 在与友人的通信中，他的表述如出一辙："人到三十虽是由身体成熟向人生事业开始迈步的日子，但我总觉得我所受的教育——一段长长的稀奇古怪的生活——把我教训得没有天才的'聪明'，却有天才的'古怪'，把我性格养成虽不'伟大'却是十分'孤独'。善变而多感，易兴奋也易于遗忘，使我做事，使我吃饭，都差不多永远像是为一种感情做去，有女人的同情，女人的依赖心，（所谓妇人之仁吧？）却又有顶桀骜的男子气，与顶不通达的冬烘气。在做文章时，我好像明白许多事情，能说许多道理，可是从事实上看，譬如恋爱，我就赶不过一个平常中学生。"② 在同期创作的《从文自传》中，沈从文也表露了自己性格的上述特质。

  同时，沈从文还对作家自身的修养提出了很高的要求。在《一个天才的通信》中，他以一个作家的身份与读者进行对话，彰明了一个知识分子该有的精神品格，"我是还应当把命运扔给我的一切，紧紧拿在手上，过着未来许多日子的。我还应当看许多世界上的事情。我还应当把流血和类乎流血的事苦恼到家中几个人，同时也望到家中人的病废情形度一些岁月"③。显然，这与很多人心目中远离社会与人生的沈从文形象是有差异的，相反，作为一个知识分子的沈从文并未放弃对于这个国家、国民及人生的文学参与。尤其是在饱经风雨的中国情境中，人们对知识分子形象的文化认同容易转变为民族认同或政治认同，而民族认同与政治认同又容易与文化认同保持着默契关

---

① 沈从文：《解放一年——学习一年》，《沈从文全集》（第27卷），北岳文艺出版社2009年版，第50—51页。
② 沈从文：《致王际真——住在上海不动了》，《沈从文全集》（第18卷），北岳文艺出版社2009年版，第127—128页。
③ 沈从文：《一个天才的通信》，《沈从文全集》（第4卷），北岳文艺出版社2009年版，第328页。

系，这在很大程度上影响了主流批评家对于沈从文形象的认定。沈从文形象是透过"沈从文本体"折射出的"沈从文映象"，构成了多维的"沈从文阐释"世界。"沈从文本体"蕴含了丰富的资源，为多样化的沈从文形象生成奠定了基础，其生成途径主要有三：一是文学作品图示，二是文学史编写建构，三是学术研究解读。这些途径经由"知识化"传播，对沈从文形象的"整合"与"打磨"起到至关重要的作用。而不同文化语境的烛照则使"沈从文本体"被构织成为文化场域中有机构成要素，呈现出具有历史、文化、审美特性的沈从文形象。

毋庸置疑，沈从文形象是在传播与接受中逐渐确立的，在汪曾祺、萧乾、王西彦等传人的正向传承中，沈从文形象在延续和更新中获致新的风貌；同时，在郭沫若、邵荃麟等人的声讨与批判中，沈从文形象在背叛和消解中得以补充和丰富。但无论是前者的"学沈从文"，还是后者的"批沈从文"，都极大地强化了沈从文形象作为公共知识分子原型意义这一基本面的存在。除了上述两种力量的推动之外，沈从文公共形象的传播主要通过出版媒介、读者消费机制、沈从文纪念活动、中小学教科书编撰等渠道的运作完成的。这种运作过程背后隐藏的复杂的话语较量，规约着沈从文形象传播的走向与进程。在沈从文形象的阐释过程中，现实与历史的对话、传播的推力和接受的过滤相互作用，促使其在历史的长河中不断被发掘、认识和重构，并参与价值重建，制约着特定历史情境中的文化想象与文学实践。当然，这种对沈从文形象的价值建构既有对沈从文传统的延传与深化，也有话语权力支配下的误读与利用，应予以理性的区别、辩证与融合。

第一章　国家表述与沈从文现代意识的生成

尽管沈从文没有直接表述自己为什么要想象中国，但是自他来到都市追逐其文学梦想始，他就将中国的历史与现状融汇于文学创作的实践之中，被赋予了有别于传统文人的现代意识。"国家表述"在沈从文的创作实践中彰显了他参与历史、干预现实的精神价值，这种文学想象既延续了晚清知识分子"文学为治化之助"的文学功用观，又修正了前人过于直接的"与人生即会"的教化作用，在"有为"和"无为"之间，作为现代知识分子的沈从文找到了其存在的价值。沈从文的中国想象需要从发生学意义上对其历史逻辑进行梳理，他以"想象中国"的文学表述积极参与了中国的现代转型，其深度指向是人的精神的现代转型，进而又超越了民族国家视域，并与启蒙、革命、政治等20世纪重要力量，建立了复杂的精神关联和话语纠葛。

第一节　错位身份的反观与"中国想象"指符

沈从文"乡土中国"的建构离不开其城乡的移位，正是因为他出入城乡文化之间，才让其中国想象具有了文化参照系。于是，都市文明的现实刺激激活了沈从文持存于心的心灵记忆，他乐此不疲地搜寻乡村记忆，并将这种记忆诗意化地通过文字表述出来，并以此来作为都市文明的"照妖镜"。在其中，沈从文所渗入的情感态度也不一样，有了都市的存在，乡土的美好才显得难能可贵。沈从文喟叹美好的事物是短暂的，也即是这种城乡互渗思维的写照。落实到人身上，沈从文的城乡模式将农民与知识分子整合于现代中国动态的文化语境之中。从这种意义上说,"乡土"并非落后、愚昧、野蛮、劣根性的代名词,而是沈从文在都市文化的浸淫下产生的与乡村、乡民之间的某种精神血脉联系。当沈从文离开乡土进入都市成为"职业"作家始,他对乡土的情感指认、价值评判将会在都市语境下的文学实践中生产出来,形成乡土语境原本无法实践的文学场。这反过来又将城乡统一起来了。对此,有论者认为,不同于经典意义上的乡土文学,文学"乡土"在中国的崛起,不是工业化、城市化的结果,"乡土"的形象是随着国家、民族意识的自觉而逐步清晰的①。乡土并非一成不变的,这种变动导源于现代中国社会进程的风云变幻,沈从文的乡土情感不只于社会生活的横向描摹,更折射了作为知识分子的心灵变动的踪迹。更为重要的是,城乡的现代演进过程中,文化间的碰撞所滋生的裂隙深深地刺痛了沈从文的内心,使他远比生于斯、死于斯的乡民更具有文化的反思意识。这诚如赵园所说:"'知识分子'比农民有更严整的'传统人格',流寓于城市,生活方式城市化了的知识分子自居为乡下人,亦出自比农民自觉、自主的文化选择、价值评估。"②

一、"乡下人"定位与边缘心态的体认

在 20 世纪中国文学的画廊中,城乡空间的相互观照是众多知识分子参与现代中国认同与建构的重要方式。沈从文的矛盾在于,他一方面高度颂扬乡土的美好,但又决绝地离开;另一方面他在现实中急切地想进入都市,却在他的小说中将都市视为弃物。这主要是基于其乡土书写的独特方式以及其"乡下人"的身份定位而确定的。毋庸置疑,沈从文的"乡下人"意识的生成与苗汉民族间的冲突与融合是分不开的。其情形正如他在《我的小学教育》中所说:"在镇筸,……是苗人占三分之一,外来迁入汉人占三分之二混合居住的。虽然多数苗子还住在城外,但风俗、性质,是几乎可以说已彼

---

① 李丹梦:《文学"乡土"的现代考证——以鲁迅乡土小说与乡土诠释为核心》,《文艺理论研究》2011 年第 1 期。

② 赵园:《地之子——乡村小说与农民文化》,北京十月文艺出版社 1993 年版,第 10 页。

此同锡与铅样,融合成一锅后,彼此都同化了。"①湘西这种汉族与苗、土家等少数民族互动交融的文化生成于湘西社会"百年孤独"的历史境遇中。湘西历来被排斥在文明社会之外,生活在这里的乡民历代被鄙夷为"贪残难训"的"土蛮"和"苗蛮"。无论在时间中,还是在空间上,他们的生存都处于一种远离中心的状态。由于"处江湖之远",其受到中心话语的控制较少,其结果是与自然更为亲近,并且在近乎原始的文化语境里获得了较为同一的集体生活方式和文化记忆。

"乡下人"的身份定位为沈从文的中国想象实践提供了必不可少的认同基础。在乡土文化共同体中,他将其共通的规则、记忆与文化娓娓道来,在人和事的安排上设置了乡土中国的文化密码,这与都市文明是相去甚远的。沈从文第一次使用"乡下人"一词,始于1931年连载于上海《时报》的文章《记胡也频》,他指出:"教育同习惯使我永远近于一个乡下人。"在该文中,他还阐释了其与丁玲性格的相似:"假若一种近于野兽纯厚的个性就是一种原始民族精力的储蓄,我们永远不大聪明,拙于打算,永远缺少一个都市中人的兴味同观念,我们也正不必以生长到这个朴野边僻地方为羞辱。"②这是沈从文文学观念的心理表征,也基本奠定了其文学创作的一贯观念。

1934年12月,沈从文发表的《萧乾小说集题记》被认为是其正式阐明"乡下人"观念的一篇重要文献。他说:"在都市住上十年,我还是个乡下人。第一件事,我就永远不习惯城里人所习惯的道德的愉快,伦理的愉快。"③在这里,沈从文首先声明了自己的立场,作为一个侨寓于都市多年的知识分子,沈从文在都市现代文明的淘洗下,并未褪去其乡土本色,尽管"乡下人"所学的、宗教信仰与"我"的有较大的差异,但是"我"依然尊敬他们,把他们当朋友。文中所指称的"乡下人"主要是从道德伦理层面上而言,进而延伸到个体存在状态及生命价值体系之中。而"都市人"的生命状态是"我"所不取的,都市人"仿佛细腻,其实庸俗。仿佛和平,其实阴险。仿佛清高,其实鬼祟。这世界若永远不变个样子,自然是他们的世界"。

---

① 沈从文:《我的小学教育》,《沈从文全集》(第1卷),北岳文艺出版社2009年版,第263页。
② 沈从文:《记胡也频》,《沈从文全集》(第13卷),北岳文艺出版社2009年版,第6—7页。
③ 沈从文:《萧乾小说集题记》,《沈从文全集》(第16卷),北岳文艺出版社2009年版,第324页。

"乡下人"的"尺寸和分量"是与"伪思想家为扭曲压扁人性而定下的庸俗乡愿标准"大相径庭的。由此,"乡下人"与"城里人"的对立思维也因此确立了,成为沈从文小说中始终存在的"张力"性存在力量。

1936年1月发表的《习作选集代序》,以"乡下人"对"你们""先生"的谈话为叙事方式,呈现出了两类人不同的创作标准、思维形态、道德评判:"有一段很长很长的时期,你我过的日子太不相同了。你我的生活,习惯,思想,都太不相同了。我实在是个乡下人,说乡下人我毫无骄傲,也不在自贬,乡下人照例有根深蒂固永远是乡巴老的性情,爱憎和哀乐自有它独特的式样,与城市中人截然不同!他保守,顽固,爱土地,也不缺少机警却不甚诡诈……"[①]与《萧乾小说集题记》相比较,《习作选集代序》中的"乡下人"不仅体现在文学创作上,而且还体现在主体的思想方法上。"乡下人"思想的获致除了来自"湘西"这一地域空间的影响,还来自于其特殊民族思想文化的淘洗。基于此,沈从文进一步提出了"乡下人"的理想生命形态——造"希腊神庙",供奉"人性"。在这里,"希腊神庙"作为一个具有象征意蕴的"能指",其"所指"是生命自然舒展不受压抑束缚的古代希腊。而这种文学理想的确定也成为沈从文小说走向成熟的一个重要标志。

最后要提到的一篇文章是《水云》。在其中,沈从文将"乡下人"这一概念的内涵叙述得非常深刻。"乡下人"定位已经不再局促于文学层面,更侧重其在思想上的特殊表现。沈从文六次以"乡下人"自称,这一时期的"乡下人"定位,明显具有思想上的边缘性和作为思想主体的孤独性特征:"我是个乡下人,走向任何一处照例都带了一把尺,一把秤,和普通社会权量不合。一切临近我命运中的事事物物,我有我自己的尺寸和分量,来证实生命的价值与意义。我用不着你们名叫'社会'为制定的那个东西。我讨厌一般标准,尤其是伪'思想家'为扭曲压扁人性而定下的庸俗乡愿标准。这种思想算是什么?……一般社会把这种人叫作思想家,只因为一般人都不习惯思想,不惯检讨思想家的思想。"[②]沈从文创作的都市题材的小说不能定

[①] 沈从文:《习作选集代序》,《沈从文全集》(第9卷),北岳文艺出版社2009年版,第3页。
[②] 沈从文:《水云》,《沈从文全集》(第12卷),北岳文艺出版社2009年版,第3页。

义为纯粹意义的都市小说,因为他并没有从都市的立场、眼光出发来体验都市,而是将其与他的湘西小说并立而置于一个参照系中,重点是为了突出和彰显他的乡土文化理想。因此,作为一个思想者的"乡下人"的边缘性也就明确地体现出来了。

沈从文知道,在湘西是无法实现其"要读书""要救国"的梦想的,他必须走出家乡到都市中接受现代思想和洗礼。然而,都市并不是他真心向往的精神家园,这种错位的身份所带来割裂的痛楚始终缠结于他的内心。沈从文说过:

> 我的世界总仍然是《龙朱》、《夫妇》、《参军》等等。我太熟悉那些与都市相远的事情了,我知道另一个世界的事情太多,日下所处的世界,同我却远离了。我总觉得我是从农村培育出来的人,到这不相称的空气里不会过日子,无一样性情适合于都市这一时代的规则,缺处总不能满足,这不调和的冲突,使我苦恼到死为止,我这时,就仿佛看到我的一部分生命的腐烂。①

在城乡参照的价值系统中,沈从文发现了自己对于都市文明的"不感冒"和"不适应",都市文明也正一步步吞噬着其原有的精神品质:"你们给我的诚实,勇敢,热情,血质的遗传,到如今,向前证实的特性机能已荡然无存,生的光荣早随你们已死去了。皮面的生活常使我感到悲恸,内在的生活又使我感到消沉。我不能信仰一切,也缺少自信的勇气。"②正是这种意识的存在,他才倔强地去坚持与都市格格不入的"边缘心态"。"边缘"是相对"中心"而存在的一个概念。各自有一套属于自己属性的话语。这两套话语形成的张力在很大程度上强化了彼此所处的"位置心理"。沈从文的"边缘身份"是由"地域边缘"与"文化边缘"两方面相加潜移完成的。"边缘身份"在与"中心身份"的对照和紧张中不断地强化着他的"边缘记忆"和"边缘心态"。这种"边缘身份"除了表现为远离城市的乡土姿态,还体现

---

① 沈从文:《致王际真》,《沈从文全集》(第18卷),北岳文艺出版社2009年版,第63页。
② 沈从文:《龙朱》,《沈从文全集》(第5卷),北岳文艺出版社2009年版,第323页。

为远离政治的生命情怀。他认为都市人"实无所爱,对国家,貌作热诚,对事,马马虎虎,对人,毫无情感,对理想,异常吓怕。也娶妻生子,治学问教书,做官开会,然而精神状态上始终是个阉人"①。在《焕乎先生》这篇自传体小说中,沈从文再度感慨北京城"充满了习惯势利学问权力",他以一个知识者的眼光写出了文坛圈子里的世俗百态,他将自己定义为"在北京等于一粒灰尘。这一粒灰尘,在街头或任何地方停留都无引人注意的光辉"。事实上,即使辗转所居住的北京、上海、天津、武汉、昆明等都市的沈从文亦有边缘心态,刘文典讥笑沈从文不值几块钱之事以及穆旦所谓"沈从文这样的人到联大来教书,是杨振声这样没有眼光的人引荐的",就反映了沈从文身处学院知识分子的行列中依然边缘且孤独的处境。②

沈从文在都市却不褪其乡土本色,这与其熟谙的地域民俗文化的点染和熏陶是分不开的。就地域文化所形成的传统而言,"远传统"与"近传统"的互动制导着沈从文的民族国家想象实践。"远传统"是指中国传统文化中形成了集体无意识的资源和基因,这是一种基于中国本土文化而滋养的文化质素,并逐渐成为沈从文小说中国想象的文化原型。而"近传统"则是指"五四"以来受西方影响较大的现代传统,它破旧立新,指向未来。沈从文在这两种传统中穿行,他的小说粘连着较多中国古典文化传统的气息,但也从未离弃现代人文传统的审视。因而,我们可以从其充满着田园牧歌式的古典意境中体悟其中的现代隐忧和喟叹。而纵向梳理沈从文的小说,我们也能看到其"常态"之中隐藏的变动的讯息。如果仅看到沈从文小说所受的"远传统"的影响而忽视其内置的"近传统"的观照,是很难真正把控其小说深度和厚度的。

在沈从文看来,地域性与民族性之间有着密切的关系:"湘西的神秘,和民族性的特殊大有关系。历史上楚人的幻想情绪,必然孕育在这种环境中,方能滋长成为动人的诗歌。"③换言之,要了解湘西人的民族品性有必要

---

① 沈从文:《生命》,《沈从文全集》(第12卷),北岳文艺出版社2009年版,第43页。
② 杨起、王荣禧:《淡薄名利 功成身退——杨振声先生在昆明》,昆明市政协文史学习委员会编:《抗战时期文化名人在昆明》(二),云南人民出版社2002年版,第97页。
③ 沈从文:《沅陵的人》,《沈从文全集》(第11卷),北岳文艺出版社2009年版,第360页。

熟悉其地域文化特色，发掘孕育民族性的地域文化母体才能更好地理解作家创作的文化心理及思维观念。沈从文出生在湖南边地湘西凤凰县，地处湘、川、黔三省交界，是苗、侗、土家等少数民族聚居地，地势偏僻，经济文化落后，用沈从文的话来说，该地是"被地图遗忘的角落"。湘西所在的湖南"北阻大江，南薄五岭，西接黔蜀，群苗所萃，盖四塞之国"①。湖南自古从属"荆蛮之地"，这是相对于北方汉儒文化、中原文化主流系统而言的。古书早有记载："昔成王盟诸侯于歧阳，楚为荆蛮，置茅蕝设望表，与鲜卑守燎，故不予盟。"（《国语·晋语》）周天子认为楚是荆蛮，连参加盟会的资格也没有。楚人也认同这种言说，楚武王就说过："我蛮夷也""不与中国之号谥"②。在传统文化资源方面，屈原作为中国文学史上第一个伟大的浪漫诗人，他的惊世之作《离骚》更是以其恢宏奇诡的想象、对理想生命人格的孜孜追求影响深远。这是楚地民风、民情的集中体现，正如萧兵所说的："《离骚》尽管庄重、典丽、飘逸，但更有一重热烈，一种放浪，一阵嘶喊，那来由也不仅是个性的，而也有那个'时代'的大胆，那个'地方'的狂放，那个'民风'的强悍。"③这在儒家所称道的"子不语怪、力、乱、神"主流社会里是很难想象的。学术界有人把湘楚文化概括为："厚积着民族忧患意识、炽热的幻想情绪、对宇宙永恒感和神秘感的把握。"④还有人说它具有"强旺的生命意识，泛神思想，由此而派生了留美观念，重情倾向"⑤。沈从文的"自然生命""率真尚情""粗犷强力""生命人格"观念和浪漫想象的抒情文风有湘楚"地域文化"的烙印。

沈从文坦言"楚人血液"给了他"决堤溃防的力量"，又赋予了其不可避免的"命定的悲剧性"⑥。当这个"乡下人"以"边缘地域"的身份步入异质文化领域（都市"中心地域"）时，异质文化的排斥性使沈从文出现种种"文化过敏"，"地域边缘"潜移到"文化边缘"。同时，沈从文作为都市

---

① 钱基博：《近百年湖南学风》，岳麓书社 1985 年版，第 1 页。
② 刘洪涛：《区域文化与乡土文学——以湖南乡土文学为例》，《中国比较文学》1999 年第 1 期。
③ 萧兵：《楚辞文化》，中国社会科学出版社 1990 年版，第 264 页。
④ 凌宇：《重建楚文化的神话系统》，湖南文艺出版社 1995 年版，第 124 页。
⑤ 刘一友：《论沈从文与楚文化》，《吉首大学学报》（社会科学版）1992 年第 3、4 期合刊。
⑥ 沈从文：《长庚》，《沈从文全集》（第 12 卷），北岳文艺出版社 2009 年版，第 37 页。

的"乡土过客",自身的文化素质与修养(没有受过良好的教育、对都市现代物的不了解、现代生存习惯与规则的陌生……)使他在大都市中有强烈的自卑心理,不是社会将他推到"边缘"的位置,而是自身文化心理将自己送到了一个远离"中心"的位置。沈从文作为一个湘西本土之子,他对乡土的爱是沉浸于身心的一种近乎宗教的感情。在现代都市、现代文明新的刺激物的重压下,一种强烈的文化落差感和自卑感使他感到自己像处于都市的"边缘"。沈从文不止一次地申诉过自己的孤独:"我有我自己的生活和理想,可以说是皆从孤独得来的。我的教育,也是从孤独中来的。"[1]"我的双脚和我的思考,在这个凌晨清新空气中散步,都未免走得太远了一点……"[2]这种"边缘"的尴尬境地使沈从文对自己的乡土、生命、人事有了更体己的眷恋。他痛苦地感受着湘西社会与"现代文明"之间的历史"错位",并以一个"乡下人"的姿态去凸显和放大潜意识中"文化边缘"的心理图示。沈从文创作的"边缘心理"与"文化边缘"使他脱离了20世纪30年代主流文学的政治话语,其孤独的文学道路也由此生成。

二、两次"返乡"与"吾丧我"的双重疏离

"侨寓"在都市中的沈从文感受最深的是充斥于繁华都市里的病态者,这种错位的刺激让其将目光转向未被世俗化的乡土。于是,他毫不掩饰地礼赞"乡土中国"以及简单而朴实的乡土文明。同时,他也将批判的对象指向了都市,在此基础上来审思理想生命的形态、精神以及发展的动向。当"五四"启蒙落潮后,很多现代作家深陷创作困境时,沈从文却在"乡土中国"的书写道路上不断地"习作",积极参与到中国新文学的演进潮流中来,也因此,他对都市文化圈的态度也显得颇有些暧昧不明。需要注意的是,沈从文"对政治无信仰"并非表示他完全放弃了对政治的关注、参照与批判,其真实的想法是反对文学成为政治的工具和附庸,从审美的高度来强化文学

---

[1] 沈从文:《我的写作与水的关系》,《沈从文全集》(第17卷),北岳文艺出版社2009年版,第208页。
[2] 沈从文:《主妇》,《沈从文全集》(第8卷),北岳文艺出版社2009年版,第361页。

的自主性。在文学与商业的关系上，沈从文并不一味反对文学近商，只是强调过度商品化会带来文学趣味的低俗。"作品变成商品，也未尝无好处。正因为既具有商品意义，即产生经济学上的价值作用。生产者可以借此为生，于是方有'职业作家'。"[1] 沈从文怀着改造民族国家的理想，选择以"文学"为业，在"窄而霉小斋"中没日没夜地写作，通过文学实践来实现自己对于民族国家的思考。作为郁达夫所谓的"文学青年"，沈从文没有在大都市中迷失了自己天真的性灵及文学实践的初衷，他的边缘身份和心理印记让其不可能引领文学的主潮，尽管如此，他也没有完全退守或躲进狭小的空间，其所建构的乡土中国形象力证了"30年代最后一个浪漫派"独特的话语实践。

如前所述，知识分子构建中国形象的文学实践与其内在的心理机制密不可分。在文学与生活的矛盾中，沈从文感到了无奈和失落，"对文学，自己是已走到了碰壁时候，可以束手了吧……说缺少信心，不如说缺少了更其重要的力。在一些琐碎的希望上，在一些固执的心情上，我把我的力全用完了"[2]。他自称是个"对政治无信仰对生命极关心的乡下人"[3]。那么，这么一个在现实生活之中频频碰壁，远离中心的"乡下人"何以会去践行想象中国的文学道路呢？事实上，文学修复和弥补了现实之中诸多无法实现的缺憾，作家的人生经历和文学创作之间并非一一对应的关系，既有顺向的对应，也有逆向的悖反。沈从文也不除外。他的湘西小说不像启蒙主义者的作品，在写乡土时持一种高高在上的姿态，而是以一种平等想象的方式体验乡土生活的细微委曲之处。有论者注意到沈从文与废名的区别："在以边缘化的心态表达边缘化的乡土人生方面，废名的作品表现出来的是古典主义的优雅与宁静，虽然有一些浪漫主义的因素，但显得很淡很轻；沈从文的湘西系列则强烈地体现出了浪漫主义的奇异刺激与感动。这种风格差异来源于废名古典化的精神贵族式的人生趣味与沈从文平民化人生关怀之间的写作姿态的差异。"[4] 同样是乡土书写，同样是温情的乡土叙事方式，沈从文的乡土中国建

---

[1] 沈从文：《新的文学运动与新的文学观》，《沈从文全集》（第12卷），北岳文艺出版社2009年版，第47页。
[2] 沈从文：《不死日记》，《沈从文全集》（第3卷），北岳文艺出版社2009年版，第426页。
[3] 沈从文：《水云》，《沈从文文集》（第12卷），北岳文艺出版社2009年版，第127页。
[4] 朱寿桐：《论中国现代浪漫主义作家的平民化姿态》，《天津社会科学》2003年第3期。

构也是独特的,沈从文非常关注乡土中国内蕴的精神——"生命"。在其中国想象的过程中,他采取社会进程向后看,把目光投注于"过去"(人类的童年),歌颂这种"人类的童年"的原始本真生命,生命道德提升向上、向前看的特殊思维方式。

沈从文的"乡土中国"书写贯彻着一种"还乡"的情节模式,这里的"乡"既是"原乡",也是表征其民族国家想象的文化原点。沈从文有两次身体力行的返乡,而两次返乡的动机和体验是不一样的。1934年第一次踏上回湘西之路的沈从文不断地反问:"我这次回来为的是什么?"① 他的回答是重温"一个日子长长的旧梦"②,"温习温习那地方给我的印象"③,"翻阅一本用人事组成的历史"④。这里所谓的"温习"标示了沈从文返乡的初衷,都市生活的挤压驱使他返归到过去乡土生活的情境中去,进而幻化为一种来自乡土本身的召唤:"我仿佛被一个极熟的人喊了又喊,人清醒后那个熟悉的声音还在耳朵边。"⑤ 湘行路上,沈从文在写给新婚妻子张兆和的书信《湘行书简》中写道:"一个人生活前后太不同,记忆的积累,分量可太重了","我直到如今,总还是为过去一切灾难感到一点忧郁","那些死去了的事,死去了的人,也仍然常常不速而至的临近我的心头"。⑥ 沈从文在写作《湘行散记》时还是没有完全释然曾经的压抑和苦痛,仍难以从那份噩梦和恐怖中完全走出来。从这种意义上说,还乡是其宣泄这一情绪的重要出口。于是,沿途的风景和人事成了作家搜寻过去记忆的线索,在《从文自传》的开头,沈从文就写道:"拿起我这枝笔来,想写点我在这地面上二十年所过的日子,所见的人物,所听的声音,所嗅的气味;也就是说我真真实实所受的人生教育,首先提到一个我从那儿生长的边疆僻地小城时,实在不知道怎样来着手较方便些。我应当照城市中人的口吻来说,这真是一个古怪地方!"⑦ 这一次对湘西

---

① 沈从文:《老伴》,《沈从文全集》(第11卷),北岳文艺出版社2009年版,第297页。
② 沈从文:《天明号音》,《沈从文全集》(第11卷),北岳文艺出版社2009年版,第199页。
③ 沈从文:《箱子岩》,《沈从文全集》(第11卷),北岳文艺出版社2009年版,第279页。
④ 沈从文:《虎雏再遇记》,《沈从文全集》(第11卷),北岳文艺出版社2009年版,第301页。
⑤ 沈从文:《一九三四年一月十八》,《沈从文全集》(第11卷),北岳文艺出版社2009年版,第249页。
⑥ 沈从文:《泊杨家岨》,《沈从文全集》(第11卷),北岳文艺出版社2009年版,第175页。
⑦ 沈从文:《我所生长的地方》,《沈从文全集》(第13卷),北岳文艺出版社2009年版,第243页。

的寻访和考察，沈从文感触最深的莫过于其与都市极大的反差，而这种反差恰与作家心中所想的极为相似："我来了，是的，我仍然同从前一样的来了。我们全是原来的样子，真令人高兴。"①作者曾经那份传奇而冒险的经历和经验在隔了十多年后重返故乡的那一刻被全部激活了。《湘行散记》中不断出现和重复着的"十四年前""十五年前""十六年前""十四年后""十七年后"这样一些时间字眼，将作家的思绪从当下拉到了过去。"我站在船头，思索到一件旧事，追忆及几个旧人。"沈从文坐在小船上，船行驶于河上，一切都是动态的，眼前景色不断刷新，作者思绪也紧跟着流动。表面上沈从文是心随时空游，但其内在结构上其实是时空随心游，作者的思绪经常由一点声音或场景散发开去，沿河的码头、河街、吊脚楼，以及船夫、水手、多情妓女，这一切对于沈从文来说太熟悉不过了，熟悉到仅凭记忆之眼，这一切人事与风景便鲜活地呈现出来。对此，赵园这样评价道："湘西之行不过为这'回忆'布置了最适宜的情境罢了。甚至你会以为即使不借助于'行'，'回忆'也兀自活着，在梦中或许更美丽生动。"②记忆的闸门一旦打开后，那处处便有期待中的重逢与重温，文中一些具体入微的场景、真实的细节让我们一不留神就会误以为是作者行旅中的眼前真实之景之事。还乡之旅成为"回忆"借以展开的方式，某种程度上"回忆"才是此番湘行的主角。

1938 年，沈从文第二次返归故乡湘西，其返乡的动机和第一次有很大的差异。如果说第一次还乡中沈从文是根据自己对生命价值的思考和对美好人性的追求，在作品里构建一个带有文化批判色彩的"湘西世界"；那第二次还乡时，沈从文直接将湘西当成思考对象，他以一种历史的眼光来考察湘西的过去和现状，以求在作品中揭露湘西面临的严峻问题，展示湘西真实的社会人生。他以一个湘西东道主身份，将当地的各个方面向外乡人做一个系统而客观的解释，以此作为回赠外人的"土仪"，以"减少旅行者不必有的忧虑，补充他一些不可免的好奇心，以及给他一点来到湘西为安全和快乐应

---

① 沈从文：《一九三四年一月十八》，《沈从文全集》(第 11 卷)，北岳文艺出版社 2009 年版，第 247 页。
② 赵园：《听夜》，《沈从文名作欣赏》，中国和平出版社 2010 年版，第 199 页。

当需要的常识""帮助他人对于湘西的认识"①,希望能廓清外乡人对湘西的种种误解和片面化的印象。这一次的湘西还乡书写,其动机从私人、个体转向了民族、群体,从温习记忆、追溯往事转向了民族大义。对沈从文来说,"从《湘行散记》到《湘西》意味着从'一个人的旅行'到'一个民族的旅行'"②。尽管这两部散文集创作的时间间隔不算太长,但因为抗战等时代因素,沈从文此时的心境却已经发生了巨大变化,某种程度上,《湘西》的民族大义、人性重建等具有时代共鸣的东西已取代了《湘行散记》的私语性抒情特征。沈从文希望能引起湘西民众尤其青年们的警醒,认识到自身存在的种种问题和弱点,引起湘西民众对人生向上的憧憬。沈从文此番还乡的立场不再只是他个人的,而是代表了湘西的群体。他在社会转折和民族危机的时刻表现出了知识分子对社会现实的干预精神,此时沈从文作为一个还乡者,他与湘西的关系不再仅仅是过客意义上的了。正如金介甫所言:"使沈从文乡土文学作品更接近严酷现实的,并不是当时的文坛气候,而应归因于 1933 年至 1934 年和 1938 年春天沈的湘西之行。"③ 这阶段的还乡更多注入了理性因子,他从早期向内的自我灵魂凝视转向向外的对广大人生的拥抱,摆脱了早期那种琐细的童年回忆,变得宏阔开放;他的创作也由对湘西特有的人生景况的诗意发掘转变为由此生发的对个人命运及整个民族品格重造的思考。这些都显示出沈从文深邃的思想。

　　沈从文"乡下人"的身份定位与其所认可的"五四"新文化所倡导的现代精神看似是矛盾的,实际上却是不相背离的。他一方面用一种远离中心的边缘文化心态观照着现实社会,强调自己与现代之间的距离;另一方面又将自己的思想观念与"五四"开启的现代精神联系起来。这种悖论式的思想表明沈从文文学思想中复杂的文化构成。正是这种兼容现代与非现代的思想使其成为一个自由主义者。然而,这种被悬置的漂泊状态撕裂着沈从文的内心,也深化了其对于城乡问题的思考。"城—乡"这异质的二元在沈从文的湘西小说中是彼此参照的,同时也是互证自明的。城市是湘西的镜子,乡土

---

① 沈从文:《〈湘西〉题记》,《沈从文全集》(第 11 卷),北岳文艺出版社 2009 年版,第 329 页。
② 吴投文:《写实与"造梦"的诗意融合——沈从文〈湘行散记〉和〈湘西〉散论》,南京农业大学学报(社会科学版)2008 年第 1 期。
③ 〔美〕金介甫:《沈从文传》,符家钦译,湖南文艺出版社 1992 年版,第 215 页。

也是城市的镜子,在城市的包围和侵蚀下,乡土缓慢发生的一切变化都在都市文明的展现中已有端倪,同时,又在原始野性活力中显现了都市灵魂的沉沦。这是一种非此即彼的思维方式,也正是沈从文着力追求的价值取向。通过城与乡的比照,沈从文的价值取向彰显无疑。然而,尽管沈从文始终坚守"乡下人"的立场,但身居城市的他却处于"生活在别处"的境遇,这种"吾丧我"的状态始终纠缠着作家的内心:

> 我应该回到我最先那个世界中去,一切作品都表示这个返乡还土的诚挚召呼。"让我回去,让我回去,回到那些简单平凡哀乐中,手足肮脏心地干净单纯诚虔生命中去!我熟悉他们,也喜欢他们,因为他本是我一部分。"但仍然无从回去。①

魂牵梦绕的故乡是沈从文心灵的归处,但在都市摸爬滚打的人生经历却让他再也难以回到乡土,由此生成了无以复加的痛苦体验。对于沈从文而言,一旦离开了原乡进入都市,他就处于漂泊的状态,既无法融入都市,同时也再难回乡。这种双重隔离的状态始终纠缠着作家的内心。这正如他所说:"我的生活比较复杂,虽来自民间,却因为到都市一久,如同迷失了方向,再也回不了原来那个乡下。"②他两次重返湘西,却再也找不到记忆中那个乡土了:"只因为十多年不再到这条河上,一切极生疏了。"③他终于明白,"自己始终还是个乡下人。但与乡村已离得很远很远了"④。以"乡下人"自居的沈从文并不曾获得亲近原乡的机会,现实的乡土和想象的乡土之间的差异困扰和纠结着他,被都市和乡土双重梳理的沈从文没有放弃自己的文学梦想,相反,因这种现实和梦想之间的关联,沈从文没有陷入对原乡神话盲目推崇的窠臼,其文学创作反而添生了更为深厚的思维内涵。

---

① 沈从文:《关于西南漆器及其他》,《沈从文全集》(第27卷),北岳文艺出版社2009年版,第29页。
② 沈从文:《我》,《沈从文全集》(第27卷),北岳文艺出版社2009年版,第163页。
③ 沈从文:《一个戴水獭皮帽子的朋友》,《沈从文全集》(第11卷),北岳文艺出版社2009年版,第223页。
④ 沈从文:《烛虚》,《沈从文全集》(第12卷),北岳文艺出版社2009年版,第10页。

第二节 "百年立国"与文学经典的追寻

当沈从文走出湘西,踏入北京之时,他心怀文学梦,希冀用文学来照亮国民的魂灵,他要"为现在的别人去设想,为未来的人类去设想"①。沈从文以湘西"代言者"身份极力为湘西正名,目的不仅仅是为湘西"解蔽""辟谬""理惑",他更是为了湘西的未来发展谋思路。以往的研究往往强调沈从文小说审美主义等非功利性的一面,而对其参与现代民族国家建构的内在努力缺乏必要的关注。事实上,沈从文从未规避文学的社会功用性,也没有低估"作家"之于现代社会的角色及价值。对于自己而言,他曾这样设想过:"希望做一个和十九世纪第一流短篇作者竞长短的选手",其出发点在于,"能写得比这一世纪高手更好,代表国家出面比赛,才真正有意义"。②

一、"想象"新传统与"五四"文学精神的延续

与其他现代知识分子一致的是,沈从文所处的中国是一个处于社会历史转型中的中国。面对着近代以来中国的民族危机,现代知识分子以文学为武器,开启了重构中国形象的文学传统,"对中国形象的反复寻找、呈现或重构,竟演变成了一个贯穿整个20世纪中国文学的'世纪性'传统"③。对于这种想象,有学者将其描述为"对中国的执迷"④,这种塑造中国形象的文学实践充分表明,中国新文学充当了公共舆论的平台,它立足于中国所处的历史语境,在本土传统与外来传统的相互参照中,寻找文学的现代意识及新的文学传统。这与安德森所谓现代民族国家是一个"想象共同体"的看法有着内在的一致性,即文学发挥着通过"民族语言阅读"来对"现代民族国家"塑

---

① 沈从文:《从文自传》,《沈从文全集》(第13卷),北岳文艺出版社2009年版,第362页。
② 沈从文:《我的学习》,《沈从文全集》(第12卷),北岳文艺出版社2009年版,第366页。
③ 王一川:《中国形象诗学》,上海三联书店1998年版,第17页。
④ 夏志清:《中国现代小说史》,复旦大学出版社2005年版,第533页。

形的功用。① 换言之，文学关于民族或国家的书写和言说缝合了现代性演进的时代主题，在民族、国家等概念的话语框架内，思想启蒙、社会革命等重大的意识形态命题才能顺利地进入宏大叙事的范畴之中，进而形成一种具有现代性和时代性的文学隐喻体系。

就沈从文而言，他充分肯定文学的有用性："在积极方面，却可望除旧更新，使文学作家一支笔由打杂身份，进而为抱着个崇高理想，浸透人生经验，有计划的来将这个民族哀乐与历史得失加以表现。且在作品中铸就一种博大坚实富于生气的人格，使异世的读者还可以从作品中取得一点做人的信心和热忱。使文学作品价值，从普通宣传品变为民族百年立国的经典。"② 由此可见，他并不想将文学禁锢于狭小的个人世界里，而是希冀发扬文学参与塑造中国社会历史发展的新传统。他书写"乡土中国"里牧歌式的人事的同时，也将乡土文化的诸多问题置于动态文化结构中考量，这种注入了历史、文化与时代内涵的文学作品呈现出深厚的现实情怀。《大小阮》中的小阮，《菜园》中的青年夫妇，《除夕》中的雷卿，还有《刽子手》中的那对教师夫妇，都有着与平常人不一样的"外突"意识，他们不愿意沉沦，不愿意为自身之外的人或事所役。然而，他们最终的命运都是被强大力量所扼杀，当政者以他们悲剧性的命运来恐吓百姓。在这里，沈从文对其革命情怀是赞扬的，对他们的死也极为惋惜。但他没有进一步透露或盲目地添加"希望"的隐喻，这自然与主流的话语保持了距离。在沈从文的著述中，他并未表示过有参加革命的热望或决心，当然也没有明确的阶级身份与政治信仰，但是，他却始终关切着民族和国家的命运，倾心于国人人性及人格的培育与提升，用他的话来说即是："目前最需要的，还是应当从政治，经济，教育，文学，各方面共同努力，用一种新方法造成一种新国民所必需的新观念。"③

随着西方的现代性入侵，传统的中国形象遭遇到前所未有的认同危机，

---

① 〔美〕本尼迪克特·安德森：《想象的共同体》，吴叡人译，上海人民出版社2003年版，第5—7页。
② 沈从文：《文学运动的重造》，《沈从文全集》（第17卷），北岳文艺出版社2009年版，第296—297页。
③ 沈从文：《中国人的病》，《沈从文全集》（第14卷），北岳文艺出版社2009年版，第88页。

正面临现代转型的中国社会促使中国文学对现代中国进行重新想象和设计。如何将中国的发展纳入世界文明轨道等一系列问题，引发了现代知识分子以巨大的热情去重塑中国形象。这种自我形象的设计和表达始终与古典的"中国形象"和发达的"西方形象"密切相关。两者构成的价值坐标控制着中国新文学对于中国的想象。认同危机驱动了现代知识分子摈弃过时而失效的传统中国形象，重新寻找新的符合历史发展的现代民族国家形象，"作为一个民族国家范畴，近代以后的中国认同都建立在对以文化认同为基本内核的传统中国认同的超越之上"①。

这种对中国形象的找寻是基于一种被召唤的现代性诉求。认同涉及个人和社会共同体的关系，是个人对一定社会共同体的归属感，对一定社会共同体的价值目标和理想的肯定评价和主动践行。因此，认同是人的自由的表现，是一个主体对自我的追问和建构，即是人们对于自我身份的确认。族群的界定与认同受特定政治经济环境的制约，经由"知识化"传播，通过共同称号、族源历史，并以某些体制、语言、宗教或文化特征来强调内部的一体性、阶序性。在此基础上，国家认同是个人在心理上认为自己归属于一个固定的政治认同体，意识到自己具有该国家的身份资格。认同的方式是在同一范畴内增强或夸大事物之间的相似性，同时增强或夸大不同范畴间的差异，即在不同文化范畴或群体间产生了一种"增强效应"。② 近代的民族危机增强了中国人的民族国家认同，很好地诠释了"冲击—反应"下中国人开启自我身份寻找和主体表述的现代意识。在强大的危机面前，国人除了自存的本能反应外，还有自我身份亟待确认的迫切体认：我曾经是谁？我现在是谁？他们是谁？他们将我指认为谁？我想成为谁？等等。这些疑问的提出是由闯入自我生活世界的"他者"造成的，因此自我认同与群体认同很容易整合在一起，它们要在破碎的现实中重整自我记忆，在双重镜像中重构自我的角色定位。在中西不等位的比照中，西方价值所呈现的现代性品质容易获得中国人的主动认同，而在对民族性的本质化理

---

① 李杨：《文学史写作中的现代性问题》，山西教育出版社2006年版，第298页。
② 〔澳〕迈克尔·豪格、多米尼克·阿布拉姆斯：《社会认同过程》，高明华译，中国人民大学出版社2011年版，第25页。

解中则表现出认同性焦虑。寻求身份以获得自身的存在证明，正是人不可或缺的精神品格。对于身份认同出现危机的人来说，不仅难以确证自我存在，也无法获得被共同体保护的资格。所以身份的确认是自我意识强化的前提和基础。葛兆光在阐释近代知识分子的心理状况时指出："在中国、在中国的知识界、在几乎每一个中国士人心里，都不是非此即彼的民族主义或世界主义。尽管我们说西方的冲击在中国激起了民族存亡的忧患和民族主义热情，不过，在近代中国的民族主义背后，偏偏又可以看到非常奇特的世界主义背景。"[1] 晚清以来的知识分子在追索现代自我的过程中，民族自强，国家自立是其最为直接的价值诉求。面对着强大的外敌入侵，中国现代知识分子将国家意识的提升和文化认同的找寻联系起来。长期以来的"夷夏之辨"一步步升华为一种强烈的民族意识，传统的家族观念、天下观念、地方意识也逐渐为国家意识让步。

随着中国封建王朝的解体，国人的观念也发生着翻天覆地的变化。在这一过程中，现代"国家"取代了封建"朝廷"成为知识分子着力书写和建构的对象，也成为他们动员社会、积聚文化认同的目标。于是，一种新型的思想体系——"国家—国民"开始形成。个人和国家的关系不再是一种单纯的道德关系，而成为一个新的、凝聚人心的身份认同符号。如前所述，国家不仅是经济实体、政治结构、社会组织，而且是一个"虚构性"的共同体。对此，有西方学者认为："每一个有制度的运作再造出的社会共同体都是虚构的，其基础在于把个人之存在置于集体表述之经络之中；在于体认到一个集合的名称。"[2] 长期以来，中国人、华人或与中国文化有不解之缘的世界各阶层人士，用中外不同语言共同书写了杜维明所谓的"文化中国"[3]。对于国家的认同，人们往往通过包括象征、叙述、言说等文化标记来表述，这些与众不同的文化标记融入置身于其中的国民的日常生活之中，并黏合成一种集体无意识的信仰。从这种意义上说，国家是其与众不同的文化标记的一种话语

---

[1] 葛兆光：《中国思想史》（第 2 卷），复旦大学出版社 2000 年版，第 690 页。
[2] 参见杜赞奇：《解构中国国家》，复旦大学历史系、复旦大学中外现代化进程研究中心主编：《近代中国的国家形象与国家认同》，上海古籍出版社 2003 年版，第 174 页。
[3] 杜维明：《文化中国：以外缘为中心》，《杜维明文集》（第 5 卷），武汉出版社 2002 年版，第 310—326 页。

表征。近代中国在时局上的不断挫败,导致西方对中国的想象始终与停滞、落后、保守等国家形象联系在一起。这种西方的中国想象却为先觉者对抗中国本土传统文化体系提供了思想资源,借此建构他们本土的中国想象。这样一来,西方视野下的中国形象作为一种批判性的话语资源就具有了解放性的意义。

一般而论,道家思想之于沈从文的影响要超过儒家等其他思想。但这并不意味着他就完全不认同儒家思想,尤其是儒家那种积极"入世"的人生姿态。他赞许儒家"有所为"的精神,认为只有持守了这种观念,"民族永远不会灭亡"。针对"儒家最美丽的认真为公精神,在读书人中且有日趋萎缩之势",他主张重拾失落的民族精神,"用一种新方法造成一种新国民所必需的新观念"①。正是这种信念,让作家在书写恬淡自然的姿态中不至于沉沦,也使其生命诗学观更具庄严性和现代性。

如前所述,沈从文深受"五四"新文化运动的影响,文学改良社会、文学淘洗人心的观念贯穿沈从文创作的始终。然而,在现代性的框架里,新旧的分立让很多知识分子无法真正融通两者之间的关系,立于一端而持守非此即彼的观念,使得在其偏激的"反传统"中难以赓续文化传统。沈从文较好地融通了传统文化与现代思想之间的紧张,并试图将其"综合"化处理,在湘西人抽象而普遍的德性与现代视野的参与的双向观照中,沈从文游弋于传统与现代之间,彰显出独特的文学想象的创作个性。这其中不乏对于启蒙本身的反思,它不同于鲁迅"立人"与"立国"的统合,沈从文将传统德性的开掘与乡民生命人格的检视并举,扩充了其民族国家意识的纵深感。在《从现实学习》中,沈从文表达了其到北京所怀抱的理想是"读点书,半工半读,读好书救救国家"。他特别强调了当时刊物"所提出的文学运动、社会运动原则意见",他体会到了新文学对于社会重造及民族重造的重要责任,"以为社会必须重造,这工作得由文学重造起始"。②事实上,沈从文的创作深度契合了"五四"新文学的主潮,即使他自命为远离文化中心圈的"乡下人",但对于那一代知识分子而言,"位卑未敢忘忧国",用文学来改良国家

---

① 沈从文:《中国人的病》,《沈从文全集》(第14卷),北岳文艺出版社2009年版,第88页。
② 沈从文:《从现实学习》,《沈从文全集》(第13卷),北岳文艺出版社2009年版,第375页。

的责任始终没有放弃。他这样描写自己创作的心理：

> 正在发酵一般的青春生命，为这些刊物提出的"如何做人"和"怎么爱国"等等抽象问题燃烧起来了。让我有机会用些新的尺寸来衡量客观环境的是非，也得到一种新的方法、新的认识，来重新考虑自己在环境中的位置。①

然而，与其他"五四"文学革命先驱不同的是，沈从文的人生经历以及潜存的边缘心态还是让他陷入了深深的困惑之中，"我是受'五四'运动的余波影响，来到北京追求'知识'实证'个人理想'的。事实上，我的目标并不明确，理想倒是首先必须挣扎离开那个可怕的环境"②。

在对待"五四"文学革命的批判问题上，沈从文比较认同"五四"精神的是，"五四"文学革命除了于"民族精神的建立与发扬"有重要作用外，还有一个重要特征，那就是其中所表现出来的否定怀疑精神。他说："我们必承认明白'五四'实在是中国大转变一个标志。有学术自由，知识分子理性方能抬头。理性抬了头，方有对社会一切不良现象怀疑否认与重新检讨的精神，以及改进或修正愿望。文学革命把这种精神和愿望加以充分表现，由于真诚，引起了普遍影响。"③"五四"所形成的现代知识传统给予中国现代知识分子最大的精神营养在于，让他们意识到用文学来浇灌和滋养国民人格是现代社会发展的内在诉求。就现代民族国家意识的生成而言，在一个新旧转型的特殊语境下，传统的国家形象面临着认同危机，一种全新的国家形象尚未建构，这驱动了知识分子重构历史与现实的创作心理。而沈从文不太认同"五四"文学革命则是这种"理性过剩"以及否定泛滥的工具思维，他将其称为"文运的堕落"。④沈从文一方面肯定了知识分子借助"文学"这一"工

---

① 沈从文：《我怎么就写起小说来》，《沈从文全集》（第12卷），北岳文艺出版社2009年版，第414页。
② 沈从文：《二十年代的中国新文学》，《沈从文全集》（第12卷），北岳文艺出版社2009年版，第377页。
③ 沈从文：《纪念五四》，《沈从文全集》（第14卷），北岳文艺出版社2009年版，第297页。
④ 沈从文：《文运的重建》，《沈从文全集》（第12卷），北岳文艺出版社2009年版，第80页。

具"来搭建民族精神信仰:"民族精神的建立与发扬,分析说来,就无不得力于工具的能得其用。"① 另一方面他也将知识分子精神的堕落同样归结于此:"从'五四'到如今,二十年来由于这个工具的误用与滥用,在士大夫新陈代谢情形中,进步和退化现象,都明明白白看得出。其属于精神堕落处,正由于工具误用,在受过高等教育的公务员中,就不知不觉培养成一种阉宦似的阴性人格,以阿谀作政术,相互竞争。……同时在专家或教育界知识分子中,在造成一种麻木风气。"② 沈从文都市题材小说中知识分子的形象谱系可作如上观。当知识分子逐步远离文学性的时候,"文学经典"的价值势必会受制于审美精神之外的世俗所蔽。沈从文小说创作中对于美和爱精神的"失魅"与"复魅"书写也体现了他对知识分子定位的一种深入的反思,这也即是他所认为的"五四"精神的堕落。

沈从文意识到,由于文学"工具性"的滥用,知识分子的文学改造社会的功能也会随之削弱,这是哲学上二律背反的体现。在他看来,只有改变这种"文运堕落"的局面,文学才能助力民族向前、向上。在"五四"之后,他提出要重建"五四"精神:"让我们来重新起始,在精神上一面保留'五四'运动初期作家那点天真和勇敢,在阅历上加上这二十年来从社会变动文运得失讨得的经验,再好好来个二十年工作,看看这个民族的感情中,是不是还能撒播向上的种子,发芽和发酵,有个进步的明日。"③ 但是,沈从文用批判"五四"文学工具性的方式来试图恢复"五四"精神难免陷入困境。毕竟在沈从文小说创作的特定语境下,文学完全抛却其社会功能,无视其改造社会历史进程的努力是难以重整文学纯洁精神的。沈从文深谙其道,"不新不旧的乡愚"④ 也正是他对自己错位的身份的自觉认定。

---

① 沈从文:《"五四"二十一年》,《沈从文全集》(第14卷),北岳文艺出版社2009年版,第133页。
② 沈从文:《长庚》,《沈从文全集》(第12卷),北岳文艺出版社2009年版,第39页。
③ 沈从文:《白话文问题——过去当前和未来检视》,《沈从文全集》(第12卷),北岳文艺出版社2009年版,第63页。
④ 沈从文:《复苏同志》,《沈从文全集》(第25卷),北岳文艺出版社2009年版,第382页。

二、创伤体验与文学社会功用的融合

在与胡适的通信中,沈从文指出:"先生为新文学运动提倡者,一定明白自从'五四'以来中国政治组织、社会组织与青年思想三方面的变迁,受新文学影响到怎样程度,也一定明白这个东西在将来还可以如何影响到这个国家和民族的前途。"他非常肯定胡适等"五四"思想先驱利用文学思考中国前途命运的价值,在他看来,造就一个崭新的民族国家势在必行,其价值远在物质文明的改变与革新之上:"使中国产生一个新的文化,或再造一个新的国家,……在造就科学家以前,还必须如何先一点造就国民对于科学尊重的观念,以及国民坚忍结实的性格。"[①] 在他看来,国民优良性格的生成是建构新国家的基础,这其中,文学的力量至关重要。沈从文进一步指出:"一切经典的制作,不离乎文字,新的经典的形式,照近二十年来的社会习惯,又如何适宜于放在一个文学作品中,以便在广大读者群中唤起那个民族自尊心与自信心,并黏合这点精神于民族发展某种设计上。"[②] 在晚年的一次回忆中,沈从文这样说道:"当时追求的理想,就是'五四'运动提出的文学革命的理想,我深信这种文学理想对国家的贡献。"[③] 正是因为承继了"五四"新文学的精神,才使得沈从文的文学创作没有出离中国新文学想象中国的现代传统。

应该说,沈从文民族国家意识的生成与其独特的创伤体验是分不开的。在这里,"创伤"并不等同于纯粹肉体意义上的疼痛,或者说,它在很多语境下意指某种"精神性"的伤痛,或者兼含身心而超越身心划分的存在意义上的伤痛。在《从文自传》《一个人的自白》等带有"自叙传"色彩的文章中,沈从文多次写到了"创伤"之于其创作的影响。在叙事自己的创伤时,他的表述和鲁迅《〈呐喊〉自序》颇为相似:

---

① 沈从文:《致胡适19340625》,《沈从文全集》(第18卷),北岳文艺出版社2009年版,第208页。
② 沈从文:《"文艺政策"检讨》,《沈从文全集》(第17卷),北岳文艺出版社2009年版,第282页。
③ 沈从文:《从新文学转到历史文物》,《沈从文全集》(第12卷),北岳文艺出版社2009年版,第384页。

> 有谁在旧军阀时代，未成年时由衰落过的旧家庭，转入到一个陌生杂牌部队，作过五年以上的小护兵司书的没有？若你们中有那么一个人，会说得出生活起始，将包含多少酸辛。这也是人生？就是人生。我就充分经验过这种人生。这里面包含了一片无从提及的痛苦现实。……我的生命并没有对困辱屈服。我总要想方法抵抗，不受这个传统力量和环境征服或压倒。①

这其中，既叙述了自我经验的痛苦，也陈述了其抵抗痛苦现实的决心，而后者正是一个作家从事文学创作的内在根由。在"痛苦现实"面前，沈从文没有沉沦，尽管他的诸多小说中充斥着和谐的"爱"与"美"的乐章，但我们始终能读到其中泛出的淡淡忧愁。沈从文当然不希望读者盲视这种美好文字背后所隐藏的痛楚与伤感，他真诚地道出了其隐藏创伤的深层根由："这或许是属于我本人来源古老民族气质上的固有弱点，又或许只是来自外部生命受尽挫伤的一种反应现象。我'写'或'不写'，都反映这种身心受过严重挫折的痕迹，是无从用任何努力加以补救的。"②

面对着很多读者和批评家对沈从文耽溺于传奇、幻想式的"乡土中国"书写的质疑，沈从文表现得很无奈，他认为这些人没有能从显性的和谐与自然中洞见其隐性的痛苦、创伤："部分读者可能但觉得'别具一格，离奇有趣'。只有少数相知亲友，才能体会到近于出入地狱的沉重和辛酸。"③这种疼痛渗透于其所营构出来的一个个精巧的故事之中，这也使这些带有湘西色彩的乡土中国故事烙上了历史、文化与现实的丰富印记。在哲学家维特根斯坦看来，疼痛是不具公共性的，因为"只有我知道我是否真的疼：别人只能推测"④。沈从文将自己的疼痛隐喻性地表达出来，同时也试图突破身体疼痛所具有的个体隔离性，致力于将个体疼痛与国家危机公之于众，这当然是沈从文心中预设的转述痛感，事实上在他的意识中，中国人是不大具有痛感的。

---

① 沈从文：《一个人的自白》，《沈从文全集》（第27卷），北岳文艺出版社2009年版，第9页。
② 沈从文：《〈湘西散记〉序》，《沈从文全集》（第16卷），北岳文艺出版社2009年版，第394页。
③ 沈从文：《〈从文自传〉附记》，《沈从文全集》（第13卷），北岳文艺出版社2009年版，第367页。
④ 〔奥〕维特根斯坦：《哲学研究》，陈嘉映译，商务印书馆1996年版，第135页。

换言之，这是沈从文关于创伤记忆的生命体验，在这里，"创伤的执着及其选择性记忆和艺术性投射"构成了沈从文诗性智慧的"精神起源"[①]，将创痛通过隐喻进入语言中，通过塑造导致痛感原因的场域，将"无法共享"的疼痛表现了出来，并将其客体化，而具体场景反过来转喻式地传达这种类似共通的痛苦经验，而这种用痛感体验后的美和自然才更具个人性和民族性，也传达出更有历史和社会宽度的内涵。

沈从文文本中流露出的牧歌式的伤感与前述作家的创伤经验不无关系，沈从文没有掩盖和隐藏这种由内而外或又外而内的疼痛，并将其化用为优美文字潜伏的历史或现实的印迹，以此建构出沈从文式的乡土中国形象。这意味着，他没有将艺术悬之高阁，在注重艺术的审美特性的前提下又渗透着文学的社会功用效应，这种具有功利与唯美张力的文艺观是沈从文创造的"新的经典"的前提和基础。然而，当我们阅读沈从文的诸多乡土小说时不免有这样一个印象，沈氏所营构的乡土中国是远离都市中国或现代中国的，支撑其乡土王国的人的物质和思想资源主要是中国传统文化及本土民族文化，体现了近代中国以降的文化守成主义思潮在文学上的提炼，"这揭示了主体民族对自我的诗意想象的虚拟性和策略性"[②]。这里所谓的虚拟性和策略性反映了沈从文对于影响20世纪中国最著名的"革命"与"政治"思潮的反拨与回应，因而也沟壑鲜明地确立了其独特的文学姿态和精神取向。

在《小说作者和读者》中，沈从文这样写道："一个好作品照例会使人觉得在真美感觉以外，还有一种引人'向善'的力量。我说的向善，这个名词的意义，不仅仅属于社会道德一方面'做好人'为止。我指的是这个读者从作品中接触了另外一种人生，从这种人生景象中有所启示。对人生或生命能作更深一层理解……或积极的提示人，一个人不仅仅能平安生存即已足，尚必须在生存愿望中，有些超越普通动物肉体基本的欲望，比饱食暖衣保全首领以终老更多一点的贪心或幻想，方能把生命引导向一个更崇高的理想上去发展。这种激发生命离开一个动物人生观，向抽象发展与追求的

[①] 贾振勇：《沈从文：创伤的执著·性灵的诗人·未熟的天才》，《文史哲》2017年第1期。
[②] 刘洪涛：《〈边城〉：牧歌与中国形象》，《文学评论》2002年第1期。

欲望或意志,恰恰是人类一切进步的象征。"①由此可见,沈从文的"文学经典"意识将"人"视为真正的本体,既是书写的对象,又是接受的主体、改造的主体。在沈从文看来,文学经典一方面固然要贴近社会和人生,激发起尘封的民族自尊与自信,透过文字隐喻系统建构起反映民族国家议题的故事脉络。当然,更为关键的是通过这种故事能引导人类向前憧憬,开掘民族有益的精神资源:"从一个乡下人的作品中,发现一种燃烧的感情,对于人类智慧与美丽永远的倾心,康健诚实的赞颂,以及对愚蠢自私极端憎恶的感情。这种感情且居然能刺激你们,引起你们对人生向上的憧憬,对当前一切的怀疑。"②在此思维下,沈从文小说以湘西乡土为对象,营构了具有独特个性及精神风貌的乡土中国形象。在此基础上,沈从文提出了创作行为乃是达成人性之情理调适的"情绪的体操"的创作观:"我文章并不骂谁讽谁,我缺少这种对人苛刻的兴味。我文章并不在模仿谁,我读过的每一本书上的文字我原皆可以自由使用。我文章并无何等哲学,不过是一堆习作,一种'情绪的体操'罢了。是的,是一种体操,属于精神或情感那方面的。一种使情感'凝聚成为渊潭,平铺成为湖泊'的体操。一种'扭曲文字试验它的韧性,重摔文字试验它的硬性'的体操。"③"生命"与"革命""政治"显在的区别在于前者更注重人内在精神的集聚与融合,强调人自我精神的体悟,而后者则更关注人在社会的生存状态,强调人对于外部世界的体验与反应。由此确立的中国想象模态也就存在着较大的差异。于是,在沈从文的笔下,"乡土中国"主要呈现出具有生命强力、生命意志所构成的抽象的中国形象。它的起点是活生生的"人",个体——人的出现使"乡土中国"内涵变得丰富多彩。在沈从文这里,他将自己的心境融入如诗境般的乡土,同时又将辗转于都市与乡土的中国情境叠加其上,赋予了其"乡土中国"书写独特的精神气度。通过对现代中国的人的生命形态的塑造,沈从文营构了独特的"乡土中国"形象,这种想象中国的文学表达凸显了现代知识分子对于现代中国的主体认同。

---

① 沈从文:《小说作者和读者》,《沈从文全集》(第12卷),北岳文艺出版社2009年版,第66页。
② 沈从文:《习作选集代序》,《沈从文全集》(第9卷),北岳文艺出版社2009年版,第6页。
③ 沈从文:《情绪的体操》,《沈从文全集》(第17卷),北岳文艺出版社2009年版,第216页。

沈从文之所以要构建中国形象，其内在根由是民族危机所催生的作家的焦虑意识。他曾这样追问：

> 一切现存的坏处，虽可以由历史上的人物，书本，饮食，各种东西去负责，但这个民族未来的存亡，却必需由我们活到这地面上的人来负责的。如今老年人好像已不能为后人思索，年轻人又还会来为自己思索，有知识有理性的中坚分子，则大多数在不敢思索情形中鬼混下去，这样一个国家，纵想在地球上存在，还配在地球上存在下去吗？①

有了与外族比较的意识后，沈从文才会醉心于现代中国的想象，从自己熟谙的湘西世界中找寻扩充民族活力、接续中国的现代传统的质素。于是，对于一个作家而言，他所能做的就是用文字去营构适应世界发展潮流而需要的未来中国形象。基于这种创作的自觉，他坦言："我却只想就较小区域来写点有历史意义的东西。并鼓励他们来坚定信心，在毁败的瓦砾堆上，齐心将国家在一个新计划中重造。"②

在"国家—国民"的观念体系中，"新民"身份在政治话语中的确立，为中国人谋求新的身份认同提供了广阔的话语空间。文学通过独特的言说方式，提供了关于自我的一套信仰、表征系统及象征资源，通过一定的"形象"表征，为言说现代民族国家提供可供阅读与传播的思想载体。刘禾曾将"五四"以来的"现代文学"称为"民族国家文学"③。不言而喻，在中国现代性危机笼罩的年月里，民族国家话语是当时最为主导的话语，作家无法从时代的大潮中抽身而出，他们的文学创作也就自然与民族国家的确立、建制联系在一起。与晚清民初的乌托邦小说不同的是，中国新文学超越了抽象化、宣言式的"未来"书写，将人的解放与社会解放结合起来，将"人"与"国家""民族"并举，开启了文学现代性的全新时代。在现代小说史上，乡

---

① 沈从文：《元旦日致〈文艺〉读者》，《沈从文全集》（第17卷），北岳文艺出版社2009年版，第204页。
② 沈从文：《复姚明清信》，《沈从文全集》（第17卷），北岳文艺出版社2009年版，第488页。
③ 刘禾：《文本、批评与民族国家文学》，《语际书写——现代思想史写作批判纲要》，上海三联书店1999年版，第191页。

土文学最典型的表现形式是乡土小说,又因"乡土中国"的"乡村世界太过古老,苔痕斑驳,本身已具有'寓言品性'"①。在一篇文章中,沈从文写道:"我只想造希腊小庙。选山地作基础,用坚硬石头堆砌它。精致,结实,匀称,形体虽小而不纤巧,是我理想的建筑。这神庙供奉的是'人性'。"②在这里,"希腊小庙"作为一个具有象征意蕴的"能指",其"所指"是生命自然舒展不受压抑束缚的古代希腊。古希腊时代是人类天性得以最自由自然发展的,以自然、健康、力量、美为崇尚的时代,是人类生命正常发展的童年时代,古希腊人是人类最正常发展的"儿童"③。这里的"儿童"是生命体早期的形态,充满自然,具有成人难以比拟的可塑性和成长性。它因而也成为很多知识分子想象民族国家的主要对象。

沈从文不仅肯定文学的价值功用,而且也希望文学对于改造社会、滋养人心起到真正的作用。他希望其创作的文学作品"成为一根杠杆,一个炸雷,一种符咒,可以因它影响到社会组织上的变动,恶习气的扫除,以及人生观的再造"④。应该说,沈从文是带着"五四"启蒙主义的文学立场走上文学道路的,但随着其生活经验的加深,他发现启蒙所确立的理性和进步逻辑并没有使中国朝着现代化的路径向前发展,相反,纯洁善良的人心在世俗的大潮中逐渐被异化。这种建构在对"五四"新文学反思之上的文学观念使得沈从文紧扣时代发展的脉搏,不离弃文学与现代中国的关联,在理解"人"和"国"的问题上注入了更为贴近现实和向未来凝眸的眼光。在此基础上,他认为"改造运动"的迫切性远远大于"解放运动"。如果说"五四"启蒙运动的重心在于"立人",在于将"人"从"非人"的牢笼中解放出来,那么沈从文所思考的是哪样的人才具备解放他人和自我的能力?从这种意义上说,沈从文所作的努力依然集中在"人"这一内核上,只是其关注的视角和所运用的方式与其他作家并不相同罢了。

在反思"五四"新文学的过程中,沈从文充分肯定"五四人"的"天

---

① 赵园:《地之子——乡村小说与农民文化》,北京十月文艺出版社1993年版,第140页。
② 沈从文:《习作选集代序》,《沈从文全集》(第9卷),北岳文艺出版社2009年版,第2页。
③ 马克思:《〈政治经济学批判〉导言》,《马克思恩格斯选集》(第2卷),人民出版社1972年版,第114页。
④ 沈从文:《新文人与新文学》,《沈从文全集》(第17卷),北岳文艺出版社2009年版,第86页。

真"与"勇敢",但他也意识到"商品竞买"与"政治争宠"是制导文学主体性的最大的要素,一旦文学深陷这两者所设置的话语藩篱中,其必然丧失对于社会的批判力,文学的思想性、艺术性将极大折损。正是基于这种意识,沈从文没有机械式地对社会现实进行描摹,也没有摒弃文学的严肃性、思想性的本体诉求,转而关注那些没有被社会化的"前现代"的生命图景。借此,继续彰显新文学的价值功用,同时提升文学主体性,是沈从文文学观念的重要基石:"学术的庄严是求真知和自由批评与探讨精神的广泛应用,这也就恰恰是伟大文学作品产生的必要的条件。"①

正是有了现代中国进程的烛照,才呈现出沈从文拷问"人"及"国"思想的深度。为了凸显"乡土中国"的常态与变状,沈从文将人幻化为乡土世界中的一个小圈、一个小点。他说:"人虽在这个背景中凸显,但终无从与自然分离。有些篇章中,且把人缩小到极不重要的一点中,听其全部消失于自然中。"②以自然统领人的行为并非沈从文的真正意图,有意建构融合人与自然遇合、分离的图景来审思民族国家何以生存和发展。

---

① 沈从文:《文学运动的重造》,《沈从文全集》(第17卷),北岳文艺出版社2009年版,第295页。
② 沈从文:《〈断虹〉引言》,《沈从文全集》(第16卷),北岳文艺出版社2009年版,第340—341页。

第二章 "神—人"权力谱系：乡土中国的形象学体系

西方学者让·马克·莫哈认为，形象的研究范畴可以包含三方面：一是外国的形象；二是来自某一民族或文化国的形象；三是由作者自身的独特感觉而创造的形象。他强调这些形象中，集体的精神状态（包括集体的原型）、空间形式、文化因素等构成着重要的内容。① 在他看来，民族、国家的形象是作家复活集体记忆，呈现出个人对于历史与现实的想象性的思考。文学想象民族国家是通过语言这一符号表意系统来完成的，这样一来，国家被内化为具有某种思维、人格、精神的形象主体，可以通过文学的方式进行言说和表述。因此我们可以通过符号表意系统所呈示的中国形象的可能性形态及精神表征，以此来探究现代中国的现实境域与未来中国的文化走向。沈从文采用"自塑"的方式，从乡民的身体、心理、观念、人格、言说等因素想象中国，营构了充满生命强力、与自然契合的爱与美组成的乡土中国形象。与此同时，都市中国的形象则是乡土中国潜在的他者，两种中国形象彼此对立、相互参照，深刻地呈现了现代中国复杂的精神图景，也充分彰显了沈从文建构自我主体性想象的思维形态和价值取向。

第一节 身体隐喻与乡土中国的"反阉寺"强力

在哲学上，身体是一种表征意识形态话语的载体。福柯曾用"烙满历史

---

① 〔法〕让-马克·莫哈：《比较文学的形象学》，《中国比较文学通讯》1994年第1期。

印记的肉体和糟蹋着肉体的历史"来表述身体与历史的关联。①换言之，一切人类社会和文化均以人的"身体"为出发点，人的身体的历史就是人类社会和文化的历史的缩影。身体参与文化再生产的活动，身体是历史事件的记录表，铭刻着历史发展的过程。在快乐和悲苦中见证了人类自身的历史命运与生存本相。近代以来，中国知识分子将身体理解为一种想象民族国家的象征性符码。身体的意义来源于其与精神的复杂关联，没有脱离精神而在的身体，也没有离弃身体而在的精神。在某种程度上，"身体"表征着主体，身体铭刻着历史主体性文化锻造的印记，所有的精神、情感状态最终回归着相应的身体状态。"所有的身体状态都存在着一种精神要素，而同样，所有的精神状态都存在着身体因素。"②可以说，身体不是精神之外的世俗化的肉体，而是生命的本体；不是被动的利用对象，而是可以视为隐喻历史和现实存在的话语载体，并在话语实践的场域中不断被赋予精神化的意义。沈从文从国民"身体"的维度来设想中国形象，延续了"五四"知识分子想象中国的传统，当然，重身体并不意味着弃置对人精神的考量，而是将两者结合在一起，身体和精神相互参照，开启了中国想象的形象构筑。

一、"雄身雌声"与病态都市人同构

在传统中国，道德对身体的规训使人无法承受"身体道德化"之重。严苛的"修身"过程主要集中在身体的"洁化"问题上，而对于身体之外的民族、国家等问题则付之阙如。当历史的车轮移至近代时，"东亚病夫"这个最具概括性的中国形象隐喻不胫而走，深深刺痛了国人的内心。在这种身体形象的经验中，国民身体的"羸弱"与中国的"弱国形象"同构，国家的精神化状态经由身体的表述呈现出来。在这种境域中，"身体道德化"让位于"身体国家化"，很多知识分子将身体理解为拯救和隐喻国家的重要主体。在进化论思想的影响下，民族生存的危机感让中国人不能不产生自省和自强意

---

① 〔法〕米歇尔·福柯：《权力的眼睛》，严锋译，上海人民出版社1997年版，第71页。
② 〔美〕安德鲁·斯特拉桑：《身体思想》，王业伟、赵国新译，春风文艺出版社1999年版，第6页。

识，将落后国家改造为先进国家，将衰弱的国人改造为强健的国民就成为先觉者自觉的文学承担和选择。因此，一些知识分子将国家"身体化"，在国家与身体之间，找到了可以相互隐喻的契合点，进而探究中国机体的病源。在此逻辑中，身体由纯粹生理范畴的概念转换为具有社会指意功能的内涵。

沈从文书写的"乡土中国"充盈着积极向上的生命元气，这不仅深度契合了作者基于民族国家主体建构的思想观念。在沈从文看来，"爱国也需要生命，生命力充溢者方能爱国"[1]。就疾病的隐喻而言，桑塔格认为，"疾病意象被用来表达对社会秩序的焦虑"[2]。言外之意，疾病既是生理性的，也是社会性的。在沈从文看来，以知识和理性为主导的现代文明将绅士阶级和知识阶级塑造成了"蝗虫"和"花园中的盆景"，中华民族源远流长的德性和品格日趋被异化为"虚伪"或"油滑"。用小说《如蕤》中的话来说即是"民族衰老了，为本能推动而作成的野蛮事，也不会再发生了。都市中所流行的，只是为小小利益而出的造谣中伤，与为稍大利益而出的暗杀诱捕"[3]。在沈从文看来，都市人显见的特质是在冠冕堂皇的外衣下有一种"阉寺性格"：

> 街上人多如蛆，杂声嚣闹。尤以带女性的男子话语到处可闻，很觉得古怪，心想：这正是中华民族的悲剧。雄身而雌声的人特别多，不祥之至。人既雄身而雌声，因此国事与家事便常相混淆，不可分别。……"外戚""宦官"虽已成为历史上名词，事实上我们三千年的历史一面固可夸耀，一面也就不知不觉支配到这个民族，困缚了这个民族的命运。[4]

显然，这种性格无法承担拯救国家命运的重担，其衍生的后果即是："至如阉寺性的人，实无所爱，对国家，貌作热情，对事，马马虎虎；对人，毫无情感，对理想，异常吓怕。也娶妻生子，治学问教书，做官开会，然而精神状态上始终是个阉人。与阉人说此，当然无从了解。"[5] "世上多雅人，多

---

[1] 沈从文：《生命》，《沈从文全集》（第12卷），北岳文艺出版社2009年版，第43页。
[2] 〔美〕苏珊·桑塔格：《疾病的隐喻》，程巍译，上海译文出版社2003年版，第65页。
[3] 沈从文：《如蕤》，《沈从文全集》（第7卷），北岳文艺出版社2009年版，第339页。
[4] 沈从文：《长庚》，《沈从文全集》（第12卷），北岳文艺出版社2009年版，第36页。
[5] 沈从文：《生命》，《沈从文全集》（第12卷），北岳文艺出版社2009年版，第43页。

假道学,多蜻蜓点水的生活法,多情感被阉割的人生观,多轻微妒嫉,多无根传说,大多数人的生命如一堆牛粪,在无热无光中慢慢燃烧,且都安于这种燃烧形式,不以为意。"①在他看来,这种缺乏生命力的国民很难成为民族"脊梁",其身体与精神尚不具备适应现代民族国家主体要求,"大多数人都十分懒惰,谨慎,小气,又全都营养不足,睡眠不足,生殖力不足"。这集中体现在都市人的爱情行为上,即在爱恨的问题上缺少强有力的价值取舍。《岚生同岚生太太》里的岚生是一个二等书记,因为职位的缘故,以一种病态身体的姿态出现在其所在的财务部:"常常对上司行礼,又不是生病,腰也常是弯的。"②《有学问的人》中的天福先生即是代表,碍于所谓的身份,他将自己爱的欲望压制在"乘此一抱什么都解决了"的范围内,在爱面前缺乏付诸行动的能力,生命的激情和力量在这种人为的"知识"和"原则"前不断逃遁,消退殆尽。应该说,沈从文都市小说的主人公大多如天福先生那样,有教养,会权衡,性格懦弱。如《八骏图》中的几个教授,《大小阮》中的大阮,《焕乎先生》中的焕乎先生,《一个女剧员的生活》中的周姓学生,《一个母亲》中的丈夫等都有不大不小的"病",病根是在文明社会里受到各种形式的规范压抑,自然"生命力"得不到疏导所致。《绅士的太太》中的两个绅士的生活姿态是这种无生命的沉沦状态:一个绅士是"渐渐胖起来,走路时肚子总先走到,坐在家中无话可说就打呼睡觉,吃东西食量极大,谈话时声音呆滞。"另一个绅士则是"因为风瘫,躺在藤椅上哼,到晚饭上桌时,才扶到桌边来吃饭的"。③

沈从文对这类"阉寺性格"是持鞭挞态度的,他说:"憎恶这种近于被阉割过的寺宦观念,应当是每个有血性的青年人的感觉。"④ 与都市人不同,乡下人的生命姿态却迥异,人性质朴之中不缺乏敢爱敢恨的率真秉性。沈从文的小说《如蕤》受左拉小说的影响,左拉小说中有一位贞静的小姐,拒绝一个青年绅士的求爱,却让粗鲁的农夫吻她的嘴和手脚。如蕤不乏追求

---

① 沈从文:《真俗人与假道学》,《沈从文全集》(第17卷),北岳文艺出版社2009年版,第237页。
② 沈从文:《岚生同岚生太太》,《沈从文全集》(第1卷),北岳文艺出版社2009年版,第272页。
③ 沈从文:《绅士的太太》,《沈从文全集》(第6卷),北岳文艺出版社2009年版,第214、219页。
④ 沈从文:《〈八骏图〉题记》,《沈从文全集》(第8卷),北岳文艺出版社2009年版,第195页。

者,她不满阉鸡似的追求者,厌倦他们的谦卑谄媚,缺乏独立生命意识的求爱,在一次沉船落水中,被一位粗犷单纯、带点自傲的梅姓大学生所救,他身上"阳刚"生命力深深吸引了她,"我自己也不知道这是怎么回事。他所有好处在别个男孩子品性中似乎皆可以发现,我爱他似乎就只是他不理我那份骄傲处。我爱那点骄傲"。这致使她弃门第、金钱于不顾,青春流逝而不惜。但当她发现所爱的人身上的独立、自由意识钝化时,毅然离开了他。可见,在她的心目中积极向上的生命力是其判定爱情的重要标准,这也反映了她不杂尘染,追求生命之力的情怀。沈从文曾感叹道:"都市中的人是全为一个都市教育与都市趣味所同化,一切女子的灵魂,皆从一个模子里印就,一切男子的灵魂,又皆从另一个模子中印出,个性特征是不易存住,领袖标准是在共通所理解的榜样中产生的。"①《一个女剧员的生活》中的萝是与如蕤如出一辙的女性形象,尽管身处上流社会的她身边簇拥着泛滥的求爱,但都不是她所要的。她欣赏的是那些敢于叩开其心灵世界的真正男子汉,可惜事与愿违,在被物质和世俗包围的都市里她得不到真爱。《菌子》中的菌子是县公署的一等科员。他的生活几无变化,三年如一日地过着近乎雷同的生活,他懒得出来走动,向穴居的低等动物一般,一切生活照旧。当同事拿"菌子"来取笑他时,他只是出于自卫地辩解:"我是人,人是动物,不能用植物来相拟。"当他成了办公室同事取乐逗玩欺侮的对象,就像一匹猫或狗似的,他成为"不悟己为奴"的低等生物,犹如湿的松林间产生的菌子,因为他对此采取的是无抵抗的手段,"怕生事,爱和平,极其忠厚老实,对于暴力迫害,所守的还是无抵抗的消极主义"。②在《老实人》中,沈从文指出"生命力"的缺失与人的"懒病"密切相关,"因了懒,也好让缺少生命力的平常人做一点应分的工作"。言外之意,懒惰成了那些没有生命力之人逃避现实的借口。沈从文将主人自宽君定义为"革命家式的平常人物"似有此意。他有心接近女人,但又在关键时刻放弃自己的念想,他假设了多种追求女人的方法,但当一个女人在他面前时,他所想到的均不能实用:"……善于抽象为一切冒险行为,在自己脑中,常常摹拟那另一时代的战士勇迈情

---

① 沈从文:《如蕤》,《沈从文全集》(第7卷),北岳文艺出版社2009年版,第337页。
② 沈从文:《菌子》,《沈从文全集》(第5卷),北岳文艺出版社2009年版,第423页。

形,亦以为这是自己所不难的事,且勇于自信,但一到敌人在眼前时,全完了。……"他从来都没有主动反抗的本能,在危机之中想得最多的是:"倘若这时一个熟人从南边路上过来,他便得了救。"①《好管闲事的人》里的少年在一家编辑部工作,枯燥而疲乏的生活让他倍感无聊和颓丧,年纪轻轻生如枯槁。在编辑室里,"只有一架钟似乎可以代表活动东西了"。在无聊的岁月里,"时间在这种细咬轻啮中,却当真一分一秒糟蹋了"②。《薄寒》中的女主人公是个中学教师,她认为"全世界的男人全是蠢东西",完全不明白一个女人要什么。她近乎"受虐狂"一般地期待着男子有"力"的爱情进攻,鲁莽的压迫,"她愿意被人欺骗,愿意放弃,愿意被蹂躏,只要这人是有胆气的人。别人叩头请求还不许可的事,若这人用力量来强迫她时,她甘心投降……她只是期望一个顽固的人,用顽固的行为加到她身上,损失的分量是不计较的"③。但她和如蕤、萝一样都未能在都市中找到有真爱能力的恋人。沈从文认为爱即是"爱的能力",他说"爱花并不是爱花的美,只为自己年青"④,都市里弥漫着一股老气沉沉的"暮气",需要新的血性生命力来滋养和救治。"都市生命"呼唤"血性生命力",沈从文把目光投向远离都市的乡村。

那么,是什么原因生成了这些缺乏生命强力的个体呢?沈从文认为是"五四"退潮后人自由的受制,工具理性的误用。他指出:"从'五四'到如今,二十年来由于这个工具的误用与滥用,在士大夫新陈代谢情形中,进步和退化现象,都明明白白看得出。其属于精神堕落处,正由于工具误用,在受过高等教育的公务员中,就不知不觉培养成一种阉宦似的阴性人格,以阿谀作政术,相互竞争。"⑤为此,沈从文不遗余力地揭示和批判都市人身上存在的种性退化的弊病,其出发点依然在于"疗治"和"拯救",因为他意识到:"有勇气将民族弱点加以修正,方能说到建国!"⑥

---

① 沈从文:《老实人》,《沈从文全集》(第2卷),北岳文艺出版社2009年版,第92页。
② 沈从文:《好管闲事的人》,《沈从文全集》(第2卷),北岳文艺出版社2009年版,第134页。
③ 沈从文:《薄寒》,《沈从文全集》(第8卷),北岳文艺出版社2009年版,第331页。
④ 沈从文:《凤子》,《沈从文全集》(第7卷),北岳文艺出版社2009年版,第155页。
⑤ 沈从文:《长庚》,《沈从文全集》(第12卷),北岳文艺出版社2009年版,第39页。
⑥ 沈从文:《烛虚》,《沈从文全集》(第12卷),北岳文艺出版社2009年版,第52页。

二、强力原型与大写的"人"的构想

在现代中国,"身"与"心"紧密相连,一脉相通。先觉者所倡导的"人的解放"包含着以上两个方面的维度。身体成为他们进行言说"人"个性解放、主体精神的重要载体。尽管"身"与"心"之于人的个性解放来说有着相同的诉求,然而,现代知识分子还是更为强调"心"("精神"),更加重视从思想革命的角度来改造国民性。在鞭挞"阉寺性格"的同时,沈从文主张培养"健康雄强的人生观"。他推崇生命强力,他说过:"爱国也需要生命,生命力充溢者方能爱国。"①"我崇拜朝气,欢喜自由,赞美胆量大的,精力强的。"②朝气、胆大、精力强无不是"生命"向前、健康所必需的。

然而,由于中国传统道德观念的严苛,使得人被异化为"道德的人"而限制人的正常欲求,其生命强力也就无法合理舒展。沈从文笔下的湘西人从"名字"到"体格"再到"行为"无不是"力"的代名词,是"力"最有力的诠释。"湘西生命"充斥着盈盈的生命热力,质言之,主要通过如下三个方面来体现:

首先,"名字"是强力原型的文化符码。在"乡土中国",人的名字多取自民间的动植物,构成了一个具有生命强力的序列。如《雨后》中的"四狗"、《萧萧》中的"花狗"、《旅店》中的"黑猫"、《虎雏》中的"虎雏"、《龙朱》里的"龙朱"、《媚金·豹子与那羊》中的"豹子"、《凤子》中的"凤子",这种名字不是百家姓传宗接代的血缘文化的体现,而是"自然生命"的符号,这些极具生命力的动植物的"姓氏符号",与他们的性格行为是基本匹配的。与之相反,都市人的名字多以文明人的身份称谓,如××绅士、××太太、××先生、××教授等,甚至以甲、乙、丙、丁等抽象的文化符号来记录他们的名字,他们成为无名者。用老子所谓的"无"(即它随时、随处存在却又无以名状)来理解沈从文的无名身份书写有很大的启发作用。无名身份的塑造就是对虚名本身的一种消解和颠覆。同时,无名人物

---

① 沈从文:《生命》,《沈从文全集》(第12卷),北岳文艺出版社2009年版,第43页。
② 沈从文:《〈篱下集〉题记》,《沈从文全集》(第11卷),北岳文艺出版社2009年版,第33页。

无时无处存在，在共时的层面上人物身份的归属因为模糊而扩散，这种超越时空的无名也就成为共名式的典型人物。由于无名人物没有文化身份的深切认同，没有明确的社会阶层的身份归属，使他们成为一个概括性的游离式的"符码"，由此，无名人物身后有诸多的跟随者和认同者，他们共同构成具有相同精神特质的共名系列。显然，这些"类"的称谓是共名的隐喻，也是都市人精神症候的直观表征。

其次，"体格"表征强力人物原型。与病态都市社会里的人不同，乡人的身体健康雄壮，是大写的"人"的表征。天保、傩送兄弟（《边城》）"都结实如公牛，能驾船、能泅水、能走长路……"；花狗（《萧萧》）"大凡男子的美德都不缺少，劳动力强"；龙朱（《龙朱》）"美丽强壮如狮子"、"是人中模型。是权威。是力。是光"；虎雏（《虎雏》）"一副微黑的长长的脸孔，一条直直的鼻子，一对秀气中含威风的眉毛，两个大而灵活的眼睛"；柏子（《柏子》）"我说你是个牛"妓女的话概括了柏子的"生命"伟力；神巫（《神巫之爱》）"那健全的脚，那结实的腿，那活泼的又显露完美的腰身旋折的姿势，使一切男人羨慕一切女子倾倒"；傩佑（《月下小景》）"超人壮美华丽的四肢"；阿大（《屠夫》）"高大的个儿，身长约五尺一寸。颈项短。膀子粗。嗓子嘶哑。光头。脸有毛胡子。两腿劲健有力，壮实如牛。腰大且圆，转动显笨拙"；会明（《会明》）"身高四尺八寸。长手长脚长脸，脸上那个鼻子分量也比他人的长大沉重……这品貌，若与身份相称，他应当是一个将军"。沈从文笔下的水手多是生命力的符号，"水手多强壮勇敢，眉目精悍，善唱歌、泅水、打架、骂野话。下水时如一尾鱼，上岸接近妇人时像一只小公猪。白天弄船，晚上玩牌，同样做得极有兴致"[①]。同时，打油人也是其着力描写的对象，"打油人，赤着膊，腰边围了小豹之类的兽皮，挽着小小的发髻，把大小不等的木劈依次嵌进榨的空处去，便手扶了那根长长的悬空的槌，唱着简单而悠长的歌，匆的撒了手，尽油槌打了过去。反复着，继续着，油槌声音随着悠长的歌声荡漾到远处去。一面是屋正中的石磨盘，在三条黄牯牛的缓步下转动，一面是熊熊的发着哮吼的火与沸腾的蒸汽弥漫的

---

① 沈从文：《常德的船》，《沈从文全集》（第11卷），北岳文艺出版社2009年版，第341页。

水,一面便是这长约三丈的一段圆而且直的木在空中摇荡"。①《一个戴水獭皮帽子的朋友》里,粗野如豹子的汉子,生性豪爽,精神抖擞,"有人称他为豪杰,也有人叫他做坏蛋,但不妨事,把两种性格两个人格拼合拢来,这人才真是一个活鲜鲜的人"。②

最后,"暴力"呈示强力人格。与其他作家忌讳和淡化暴力叙事不同,沈从文将"暴力"视为生命原力的一种体现。在《新与旧》《刽子手》等小说中,以杀人为职业的刽子手被赋予了某种英雄的传奇色彩,而其暴力杀人的行为也被视为人神合作的壮举。《一个大王》里的"大王"睡了"为人著名毒辣"的女匪首,他杀过人,在刀尖上讨生活,但他是一个"真真实实的男人",从他那里,沈从文"明白所谓罪恶,且知道这些罪恶如何为社会所不容,却也如何培养着这个坚实强悍的灵魂"③。有感于后代"虚诈有余而勇敢不足",沈从文创作的《渔》表达了对"过去的习俗"的怀念之思。在小说中,沈从文带着一种"赏玩"的姿态予以细致地描摹,其出发点在于用恢复那种逝去的生命元气,重铸民族性格。沈从文意识到:在积贫积弱的中国,如果丧失了这种生命原力,要想在世界民族之林立足是不可想象的。于是,他淡化暴力本身的痛感,转而赞颂这种"极美丽的习俗"④。在这过程中,"道德事件"在文学故事的结构中被弱化,而"道德标准"也就让位于因暴力而彰显的民族性格和精神气度。于是,这种间离了"暴力痛感"的书写在沈从文的民族国家想象中变得"极合理",与人性并不相悖。

在暴力对抗的过程中,有胜负的差异,但没有强弱之分。胜利者尽情地享受暴力带来的生命快感,失败者"全部把嘲笑给人",也并不缺少"勇敢接近"死亡的勇气。玩木偶的老卖艺人(《生》)"一次次玩着王九打倒赵四",原来他的儿子王九死于与赵四的搏斗中。白发苍苍的老父亲用这样的一种方式悼念死去的儿子以此慰藉自己的心灵,而且一直这样坚持着,"王

---

① 沈从文:《阿黑小史》,《沈从文全集》(第 7 卷),北岳文艺出版社 2009 年版,第 234—235 页。
② 沈从文:《一个戴水獭皮帽子的朋友》,《沈从文全集》(第 11 卷),北岳文艺出版社 2009 年版,第 223 页。
③ 沈从文:《一个大王》,《沈从文全集》(第 13 卷),北岳文艺出版社 2009 年版,第 348 页。
④ 沈从文:《我的教育》,《沈从文全集》(第 7 卷),北岳文艺出版社 2009 年版,第 146 页。

九死了十年,老头子在北京圈子里外表演王九打倒赵四也有了十年"①,"生命"在爱子的浓情中被赋予了超越年龄的血性气质。《柏子》中的柏子日里爬桅子唱歌,不知疲倦;到夜里,还不知疲倦。在海上惊险流动的危险日子里,还不忘与相好的妓女销魂,享受着赋予他们平等的"生命"快意,"这些人,虽然缺少眼泪,却并不缺少欢乐的承受!"②在恶劣的情况下,强悍的体魄、充沛的精力是"生命"存在的必要储备。在《雨后》中,四狗和阿姐在雨后山间调情,阿姐制止四狗多次,但四狗不屈不挠,终于做成他们想要做的好事。四狗大胆求爱的"蛮力"与天福先生畏缩懦弱的"阉寺"形成对照。在《媚金·豹子与那羊》中,为了追求最圣洁的爱,媚金与豹子果敢地自刎殉爱,生命尽管完结了,但那种勇于直面"死亡"的生命勇气值得称道。在《一个戴水獭皮帽子的朋友》中,沈从文书写了一个野性十足,元气淋漓的男子。这人从五岁起就喜欢同人打架,为一点小事,不管对面的一个大过他多少,也一面辱骂一面挥拳打去,不是打得人鼻青脸肿,就是被人打得满脸血污。但人长到二十岁后,虽在男子面前还常常挥拳比武,在女人面前,却变得异常温柔起来。同时,他爱憎分明:"为人性情又随和又不马虎,一切看人来,在他认为是好朋友的,掏出心子不算回事;可是遇着另外一种老想占他一点便宜的人呢,就完全不同了。"在《寻觅》中,沈从文借主人公之口道出了生命力之于民族主体创构的价值:"我们若要活到这个世界上,且心想让我们的儿子们也活到这个世界上,为了否认一些由于历史安排下来错误了的事情,应该在一分责任和一个理想上去死,当然毫不踌躇毫不怕。"③

沈从文对于生命原始力量的崇拜,一些学者曲解其为原始主义,认为这与现代文明是有很大的差距的,甚至是一种反文明的精神姿态。在《人性的贫苦和简陋——重读沈从文》一文中,刘永泰用现代的道德标准对沈从文的价值取向进行了判断和否定:"'望梅止渴'的八骏们比起如狼似虎的恶汉更有人性,他们的自欺欺人显示了理性对非理性、道德观念对原始本能的自觉

---

① 沈从文:《生》,《沈从文全集》(第7卷),北岳文艺出版社2009年版,第387页。
② 沈从文:《柏子》,《沈从文全集》(第9卷),北岳文艺出版社2009年版,第42页。
③ 沈从文:《寻觅》,《沈从文全集》(第9卷),北岳文艺出版社2009年版,第232页。

疏导、驯服和驾驭。""庸俗也罢，虚伪也好，或者是怯弱与自欺欺人，都确证了人性结构中增添了新的构件。"① 这种认为虚伪比顺应自然更符合人性的观点，显然过于简单而缺乏美学观照。用现代文明社会的道德标准去体会或者进一步阐释沈从文小说中的原始主义本身就是与其创作意图相悖的。不可否认，沈从文对于那种"一切极朴野，一切不普遍化，生活形式生活态度皆有点原人意味"② 的状态确实有向往之处，但他并不是不加针砭地全盘肯定，而是理性地融通于现代中国文化的主体之中。事实上，当我们真正接近这个带有原始气息的湘西世界时，我们容易发现沈从文借助人的生命强力来言说自己文学理念的努力。沈从文说："生命者，只前进，不后退，能迈进，难禁止。"③ 他在《龙朱》中这样写道："血管里留着你们民族健康的血液的我，二十七岁的生命，有一半为都市生活所吞噬。中着在道德下所变成虚伪庸懦的大毒，所有值得称为高贵的性格，如热情、与勇敢、与诚实，早已完全消失殆尽，再也不配说是出自你们一族了。"④ 这种自我反省发源于城市现代文明对强力酒神精神的扼杀的批判，同时也是对湘西人身上犹存的强力意识的褒扬。因为，沈从文意识到，"实在说来，这个民族如今就正似乎由于过去种种文化所拘束，故弄得那么懦弱无力的。这个民族种种的恶德，如自大，骄矜，以及懒惰，私心，浅见，无能，就似乎莫不因为保有了过去文化遗产过多所致"。⑤

在沈从文的笔下，那些常年漂在风口浪尖上的水手们，他们吃粗粝的饭，过艰难的日子，但无不结实硬朗、朝气蓬勃，有胆量有勇气，唱歌、说笑、大碗喝酒、大声骂野话，"做事一股劲儿，带点憨气，且野得很可爱"⑥。船遇到危险时，不论寒冬腊月，立马脱光衣裤，勇敢而敏捷地跳进急流使船脱离险境。一个牙齿脱落胡子花白七八十岁的老纤夫，光脚露背蹲在河边石头上与掌舵水手谈生意，为相差那一分一厘互不相让彼此对骂，最后等小船

---

① 刘永泰：《人性的贫苦与简陋——重读沈从文》，《中国现代文学研究丛刊》，2000年第2期。
② 沈从文：《滩上挣扎》，《沈从文全集》（第11卷），北岳文艺出版社2009年版，第171—172页。
③ 沈从文：《潜渊》，《沈从文全集》（第12卷），北岳文艺出版社2009年版，第33—34页。
④ 沈从文：《龙朱》，《沈从文全集》（第5卷），北岳文艺出版社2009年版，第323页。
⑤ 沈从文：《〈凤子〉题记》，《沈从文全集》（第7卷），北岳文艺出版社2009年版，第79页。
⑥ 沈从文：《水手们》，《沈从文全集》（第11卷），北岳文艺出版社2009年版，第129页。

开出后,老头子也不再坚持那一分钱"赶忙从大石头上一跃而下,自动把背后纤板上短绳,缚定了小船的竹缆,躬着腰向前走去了。待到小船业已完全上滩后,那老头就赶到船边来取钱,互相又是一阵辱骂。得了钱,坐在水边大石上一五一十数着","看他那数钱神气,人快到八十了,对于生存还那么努力执着"。沈从文怀着一种无比敬畏的心情去赞叹这个老者,在这里我们看到的不是年老体衰和沮丧无力,而是力量的美,生命力的强悍,为了生存而坚韧与执着,"他们那么忠实庄严的生活,担负了自己那分命运,为自己,为儿女,继续在这世界中活下去。不问所过的是如何贫贱艰难的日子,却从不逃避为了求生而应有的一切努力。"①《横石和九溪》中也有这样一个在水里讨生活的临时水手,"白须满腮,牙齿已脱,却如古罗马人那么健壮"。沈从文反复地叩问自己,"这人为什么而活下去?"在这位老人的身上,他体会到了"为生而生"与"为民族为人类而生"的区别,文学的使命就是要让"生命放光"②。

在沈从文的作品中,"文明人""聪明人""风雅人"是与"粗人""野蛮人"相异的两种人。与前者软弱、营养不良、虚伪矫饰、阉寺人格的城市人形成鲜明对比,后者野性粗犷、旺盛的生命力、豪爽洒脱,以及他们的不呆板、不做作、爽直率真的性格是其理想中国人的精神品格。他这样认为:"与我们都市上的所谓'人'却相离多远!"③"城里人实实在在缺少了点人的味儿了。"④在《崖下诗人》中,他将附庸风雅的"聪明人"与庙老儿这样的"粗人"进行比照,批判了那些脱离现实、缺失生命之重的"文明人"。沈从文从人性的角度出发,抛开道德评判的眼光,去看待水手们与吊脚楼妓女的特殊感情,"水手们的生活,比起风雅人来似乎洒脱多了"。"他们的行为,比起风雅人来也实在道德得多。"⑤沈从文也超越一般的是非善恶准则,去歌颂虎雏身上一种难能可贵的具有"小豹子一般"的不经规训的野蛮、强健精

---

① 沈从文:《一九三四年一月十八》,《沈从文全集》(第11卷),北岳文艺出版社2009年版,第253页。
② 沈从文:《横石和九溪》,《沈从文全集》(第11卷),北岳文艺出版社2009年版,第184—185页。
③ 沈从文:《水手们》,《沈从文全集》(第11卷),北岳文艺出版社2009年版,第129页。
④ 沈从文:《滩上挣扎》,《沈从文全集》(第11卷),北岳文艺出版社2009年版,第171页。
⑤ 沈从文:《桃源与沅州》,《沈从文全集》(第11卷),北岳文艺出版社2009年版,第239页。

神,这也正是沈从文所认可的湘西民族精神的内核。沈从文曾打算把家乡十四岁的小虎雏用现代文明去教育和改造他的身心,然而虎雏终于还是生事打人逃走了,"一切水得归到海里,小豹子也只宜于深山大泽方能发展他的生命"①。沈从文明白虎雏是无法用学校和书本固定他的身体和性灵的,虎雏那未经规训的生命力和野性只有在湘西才有生存的元气,才能生长得"像个人"。在《早上——一堆土一个兵》中,老同志在废墟以及同伴的尸体中坚守着自己的岗位战斗,抵抗敌人的侵略。"留下性命做皇帝,这块土地谁来守?","读书人不怕丢丑我可怕丢丑"这都是这位看似粗俗却又令人敬佩的老兵的心声。在身边的战友被敌人的子弹一个个击毙,连最后的小兵也在他的面前被一颗子弹击中头部丧命之后,他仍然坚持着抵抗,有一种强大的魄力与气势。而当身边的弹药用尽,自己的阵地沦陷之后,他却打算用身边仅有的一根"十七个炸药作馅的铁棒槌"与敌人同归于尽。

"力"这一上古神话原型成为人类原初生存经验的积淀。为了使生命繁衍生存,人类的经验是用自身的"伟力"去对抗外在的作用力。人类用自己坚强的意志、生生不息的生存强力创造了一个个辉煌的文明史、人类史。沈从文曾这样感叹:"如果是虎豹呢,即或只剩下一牙一爪,也可见出这种山中猛兽的特有精力和雄强气魄!"②"身体如干柴,遇火即燃烧,全靠精神在。牛马皆有身,身体不足贵。人称有价值,在能有理想!"③强力意志也就是生命意志,是生命本能欲望驱动而产生的精神元气。沈从文的湘西生命将人类的原初经验的文化哲学精神("强力意志")与民族向前向上的生命思考相结合,使"强力"原型在现代意义上复活和升华,激活了"种族记忆"中的"强力心理",为现代文明压抑下的都市生命送去一针强心剂。对于乡土中国传承下来的血性的武斗习俗,沈从文并未予以否定,他指出:"若我们还想知道一点这个民族业已消灭的固有高尚和勇敢精神,这种习俗原有它存在的价值。"④对此,洞悉了沈从文的这种意识的苏雪林这样评析道:"把野蛮人的

---

① 沈从文:《虎雏再遇记》,《沈从文全集》(第11卷),北岳文艺出版社2009年版,第298页。
② 沈从文:《黑魇》,《沈从文全集》(第12卷),北岳文艺出版社2009年版,第175页。
③ 沈从文:《医生》,《沈从文全集》(第9卷),北岳文艺出版社2009年版,第333页。
④ 沈从文:《凤子》,《沈从文全集》(第7卷),北岳文艺出版社2009年版,第145页。

血液注射到老迈龙钟、颓废腐败的中华民族身体里去,使他兴奋起来、年轻起来,好在二十世纪舞台上与别国民族争生存权利。""他很想将这分蛮野气质当作火炬,引燃整个民族青春之焰。"①

第二节 自然精神与乡土中国的"崇神性"伦理

沈从文极力推崇他的"乡下人"理想,这其中"自然"即是其中主要的元素,是"乡土中国"的重要文化风貌。在《凤子》一文中,沈从文借助绅士之口将乡土与都市进行了一次深入的比较,在他的眼中,乡土是与自然契合的充满神性的圣地,而都市则是另一极的存在:

> 老友,我们应当承认我们一同在那个政府里办公厅的角上时,我们每个日子的生活,都被事务和责任所支配;我们所见的只是无数标本,无量表格,一些数目,一堆历史;在我们那一群同事方面的脸上,间或也许还可以发现一个微笑,但那算什么呢?那种微笑实在说来是悲惨的,无味的,那种微笑不过说明每一个活人在事务上过分疲倦以后,无聊和空虚的自觉罢了。在那种情形下,我们自然而然也变成一个表格,和一个很小的数目了。可是这地方到处是活的,到处是生命,这生命洋溢于每一个最僻静的角隅,泛滥到各个人的心上。一切永远是安静的,但只需要一个人一点点歌声,这歌声就生了无形的翅膀各处飞去,凡属歌声所及处,就有光辉与快乐。②

这种由自然统摄的生命形态处处充满着一种"神性"。"神性"是沈从文极力推崇和意欲皈依的理想境界,它是庄严的。他如信仰宗教般虔诚地塑造着这一冥冥意念,将"生命皈依于神"作为生命最高的形态。他曾这样追问:"为什么这样自然?匀称,和谐,统一,是谁的能力?……从神字以外,

---

① 苏雪林:《沈从文论》,《文学》1934年第3卷第3期。
② 沈从文:《凤子》,《沈从文全集》(第7卷),北岳文艺出版社2009年版,第139页。

还可找寻什么适当其德性的名称？"①在这里，这种"神"不是迷信，而是一种合理自然的生命规则。神如"看不见的手"支配着乡人的生活，尽管"命运的不可知感"笼罩在乡土中国的上空，但乡人依然始终将这一切交给神来处置和决定。

一、"神即自然"与偶然事件的突转

毋庸置疑，沈从文神性的"乡土中国"形象塑造得益于中国传统文化的滋养。对于这个被视为蛮荒的边缘之地而言，湘西在他人眼中始终充满着神秘的色彩。这种神秘性本源于地域与文化的双重的边缘，也为沈从文"乡土中国"的想象提供了必不可少的素材。在沈从文的诸多著述中，他都不讳言湘西人近巫崇神的习俗，而这些习俗早已渗透于湘西人日常的生活之中。在《我所生长的地方》一文中，沈从文指出："农民勇敢而安分，且莫不敬神守法……地方统治者分数种：最上为天神，其次为官，又其次才为村长同执行巫术的神的侍奉者。人人洁身信神，守法爱官。"沈从文遵循的生命哲学观是："神即自然。"②在这里，"神"的体现就是"自然"，"神"按"自然"的规律安排人的"生命"，支配着"生命"的一切表现。在沈从文的文章里，他反复渲染自己被一种和谐而充满神性的自然所驱使、所感动：

> 一片绿色早把我征服了。我的心这个时节就毫无用处，没有取予，缺少爱憎，失去应有的意义。在阳光变化中，我竟有点怀疑，我比其他绿色生物，究竟是否还有什么不同处……我仿佛触着了生命的本体……这片绿色既在阳光下不断流动……它有的只是一种境界。在这个境界中，似乎人与自然完全趋于谐和，在谐和中又若还具有一分突出自然的明悟，必需稍次一个等级，才能和音乐所煽起的情绪相邻，再次一个等级，才能和诗歌所传递的感觉相邻。③

---

① 沈从文：《凤子》，《沈从文文集》（第7卷），北岳文艺出版社2009年版，第89页。
② 沈从文：《凤子》，《沈从文文集》（第7卷），北岳文艺出版社2009年版，第123页。
③ 沈从文：《绿魇》，《沈从文文集》（第12卷），北岳文艺出版社2009年版，第137—138页。

只觉得生命和一切都交互溶解在这个绿色迷离光影中,不可分别。超过了简文帝说的鱼鸟亲人境界,感觉到我只是自然一部分。①

对于这种物我两忘的境界,沈从文认为用"充满历史霉斑的文字"来书写显然是徒劳的,最简单的办法也许是聆听和感悟,体验"生命的阳光"和"新我的力量"。沈从文推崇但丁、歌德、曹植、李煜等人将自然的光影和文字组成形式,在瞬间传达令人陶醉的抽象的艺术境界。这种由自然组成的抽象境界类似于用音符组成的乐章,对于这种纯粹的自然情境,沈从文深陷"欲辨已忘言"的言说困境:"一个好诗人像一个神的舌人,他能用贫乏的文字,翻出宇宙一角一点的光辉。但他工作常常遭遇失败,甚至常常玷污到他所尊敬的不能稍稍凝固的生命,那是不必怀疑了的。"②在他看来,"凡能著于文字的事事物物,不过一个人的幻想之糟粕而已"③。尽管如此,沈从文还是没有放弃用文字去追寻这种自然的合理安排,他追求的最高境界是:"从皈依中见到神。"④他说:"一个人过于爱有生一切时,必因此在一切有生中发现了'美',亦即发现了'神'。必觉得那个光与色,形与线,即是代表一种最高的德性,使人乐于受它的统治,受它的处置。"⑤他构建的"乡土中国"是一个充溢神性的世界,在"泛神"的诗性空间里,自然美得到了庄严的提升。恰如他所说的:"美固无所不在,凡属造形,如用泛神思想去接近,即无不可以见出其精巧处和完整处。生命之最大意义,能用于对自然或人工巧妙完美而倾心,人之所同。"⑥在小说《哨兵》中,沈从文将乡民笃信这种巫傩文化描述得淋漓尽致,这里的人"不怕死,不怕血,不怕一切残酷的事",而对于鬼神却有无法言说的畏惧和虔诚。对于这种现象,作家这样解释:"大概在许多年以前,鬼神的种子,就放在沙坝人儿孙们遗传的血中了"⑦。这

---

① 沈从文:《水云》,《沈从文文集》(第12卷),北岳文艺出版社2009年版,第102页。
② 沈从文:《凤子》,《沈从文文集》(第7卷),北岳文艺出版社2009年版,第123页。
③ 沈从文:《烛虚》,《沈从文文集》(第12卷),北岳文艺出版社2009年版,第26页。
④ 沈从文:《水云》,《沈从文文集》(第12卷),北岳文艺出版社2009年版,第94页。
⑤ 沈从文:《美与爱》,《沈从文全集》(第11卷),北岳文艺出版社2009年版,第359页。
⑥ 沈从文:《潜渊》,《沈从文全集》(第12卷),北岳文艺出版社2009年版,第32页。
⑦ 沈从文:《哨兵》,《沈从文全集》(第2卷),北岳文艺出版社2009年版,第378页。

种渗透于乡民血液之中的鬼神因子无疑左右着其行为态势和精神状态，这种"集体无意识"也成了沈从文考量乡土和乡民的重要视角。

据金介甫介绍，直至 1940 年沈从文才提出了"泛神论"。他曾对金介甫说："后来我成了泛神论者，我相信自然。神不是同鬼一起存在而是同美并存。它使人感到庄严。所以你完全可以叫我是一个信神的人。"[①] 在《水云》《潜渊》等作品中，他曾坦言自己的"泛神的思想"[②] 和"泛神情感"[③]。他指出，在湘西，"大树、洞穴、岩石，无处不神。狐、虎、蛇、龟，无物不怪"[④]。这种由神所主宰的宇宙万物构成了"美"的德性："这种美或由上帝造物之手所产生，一片铜，一块石头，一把线，一组声音，其物虽小，可以见世界之大，并见世界之全……人亦相同。一微笑，一皱眉，尤不同样可以显出那种圣境。"[⑤]

概而言之，沈从文的"神性世界"里有两种"神"：一种是"悬临"的隐在的"神"，它冥冥中支配和左右着"生命"，人们在自己的生活经验中肯定它、敬畏它；另一种是"人神一体""人神合一"的巫神，他体现人神对话，人们把他当作神的使者爱慕他、尊重他。"天上的神"和"人间的神"的存在使湘西世界成为一个"泛神"的世界。他对此强调，人要跳出动物性的狭小的精神视域，要向生命庄严的神性处用力，要摆脱虚伪、堕落的生活，他说："要紧处或许还是把生命看得庄严一点，思索向深处走，多读些书，多明白些事情，了解人之所以为人，从生物学上说来，不过是一个比较复杂的动物，虽复杂依然脱离不了受自然的限制。因新陈代谢，只有一个短短的时期得生存到阳光下。然而从人类发展历史上看来，这生物也就相当古怪，近百年来知识的堆积，工具的运用，已产生不少奇迹。能明白人之所以为人兽性与神性的两个方面，就一定会好好地来活个几十年，不至于同虫蚁一样了。"[⑥] 这让他的"泛神"思想找到了落脚的地方，从而更加贴近人及人

---

① 〔美〕金介甫：《沈从文传》，符家钦译，湖南文艺出版社 1992 年版，第 221 页。
② 沈从文：《水云》，《沈从文全集》（第 12 卷），北岳文艺出版社 2009 年版，第 123 页。
③ 沈从文：《潜渊》，《沈从文全集》（第 12 卷），北岳文艺出版社 2009 年版，第 32 页。
④ 沈从文：《湘西》，《沈从文全集》（第 11 卷），北岳文艺出版社 2009 年版，第 400 页。
⑤ 沈从文：《烛虚》，《沈从文全集》（第 12 卷），北岳文艺出版社 2009 年版，第 23—24 页。
⑥ 沈从文：《给一个广东朋友》，《沈从文全集》（第 17 卷），北岳文艺出版社 2009 年版，第 316 页。

的生存处境。

关于自然神性，沈从文认为它无处不在，隐匿于生命的各个角落："我们生活中到处是'偶然'，生命中还有比理性更具势力的'情感'。一个人的一生可说是由偶然和情感乘除而来。"①"我们并无能力支配自己。一切都还是有一只看不见的手在捉弄，一切都近于凑巧。""这里有一种不许人类智慧干预的东西存在。"②其中，"偶然"是神在生命的"神迹"，"偶然"这一神来之笔增强了"生命"的戏剧性、真实性、庄严性。这即如他在《八骏图》中所写的那样："每种人事原来皆在凑巧中发生，一切事情皆在意外情形下变动。"沈从文在对人生进行思考时，其哲学观中带有浓厚的东方宿命论色彩。沈从文自己解释说："这或许是属于我本人来源古老民族气质上的固有弱点，又或许只是来自外部生命受尽挫伤的一种反映现象。"③在他的湘西小说中，偶然性的突转成为诸多生命的毁灭形式，人的命运在这种无形的偶然性大手的操纵下，似乎丧失了理性把握与控制的力量。

苏雪林洞悉到了沈从文小说"急剧转变"的特征，赞誉其"组织力之伟大"④。应该说，这种突兀的转折将人生无常的情态凸显出来，而这种偶然的突转在沈氏看来是充满着冥冥之中自然神性的。《石子船》中八牛的骤死，其他人解释这是"石头咬他的手，一切完了"，对于一个很熟悉水性的八牛而言，溺亡原本是不可思议的，"水还是平常那样的流，太阳已拉斜，山上敲石子的声音带着石工唱歌声音，也并不同上半天情形两样"，生活还如过去一样平常，没有任何预兆，"只仿佛是做梦"⑤。"一瞬间"之于万物生灵的巨大制导力在这里很好地体现出来了。《会明》中会明过时而单纯的战争观念竟然因几只小鸡而改变。《初八那日》写年轻的锯木工人老七和同伴谈笑的时候，本来快要娶妻的老七被突然而来的木头击中脑袋而死，而他的未婚妻则始终没有露面，整个故事的情节出现了"陡然"的转向。《豹子·媚金·与那羊》最能体现这种神性的"偶然"，白脸苗中顶美的女人媚金同凤

---

① 沈从文：《水云》，《沈从文全集》（第12卷），北岳文艺出版社2009年版，第95页。
② 沈从文：《凤子》，《沈从文全集》（第7卷），北岳文艺出版社2009年版，第83页。
③ 沈从文：《〈散文选译〉序》，《沈从文全集》（第16卷），北岳文艺出版社2009年版，第223页。
④ 苏雪林：《沈从文论》，《文学》1934年第3卷第3期。
⑤ 沈从文：《石子船》，《沈从文全集》（第5卷），北岳文艺出版社2009年版，第242页。

凰族极美又顶有一切美德的男子豹子因唱歌成了一对，双双约好在一个洞里相会，豹子预备牵一匹小山羊去送给媚金，用白羊换媚金贞女的红血。"所作的纵是罪恶，似乎神也许可了。"但美满爱情由于不可捉摸的"偶然"（寻找纯白羔羊）酿成流血的悲剧。悲剧的背后可以看出这对恋人为了追求最神圣的爱，不惜自己的生命。这种"神迹""偶然"就是生命自然的反映。在《七个野人与最后一个迎春节》中，七个野人一致反对在北溪设官，"他们愿意自己自由平等的生活下来，宁可使主宰的为无识无知的神，也不要官。因为神是公正的，官则总不大可靠。"①这种行为表明：他们力图摆脱"官"束缚的不自然状态，回到自由合理的"神"护佑的自然时代。在《凤子》中，一个嗓音低沉的中年男子对一个叫凤子的女人慨叹道："你瞧，凤子，天上的云，神的手腕，那么横横的一笔！"而凤子也反复默思着这诗化的自然，"无文字的诗，无颜色的画，这是什么诗？我永远读不熟！""城里客人"对总爷的一席话中谈论到了乡村、神性、牧歌、自然的关系："神的意义在我们这里只是'自然'，一切生成的现象，不是人为的，由他来处置。他常常是合理的，宽容的，美的。人作不到的算是他所作，人作得的归人去作。"可以这么说，这种"隐在"的神就是湘西人熟悉的生存经验和生命记忆，成为一种不可违抗的自然法规，"自然的可惊能力，从神字以外，还可找寻什么适当其德性的名称？"②在这里，沈从文无意建构纯粹超自然的新秩序，他只是要提醒那些沉沦的人多注意冥冥之中主宰生命的神性存在，并认为这是使我们在现代的社会中唯一能够保全生命完整的力量。

显然，这种自然主宰的命运突转并不是人随意幻想就可获致的，并非如《夜》中女主人公所想象的那种"忽然的、不必经过苦恼也不必经过另外一个长久时期、她就有了恋爱，不拘她爱了人或人爱了她，总而言之很突然的就同在一处"③。沈从文无意廉价地营造虚构的幻梦，在揭示自然神性的同时，他也强调执着现在的努力和坚守。通过描摹乡土中国无处不在的"神"和

---

① 沈从文：《七个野人与最后一个迎春节》，《沈从文全集》（第 4 卷），北岳文艺出版社 2009 年版，第 186 页。
② 沈从文：《凤子》，《沈从文全集》（第 7 卷），北岳文艺出版社 2009 年版，第 88—89 页。
③ 沈从文：《夜》，《沈从文全集》（第 5 卷），北岳文艺出版社 2009 年版，第 246 页。

"自然",沈从文既再现了湘西神秘主义文化的独特风貌,又展示了乡民"顺天体道"的现世情怀。正是借助这种独特的认知方式,乡民获得了天人相契的生命启迪。沈从文的小说试图传递一种全新的哲学观念:这种自然的神性代表了"民族较高智慧"和"完美品德"①,是乡土中国运转和发展的伦理法则,也是"国家民族再造"的思想内核。

二、"神之再现"与人神互娱的仪式

沈从文小说里的另一种神是傩神或巫神。在《滕回生堂的今昔》一文中,沈从文这样写道:"一株树或一片古怪的石头,收寄三五十个干儿子原是件极平常的事情。且有人拜祭牛栏或拜祭水井的,人神同处日子过得十分调和,毫无龃龉。"②古老湘西社会信神、尊神,神无处不在,"宗教情结(好鬼信巫的情绪)因社会环境特殊,热烈专程到不可想象"③。湘西的信仰心理结构中,既有掌管天气的玉皇和龙王,"天上玉皇可以随意颁雨,河中龙王也能兴雨作云";也有掌管土地收成的土地神,朴素的乡下人丰收后不忘用"一点红绿纸张用竹篾作成的简陋船只,小小香烛"做一场简易的土地会谢神④;管理山林的山神,每年八月初四"都应当用鸡用肉用高粱酒为神做生"。⑤

"神巫"是人神对话的媒介,施行巫术礼仪的目的是使人倾听到神的声音,神通过"神巫"来关照人和生命。"神巫"是传达"神"精神的使者,神与人通过约定俗成的仪式来互渗,"客体、存在物、现象能够以我们不可思议的方式同时是它们自身,又是其他什么东西。它们也以差不多同样不可思议的方式发出和接受那些在它们之外被感觉的,继续留在它们里面的神秘的力量、能力、性质、作用"⑥。湘西人的思维尽管不再是原始思维状态下的

---

① 沈从文:《〈凤子〉题记》,《沈从文全集》(第7卷),北岳文艺出版社2009年版,第79页。
② 沈从文:《滕回生堂的今昔》,《沈从文全集》(第11卷),北岳文艺出版社2009年版,第317页。
③ 沈从文:《凤凰》,《沈从文全集》(第11卷),北岳文艺出版社2009年版,第393—394页。
④ 沈从文:《沅陵的人》,《沈从文全集》(第11卷),北岳文艺出版社2009年版,第354页。
⑤ 沈从文:《阿黑小史》,《沈从文全集》(第7卷),北岳文艺出版社2009年版,第254页。
⑥ 〔法〕列维-布留尔:《原始思维》,丁由译,商务印书馆1985年版,第69页。

第二章 "神—人"权力谱系：乡土中国的形象学体系　　73

混沌无差别的意识，但他们生命状态中有一种"万物有灵"的意识。在《湘西·凤凰》中，沈从文曾用较大的篇幅叙述了泛神观念对凤凰人的影响。"和天地"和"悦人神"是神巫两项重要的使命。"扛仙""赎魂""打楼"和"追魂"均是常见的法事活动，行法事、取悦于神等仪式离不开神巫这一重要的角色。巫师不仅主持大型的祭祀活动也参与当地人日常生活：久病不愈、财运受挫、六畜不旺、五谷歉收等都有巫师的身影。当然，如果这种祈神的行为使得当地人如愿以偿，他们还会有诸多酬神的举动。在沈从文的"乡土中国"里，人神不但保持一种平等的关系，而且人神相互愉悦，人的情感在与神交会之中得到极大的宣泄。在《泸溪·浦市·箱子岩》中，"到冬十腊月，这些唱戏的又带上另外一份家业，赶到凤凰县城里去唱酬傩神的愿戏"，这里的"神"是与地域文化融通，浸润于乡人的日常生活之中。这正如《长河》中所写的那样，一切都是自然的安排："一切生活都混合经验与迷信，因此单独凭经验可望得到进步，无迷信掺杂期间，便不谷易接受。但同类迷信，在这种农家妇女也有一点好处，即是把生活装点得不十分枯燥，青春期女性神经病即较少。无论她们过的日子如何平凡而单纯，在生命中依然有一种幻异情感，或凭传说故事，引导到一个美丽而温柔的仙境里去，或信天委命，来抵抗种种不幸。迷信另外一种形式，表现于行为，如敬神演戏，朝山拜佛，对于大多数女子，更可排泄她们蕴蓄被压抑的情感，转换一年到头的疲劳，尤其见得重要而必须。"[①] 神走近人要借助神巫，他们传达神的福音，而人也反馈他们的意愿，这是一种互动的双向传递过程。《神巫之爱》不惜笔墨地用浪漫色调铺陈了当地的神巫被年轻女子爱慕追求的情形。得知神巫要到云石寨做法事的消息后，寨里的年轻美丽的女子都精心地打扮了自己，一大早聚集在寨门外的大路上，等待着神巫的到来。而长得不太美的女子在这种场合竟然是不敢出现的。毫不夸张地说，这些年轻女子对于神巫的爱慕到了一种偶像崇拜的地步，她们强烈地渴望神巫能赐给自己爱情，哪怕只有一夜也好，她们"之所以精致如玉，聪明若冰雪，温柔如棉絮，也就可以说是全为了神的儿子神巫来注意！"[②] 而在当夜的仪式上，年轻

---

① 沈从文：《长河》，《沈从文全集》（第10卷），北岳文艺出版社2009年版，第21页。
② 沈从文：《神巫之爱》，《沈从文全集》（第9卷），北岳文艺出版社2009年版，第368页。

女子们向神巫表示心愿,请神巫赐福,无一例外是希望神巫爱上自己,这种独特的仪式在我们看来几乎是让人吃惊万分的,而楚地人崇神尚巫的风气由此可见了。

沈从文在《我所生长的地方》中写道:"农民勇敢而安分,且莫不敬神守法……地方统治者分数种:最上为天神,其次为官,又其次才为村长同执行巫术的神的侍奉者。人人洁身信神,守法爱官。"①《神巫之爱》描述了神巫作四堂法事,从迎神到送神,由献牲到祈福仪式,群众和神巫都毕恭毕敬,群众倾听神的声音、感受神的威严,神巫传播神的恩惠,为民祈福消灾。神与民通过神巫这个使者进行了对话。《凤子》中也有一场谢土仪式,起始吹角,"声音凄厉而激扬,散播原野,上通天庭"。巫师用一种缓慢而严肃的姿势,向斗坛跪拜舞踊。用低郁的歌声应和雄壮的金鼓声,且舞且唱。在整个仪式中,群众向神表达恩谢,也渴望再次得到神的福音,宛如真正意义上的"神之在现":"声音颜色光影的交错,织就一片云锦,神就存在于全体。"② 对此,马林诺夫斯基有过如此的论断:"稠人广众中动人观听的礼,有影响处便在信仰有传染作用,共信共守的行为有庄严感人的作用,全体如一地举办真挚肃重的礼,足使没有关系的人大受感动,更不用说当事人在里面参加的了。"③

在《阿黑小史》中,五明的干爹是一个巫师,他同周围的乡亲相处融洽,他关爱着他周围的每一个人,真诚却不乏幽默。《神巫之爱》中的神巫的爱情心理和爱情观念无不体现了美好真诚的人性。博爱和人本主义宗教情怀在"神"这个"使者"身上得到了最好的诠释。从《边城》中的"傩送"和"天保"这两个名字的含义我们也可以看出"傩神"和"天神"对于人间生命的关爱和亲近,他们的人生体现了"神"的品质——"爱"。这是一种"成人之美"的至爱,有神的痕迹和光彩。我们可以这么说:冥冥中的神已经来到了人间,它和人间的生灵一起呼吸,一起感受。

在这里,沈从文并非一个简单的反科学主义者,他明确地表示"神"与

---

① 沈从文:《我所生长的地方》,《沈从文全集》(第13卷),北岳文艺出版社2009年版,第244页。
② 沈从文:《凤子》,《沈从文全集》(第7卷),北岳文艺出版社2009年版,第164页。
③ 马德邻、吾淳、汪晓鲁:《宗教,一种文化现象》,上海人民出版社1987年版,第15页。

"科学"各司其职:"我们这地方的神不像基督教那个上帝那么顽固的。神的意义想我们这里只是'自然',一切生成的现象,不是人为的,由他来处置。他常常是合理的,宽容的,美的。人作不到的算是他所作,人作得的归人去作。人类更聪明一点,也永远不妨碍到他的权力。科学只能同迷信相冲突,或被迷信所阻碍,或消灭迷信。我这里的神并无迷信,他不拒绝知识,他同科学无关。科学即或能在空中制造一条虹霓,但不过是人类因为历史进步聪明了一点,明白如何可以成一条虹,但原来那一条非人力的虹的价值还依然存在。人能模仿神迹,神应当同意而快乐的。"① 在他的意识中,"神性"与"迷信"是有区别的,"'迷信'使人简单,他比'世故'对于人类似乎还有用些。我们对于鬼神之力的迷信时代算已过去了。然而如果能够把这种迷信或所谓'宗教情绪'转而集中在人事方面,却并不是一种无意义的努力"②。言外之意,如果能将热爱这种神性的精神化用为一种信仰,则其价值是不可估量的。

与此同时,沈从文所彰显的"神性"也是与"魔性"并立而在的,两者互为他者。他指出,"至于生命的明悟,使一个人消极的从肉体理解人的神性和魔性如何相互为缘,并明白人生各种形式,扩大到个人生活经验以外。……这种激发生命离开一个动物人生观,向抽象发展与追求的欲望或意志,恰恰是人类一切进步的象征,这工作自然也就是人类最艰难伟大的工作"。③ 总之,不管是隐在的"神"还是现实中的"神巫",他们的出现都是对"生命"的一种观照,关注着"生命"。隐在的"神"似乎告诫人们"神"在"天上";"神巫"的出现又仿佛启迪人们"神"已降临人间。这两种"神"给乡土中国披上了一层神性的光芒,构建起"神—人"有序的乡土文化谱系。

---

① 沈从文:《凤子》,《沈从文全集》(第7卷),北岳文艺出版社2009年版,第123页。
② 沈从文:《风雅与俗气》,《沈从文全集》(第17卷),北岳文艺出版社2009年版,第215页。
③ 沈从文:《小说作者和读者》,《沈从文全集》(第12卷),北岳文艺出版社2009年版,第66页。

第三章　乡土中国之"常"："爱"与"美"的自然乐章

沈从文小说贯彻着一种远离世俗生活的创作姿态，创构了梦幻与诗的艺术世界。而这种"纯粹的诗，与生活不相黏附的诗"①的内在构成到底是什么？这是一个应该深入分析的核心问题。它不是某个人的生命的总结或隐喻，而是一个群体带有普遍性的抽象的精神图景。其中，与自然相契合是这种生命的常态，并凝聚成"爱和美的新宗教"②。在《菜园》中，沈从文书写了一个"有教养又能自食其力的，富有林下风度的"女主人，与"把诚实这一件事看作人生美德"的儿子，柔和善良，闲适隐逸，"晚风中混有素馨兰花香，茉莉花香。菜园中原有不少花木的，在微风中掠鬓，向天空柳枝空处数点初现的星，做母亲的想着古人的诗歌。想不起谁曾写下形容晚天如落霞孤鹜一类的好诗句"③。这既是一种诗化的人生姿态，但是却无法用诗句来概括，置身其中而又超脱其中，正是沈从文自然观念的哲学概括。

第一节　爱的生命原力与民族"主体性"的重建

曾经有人问沈从文为什么写作时，他的回答是："因为我活在这个世界里有所爱。美丽，清洁，智慧，以及对全人类幸福的幻影，皆永远觉得是一

---

① 沈从文：《水云》，《沈从文全集》（第12卷），北岳文艺出版社2009年版，第110页。
② 沈从文：《美与爱》，《沈从文全集》（第17卷），北岳文艺出版社2009年版，第362页。
③ 沈从文：《菜园》，《沈从文全集》（第8卷），北岳文艺出版社2009年版，第279页。

种德性，也因此永远使我对它崇拜和倾心。这点情绪同宗教情绪完全一样。这点情绪促我来写作，不断地写作，没有厌倦，只因为我将在各个作品各种形式里，表现我对于这个道德的努力。"① 这里的"爱"涵盖了亲情、友情和爱情。在他看来，"爱能重新粘合人的关系，这一点明天的新文学也必须勇敢担当。我要么从外面给社会的影响，或从内里本身的学习进步，证实生命的意义和生命的可能"②。他又说："人类最不可缺少的是'爱'。应当爱自己，爱旁人，爱正义，爱真理，爱事业，爱社会，爱国家。正因为爱才能使人类进步，由愚蠢黑暗到智慧光明。"③"爱与同情的抽象观念，尤其容易和身心健康品质优良的年青生命相结合，形成社会进步的基础。"④ 他希望能用爱消除人生因自私而来的一切丑和恶，他认定伟大的艺术，"必对人生有种深刻的悲悯，无所不至的爱，而对工作又不缺少狂热和虔敬，方能够忘我与无私！"⑤

一、爱的底色与"粘合人"的民族德性

灵肉结合的爱情是沈从文所赞赏的："恋爱固然把身子除开，全是两方面以心来拥抱，那自然不成，不过倘若心已向别的方向飞去后，单只互相搂着身体算是恋爱？"⑥ 他否定"怯汉子"缺乏爱的原力，认为是种的退化，是"无用的人"。值得注意的是，"性爱"是沈从文考量乡人文化性格和精神品质的一个重要文化切口。湘西人独特的求爱、性爱方式给了他很大的灵感。他创作了很多的爱情传奇，主人公被爱情牵引，为自己的所爱做一切事，"一切后事尽天去铺排好了"（《凤子》），爱情不为"牛羊金银虚名虚事"所缚。"性爱"与大自然同一更表现出湘西的神秘性和自然性。沈从文将男女

---

① 沈从文：《萧乾小说集题记》，《沈从文全集》（第16卷），北岳文艺出版社2009年版，第325页。
② 沈从文：《从现实学习》，《沈从文全集》（第13卷），北岳文艺出版社2009年版，第375页。
③ 沈从文：《一个读报者对报纸的希望》，《沈从文全集》（第14卷），北岳文艺出版社2009年版，第91—92页。
④ 沈从文：《定和是个音乐迷》，《沈从文全集》（第12卷），北岳文艺出版社2009年版，第213页。
⑤ 沈从文：《一个传奇的本事》，《沈从文全集》（第12卷），北岳文艺出版社2009年版，第231页。
⑥ 沈从文：《或人的家庭》，《沈从文全集》（第4卷），北岳文艺出版社2009年版，第133页。

之爱视为一个民族德性的重要体现,"女人们对于恋爱不能发狂,不能超越一切利害去追求,不能选她顶喜欢的一个人……总之这民族无用"①。在他看来,"美丽的身体若无炽热的爱情来消磨,则美丽也等于累赘"。②更进一步说,"性爱"是建立在真挚纯洁的爱情的基础之上的,它是生命的本能,生命体要繁衍,没有肉体的性爱是不可想象的。

沈从文说过:"情欲是鸦片,单是想象的抽吸不能醉人。嗅,也不能醉,要大醉只有尽量,到真醉时才能发现鸦片本质的。鸦片能将人身体毁坏灵魂超生,情欲是相反的。"③性爱是沈从文展现湘西生命方式的重要手段,湘西人追求的是灵与肉结合的爱情,在"自然""大胆""狂热"的床笫缠绵中生命活力得到很大程度的彰显。然而,正是因为沈从文对于性爱的上述态度,郭沫若批评其创作为"反动文艺":"作文字上的裸体画,甚至写文字上的春宫,如沈从文的《摘星录》《看云录》,及某些'作家'得意的新式《金瓶梅》,尽管他们有着怎样的借口,说屈原的离骚咏美人香草,索罗门的雅歌也作女体的颂扬,但他们存心不良,意在蛊惑读者,软化人们的斗争情绪。"④如果不了解沈从文利用性爱来考量乡人生命强力所内隐的努力,就会曲解其小说关于情爱露骨书写的真实旨归。在沈从文这里,"性爱"体现的是一种"自然生命"的流露,是"神"赋予生命的自然本能,既"自然"又"庄严"。《看虹录》的主要情节是主人公溢出日常生活轨迹,在"出逃"中尝试着一次情感冒险,并从中体悟到了生命的美好与庄严。"神在我们生命里"充斥于主人公跳跃而冗长的情感意绪里。文中丝毫没有伪善和作假的道德家的训诫,情感操练在充满了庄重与真实的情境中表露无遗,将生命和"天堂""上帝""神奇"一类词汇比附,言说着他对生命的敬畏。在他的意识中,能被生命之火燃烧的"生命"才是真正的"生命的享受"。事实上,沈从文依然在写他最擅长的男女情爱题材,只是将这种对生命的感悟浓缩于"一个人二十四点钟内生命的形式",并赋予了更为厚重的生命体验。在这

---

① 沈从文:《龙朱》,《沈从文全集》(第5卷),北岳文艺出版社2009年版,第330页。
② 沈从文:《神巫之爱》,《沈从文全集》(第9卷),北岳文艺出版社2009年版,第368页。
③ 沈从文:《第一次作男人的那个人》,《沈从文全集》(第3卷),北岳文艺出版社2009年版,第282页。
④ 郭沫若:《斥反动文艺》,《大众文艺丛刊》1948年第2辑。

里，生命既可以是情欲的抒发与安放，又可以是形而上层面的精神追索。沈从文始终不停地追问乡土中国的灵魂究竟是什么，让他为之感动的就是这种能涤荡种性的生命。为此，他不辞劳苦地"返乡"，希冀乡土中国的神性生命能常驻国民精神之中，而正是对这种永远处于燃烧状态的至纯至美的生命本质的找寻，使得沈从文的民族国家想象更能夯实在中国的情境上。

面对着"全民族的情感枯窘，世故与疲乏"的现状①，沈从文给予的药方是"设用完美爱情和高尚音乐，当可逐渐治疗，恢复常性"②。在《乾生的爱》中，沈从文不满那些在爱面前退缩的"怯汉子"，认为"只顾在他心中描摹这举动，一见人，气力就消失，全完了"的姿态，是无法激发自己潜存的生命能量，其结果是"渐近于世人所说的呆了气。假使是他全没有空想，也许好点的"③。诚然，湘西人的"性爱"自然朴实，反映了人性的本然状态，是"发乎情"的表现，不是儒家所规范的"止乎礼"，没有任何道德标准的羁绊。在沈从文看来，合乎自然人性即为道德，反之则不道德，道德律与自然律合一。对于情欲，沈从文曾自问自答地予以反思："性又属于天时阴晴所生的变化，与人事机缘上的那个偶然。总之是外来力量，外来影响。它能使你生命如有光辉，就是它恰恰如一个星体为阳光照及时反映出那点光辉。"④他不满都市中生命萎缩的现状，《有学问的人》《绅士的太太》《第一次作男人的那个人》等小说的主人公有着强烈的情爱的欲望，但却被一些无形的规则压抑得心灵扭曲，这种自然欲望无法真正实施于爱情活动中。在性的处理问题上，可能走向两个极端：畸形的禁欲和变态的纵欲。"禁欲"不是生命本能的自然流露，是一种反方向压抑生命的表现。罗素说过："回避绝对自然的东西就意味着加强，而且是以最病态的形式加强对它的兴趣。"⑤应该说，性爱的抒发受制于自然性与社会性的张力关联，沈从文笔下的湘西人对待"性"的态度是近乎自然的态度，坦荡、开放但不缺庄严、追求灵与肉的

---

① 沈从文：《"否定"基于"认识"》，《沈从文全集》（第14卷），北岳文艺出版社2009年版，第343页。
② 沈从文：《北平通信》，《沈从文全集》（第14卷），北岳文艺出版社2009年版，第358页。
③ 沈从文：《乾生的爱》，《沈从文全集》（第1卷），北岳文艺出版社2009年版，第215页。
④ 沈从文：《水云》，《沈从文全集》（第12卷），北岳文艺出版社2009年版，第103页。
⑤ 〔保〕瓦西列夫：《情爱论》，赵永穆等译，生活·读书·新知三联书店1984年版，第12页。

结合:"爱你时有娼妓的放荡,不爱人时具命妇的庄严。"①

沈从文曾说过:"因为生存的枯寂烦恼,我自觉写男女关系时比写其他文章还相宜。"当然,他并非一些批评家所诋毁的"成心在那里赞美情欲"那样,他认为他的创作是以"客观态度描写一切现实",男女关系书写的好坏应"把作品付之于时间"。②他驾驭自如地创作了一系列关于男女性爱的小说,诗意般地呈现出了湘西儿女的生命本能。在沈从文笔下,性爱并不是来自单方,而是双方生命本能激荡迸发出的火花。《阿黑小史》中写道:"阿黑这一月以来,她需要五明,实在比五明需要她还多了。她不是饱过的人,纵有好几次,是真饱过了,但消化力强,过一阵,又要男子的力了。"在《采蕨》中,沈氏极力渲染周围的自然环境,"桃花李花开得如此好,鸟之类叫得如此浓,太阳如此暖和,地上的青草如此软"。阿黑和五明相爱后的初次肉体接触很细致地勾勒出来,他们不想"糟蹋了这好春天",在草坪上"玩一点新鲜玩意儿"。云雨过后的五明唱了许多山歌,全是别的女人听来红脸的山歌,阿黑的心"这时去得很远很远,她听得远远的从坳上油坊中送来的轧槌声和歌声"③。《连长》中的连长与年轻寡妇,他们尽情地享受造化赋予他们的"生命本来的种种",张扬"生命""性"的美丽与健康。"妇人松散着发髻,以及惺忪的情态,在连长眼中,全成了神圣的诗质。""妇人呢,从连长那面来的不可挡的柔情使妇人做着无涯涘的梦,正同一个平常妇人在她年青情人身上一样,自己已象把心交给这个人,后来终生都是随着这个人跑,就到天涯地角也愿意了。"对于这种"露水之欢",沈从文没有用道德的标准来评判,而是将这一切视为一种自然的选择:"露水的夫妇,是正因为那露水的易消易灭,对这固持的生着那莫可奈何的恋恋难于舍弃的私心,自然的事啊!"④《雨后》中的四狗和女伴,以天为被地为褥,毫不拘束的,享受生命欢歌。他们"听一切大小虫子的鸣叫,听晾干了翅膀的蚱蜢各处飞,听树

---

① 沈从文:《凤子》,《沈从文全集》(第7卷),北岳文艺出版社2009年版,第113页。
② 沈从文:《〈一个母亲〉序》,《沈从文全集》(第7卷),北岳文艺出版社2009年版,第289—290页。
③ 沈从文:《采蕨》,《沈从文全集》(第4卷),北岳文艺出版社2009年版,第263页。
④ 沈从文:《连长》,《沈从文全集》(第2卷),北岳文艺出版社2009年版,第32页。

叶上的雨点向地下跳跃,听旁近身边一个人的心怦怦跳,全是诗。"①自然界的"生命"与人的"生命"实现了诗意的交融。在《七个野人和最后一个迎春节》中,野人用歌声把年轻女子引到山洞过夜,没有强迫,两情相悦,自然性爱和生命一样纯洁、透明。"他们的口除了亲嘴就是唱赞美情欲与自然的歌,不像其余的中国人还要拿来说谎的。"②真实的坦露自己生命本身的性欲望,不虚伪地掩藏内心感想,也是生命的自然光芒。《旅店》中的女老板黑猫年轻守寡,尽管身居偏僻荒凉之地但她也有一颗"健全多感的心",在一场暴风雨后,主动暗示大鼻子旅客,于是有了"小黑猫",由于暧昧流言,又老又丑的驼子做了野猫的丈夫,似乎有悖人伦、道德。自然生命之火却在野猫"原始生命"中熊熊燃烧,这是神不见责的。小说细腻地写到了野猫子生命欲望的被唤醒,"一种突起的不端方的欲望,在心上长大,黑猫开始来在这四个客人上面思索那可以光身的人了。她要的是一种力,一种圆满健全的、而带有顽固的攻击……过去的那个已经安睡在地下的男子,所给她的好经验,使她回忆到自己失去的权利,生出一种对平时矜持的反抗。她觉得应当抓定其中一个,不拘是谁,来完成自己的愿心,在她身边作一阵那顶撒野的行为"③。《夫妇》写一对新婚不久的夫妇,同返黄坡女家去看岳丈,看看天气太好,于是坐在新稻草积旁看风景,看山上的花。"那时风吹来都有香气,雀儿叫得人心腻,于是记起一些年青人应做的事。"他们的性爱与大自然的美好融为一体。

当然,沈从文小说中的性爱描写也曾引起很多批评家的不满,认为这样写的目的在于取悦读者的低级趣味。韩侍桁的批判具有代表性:"只要一看这位作者的《第一次作男人的那个人》以及《雨后》一书里所收集的其他小说,我想无论任何读者,都可以看出这位作者在描绘那样无聊的事件上是感到怎样的兴趣,并且可以理解了他的思想是怎样的不正确而缺少根底。他就在描写一幅田园风景里,他都要加以'性'的点缀。"④显然,沈从文这样

---

① 沈从文:《雨后》,《沈从文全集》(第3卷),北岳文艺出版社2009年版,第276页。
② 沈从文:《七个野人与最后一个迎春节》,《沈从文全集》(第4卷),北岳文艺出版社2009年版,第189页。
③ 沈从文:《旅店》,《沈从文全集》(第4卷),北岳文艺出版社2009年版,第177页。
④ 侍桁:《一个空虚的作者——评沈从文先生及其作品》,《文学与生活》1931年创刊号。

极致地书写乡民自然的性爱的目的不是为了满足读者某种猎奇的心理,而是要展示没有被束缚的生命的本真。在沈从文那里,这种自然的身体所展示出的美是近乎神性的:"展露在我面前的,不是一个单纯的肉体,竟是一片光辉,一把花,一朵云……我从这个花中见到了神。微笑时你是开放的百合花,有生命在活跃流动。"[①] "我理会的只是一种生命的形式,以及一种自然道德的形式,没有冲突,超越得失,我从一个人的肉体上认识了神。"[②] 用《阿黑小史》中阿黑父亲的话说即是:"小孩子,爱玩,天气好,就到坡上去玩玩,只要不受凉,不受惊,原不是什么顶坏的事。两个人在一块,打打闹闹并不算大不了事体。人既在一块长大,懂了事,互相欢喜中意,非变成一个人不行,做父亲的似乎也无取缔理由。"[③] 沈从文曾冷静地审视"五四"以来在对"人"的认识问题上存在的缺陷。他认为:"'重新做人'虽已成为一个口号,具尽符咒的魔力,可是,如何重新做人,重新做什么样人,似乎被主持这个运动的人,把范围限制在'争自由'一面,含义太泛,把趋势放在'求性的自由'一面,要求太窄。"[④] 当然,沈从文的性爱书写并非简单地为了凸显湘西自然民俗的神秘感,而是为了强化国人身上的生命强力,拒绝成为阉寺的人。那么,沈从文小说中大量性爱的书写的原因到底何在呢?当然,这与沈从文接受的西方文化资源有关,尤其是西方心理学的影响。沈从文在《水云》中以弗洛伊德学说为依据来解释自己创作《八骏图》《边城》《看虹录》以及《月下小景》佛经改编故事等。在《一个人的自白》里,他解释道:"我企图由一个在'病理学或变态心理学可作标本参考'目的下,写下这点东西。"[⑤] 同时,这种追求真实、自然、畅快性爱观念反映了湘西地方的民风和地域文化特色,不压抑性情、不矫揉造作。

沈从文说过:"二千年前僧侣对于两性关系所抱有的原人恐惧感,以及由恐怖感而变质产生的诃欲不净观,却与社会上某种不健康习惯相结合,形

---

① 沈从文:《看虹录》,《沈从文全集》(第10卷),北岳文艺出版社2009年版,第337—338页。
② 沈从文:《水云》,《沈从文全集》(第12卷),北岳文艺出版社2009年版,第117页。
③ 沈从文:《阿黑小史》,《沈从文全集》(第7卷),北岳文艺出版社2009年版,第245页。
④ 沈从文:《烛虚》,《沈从文全集》(第12卷),北岳文艺出版社2009年版,第6页。
⑤ 沈从文:《一个人的自白》,《沈从文全集》(第27卷),北岳文艺出版社2009年版,第3页。

成一种顽固而残忍的势力，滞塞人性正常发展。"①他反感那种凡事要在"道德"筛孔中滤过才算艺术的陈腐观念，在他看来，"生命"的生长应该是自然而无羁绊的，沈从文认为传统抑制情欲的"习惯"是阻碍人性自然发展的重要因素，在远离传统"禁欲"的边城湘西人性自然生长，"生命"的性情真实地凸显出来。在"自然性爱"的反观下，本能的释放使生命朝更自然更健康的方向涌进。

二、爱的叙事模式与民族性格的显隐

基于对边地乡土及乡民的爱，沈从文才会不遗余力地去赞颂和传扬这片孕育了爱与美的土地。他这样说过："山头夕阳极感动我，水底各色圆石也极感动我，我心中似乎毫无什么渣滓，透明烛照，对河水，对夕阳，对拉船人同船，皆那么爱着，十分温暖的爱着！……看到石滩上拉船人的姿势，我皆异常感动且异常爱他们。"②这份对乡土挚爱的情结在作家内心发酵，并成为一种温情的记忆。沈从文湘西小说营造了充满诗意的爱情氛围，男女主人公均是爱情精灵，他们是自然的儿女，自然赋予他们美丽的身躯和圣洁无华的爱情信念。爱得大胆，爱得执着，爱得真诚："一个男子不能唱歌他是种羞辱；一个女子不能唱歌她不会得到好丈夫。抓出自己的心，放在爱人面前，方法不是钱，不是貌，不是门阀也不是假装的一切，只有真实热情的歌。"③"除了爱情以及因爱情而得到的智慧和真实，其余旁的全无用处。"④这生动地说明了湘西人的爱情观念。这种爱情观念是"生命"赋予的自然本性。具体而言，沈从文的爱情故事模式大致有两类：

第一，为了爱，他们可以不顾等级、贫富、相貌的差距，自然结合，并且没有附加任何物质利益和代价。在沈从文看来，"一个皇帝同一个士兵，地位的不同，是相差别到几乎可以用手摸得出，但一到恋着一个人，在与女

---

① 沈从文：《〈看虹摘星〉后记》，《沈从文文集》（第11卷），北岳文艺出版社2009年版，第345页。
② 沈从文：《历史是一条河》，《沈从文全集》（第11卷），北岳文艺出版社2009年版，第188页。
③ 沈从文：《龙朱》，《沈从文全集》（第5卷），北岳文艺出版社2009年版，第327页。
④ 沈从文：《凤子》，《沈从文全集》（第7卷），北岳文艺出版社2009年版，第129页。

人为缘的应有心灵上的磨难，兵士所有的苦闷的量与皇帝可并不两样。一个状元同一个村塾师也不会不同。一个得文学博士的人同一个杂货店徒弟也只会有一种头痛。"①这即是说，人是有共通性的，身份不同的人面对爱情时的心灵体验是有很大的相似的，对于爱情同样有着共同的庄严感。《边城》中的二老和翠翠自然相爱，在"走车路"还是"走水路"、"要碾坊"还是"要渡船"的抉择中，翠翠和二老都选择了自然的爱情，而不是附加了物质诱惑的有条件的爱情。《月下小景》是一曲真诚的爱的赞歌，在"被刖刑者的爱"的故事中，弟妇为了丈夫能走出不毛之地，割腕自杀，用鲜血温暖丈夫前行，"那个女人躺卧在他爱人身旁，星光下做出柔弱的微笑，好像对自己的行为十分快乐"，与此相对的是，嫂嫂因性爱问题离开丈夫与双脚被刖去的丑陋乞丐结为夫妻，风风雨雨，不相抛弃。"弹筝者的爱"讲述的是：寡居多年的貌美女子身边有很多的追求者，但都不为所动。一天被一个独眼、麻脸、跛足的废人的筝声吸引，筝声弹出的生命之声唤回了似乎已死多年的生命之爱，"当她明白那声音是从一只粗糙的手抓出时，她爱了那只粗糙的手。当她明白那只粗糙的手是一个独眼，麻脸，跛脚的人肢体一部分时，她爱了那个四肢五官残缺了的废人。她承认自己的心已被那个残废人的筝声从土中掏出来了。"②使她疯狂地爱上了弹筝者，不顾一切向他表白。故事启迪人们：为了爱，可以牺牲自己的生命来温暖爱人；正常人能与残疾人演绎爱情，也是因为爱。《神巫之爱》也是一部颇具传奇浪漫色彩的爱情箴言。所有的花帕族美貌女子都想把自己的身体献给神巫，哪怕到地狱做鬼推磨也心甘情愿。但神巫不为所动，却倾心一个哑巴少女，尽管哑巴不会有甜言蜜语，不会用语言发出爱的呼唤。但她如水的眼睛放出的生命之光却征服了骄傲的神巫。有学者评论这部作品说："一切口上说出的爱都是平凡世俗的，最真挚神圣的爱跟生命融为一体，不必用语言表达……"③说的是"至爱无言"的爱情真谛。《龙朱》中的主人公龙朱与黄牛寨主的女儿对完歌后向天起誓："我龙朱不能得到这女人作妻，我永远不同女人同睡，承宗接祖的事我不负责！

---

① 沈从文：《连长》，《沈从文全集》（第2卷），北岳文艺出版社2009年版，第32页。
② 沈从文：《爱欲》，《沈从文全集》（第9卷），北岳文艺出版社2009年版，第288页。
③ 陈国恩：《浪漫主义与二十世纪中国文学》，安徽教育出版社1999年版，第172页。

若是爱要用血来换时，我愿在神面前立约，斫下一只手也不悔！"《男子须知》主要讲述一个山大王以打家劫舍相威胁，又以钱财相诱，强娶宋家大妹为压寨夫人的故事。大妹妹婚前极其害怕，准备做出牺牲，终日以泪洗面；婚后却出乎她的意料，山大王表面既不像过去想象的那样狰狞可怕，内心又对她充满了柔情。大妹妹写信告诉表姐说道："（山大王）什么事都能体贴，用极温柔驯善的颜色，侍奉我，听我所说，为我去办一切的事。（他对外是一只虎，谁都怕他；又聪明有学识，谁都敬他。）他在我面前却是一只羊，知媚它的主人是它的职务。他对我的忠实超过了我理想中情人的忠实……"大妹妹在这样一个山大王身上得到了从别人那里不可能得到的爱，幸福得只能用哭叫来表示生命的快适了。

第二，缘于爱，他们可以超越生死的界限。为了爱，可以以身殉爱；甚至可以与死尸恋爱。在《月下小景》中，沈从文道出了男女关系中自然纯洁的人性光辉，"年青男女所作的事，常常与自然的神意合一，容易违反风俗习惯。女孩子总愿意把自己整个交付给一个所倾心的男孩子，男子到爱了某个女孩时，也总愿意把整个的自己换回整个的女子。风俗习惯下虽附加了一种严酷的法律，在法律下牺牲的仍常常有人"。尽管族规严苛，但总能以心中所向往的爱去维护"神核准的放纵"①。《月下小景》中的傩佑、《边城》中的翠翠的父母、《巧秀和冬生》中的巧秀父母、《媚金·豹子·与那羊》中的豹子和媚金为了心中圣洁的爱情双双殉爱。《凤子》中讲到一个刚刚死去丈夫的女人"在那个布口袋里，装的是他的骨灰；在那个妇人的心胸里，装的是他的爱情"。爱情不因为所爱的人死亡而消失。《三个男人和一个女人》，三个男人同时爱上一个女人，后来女人不明不白地自杀了，她的尸体从墓地失踪了，原来是爱她的男人之一（豆腐铺老板）挖出了尸体，在撒满蓝色野菊花的石洞里，与尸体睡了三天三夜。这类爱情尽管有些悲壮有些奇诡，但"爱情可以超越生死"的哲理却永存人们心中。

为了突出乡下人生命之中的爱情底色，沈从文将视野转向都市，以对都市"污秽无光"的爱情、性爱的呈示，来展示其关于爱的生命原力的理解。

---

① 沈从文：《月下小景》，《沈从文全集》（第9卷），北岳文艺出版社2009年版，第227页。

《或人的太太》《一个母亲》《第四》《某夫妇》等小说中的爱情被异化为一种相互欺骗的游戏，当一方厌倦了就到外面去寻找新的性伙伴。两个人即使一起出现在公众面前，但也貌合神离："身上接近心更分开了。分开了，离远了，所有的爱已全部用尽，若把生活比着条丝瓜，则这时他们所剩下来维系这瓜的形式的只是一条络了。"① 《绅士的太太》《篁君日记》《松子君》等小说是展示大家庭性乱的，乱伦的性爱在一个个家庭内部产生，肮脏糜烂而且违背人伦。弗洛伊德说过："文明对于性欲的做法就像一个民族或是一个阶层的人的所作所为一样，使另一方遭受剥削。由于害怕被压迫的因素起来反抗，压迫一方就制定了更为严格的预防措施。"② 文化所营造的禁忌压抑着人自然情欲的直接抒发，而这种被隐藏而压制的自然欲求往往会更大程度地折磨着人的内心，构成了情与理的对立与冲突。在《都市一妇人》中，经历了一生坎坷的贵妇，"只像一只蚱蜢，一粒甲虫，生来小小的，伶便的，无思无虑的……到了春天或秋天，都能按照时季换上它们颜色不同的衣服，都会快乐而自足地在阳光下过它们的日子，都知道选择有利于己有媚于己的雄性交尾"③。《八骏图》是知识分子题材的力作，达士先生在青岛的大学生活期间，发现周围的七个教授个个都患了性压抑、性变态的病症，在给未婚妻写的信中流露了他们关于情感的虚伪，但在结尾，第八个教授被一女人的黄色身影和海滩上的神秘的字迹图画所惑，于是马上拍封电报给未婚妻推迟行期，说害小病要在海边多住三天。爱情神话的虚假和终结在这"八骏"（八位教授）身上被演绎得淋漓尽致。《有学问的人》书写了一位已婚绅士与一位来访女子之间关于性爱的相互试探。这个被称为"有学问的人"频频向女访客发出试探性语言，然而女子"虽然心上投了降，表面还总是处处表示反抗"，两人都在维持所谓文明人体面的过程中将原本简单的爱情搁置于无形，最终这个绅士在即将成功的爱情攻击战中退却了。在都市文明制定的预防措施中，大多是对人自然本能的限制和压抑，生命开始萎缩，在有的情况下导

---

① 沈从文：《或人的太太》，《沈从文全集》（第2卷），北岳文艺出版社2009年版，第154页。
② 〔奥〕西格蒙德·弗洛伊德：《文明及其缺憾》，傅雅芳、郝东瑾译，安徽文艺出版社1987年版，第48页。
③ 沈从文：《都市一妇人》，《沈从文全集》（第7卷），北岳文艺出版社2009年版，第192页。

致变态和畸形的性欲观念。对此，沈从文将爱情的失落和民族精神重建置于一域予以考察，他感慨道："女人们对于恋爱不能发狂，不能超越一切利害去追求，不能选她顶喜欢的一个人，不论是白耳族还是乌婆族，总之这民族无用，近于中国汉人，也很明显了。"① 沈从文将爱的能力视为一个民族文化的本能原力，在他看来，"不能爱"和"不敢爱"体现了都市人身上的文化弊病。在《看爱人去》一文中，沈从文借主人公之口道出了上述观念："本能的缺乏，就只耽心用感情撞伤了别人，其实这也只是空耽心。你就大胆去做谁也不会对你稍注意。"②

沈从文崇尚国民炽热的爱情本能，这种催生出来的主体力量能对抗不可预知的外在压力。《松子君》里的同名主人公将爱情的获得视为一场"伟大战争"："猛勇得如同一个和狮子打仗的武士样，迎上前去。"在追求的对象面前，"我力量增加，思想夸大，梦境深入，一切是比了以前膨胀了已是许多倍的！"而这种"极力扩张"的生命力促使其"全力量去把握"，"往火里奋身跃去了，倘若这是一个火盆。我愿烧成灰，我决不悔"③。沈从文关注国民的精神信仰建构，这既包括民族国家信仰也包括个人信仰，这种信仰以"诚"和"爱"为基础，以"信"为价值标尺，指向个人主体与国家主体的双重自觉。他为那些"心夺于人，信不由己"的国民信仰状态感到深深的忧虑，这种被褫夺了精神信仰的人实质上已经异化为无我的"非人"，是不可能成为表征现代中国的"民族脊梁"的。与乡民不同，都市人对爱情缺乏一种真诚的笃信。如果说他们还对爱情心存希望的话，那么这也只是一种幻想，仅停留在"我相信"的层面上，而离"我愿意相信"的认知层次还有很大的距离④。他们对于目标的虚妄性缺乏深层次的认知，也不具备怀疑和质询伪善信仰的知识体系。也许他们害怕这种质询会摧毁他们脆弱信仰的根基，

---

① 沈从文：《龙朱》，《沈从文全集》（第5卷），北岳文艺出版社2009年版，第330页。
② 沈从文：《看爱人去》，《沈从文全集》（第1卷），北岳文艺出版社2009年版，第218页。
③ 沈从文：《松子君》，《沈从文全集》（第1卷），北岳文艺出版社2009年版，第296—297页。
④ "我相信"和"我愿意相信"是西班牙学者乌纳穆诺哲学思想中两种不同层次的信仰话语，前者是较为单纯和天真的信仰，而后者是诉诸怀疑后的清醒的信仰认知。前者容易导向主体的盲从，甚至会出现信仰对象的游移不定。相对而言，经过了理性判定后的信仰会更加笃定和理性。（参见〔西班牙〕乌纳穆诺：《生命的悲剧意识》，段继承译，花城出版社2007年版，第251—255页。）

而陷入更加迷惘的境域之中。因而，他们不能成为肩负信仰的勇士，只能在"幻梦"中游戏人生。

在沈从文看来，"爱"是一个民族性格的重要体现："'爱'与'不忍'会使人不敢堕落，不能堕落"①；"恋爱是生存中一份责任，因为它有人类某种义务在内，自然不能逃避，但某一预定机会失去之时，可不能过分苦恼。苦恼是无用的，应当把热情转注于另一更大责任上去"②。言外之意，爱能激活一个民族普遍的人性活力，能增强集体凝聚力，体现了民族性格中的力量、坚忍和博大。在《龙朱》中，他将一个民族血性和爱的力量等价齐观："一个人在爱情上无力勇敢自白，那在一切事业上也全无希望可言，这样的人绝不是好人。"③沈从文之所以这么醉心地书写乡民的爱情，其根由在于要用这种壮烈而纯洁的爱情去对抗席卷乡土的物欲。当"爱情移到牛羊金银虚名虚事上来了"，他认为这意味着一个民族的"堕落"。当沈从文注目于都市人的爱情时，他陷入了深深的失望之中。追求世俗虚名、迷失的情欲早已抛却了爱情的真谛。在《〈八骏图〉题记》中，沈从文交代了他创作《八骏图》的原意："表现'人'在各种限制下所见出的性心理错综情感。"八个教授自诩为正人君子，在其冠冕堂皇的衣着和言语下却隐藏着复杂的性心理和欲望。他指出：这些人的悲哀在于尽管他们高喊过"恋爱自由"之类的话，但他们没有真正爱过，更没有享受真正的人生。沈从文进而将这类人生和一个民族的现状和未来建立起关联，他不无忧虑地写道："这种人数目既多，自然而然会产生一个观念，就是不大追问一件事情的是非好坏，'自己不作算聪明，别人作来却嘲笑'的观念。这种观念普遍存在，适用到一切人事上，同时还适用到文学上。这种观念反映社会与民族的堕落。"④

---

① 沈从文：《泸溪·浦市·箱子岩》，《沈从文全集》（第11卷），北岳文艺出版社2009年版，第376页。
② 沈从文：《懦夫》，《沈从文全集》（第6卷），北岳文艺出版社2009年版，第483页。
③ 沈从文：《龙朱》，《沈从文全集》（第5卷），北岳文艺出版社2009年版，第327页。
④ 沈从文：《〈八骏图〉题记》，《沈从文全集》（第8卷），北岳文艺出版社2009年版，第195页。

第二节　爱与死相邻：与自然契合的人伦生态

沈从文说过："把我们的灵魂同血液都换了一种成分，也是自然的。"① 这道出了他笃信和崇尚自然的思想观念，他将这种自然的尺度运作于其小说的爱情书写中，于是我们发现了这样一种现象："死亡"与"爱情"经常纠缠相随。为了追求至诚的"爱情"，相爱的人不惜超越"生死"来投入到这份真挚情感的拥抱中。"死亡"与"爱情"相邻成为湘西人命运取向，也是生命的自然抉择。在这种选择的背后，我们既能透析"乡土中国"凄婉悲怆的一面，又能反观其庄严跃动的另一面。

一、因爱而死的"人事"与忧人的命运感

沈从文小说围绕着现代中国的"人事"来组织情节，将"社会现象"和"梦的现象"熔为一炉，构筑了具有田园牧歌式的诗化小说。而在这种小说的叙事模式中，因爱而死的故事被反复地书写和再现，演绎了"美丽的忧愁"的乡土伦理主题。在湘西世界里，朴素而粗糙的心灵、简单纯粹的人事关系隐含着作家对于乡土伦理生态的向往和赞许，但这种古朴原始的生存状态却也隐含着容易被侵蚀和瓦解的文化危机，"常态"难以长久，无法预料的威胁正一步步地笼罩期间，故事到了最后，"结束于'死亡'和一个'走'字上"②。

沈从文没有廉价地构筑虚无的"乡土中国"，其小说没有离弃中国社会的现实。他一再申明："一切作品皆应根植在'人事'上面。一切伟大作品皆必然贴近血肉人生。"③ 笃信自然的乡人有着都市人少有的伪善与功利，他们的爱与静谧而优美的自然环境共构，但也避免不了爱过之后无能为力的

---

① 沈从文：《懦夫》，《沈从文全集》（第 6 卷），北岳文艺出版社 2009 年版，第 444 页。
② 沈从文：《水云》，《沈从文全集》（第 12 卷），北岳文艺出版社 2009 年版，第 116 页。
③ 沈从文：《论穆时英》，《沈从文全集》（第 16 卷），北岳文艺出版社 2009 年版，第 233 页。

悲戚与无法弥补的遗憾。"爱"与"死"相邻意味着延展了生命壮美，也由此生成了让人喟叹的伤感。在《烛虚》中，沈从文说："……探索'人'的灵魂深处或意识边际，发现'人'，说明'爱'与'死'可能具有若干新的形式。"①又感慨道："人在大千世界中"，"只占有一个极平常地位"，"极少人能违反生物原则，换言之，便是极少人能避免自然所派定义务，'爱'与'死'"，"爱能使人喑哑——一种语言歌呼之死亡。'爱与死为邻'"②，"我过于爱有生一切。爱与死为邻，我因此常常想到死。在有生中我发现了'美'，那本身形与线即代表一种最高的德性，使人乐于受它的统制，受它的处治"③。

《爹爹》里的傩寿是一个医生，一生救人无数，但儿子的意外死去让他感到无穷尽的痛苦，药店也关闭了。原来的生活状态是"好好的活着"，现在就变成"还是活着"了。少了"好好的"情形却大不一样。尽管傩寿可以在关键的时刻救治他人性命，但无奈却无法改变儿子死去的命运："不说有那命运存在，那在他是不行的。若说无命运，儿子决不会死。死是没有理由的死，正因为这样，无法来抵抗这命运所加于其身的忧愁负荷。"在陷入悲哀时，他也曾试图到寺庙里去找得道的和尚求取解脱之法，但都无解。这种切肤之痛使他像中毒一般，"身体内部为悲哀所蚀，精神为刺激所予沉重的按揣，表面即不露痕迹，中心全空了"。在无法解脱悲哀的疼痛后，傩寿死了，他的死基于血浓于水的父子之爱。在小说最后，作家这样写道："这作爹爹的，就为了不能让儿子一人在地下寂寞，自己生着也寂寞，要儿子复活既不能，于是就终于死了。"④《边城》讲述了一个关于爱与死相遇的传奇故事：当翠翠的父母的爱情失败后，父亲自杀，母亲体验了爱情的"陨落"、爱人的"死亡"，在翠翠出生后，喝冷水而亡，她的死反而成就了不朽的爱情神话。同时，大老、爷爷的死，也是"成人之美"的爱的隐喻。为此，沈从文这样说道："我主意不在领导读者去桃源旅行，却想借重桃源上行七百

---

① 沈从文：《烛虚》，《沈从文全集》（第12卷），北岳文艺出版社2009年版，第27页。
② 沈从文：《生命》，《沈从文全集》（第12卷），北岳文艺出版社2009年版，第43页。
③ 沈从文：《烛虚》，《沈从文全集》（第12卷），北岳文艺出版社2009年版，第23页。
④ 沈从文：《爹爹》，《沈从文全集》（第2卷），北岳文艺出版社2009年版，第242页。

里路酉水流域一个小城小市中几个愚夫俗子,被一件普通人事牵连在一处时,各人应有的一份哀乐,为人类'爱'字作一度恰如其分地说明。"①由错位的爱而引发的一些误会,让原本美好的爱情演化为凄美的爱情悲剧。将爱情装点在凄美的故事结构中构成了沈从文"讲故事"的惯用模式,这样做的目的在于"我的过去痛苦的挣扎,受压抑无可安排的乡下人对于爱情的憧憬,在这个不幸故事上,方得到了完全排泄与弥补"②。在《媚金·豹子·与那羊》中,媚金和豹子的自杀是因为他们都把爱情当作最神圣的事情,媚金以为豹子负心爽约,在等待中绝望而自杀,豹子为了寻找一只洁白的小羊来作定情之物而耽搁了约会的时间,一场因爱而产生的误会制导了双双殉情的悲剧,但他们都没有心生仇恨和抱怨,笑着死在一起。可惜的是,他们的故事被人记住,但却再难作出这样的爱的抉择:"白脸苗的女人,如今是再无这种热情的种子了。她们也仍然是能原谅男子,也仍然常常为男子牺牲,也仍然能用口唱出动人灵魂的歌,但都不能作媚金的行为了!"③又如《月下小景·序曲》,寨主的独生子傩佑和自己的恋人结束了年轻的生命铸就了他们永远的爱情,"得到了把另一个灵魂互相交换移入自己心中深处的满足"。他们的爱情观是:"年轻男女所做的事,常常与自然的神意合一,容易违反风俗习惯,女孩子总愿意把自己整个交付给一个所倾心的男孩子,男子到爱了某一个女孩子时,也总愿意把整个自己换回整个女子。"他们的"死亡"消解了血腥、恐惧、恐怖和难以抉择,是永恒爱情的见证,是一种顺其自然的"生命体验"。这即如沈从文在《寻觅》中所写到的那样:"我们若要活到这个世界上,且心想让我们的儿子们也活到这个世界上,为了否认一些由于历史安排下来错误了的事情,应该在一分责任和一个理想上去死,当然毫不踌躇毫不怕!"④显然,这种"自杀者单纯的热"⑤体现了"生命"的"庄严性"。我们不能否定"死亡",但我们也能看到在体验"死亡"过程中"生命"本

---

① 沈从文:《习作选集代序》,《沈从文全集》(第9卷),北岳文艺出版社2009年版,第5页。
② 沈从文:《水云》,《沈从文全集》(第12卷),北岳文艺出版社2009年版,第111页。
③ 沈从文:《媚金·豹子·与那羊》,《沈从文全集》(第5卷),北岳文艺出版社2009年版,第364页。
④ 沈从文:《寻觅》,《沈从文全集》(第9卷),北岳文艺出版社2009年版,第232页。
⑤ 沈从文:《知己朋友》,《沈从文全集》(第6卷),北岳文艺出版社2009年版,第406页。

体的那种跃动的动态张力。

"死亡"与人对生存的体验密不可分,生与死的关联反映了人对于世间万物的深层思考。正如西美尔所说:"生命每走一步,不仅表明在时间上更接近死亡,而且还通过死亡这一生命的现实要素证明自己的造型是实在的和先验的。"① 海德格尔说过:"死亡是世上最私有,谁也无法避免,与别人毫无关联的一种'最本己的可能性'。"② 生与死既是时间段中的两极,同时又对立统一、密不可分:探讨死亡问题虽名为谈死,实则论生,或毋宁说它是人生哲学或生命哲学的一种深化、延续和扩展。这其中明显地渗透了现世的生命关怀,同时不放弃对现世人终极意识的叩问。因而"知死"实为"知生",由生与死生成的文化意义及生死之间的转化关联是时间意识重要的哲学内涵。对于死亡,沈从文并没有宿命地屈从它,也没有廉价地去超越,而是用自己的经验写出生命的壮美及本真。沈从文说过:"经验世界原有两种方式,一是身临其境,一是思想散步,我们活到二十世纪,正不妨写十五世纪的历史小说。我们谁皆缺少死亡的经验,然而也可以写出死亡的一切。"③ 他笔下老乡土儿女的生命圈里既跃升着爱的生命激情,但也处处隐藏着挥之不去的淡淡忧伤,而这种爱与死相邻的故事则是乡土中国独有的"人生形式"。

王德威准确地评说了这种"爱"与"死"的联系:"爱欲时常现身于孩童般的天真之中,同时孕育一种非理性的狂暴力量。这种热情发展至其极致,便构成(自我)毁灭和死亡的力量。"④ 佛教有"死亡是生命的飞扬的极致的大欢喜"的说法,为爱而死的故事一直在延续。翠翠父母为爱而死的故事尽管过去多年,但一直贯穿于《边城》此后的故事余绪中,浮现在翠翠、爷爷心中,形成了一个个"因爱而死"的循环:"他忽然觉得翠翠一切全像那个母亲,而且隐隐约约便感觉到这母女二人共通的命运。"⑤ 小说(第一章)

---

① 〔德〕西美尔:《死亡与不朽》,《生命直观》,刁寒俊译,生活·读书·新知三联书店2003年版,第91页。
② 〔德〕海德格尔:《存在与时间》,陈嘉映、王庆节译,生活·读书·新知三联书店1999年版,第315页。
③ 沈从文:《给一个读者》,《沈从文全集》(第17卷),北岳文艺出版社2009年版,第228页。
④ 王德威:《现代中国小说十讲》,复旦大学出版社2003年版,第172页。
⑤ 沈从文:《边城》,《沈从文全集》(第8卷),北岳文艺出版社2009年版,第114页。

以翠翠父母的故事开篇，小说（第十三章）祖父为翠翠说到一些有意义的故事，提到了死去的翠翠的母亲。"说了些那个可怜母亲的乖巧处，同时且说到那可怜母亲性格强硬处，使翠翠听来神往倾心。"小说（第二十一章）杨马兵给翠翠讲到了翠翠的父亲、母亲的故事。同时，这种隐在的"命运"深深影响了新生命（翠翠）。在这个纠结着"爱"与"死"的故事框架里，主人公都并非恶意的悲剧制造者，但各类不凑巧和误会却还是营造了唯美的牧歌式的悲剧。对于这种冥冥中的主宰力量，沈从文这样解释道："一切充满了善，充满了完美高尚的希望，然而到处是不凑巧。既然不是凑巧，因之素朴的良善与单纯的希望终难免产生悲剧。"①

在《巧秀和冬生》中，巧秀母亲二十三岁守寡，后与黄罗寨打虎匠好上了，为了牟取她家的这份薄产，族人以"偷人"的罪名将其捉住。在快要沉潭时，她对三表哥说："三表哥，做点好事，不要让他们捏死我巧秀喔。那是人家的香火！"巧秀长大成年后，爱上邻村的一个唢呐手，并不顾婚约与他私奔逃走。母女俩的命运构成神秘的循环。在文章的结尾有这样一句："一切事情并没有完结，只是一个开始。"②可以这样说，不管社会伦常和规范的压迫如何沉重，湘西人追求个体生命之真的努力从未停歇，其所直面的死亡考验也因这种执着而更显现出独特的意蕴。这即如沈从文在《自杀》中所赞赏的死亡的真正价值："必承认生命属于自己的，同时自己又是个很认识生命，爱惜生命的人，爱惜生命的人，为了死可以达到某一个高尚的理想，完成某一种美丽的企图，为了处置生命到另一个美丽形式里去，一死正类乎伟大戏剧或故事所不可少的情节，因此从从容容照计划作去。这种自杀有的为求人类自由，文化进步，历史改造，也有的是为一己；为使一己生命达到一个高点，社会皆认为难能可贵。"③对此，萨特说过："我不是为着去死而是自由的，而是一个要死的自由的人。"④"去死而是自由"是懂得绝望的清醒的悲观主义，它的目的地是生之终结："死"；而"要死的自由"则是懂得反抗

---

① 沈从文：《水云》，《沈从文全集》（第12卷），北岳文艺出版社2009年版，第111页。
② 沈从文：《巧秀与冬生》，《沈从文全集》（第10卷），北岳文艺出版社2009年版，第432页。
③ 沈从文：《自杀》，《沈从文全集》（第8卷），北岳文艺出版社2009年版，第345页。
④ 〔法〕萨特：《存在与虚无》，陈宣良等译，生活·读书·新知三联书店1987年版，第701页。

绝望的理性主义,它的目的地就自然地超越了纯粹的死亡,进入另一个主体自由的境界。沈从文小说中人物的死多因为爱而自然生成,我们既可以看到某种宿命的支配,但是他们顽固选择殉情的方式却达致了萨特所谓的"要死的自由",显然这是一种向死而生的生命姿态。

二、"悄悄的死"与"向死而在"的庄严

沈从文小说给人的一个粗略的印象是:乡民乐天自足的生命姿态使其对于死亡没有太过于沉重的心理负担,缺少一份争天抗俗的精神气度。确实,当乡民沉溺于自然所营造的生命姿态时,死亡的恐惧和威胁也逐渐远离他们。因而,当他们必须去面对他人的生死别离时,在听从自然的安排下,一切变得自然而然了。对于这种"悄悄的死",沈从文不像其他启蒙者那样去感叹其"人"意识的缺席,改之以冷静的姿态去看淡这些生命的流失。这正如《黔小景》中所描绘的那样:商人日复一日地奔波,"折磨到那两只脚,消磨到它们的每一个日子中每人的生命",它们寓居的主人的儿子死了,主人平静得如没发生任何事情一样,他们"起来时,屋子还黑黑的,到灶边去找火媒燃灯,希奇得很,怎么老板还坐在那凳上,什么话也不说。开了大门再看看,才知道原来这人死了。……这两个商人自然到后又上路了"[①]。这种几乎无事的悲凉并不能引起他人任何震撼和痛苦,一切都是自然的安排,对死亡的淡漠也是乡民自然人性的一种反映。

沈从文重视"生命",更关注人在生死问题上的态度、观念及抉择。《不死日记》用冗长的笔触写出了"我"深陷"死"与"不死"间的彷徨,在解剖自己和分析社会现象的同时,作者还是彰明了自己的态度:"一切生活中全有勇士,所谓勇士者,虽不免为明眼人在一旁悄悄指点说这是呆汉子,——然而呆汉子自己只知向前,如蛾就灯,死得其所。至于与呆汉子相异,倒因为怕热怕焚,明知光之为美,亦以蠖伏于暗中为乐,这样人自己可嘲笑处实比所谓呆子还多"[②]。因此他提出"一个灰白的生命,灵魂是病的灵

---

① 沈从文:《黔小景》,《沈从文全集》(第7卷),北岳文艺出版社2009年版,第75页。
② 沈从文:《不死日记》,《沈从文全集》(第3卷),北岳文艺出版社2009年版,第404页。

魂"①。要救治那些枯死的灵魂必须还原生命的底色，关注生命的激情与力量。沈从文思想的深刻性，不仅在于将"人与自然契合"作为乡土中国一种理想的生存模式，而且还意识到乡土中国与整个自然界还存在着永远无法区隔的、动态的发展网络，所有人事都置身其中，俨然一个复合的生态系统。为此，他这样说道："阳光照及大地，举目临眺，但觉房屋人树，及一池清水，无不如相互之间，大有关系……一片铜，一块石头，一把线，一组声音，其物虽小，可以见世界之大，并见世界之全。"②在这里，一切与生命相关的人和事都纳入一个相互关联的"世界"体系之下，这构成了沈从文乡土中国书写的核心要件。同时，这个系统并非完全静态，而是蕴含着新陈代谢的生态规律："生命的新陈代谢，需要有个秩序安排，方能平均。有懒惰方可产生淘汰，促进新陈代谢作用。这世界若无一部分人的懒惰，进步情形必大大不同，说不定会使许多生物都不能同时存在。"③也正是这种新陈代谢的作用生成了沈氏意识中的自然文化理想，以及基于此的文学实践的价值定位。

在《〈边城〉题记》中，沈从文将读者定位为"极关心全个民族在空间与时间下所有的好处与坏处"④。在空间的处理上，沈从文惯用切断空间的方式来彰明其价值判定。换言之，乡土与都市是两个有极大文化差异的空间，两者遵照各自的文化原则，各自编织出符合自己的文化密码，在对话过程中显示出"抵触"的话语冲突。在《边城》中他这样写道：

> 白河下游到辰州与沅水汇流后，便略显浑浊，有出山泉水的意思。若溯流而上，则三丈五丈的深潭皆清澈见底。深潭为白日所映照，河底小小白石子，有花纹的玛瑙石子，全看得明明白白。水中游鱼来去，全如浮在空气里。两岸多高山，山中多可以造纸的细竹，长年作深翠颜色，逼人眼目。近水人家多在桃杏花里，春天时只需注意，凡有桃花处必有人家，凡有人家处必可沽酒。夏天则晒晾在日光下耀目的紫花衣

---

① 沈从文：《中年》，《沈从文全集》（第3卷），北岳文艺出版社2009年版，第427页。
② 沈从文：《水云》，《沈从文全集》（第12卷），北岳文艺出版社2009年版，第101页。
③ 沈从文：《烛虚》，《沈从文全集》（第16卷），北岳文艺出版社2009年版，第5页。
④ 沈从文：《〈边城〉题记》，《沈从文全集》（第8卷），北岳文艺出版社2009年版，第59页。

裤，可以作为人家所在的旗帜。秋冬来时，房屋在悬崖上的，滨水边的，无不朗然入目。黄泥的墙，乌黑的瓦，位置则永远那么妥帖，且与四周环境极其调和，使人迎面得到的印象，实在非常愉快。①

在这恬淡而静谧的自然景致中，"边城"里的乡人还是"一切莫不极有秩序，人民也莫不安分乐生"。就沈从文的乡土中国而言，它犹如建立在另一个世界上的生命王国。诚如他在《断虹·引言》中所说："由皈依自然而重返自然，既是边民宗教信仰的本旨，因此我这个故事给人的印象也将不免近于一种风景画的集成。人虽在这个背景中凸出，但终无从与自然分离。"②这类似于王国维所谓的"无我之境"，人和自然"偕忘"，难分彼此。沈从文以一种"老老实实"的姿态，将乡土中国所交织着自然与神秘、美丽与残忍的人生景象细致地搬到了小说的故事情境里。对此，李健吾评价道："沈从文先生是在画画，不在雕刻；他对于美的感觉叫他不忍心分析，因为他怕揭露人性的丑恶。"③

湘西边地的地域环境较少受现代文明因素的影响和传统伦理道德的束缚，生命古朴自然。这种"生命"的原始形态表现为"人与自然契合"④，"自然"按照道家的说法就是：在人与世界没有发生分化那个浑然的整体中、那个"道"中才存在的，是一种非常和谐的本然状态。宇宙间的一切矛盾和斗争都是由于人类的意识把原本浑然一体的区分为各自独立的万事万物，世界失去了和谐性，差异和矛盾就产生了。于是有了"返璞归真""见素抱朴"的追求。沈从文自称他的思想是"新道家思想"强调了自己与道家的天然关系。⑤他说："不信一切，惟将生命贴近土地，与自然相邻，亦如自然一部分的，生命单纯庄严处，有时竟不可仿佛。"⑥这种生命与自然的契合、与自然

---

① 沈从文：《边城》，《沈从文全集》（第 8 卷），北岳文艺出版社 2009 年版，第 63 页。
② 沈从文：《〈断虹〉引言》，《沈从文全集》（第 16 卷），北岳文艺出版社 2009 年版，第 334 页。
③ 李健吾：《边城——沈从文先生作》，《李健吾创作评论选集》，人民文学出版社 1984 年版，第 445 页。
④ 沈从文：《泸溪·浦市·箱子岩》，《沈从文全集》（第 11 卷），北岳文艺出版社 2009 年版，第 376 页。
⑤ 凌宇：《二三十年代乡土小说中的乡土意识》，《文学评论》2000 年第 4 期。
⑥ 沈从文：《绿魇》，《沈从文全集》（第 12 卷），北岳文艺出版社 2009 年版，第 150 页。

为邻并非生物的本能反应,而是不受现代既存秩序和观念的左右,作出人之为人的生命应对。凌宇先生准确地概括了这种"生命"的本质,他说:"美不在生活,而在生命。生命的本质,首先表现为摆脱金钱、权势,符合人的自然本质。"①也诚如赵园所说的"一切皆为一个习惯所支配"却无往不合乎情顺乎理。自然就像冥冥之中的神灵一样,既使生命充满了"神性",也使生命具有了"庄严性"。有论者评论沈从文的生命世界时说"统治这个世界的,'是自然',不是道德也不是法律"②。可以这么理解,在乡土中国的梦想中,"自然"统领着生命,渗透于人的生命形态之中。

当然,在沈从文的笔下,并不是所有的人都以一种"待死"的状态去回应造物主的安排,一旦他们的内心被爱点燃,或沉浸于爱的炽热的情怀时,其"向死而在"的超然姿态被唤醒,爱激发了潜藏于精神深处的生命意志,呈现出一个个超越生死的无畏的殉难者形象。在西方存在主义视域里,死亡所表征的时间是很难超越和克服的。死亡导致时间之"无"始终给存在主体带来精神上的焦虑,也让意义出现了空前的危机。这与海德格尔所说的源于时间危机感而衍生的"烦"和"畏"③经验相通。"烦""畏"本身没有特定对象,它是一般的人生态度,人之所以"烦"是因为人总是不断追问存在的意义,以此来克服沉沦状态,面向未来,显示人的潜在性。人如不胜其烦,感到畏惧,就会滑入非本真的状态而取消自我。对此,沈从文在《若墨医生》中的一段话很符合这种"烦""畏"感:"死去的友谊,死去的爱情,死去的人,死去的事,还有,就是哪些死去了的想象,有很多时节也居然常常不知顾忌的扰乱我的生活。尤其是最后一件,想象,无限制的想象,如像纠缠人的一群蜂子!"④可以说,在此的情境中,周围的一切存在都变得与主体毫不相干,一种无家可归的孤独与无望于心底突然爆发和升腾,虚无与死亡才是此在最切己的感知。沈从文的生命观中有一种对于死亡的超脱意识,这并非是沈从文漠视生命,而恰是其对于死亡的深层次理解:一切生命符合自然

---

① 凌宇:《从边城走向世界》,岳麓书社2006年版,第147页。
② 赵园:《沈从文构筑的"湘西世界"》,《文学评论》1986年第6期。
③ 〔德〕海德格尔:《存在与时间》,陈嘉映、王庆节译,生活·读书·新知三联书店1999年版,第372页。
④ 沈从文:《若墨医生》,《沈从文全集》(第9卷),北岳文艺出版社2009年版,第163页。

的规律，这也包括了人的死亡。《凤子》中有一段关于生死对话的讨论，在谈到死亡的问题上，主人公将死视为一种自然的事情，是神的安排："交卸了一切人事的恩怨，找寻一个地方，安安静静，躺到那个湿湿的土坑里去，让小虫子吃，吃我的一切。在我被虫子吃完以前，人家就已经开始忘掉我了。这是自然的。这是人人皆不能够推辞的义务。历史上的巨人，无双的霸王，美丽如花的女子，积钱万钱的富翁，都是一样的。把这些巨人名人，同那些下贱的东西，安置到一个相同的结局，这种自然的公平和正直，就是一种神！"①《知识》主要以哲学硕士张六吉返回偏远家乡的所见所闻为线索，他研究的方向是"人生哲学"，野蛮的家乡成了他体验人生哲学的好地方。有一个情节涉及了人生哲学中死亡问题，在田间，他看到一个年轻人被蛇咬死，而他的父亲却很平静地继续除草，没有悲痛欲绝，只是说了一句："世界上哪有不死的人。"更让他觉得怪异的是，当他在村子里遇见了死者的母亲、姐姐和弟弟，听到亲人死去的消息，他们"颜色不变，神气自如"，他们的回答同样让张六吉非常吃惊："人死了，我就坐下来哭，对他有何好处，对我有何益处？"②受此感染他领悟到生命应该站在一个更高的角度才能更好地体悟，于是他赞赏这种对死亡超然的态度，认为这也是"爱"的表现。于是烧掉了所有书籍，决定回到这个真实的世界中来。在这里，沈从文没有批判民众"死亡局外人"的姿态，而是欣然接受了自然的安排，认为只有构筑于爱之上的死亡才是值得悲悯的，这正是沈从文小说死亡意识的独特之处。

《王嫂》里的同名主人公是一个湘西普通的女佣，不幸始终伴随着她：女儿分娩时死去，生下的孩子也死去，她的女婿被抓了壮丁。然而这些噩运并没有击垮她，她显得很平静，仍然给人家做事。在她看来，一切都是自然的安排，命运是注定的，因为她相信"生死有命，富贵在天"的古训。她认为幸福和快乐是不长久的，默默承受苦难才是人与生俱来的能力。哲学教授老金问她怕不怕空袭。王嫂说："我不怕，生死有命，富贵在天。"她的儿子也问她："娘，你怕不怕？"她说："咄，我怕什么？天在头上。"③这些

---

① 沈从文：《凤子》，《沈从文全集》（第 7 卷），北岳文艺出版社 2009 年版，第 91 页。
② 沈从文：《知识》，《沈从文全集》（第 8 卷），北岳文艺出版社 2009 年版，第 322 页。
③ 沈从文：《王嫂》，《沈从文全集》（第 10 卷），北岳文艺出版社 2009 年版，第 286 页。

人都是普通人，他们并非英雄豪杰，但他们对于生死的超然态度却俨然世外高人。《初八那日》同样也写了一次意外的死亡，七老和四老冗长的对话点出初八这个好日子，因为这一天是七老成亲的日子。对于他们而言，劳作的重复原本已经冲淡了生活的激情："七也是锯木，八也是锯木，即或就九就十也仍然是拖锯子，大坪坝内成堆的木料，横顺都得斜斜的搁起，两个人来慢慢锯成薄板子，所不同的只是一个半日在上头俯着拖，一个半日在下头仰着拖，真的管日子去干吗？"然而，意外发生了。被风吹倒的木头将两人送上了不归路，突如其来的死亡也瞬间中断了先前对话所营构出来的喜悦。小说的结尾这样写道："这一天将近天黑了，风还不止息，馍馍巷东口坪坝内，一个人不见，只有一匹人公狗，在那木柱旁边低着头，舔嗅那从七老口中挤出的血和豆腐汁，初八这日就算完了事。"[①]这次偶然的死亡事件在平静中收场，小人物的死并没有引起周围人太大的震动，作家没有将这种意外的死亡演绎成英雄赴死的悲壮，在看似轻描淡写的艺术笔法中流露了对乡民"悄悄的死"的一种喟叹。

显然，沈从文的死亡意识已经超越了中国传统文化中的死亡观念，是一种融合了现代理性精神的哲学观念。儒家重视人的社会存在和现世存在，"未知生，焉知死"的思想在重生的基础上将死亡搁置，"朝闻道，夕死可矣"将死亡置于生命本体之外，企图以"德""功""言"等所谓永恒的外在之物来达到不朽，从而超越死亡的局限；在符合道德仁义的前提下强调人的当世的功业和现实努力。基于此，考量个体生命远比审视死亡重要，在一定程度上忽视了对死亡本身的思考，对死亡的意义和价值也缺乏足够的关注。道家肯定人的生命自由精神，在"与天地精神往来"的境界里，用虚幻的理想境界掩盖了现实人生的苦难，也掩盖了他对死亡的恐惧感。沈从文没有用"齐生死，等祸福"的达观态度来掩盖生命的有限性从而超越死亡，而是立足于现在时间体系，正视死亡的必然性和时间的有限性，自觉将"死"与"生"并列纳入时间过程的轨迹之中，并以此对抗历史的循环，用主体的否定精神来开启民族新生的希望。因此，主体能够意识到两者的存在的辩证

[①] 沈从文：《初八那日》，《沈从文全集》（第1卷），北岳文艺出版社2009年版，第179页。

性和转化的可能性。为此，沈从文用一种否定的声音质疑了都市中现代人对死亡游戏的态度。这其中，都市小说中的自杀事件是沈从文践行其死亡哲学的重要方式。《自杀的故事》中的达芝先生是一个尚清谈之人，他一生安于庸常，却唯独对死亡颇为关心，并认为这是其"消遣"与"方便"的需要。然而，他并非一个脚踏实地的哲学家，死亡只是其饭后茶余消遣的谈资，深刻地揭示了都市灰色人物的萎缩人生样态。达芝先生眼中的死亡是"可笑"的，他"告给朋友，一个用刺刀扎胸脯的人将死时如何可笑，一个不懂规矩的乡下老被杀时又如何可笑，一个把大腿砍下的人仍然是如何可笑"。①更让人叹为观止的是，他的另一个学统计的同事"把每年的每月每天的自杀作成很好的统计，于什么日子适宜于自杀，什么时间有谋杀或自杀"。对于这些"上等人"闲来无事的消遣，沈从文是鄙夷的，尽管乡民的生命会因偶然的事件而发生逆转，但他敬畏生命，敬畏那些略微顽固而执着的生命形态。

在《〈凤子〉题记》中，沈从文认为自己的写作就是"忠诚于自己的信仰"，为"这个民族较高的智慧，完美的品德，以及其特殊的社会组织，试作一种善意的记录"②。在记录乡土中国生与死的历程中，他开启了对于一个民族智慧和品德的检视。在体验死亡的过程中，人类能参悟到生命命题的一些哲理。"生命"除了有热情还有悲怆、除了享受生命也要体验死亡。本我与自我的斗争、超越与违逆的两难、腐朽与再生的关联都能在直面和体验死亡中体会。有论者中肯地论述了超越生死的爱的特征："爱感的意向性质首先是超自然的（所谓'信仰的奇迹'），超越本能生命的自性和欲求，超越任何现世的法律和伦常，以神性的生命为现世原则。"③正是沈从文对湘西人"爱"与"死"的纠葛刻画得如此深邃，使他对"人性"的挖掘才更丰满和深刻。不可否认，湘西人"爱"与"死"的抉择都是他们生命的"自然"选择。

在《给一个广东朋友》中，沈从文说："要紧处或许还是把生命看得庄严一点，思考向深处走，……了解人之所以为人，从生物学上说来，不过是

---

① 沈从文：《自杀的故事》，《沈从文全集》（第5卷），北岳文艺出版社2009年版，第173—174页。
② 沈从文：《〈凤子〉题记》，《沈从文全集》（第7卷），北岳文艺出版社2009年版，第79页。
③ 刘小枫：《拯救与逍遥》，上海三联书店2001年版，第150页。

一个比较复杂的动物,虽复杂依然脱不了受自然限制。"①"自然性"是包括人在内的一切生物的基本属性,在这里,我们无须论证"自然性"的褒贬、好坏,因为它是道德评判标准,不是固定的,要看具体的场合和历史发展阶段,我们只需要知道:生物体(包括人)是不能没有基本的本能和自然属性的。"一种由生物的美与爱有所启示,在沉静中生长的宗教情绪,无可归纳,因之一部分生命,就完全消失在对于一切自然的皈依中。"②沈从文对自然的皈依和对生命的真诚是一致的。

沈从文说过:"自然既极博大,也极残忍,战胜一切,孕育众生。蝼蚁蚍蜉,伟人巨匠,一样在它怀抱中,和光同尘。因新陈代谢,有华屋山丘。智者明白'现象',不为困缚,所以能用文字,在一切有生陆续失去意义,本身亦因死亡毫无意义时,使生命之光,熠熠照人,如烛如金。"③由于切近自然,所以一切生命形态没有太多世俗的病态,呈现出一种乡土中国的美的图景,这里的"美"是非常具有力量的,是能改变人的精神状态的,正如沈从文在《主妇》中所说的:"美是不固定无界限的名词,凡事凡物对一个人能够激起情绪引起惊讶感到舒服就是美。"④在"自然神迹"的烛照下,生命更加具有神性与强大的生存能力,"爱"与"死"的纠葛是生命自然的抉择,合情合理,自然天成。"守势"与"超脱"的态度使生命更澄静,抛开世俗的喧嚣,生命自足自在。这些自然属性都是"生命"的"常性"。他以一个辩证的哲人姿态来看待这种自然状态:"这些不辜负自然的人,与自然妥协,对历史毫无担负,活在这无人知道的地方。另外尚有一批人,与自然毫不妥协,想出种种方法来支配自然,违反自然的习惯,同样也那么尽寒暑交替,看日月升降。然而后者却在改变历史,创造历史。一分新的日月,行将消灭旧的一切。我们用什么方法,就可以使这些人心中感觉一种'惶恐',且放弃过去对自然和平的态度,重新来一股劲儿,用划龙船的精神活下去?这些人在娱乐上的狂热,就证明这种狂热使他们还配在世界上占据一片土地,活

---

① 沈从文:《给一个广东朋友》,《沈从文全集》(第17卷),北岳文艺出版社2009年版,第316页。
② 沈从文:《水云》,《沈从文全集》(第12卷),北岳文艺出版社2009年版,第120页。
③ 沈从文:《烛虚》,《沈从文全集》(第12卷),北岳文艺出版社2009年版,第9—10页。
④ 沈从文:《主妇》,《沈从文全集》(第8卷),北岳文艺出版社2009年版,第358页。

得更愉快更长久一些。不过有什么方法，可以改造这些人狂热到一件新的竞争方面去？"①生命流转，自然性在，常性在，自然性消失，常性也就不在。当然，沈从文也并非没有意识到其湘西世界中这种盲目的自足，以及与世无争的自然姿态背后所隐藏的危机。

---

① 沈从文：《箱子岩》，《沈从文全集》（第11卷），北岳文艺出版社2009年版，第280—281页。

第四章 乡土中国之"变":从"神在生命"到"神之解体"

1934年第一次湘西之行,对沈从文创作产生了重要影响,是他整个创作生涯的一个转折。因为在此之前,他的作品不管是小说还是散文,要么抒发怀旧之情,回忆纯净快乐的童年时光,要么书写在军队生活中的遭遇与磨炼,"几乎没有领悟到社会的崩溃瓦解已为时不远"。[①]如前所述,沈从文并非静态地描摹乡土中国的"常态",而是以辩证的思维去反思美好图景之中所隐藏的变动的讯息。他以独特的"乡下人"视角,发掘了道德与社会发展之间的悖论矛盾,洞察了现代都市文明对人性的侵蚀以及所导致的人性扭曲,进而对之予以猛烈抨击。这即如他所说:"我所写到的世界,即或在他们全然是一个陌生的世界,……我并不即此而止,还预备给他们一种对照的机会,将在另外一个作品里,来提到二十年来的内战,使一些首当其冲的农民,性格灵魂被大力所压,失去了原来的朴质,勤俭,和平,正直的型范以后,成了一个什么样子的新东西。他们受横征暴敛以及鸦片烟的毒害,变成了如何穷困与懒惰!我将把这个民族为历史所带走向一个不可知的命运中前进时,一些小人物在变动中的忧患,与由于营养不足所产生的'活下去'以及'怎样活下去'的观念和欲望,来作朴素的叙述。"[②]可见,他没有盲视"乡土中国"在社会发展过程中的变化,集中地探寻了其变化的内外根由,并叙述了变化的可能倾向。

[①] 〔美〕金介甫:《沈从文传》,符家钦译,湖南文艺出版社1992年版,第216页。
[②] 沈从文:《〈边城〉题记》,《沈从文全集》(第8卷),北岳文艺出版社2009年版,第59页。

第一节 "他者"的闯入与"自我"的文化隐痛

沈从文小说所构筑的"乡土中国"不可能永远保持常态，它在"他者"闯入和自身存在的文化隐痛的共谋下，开始裂变。这正如《长河》里所隐喻的那样，夭夭望着红紫色的远山对老水手说："好看的都应当长远存在。"而老水手叹了一口气，回答说："夭夭，依我看，好看的总不会长久。""文明"是一把双刃剑，它的渗透固然能把先进技术、现代的生产力带到落后的地方去；但同时打破了该地方的生命文化生态，技术化、商品化代替了自然美德。所以一个时期，人们既欣喜于文明带来的物质、生产的科技成果，同时也打出"反异化"的旗号。特别是后者，自从法国18世纪启蒙思想大师卢梭以来，社会文明的进步和人际道德的失落二律背反，就成了人类精神的最大苦恼之一。卢梭认为，人类不平等的产生，既是进步，又是退步。不平等的产生使人类脱离野蛮落后的"自然状态"进入文明社会，使人从愚昧无知的动物一变而成为有理智的动物；但这个过程又使淳朴善良的人们变得道德败坏，使社会变成无穷无尽的冲突、战争和残杀的战场。因此，他提出"社会契约论"的同时，提出"皈依自然"的口号，要求重建自然状态的自由、平等、幸福的道德上的"黄金时代"。以科学、艺术为代表的人类文明一向是人类的骄傲，人类理性的标志，在卢梭这里成为新的"原罪"。文明的正值增长中所内含的负值效应被卢梭揭露出来，人类第一次看清了自身两难的境地。

一、文化痼疾与乡土文化制度的内省

在反对"物质主义"的"去自然"方面，道家的庄子提出了"不物于物""不为外役"的"反异化"的口号。对"物质主义"这一"偏至"，早期的鲁迅给予了犀利而深刻的批判："递夫十九世纪后叶，而其弊果益昭，诸凡事物，无不质化，灵明日以亏蚀，旨趣流于平庸，人惟客观之物质世界是

趋,而主观之内面精神,乃舍置不之一省。重其外,放其内,取其质,遗其神,林林众生,物欲来蔽,社会憔悴,进步以停,于是一切诈伪罪恶,蔑弗乘之而萌,使性灵之光,愈益就于黯淡;十九世纪文明一面之通弊,盖如此矣。"① 这就是鲁迅非常著名的"掊物质而张灵明"的主张,揭示了物质文明的高涨,精神文明的低落,其失衡给人类带来的恶果:"物欲"遮蔽"灵明",外"质"取代内"神"。

沈从文也是站在"反异化"这一维度上来看待现代文明的。他在《烛虚》中说:"禁律益多,社会益复杂,禁律益严,人性即因之丧失净尽。"② 作为乡土生命的"他者"——城市的现代文明无情地对乡村进行渗透,它的"闯入"给乡村生命沾上了一层文明的"病垢",生命原初的"镜像"被打破,有如平静的湖面被石子划破,泛起了涟漪。我们可以从文明带来的"后果"来反观现代文明的渗透力和侵蚀力。在《桃源与沅州》里,沈从文已经透露了"桃花源"也在逐步世俗化的倾向,住在那儿的人"无人自以为是遗民或神仙,也从不曾有人遇着神仙"世外桃源已充分世俗化:"如椽如柱的大竹子,随处皆可发现前人用小刀刻划留下的诗歌。新派学生不甘自弃,也多刻下英文字母的题名。"③《小砦》中一些单身汉子,在强势文明的压力下,被迫住进天然的洞穴里,过着半原始的生活。自然的原始生活方式也被迫改变。

在《〈长河〉题记》里,沈从文似乎有意提醒读者:"'现代'二字已到了湘西"。"现代"给湘西正面的积极的影响在他的小说中我们似乎很难找到,而负面影响却俯拾即是:"表面上看来,事事物物自然都有了极大的进步,试仔细注意注意,便见出变化中堕落趋势。最明显的是,即农村社会所保有的那点正直朴素的人情美,几乎快要消灭无余,代替而来的是近二十年实际社会培养成功唯实唯利庸俗人生观。"④ 在小说《芸庐纪事》中,湘西边地的自然景物仍然是那样优美如画,从城里来的几个政校学生感叹"这才真

---

① 鲁迅:《文化偏至论》,《鲁迅全集》(第1卷),人民文学出版社2005年版,第53页。
② 沈从文:《烛虚》,《沈从文全集》(第12卷),北岳文艺出版社2009年版,第14页。
③ 沈从文:《桃源与沅州》,《沈从文全集》(第11卷),北岳文艺出版社2009年版,第233页。
④ 沈从文:《〈长河〉题记》,《沈从文全集》(第10卷),北岳文艺出版社2009年版,第3页。

是桃花源哩！"当他们看到一对乡下人时不禁喟叹："这才是人物，是生命，你想想看，生活和我们相隔多远！简直像他那个肩头上山猫皮一样，是一种完全生长在另外一个空间的生物，是原生的英雄，中国人猿泰山！"①但作家笔锋一转，随着现代文明的涌入，人事却失去了以往的平静与和谐。在民族战争的强烈冲击下，湘西人不再是远离现代文明的纯粹的"自然人"了，他们的热情转移到为争取民族的自由与独立的战争之中去了。越来越多的生命在战争中化为灰烬，而他们的牺牲也激发了原本自然平静的人生形态。作家借小说中人物"大先生"和"青年军官"的言行，证明了"我动，我存在；我思，我明白一切存在"的人生命题。值得关注的是：这种外在文明正一步步逼近湘西，湘西几千年一贯的"自然"品性也正发生着衍变，自然性消失、人性沦落。《动静》的寓意和《芸庐纪事》相近，开篇作者极力渲染冬日长晴里山城的静态，"地方离战区炮火尚远在二千里外，地势上又是个比较偏僻的区域，因此还好好的保持小山城原有那一分静。这种静境不特保持在阳光空气里，并且还保持在一切有生命的声音行动里"②。然而，这毕竟不是一个完全与战争绝缘的化外之地，因战争而带来的"动"的变化是明显的，形形色色的外来人，各种各样的新鲜事物使得这个山城也热闹起来了。由此，山城里简单而纯粹的生命状态被彻底打破，代之为喧嚣浮躁的人事纠纷和关于社会问题的漫长争论，静态的诗化人生再也难以自保。

沈从文在极力讴歌湘西生命的自然人性时，也看到它背后隐藏着危机，他认为他们"一切容易趋于保守，对任何改革都无热情，难兴奋"③。这种性格终将被历史淘汰："虽生活与自然相契，若不想法改造，却将不免与自然同一命运，被另一种强悍有训练的外来者征服制驭，终于衰亡消灭。"④在"衣冠简朴古风存"的诗化世界里，人们容易亲近其中古朴、天真、自然的生命；乐于钦羡于边地人泼辣、率真的浪漫传奇；乐于欣赏风俗人情的奇异、人际关系的淳朴，却易盲视自然环境的恶劣与生存的艰难，忽视特殊习俗对

---

① 沈从文：《芸庐纪事》，《沈从文全集》（第 10 卷），北岳文艺出版社 2009 年版，第 214 页。
② 沈从文：《动静》，《沈从文全集》（第 10 卷），北岳文艺出版社 2009 年版，第 252 页。
③ 沈从文：《〈湘西〉题记》，《沈从文全集》（第 11 卷），北岳文艺出版社 2009 年版，第 331 页。
④ 沈从文：《泸溪·浦市·箱子岩》，《沈从文全集》（第 11 卷），北岳文艺出版社 2009 年版，第 376 页。

爱情的阻拦与戕杀，想象不到地方闭塞、虔诚中的迷信的残忍与野蛮。沈从文始终没有放弃对于国民性的深入反思，即使是他非常神往的湘西乡民，他也依然拷问其作为现代中国国民的人格及灵魂，他说过："要有勇气将民族弱点加以修正，方能说到建国。"①沈从文的文学实践则是以乡土中国的"重塑"为目的，侧重于"立"，他试图为理想的人生形式来重建乡土中国的美好图景，以此作为现代中国社会发展可供参照的想象资源。

在沈从文的小说里，习俗民风中遗留的贫困、野蛮、落后、保守因素成为推动乡土中国裂变的重要根由。在沈从文看来，造成国人身心不健康的根源在于"穷"和"愚"："远之与所谓哲学的人生态度有关，近之又与所谓现代政治思想和教育方法有关。"然而，沈氏最为担忧的不是"穷"而是"愚"，他认为只要精神不愚，"人民知爱美，能深思，勤学习，肯振作；即产生不出巨万财富，百层高楼，但精神成就上却支配了这个世界大部分，也丰饶了这个世界人类情感和智慧！"②《月下小景》中有"女人同第一个男子恋爱，却只许同第二个男子结婚"的族规，违者"把女子用石磨捆到背上，或者沉入潭里，或者抛到地窟窿里"，小说主人公双双自杀殉情的悲剧正是基于这种习俗。出于"成年前后那份痴处，无顾忌的热情，冲破了乡村习惯，不顾一切地跑去"③，很多乡村女性成为妓女，这成了沈从文乡土中国里重要的一类主人公。在《丈夫》中，丈夫到船上去看望卖淫的妻子，希望能跟她商量一些事情，但却碰上妻子要"做生意"，受到冷落的丈夫沉默无语，只是用黑粗的手捂着脸大哭一场，然后领着妻子回家去了。在这里，妻子卖淫并不违背道德，丈夫还能从中分得一些好处。这种去道德的默契也能稀释其中的痛感，他们不去考虑"能不能"或"该不该"的问题，生存的窘迫也在这种扩大的乡土规则中逐渐消逝，逐渐成为常态。对此，沈从文指出这类小说的深层结构里"实在都有个个人孤寂和苦痛转化的记号"④。《萧萧》中乡土"沉潭"习俗尽管没有实施，但始终如一个陈旧的符号存在于乡民的

---

① 沈从文：《新的文学运动与新的文学观》，《沈从文全集》（第12卷），北岳文艺出版社2009年版，第52页。
② 沈从文：《从开发头脑说起》，《沈从文全集》（第14卷），北岳文艺出版社2009年版，第248页。
③ 沈从文：《巧秀与冬生》，《沈从文全集》（第10卷），北岳文艺出版社2009年版，第417页。
④ 沈从文：《致布德》，《沈从文全集》（第19卷），北岳文艺出版社2009年版，第67页。

爱情叙事中，要不是萧萧生下一个传宗接代的儿子，也难免有巧秀母亲一样的命运。《上城里来的人》中的大婶是一个非常冷酷的底层妇女，尚未出嫁的表妹被暴徒蹂躏她表现得极其豁达和平静，不但没有上前解救，反而劝解其接受污辱的事实，"一个女人总有一次的事，怕什么？我是不怕的。用过了，他们就会走路，不是么？"①没有是非，没有爱憎，有的只是无知与冷漠。《小砦》中码头街上的女孩子经常死于一种残忍的"冲喜"风俗，"女孩子一到十三四岁，就常常被当地的红人，花二十三十，叫去开苞，用意不在满足一种兽性，得到一点残忍的乐趣，多数却是借它来冲一冲晦气，或以为如此一来就可以把身体上某种肮脏病治愈"。女子的生命尊严和价值完全得不到重视，她存在的意义似乎只是成为一些人糜烂生活的陪葬品，这种奇特"新"风俗的形成暴露了人性在生命面前的丑陋与冷酷。对于这种问题，沈从文在《龙朱》中痛心地写道："民族中的积习，折磨了天才与英雄，不是在事业上粉骨碎身，便是在爱情中退位落伍。"②

　　沈从文笔下的乡土世界呈现出"两个湘西"的分野：一个是诗化的田园，另一个则是落后而世俗的废园。如果说前一个"湘西"寄予了沈从文"希腊小庙"的乌托邦理想，那么后一个"湘西"则是其批判的"前文明"状态下的乡土世界。如前所述，沈从文笔下的湘西男女多以一种自然的状态来选择配偶，他们的性爱方式也是"神不见责"的大胆与狂放。同时，在散文中，沈从文又披露了湘西世界里存在着的压制男女欲望的民俗与规则："地方习惯是女子在性行为方面的极端压制，成为最高的道德。这种道德观念的形成，由于军人成为地方整个的统治者。军人因职务关系，必时常离开家庭外出，在外面取得对于妇女的经验，必使这种道德观增强，方能维持他的性的独占情绪与事实。因此本地认为最丑的事无过于女子不贞，男子听妇女有外遇。妇女若无家庭任何拘束，自愿解放，毫无关系的旁人亦可把女子捉来光身游街，表示与众共弃。"③这种描述与其湘西小说所书写的生命状态存在着相互拆解的关系，这种话语裂隙反映了沈从文文学创作的复杂而矛盾

---

① 沈从文：《上城里来的人》，《沈从文全集》（第7卷），北岳文艺出版社2009年版，第378页。
② 沈从文：《龙朱》，《沈从文全集》（第5卷），北岳文艺出版社2009年版，第326页。
③ 沈从文：《凤凰》，《沈从文全集》（第11卷），北岳文艺出版社2009年版，第398—399页。

的文化心理，他并没有盲视乡土中国存在的无法回避的问题，反而呈示了真实的乡土中国的多样图景。

与前述"偶然"的神性不同，沈从文小说中弥散的"命运感"是一种人为所酿造的悲剧，这是乡人无法摆脱的苦痛。在《山鬼》中，沈从文这样写道："命运这东西，有时作弄一个人，更残酷无情的把戏也会玩得出，凭空使你家中无风兴浪出一些怪事，这是可能的，常有的。一个忠厚老实人，一个纯粹乡下做田汉子，忽然碰官事，为官派人抓去强说是与山上强盗有来往，要罚钱，要杀人，这比霄神来的还威风，还无端，大坳人却认这是命运。"[①]类似于《五个军官和一个煤矿工人》里祖祖辈辈做矿工的底层人一样，他们是"到地狱里讨生活的人"[②]，他们没有选择自己命运的自由，所能做的就是认命。沈从文对于乡土中国这种无法摆脱的宿命感到难受，他没有为了突出乡土中国的自然诗性，而人为地去遮蔽乡土的社会制度及人事上的粗鄙和野蛮。正是附着在这种不可预知的宿命上的"美"和"爱"才显得出生命的自然与庄严。

二、文化姿态与乡民生命姿态的反思

带着艺术家的感情来写湘西，沈从文所营造出的乡土中国是一个自足的"桃花源"，静态的生活轨迹、恬淡的人事关系缓冲了因贫穷愚昧所带来的悲怆，而那种"原地打转"的生存图景依然显露出其在黯然状态中难以奋发的局限。在《阿金》中，阿金就是一个不谙世事的"婴童"，他无暇顾及外部世界所隐藏的复杂情状，他所倾心的是无意识的自然世界和简单的自我心灵。对此，作家这样写道："在别的许多地方，一个人有点积蓄时，照例可以做许多事情，或者花五百银子，买一匹名为拿破仑的狼狗，或者花一千银子，买一部宋版书。阿金是苗人，生长在苗地，他不明白这些事情。"[③]显

---

① 沈从文：《山鬼》，《沈从文全集》（第3卷），北岳文艺出版社2009年版，第342页。
② 沈从文：《五个军官和一个煤矿工人》，《沈从文全集》（第11卷），北岳文艺出版社2009年版，第285页。
③ 沈从文：《阿金》，《沈从文全集》（第9卷），北岳文艺出版社2009年版，第80页。

然，在现代中国的文化进程中，苗汉民族的融合在逐步深化，尽管自然人的社会化进程无法避免，但在这个乡城的人们依然在自己的世界中过着隔绝的生活。在《旅店》和《凤子》等小说中，作者表达了上述相同的意思："生长在都会中人是即或有天才也想不到这些人生在同一世界的……中国的大部分的人，是不单生活在被一般人忘记的情形下，同时是也生活在文学家的想象以外的。"① 当然，世界上原本不存在完全与世隔绝的乡土，文明的渗透所带来的人心的改变原本不可阻挡，城乡之间的流动本是必然的事，但是沈从文依然很固执地表明了他的价值认定：坚守乡土的常性。

沈从文小说中的乡下人都有一种对于自我生存状态固执的认同意识，他们不怨天尤人，执着于其生长的土地。沈从文曾用乡人看戏的狂热来表征其独特的生命形态："若果我们明白了这些人对这戏感到的兴奋，是如何的深，我们也就不会再以为美国人看打拳的狂热，与英国人比球的狂热为可笑了。虽说欧美的文明人是不与这中国乡下人相同，他们有的是丝礼帽同硬性的白衬衣，还有雪白的领子，以及精致的丝手套，与象牙作把的手杖，用钱也总是讲金镑，讲钞票，但仍然有些傻地方是一样，拿来打比是不至于不相称啊！"② 在这里，乡人的生活习性与欧美国家的文明被沈从文等价齐观了，这种稳定而执着的本土意识是外物难以简单替代的，他集聚于人的生活习惯之中。沈从文认为，这种倾注生命而执着的努力基于内心的一种习以为常的召唤，"为了一种憧憬的追求，成天苦恼着，心上掀着大的波涛，但所知道真是可怜的少。为一度家常便饭的接吻，便用着战士的牺牲与勇敢向前。为一次不下于家常便饭的搂抱，这想望，也就毁了自己一切生活上的秩序"③。沈从文笔下的凡夫俗子以一种近乎执拗的生命冲动来追寻不算理想的追求，这是一个并未丧失活力的民族的表现。他多次再现了并未失去人身上优美品性的"呆气概""呆子""呆性"等，认为他们"人并不老"。④ 正如他在《不死日记》里说的"许多思想是近于呆子的，越呆越见出人性"，又如《旅店》

---

① 沈从文：《旅店》，《沈从文全集》（第 4 卷），北岳文艺出版社 2009 年版，第 173—174 页。
② 沈从文：《屠夫》，《沈从文全集》（第 2 卷），北岳文艺出版社 2009 年版，第 393 页。
③ 沈从文：《第一次作男人的那个人》，《沈从文全集》（第 3 卷），北岳文艺出版社 2009 年版，第 280—281 页。
④ 沈从文：《有学问的人》，《沈从文全集》（第 3 卷），北岳文艺出版社 2009 年版，第 297 页。

第四章 乡土中国之"变":从"神在生命"到"神之解体"

中的黑猫需要的正是这种充满野性的力,"她要得是一种力,一种圆满健全的、而带有顽固的攻击,一种蠢的变动,一种暴风暴雨后的休息"①。沈从文高扬这种简单而纯粹的乡人品格,并以此来重建乡土中国的文化生态。

在乡土自然的文化圈里,乡土文明滋养了乡民朴素自然的品性,同时因跳不出狭小自足的世界而逐渐演变成"自然的分泌物":虽有野性生命力但基本都是本能的生命形态。只要能活下去,只要能生存,他就这样生存下去,从不考虑这种生存方式给他的精神带来什么。生命与宇宙生机浑然同体,既不待于物,又不拘于己。生命感既自足又自予,既自失又自得,个体生命深契大化生命。这种生命态度与道家无为超脱的自然精神是相通的。沈从文书写的人物也有着主体拥抱自然的精神,在恶劣的条件下怡然自得,没有主动出击的入世态度,抛头露面的野心。《柏子》中的同名主人公柏子始终快乐,对于命运的艰辛没有一句怨言,他自以为在娼妇身上所作的"丑的努力"与"神圣的愤怒","抵得过一个月的一切劳苦,抵得过船只来去路上的风雨太阳,抵得过打牌输钱的损失,抵得过……他还把以后下行日子的快乐预支。这一去又是半月或一月,他很明白的,以后也将高高兴兴的做工,高高兴兴的吃饭睡觉,因为今夜已得前前后后的希望","不曾预备被人怜悯,也不知道可怜自己"。②这种看似自足的生活中流露了放纵与认同的倾向,重复的生活轨迹难以瞥见未来的光彩。《一只船》写了水手这一特殊身份的群体,他们逆来顺受地接受命运给予的一切,"即或骂,他们还是那么憨笑,把黑的上身裸露,在骄阳下喘气唱歌,口渴时就喝河中的水"。沈氏将这类人的生存状态概括为"蠢如牛马的活着",他们没有生活的目标,在失去人生方向中重复着一天的生活:"他们不曾学会为别人事而引起自己烦恼的习惯,就仍然聚成一团,蹲在舱板上用三颗骰子赌博,掷老侯,为一块钱以内的数目消磨这长夜。"③此外,类似于《雪晴》里杨大娘那样"处处尽人事而处处信天命,生命处处显出愚而无知,同时也处处见出接近一个'道'字"④

---

① 沈从文:《旅店》,《沈从文全集》(第4卷),北岳文艺出版社2009年版,第177页。
② 沈从文:《柏子》,《沈从文全集》(第9卷),北岳文艺出版社2009年版,第42页。
③ 沈从文:《一只船》,《沈从文全集》(第4卷),北岳文艺出版社2009年版,第273页。
④ 沈从文:《雪晴》,《沈从文全集》(第10卷),北岳文艺出版社2009年版,第423页。

的人俯拾即是。

应该说，旷达有余而理性不足是沈从文小说人物的常性。在翠翠、五明、三三、阿黑等天真、纯洁、和谐、优美的人性背后，人格的幼稚、灵魂的单调、心灵的狭隘、坚韧的意志也是不容忽视的，他们淡淡的悲剧命运也暗示和隐喻了这种隐痛。《小砦》中把一些人的生命观念描写得与动物的生活没有两样："活着，就那么活。活不下去，要死了，尽它死，倒下去，躺在土里，让它臭，腐烂，生蛆，化水，于是完事。"①《建设》中的建筑工人完全是一群不自知地生活着，可以说他们就是"动物性"的存在。尽管他们明白"气力的悭吝是一种罪过"，但他们对生活没有打算，没有憧憬，"今天一切与昨天一切完全一样，点名，发签子，按工头所分配的工作去做事"，"连自己也没有明白他们生活到世界上为了什么欲望，而又必需有一些所谓人类向上的欲望的"。当然也就很难意识到自己存在的意义，"用粗糙的手抓着冰冷的铁，直到出汗以后才明白这手是自己的手"。②对于乡人的这种姿态，沈从文这样概括道："永远用血和泪在同样情形中打发日子。地狱俨然就是为他们而设的。"③他意识到：这些湘西人自身的精神文化心理的弊病如果不改变，其后果就是认同和融合了外来"文明"的侵蚀，是造成人性"异化"的同谋之一。《厨子》中的卖身者时常被"霸蛮不讲规矩"的客人欺负，受警察势力压榨，过着"永远是猪狗的生活。可悲的是，他没有挣扎，也从未想到过反抗"。沈从文曾写过一篇散文《桃源与沅州》，该文消解了人们关于桃源世界的梦幻式想象。它描写了桃源县的历史风习与边民的生存现状，这里既有古已有之的"合法"的卖淫，也有使用新式汽车运输的"违法"的鸦片，呈现出一个"亦新亦旧"的混杂图景。作家对此心怀隐忧：遵循亘古不变的生活习惯的麻木的生死，生命的轻贱，如妓女染病仍然接客，病重死亡时"土里一埋也就完事了"。小水手不小心淹死了，掌舵的只需把衣物交予其父母，"烧几百钱纸手续便清楚了"。当地农民在大学生的率领下请愿遭到的镇压，死了四十几个人，"几年来本地人派捐拉夫，在应付差役中把日子

---

① 沈从文：《小砦》，《沈从文全集》（第10卷），北岳文艺出版社2009年版，第188—189页。
② 沈从文：《建设》，《沈从文全集》（第6卷），北岳文艺出版社2009年版，第154页。
③ 沈从文：《辰溪的煤》，《沈从文全集》（第11卷），北岳文艺出版社2009年版，第381页。

混过去,大致把这件事也慢慢的忘掉了"①。这是一种"暗暗的死"的状态,几个无意识运用的表示"完成""过去"时态的"了"字,能窥见国民岌岌可危的生存境遇,他们缺失的依然是沈从文等现代知识分子极力找寻的"民魂"。

在《爱欲》中,沈从文借用佛经故事来传达他的自然思想,他介绍了一本民族影响极广的古书,古书的精义概括起来是十六个字:"生死自然。不必求生。清静无为。身心安泰。"②这也就成为沈从文很多小说中人物所秉持的人生观念。《柏子》中的水手柏子,在船上辛辛苦苦地干着,吃酸菜南瓜臭牛肉,一个月存下的银子,一晚上全部花在一个妓女身上。对于这种生活,他们没有怨言,而且不断重复着他们所认定的事情,"他们的生活就是这样。若说这生活还有使他们在另一时回味反省的机会,仍然是快乐的罢!这些人的心,可说永远是健康的,在平常生活中,缺少眼泪却并不缺少欢乐的承受"。水手的这种超脱的生命观念正是自然人天生的顺性行为。《萧萧》中的萧萧从不对未来过多操心,也不汲汲于现世功名,任自然生命合理发展。做了人家的童养媳,她坦然接受,不哭闹,也不害羞。生活尽管有起伏,但她任婆家的一切安排,过着轮回般生命流程。结尾也是发人深思的:萧萧自己的儿子牛儿十二岁也接了亲,媳妇长他六岁,"这一天,萧萧抱着新生的月毛毛,却在屋前榆蜡树篱笆看热闹,同十年前抱丈夫一个样子"③。由此可见,这种童养媳制度会一代代地延续下去,这对妇女的一生幸福是极大的戕害,但她们似乎已经习惯了这种根深蒂固的习俗,能超然平和地对待。《一个女人》中的三翠是个童养媳,她非常乐观,甚至在梦中也是快乐的。然而,现实的痛苦接踵而至:十八岁时老爹死了,丈夫到外县当兵,一直不回来。儿子四岁时,她干爹也死了。对此,她没有表现出半点对于生活失去信心的态度,一切泰然处之。她带着小儿子和瘫子干妈在一起,伺候得极细心周到。在别人看来她已是很不幸,但她却有另一面的乐观,现实的打击没有将其变为另外一个人。在习惯中生活,安于命运:"她处处服从命

---

① 沈从文:《桃源与沅州》,《沈从文全集》(第11卷),北岳文艺出版社2009年版,第239页。
② 沈从文:《爱欲》,《沈从文全集》(第9卷),北岳文艺出版社2009年版,第278页。
③ 沈从文:《萧萧》,《沈从文全集》(第8卷),北岳文艺出版社2009年版,第264页。

运,凡是命运所加于她的一切不幸,她不想逃避也不知道应如何逃避。"①尽管她知晓还有别样的生活图景,但她却习惯了不去选择。《夜》充满着阴森之气,作家写夜晚几个人在路途中偶然去山上一户老人家过夜,这个老人他孤身一人,却没有半点悲苦之色。为了打发时间,路人以讲故事的方式来打发时间,当轮到这个老人讲故事时,他默不作声地打开一个房间,路人看到的是他刚死的老妻躺在床上,众人惊恐,而老人却不显出悲伤的神色,清晨他默默地挖坑埋葬妻子,然后继续着他该有的生活。《山鬼》塑造了一个自得逍遥的癫子形象,癫子自从疯癫以后,变得"凡事很大胆,不怕鬼,不怕猛兽。爱也爱得很奇怪,他爱花,爱月,爱唱歌,爱孤独向天"②。这也让他成为常人眼中的异类,他我行我素地生活在自己的天地中,在爱一切美好事物的同时遗忘了自己的痛楚。为了看新开的桃花,他走了一整天的路,为了看木头人戏,他不惜跋涉到别的村子里去。他爱花,爱月,爱唱歌,任性自然。"在他混沌心中包含着的像是只有独得的快活,没有一点入世秋天的忧郁。"显然,沈从文将这些"思想扁窄的乡下人"③屈从命运的生活状态描写出来,是出于发掘病根、以其救治的目的。

不言而喻,沈从文笔下的乡民用一种无为超脱的态度来对待外界,是一种自然生命观。在《鸭窠围的夜》中,有一段描写堪称神来之笔。作家写道:"且有虽为天所厌弃还不自弃年过七十的老妇人,闭着眼睛蜷成一团蹲在火边,悄悄的从大袖筒里取出一片薯干,一枚红枣,塞到嘴里去咀嚼。"④岁月的年轮圈不住达观顽强的生命态度,留给他们更多的则是对生活的宽容和豁达。湘西女性承受着生活的艰辛,然而我们见不到悲怆而痛苦的生命感叹,在顺其天命的自足中执着地记载着人的所有酸甜苦辣。然而,对于这种哀乐沈从文却感到很忧郁和哀戚:"我认识他们的哀乐,看他们也依然在那里把每个日子打发下去,我不知道怎么样总有点忧郁。正同读一篇描写西伯利亚方面农人的作品一样,看到那些文章,使人引起无言的哀戚。"⑤如果不

---

① 沈从文:《一个女人》,《沈从文全集》(第4卷),北岳文艺出版社2009年版,第305页。
② 沈从文:《山鬼》,《沈从文全集》(第3卷),北岳文艺出版社2009年版,第343页。
③ 沈从文:《阿黑小史》,《沈从文全集》(第7卷),北岳文艺出版社2009年版,第236页。
④ 沈从文:《鸭窠围的夜》,《沈从文全集》(第11卷),北岳文艺出版社2009年版,第244页。
⑤ 沈从文:《夜泊鸭窠围》,《沈从文全集》(第11卷),北岳文艺出版社2009年版,第152页。

是具有了文化内视的意识，沈从文对乡土的追忆一定是愉快而神往的，然而正是带着经历过都市文明洗礼的"乡下人"姿态，使得他对"乡土中国"的哀乐有了更为沉重而深邃的情感体悟。对于老庄的自然无为思想，沈从文并非一味地认同，他意识到了其保守而自足的弊病，在《猎人故事》中，他道出了老庄哲学的实质，"老庄是两部怪书，不拘何种人，一读了也就可以使他满意现状，保守现状，直至于死"①。坚守中有批判，神往之中有反思，这充分反映了沈从文对于乡土中国理想的辩证观念。

概而言之，对这种似乎隔绝外界联系的"乡土中国"，沈从文是以一种天然的亲近感与之对话，描摹出一幅幅充满中国民间特质的图景。同时，他又以一个"外来者"的敏感跳出了其刻画的"桃花源"。他这样说过：

> 我爱这种地方、这种人物。他们生活的单纯，使我永远有点忧郁。我同他们那么"熟"——一个中国人对他们发生特别兴味，我以为我可以算第一位！但同时我又与他们那么"陌生"，永远无法同他们过日子，真古怪！②

湘西人这种"守势""超脱"的自然生命观既有湘西独特的地域文化、民风民俗的烙印，也有沈从文自身历练的影子。沈从文从小爱好自由，向往自然。他回忆童年时光时说过："第二年后换了私塾，在这私塾中我跟从几个较大的学生，学会了顽劣孩子抵抗顽固塾师的方法，逃避那些书本去同一切自然相亲近。这一年的生活形成了我一生性格与感情的基础。""二十年后我'不安于当前事务，却倾心于现世光色，对于一切成例与观念皆十分怀疑，却常常为人生远景而凝眸'。"③本性自然、追求自然与湘西这片较少污染的自然之地形成了对接。诚然，自然生命容易被外在文明观念侵蚀，但沈从文努力增大自然生命的光色，期冀它的光辉能照亮人心中的自然"人性"，回复

---

① 沈从文：《猎人故事》，《沈从文全集》（第9卷），北岳文艺出版社2009年版，第301页。
② 沈从文：《沈从文致张兆和》，《沈从文全集》（第11卷），北岳文艺出版社2009年版，第133页。
③ 沈从文：《我读一本小书同时又读一本大书》，《沈从文全集》（第13卷），北岳文艺出版社2009年版，第253页。

到自然的本态之中。这种处世态度是一种"自然"的反映，但我们也必须理性地分析，如果这种自足的生命态度一直不改变，没有创造性的转变，在外在侵蚀的情境下其命运堪忧，很可能成为自身"异化"的一大诱因。

沈从文的乡土书写就是其亲近故乡、找寻理想家园的一种方式。出于对乡土的挚爱，他意识到自己有必要让读者真正了解正在逐渐消失的乡土中国，为此，他表示："我会用我自己的力量，为所谓人生，解释得比任何人皆庄严些透入些！"①在小说《医生》中，沈从文讲述了这样一个故事：一个医生似乎见到了"鬼"，这个鬼是一位年青人，他把自己喜欢的女子从坟墓中挖出来，安置在洞穴中，一心相信七日后这位女子会复活。而最终希望的落空讽喻了乡人在生死问题上的愚昧无知。而各类野蛮的民俗也充斥于古朴的"乡土中国"，《阿丽思中国游记》中有这样一段："在中国许多地方，每一天都要杀一些人，普通人可以随便看这些热闹。官厅也能体会这民众的希望，一遇到杀人，总先把这应杀的人游街，随后把人头挂在看的人顶多的地方，任大家欣赏。"②这种野蛮的习俗毫无道德禁忌，与文明图景相去甚远。在《渔》中，作家更是细致地书写了这种野蛮的场面："两方约集了相等人数，在田坪中极天真的互相流血为乐，男子向前作战，女人则站在山上呐喊助威。交锋了，棍棒齐下，金鼓齐鸣，软弱者毙于重击下，胜利者用红血所染的巾缠于头上，矛尖穿着人头，唱歌回家。用人肝作下酒物，此尤属诸平常的事情。"③这种野蛮的杀人场景在湘西的世界里随处可见，更为残忍的是，看客以一种无意识的状态欣赏着与现代文明相悖的场景，读来让人瞠目结舌："白日里出到街市尽头处去玩时，常常还可以看见一幅动人的图画，前面几个兵士，中间一个十二三岁的小孩子，挑了两个人头，这人头便常常是这小孩子的父亲或叔伯，后面又是几个兵，或押解一两个双手反缚的人，或押解一担衣箱，一匹耕牛。这一行人众自然是应当到我们总部去的，一见到时我们便跟了去。"④又如《我的教育》中那些乡下人杀人后全都像过节，醉

---

① 沈从文：《历史是一条河》，《沈从文全集》（第11卷），北岳文艺出版社2009年版，第188页。
② 沈从文：《阿思丽中国游记》，《沈从文全集》（第3卷），北岳文艺出版社2009年版，第35页。
③ 沈从文：《渔》，《沈从文全集》（第5卷），北岳文艺出版社2009年版，第271页。
④ 沈从文：《怀化镇》，《沈从文全集》（第13卷），北岳文艺出版社2009年版，第313页。

酒饱肉,其乐无涯。男性是如此,女性也不例外,"人头挂得很高,还有人攀上塔去用手拨那死人的眼睛,因此到后有一个人头就跌到地上了。见了人头大众争到用手来提,且争把人头抛到别人身边引为乐事"①。在《湘西·引子》中讲到湘西"女人多会放蛊,男人特别喜欢杀人",这种野蛮、落后的习俗若不加以理性的反思,容易产生对人性的扼杀,也是造成"异化"的一个诱因。

三、战争阴影与乡土文化品性的喟叹

对于战争,沈从文在 篇文章中曾揭示了其实质:"战争的意义,简单一点说来,便是这类动物的手爪,暂时各自返回原始的用途,用它来撕碎身边真实或假想的仇敌,并用若干年来手爪和脑子相结合产生的精巧的工具,在一点多少有点疯狂恐怖情绪中,毁灭那个妄想与勤劳的堆积物,以及一部分年青生命。"②有过从军经历的沈从文熟谙战争的负面性,在他看来,战争之于乡土中国及乡民的是平静自然人生的终结:"都好像被革命变局扭曲了,弄歪了,全不成形……地方属于自然的一部分,虽然好像并未完全毁去,占据着地方的人,却已无可救药。"③

在战争阴影的笼罩下,乡人失去了人生的方向,盲目而混乱,失去了神性的从容与淡定,美好的德性步入了前所未有的危机之中:"生存时自己无所谓,死去后他人对之亦无所谓。"④"还有多少神经衰弱,放荡懒惰,不知羞耻的年青男女,各为了美国输入的××淫荡音乐,每日互相拥抱到一团跳舞。绅士们,当局者们,则更其无聊,莫不盼望到另一个国家来用强力出面干涉,拯救国家所处的困难。"⑤沈从文很多小说都写到了宁静生活被打破后,乡人精神的虚无状态,而"赛龙船"所积聚的精神力量和顽强的生存信念都被冲刷得所剩无几。为此,沈从文感叹道:"湘西人常自以为极贫穷,不

---

① 沈从文:《我的教育》,《沈从文全集》(第5卷),北岳文艺出版社2009年版,第209—210页。
② 沈从文:《绿魇》,《沈从文全集》(第12卷),北岳文艺出版社2009年版,第135页。
③ 沈从文:《小砦》,《沈从文全集》(第10卷),北岳文艺出版社2009年版,第189页。
④ 沈从文:《潜渊》,《沈从文全集》(第12卷),北岳文艺出版社2009年版,第33页。
⑤ 沈从文:《战争到某市以后》,《沈从文全集》(第5卷),北岳文艺出版社2009年版,第476页。

时且不免因此发生'自卑自弃'感觉,俨若凡事为天所限制,无可奈何。"①《黔小景》中挑着父兄人头的未成年的小孩子,"用稻草扎成小兜,担着四个或两个血淋的人头",他们缺失了儿童本有的童心,早早地承受着战乱带给他们的沉重感,身边亲人的连续死亡使他对人的生死已经极度冷漠。在《凤子》中,沈从文借苗地山寨头领总爷之口,对政治、革命、战争提出质疑和否定:"因此有革命,继续战争和屠杀,他的代价是人命和物力不可衡量的损失,它的所得是自私与愚昧的扩张。"因而,他认为"挽救它的唯一办法是哲学之再造,引导人类观念转移"②。在《巧秀与冬生》里,沈从文并不讳言内战对淳朴世风的影响,战争所滋生的人性的迷惘与德性的缺失在乡土中国日趋普遍,世故、功利和庸俗的观念不断占据其心灵世界,呈现出令人痛心的局面:"二十年内战自残自黩的割据局面,分解了农村社会本来的一切。"③于是,一些类似于"寄食者""土豪"和"土匪"的群体出现了,他们与人民土地隔绝,在现实哲学的主宰下,各类堕落的事情也就随即发生。

当注目于湘西的现实时,沈从文才明白,纷乱的战争并未为善良人性生长制造乐园,相反,战争所导致的民族苦难击溃了温情的故土,人性的自然美德正走向无可挽回的地步:"这个民族,在这一堆长长日子里,为内战、为毒物、饥馑、水灾,如何向堕落与灭亡大路走去,一切人生活习惯,又如何在巨大压力下失去了它原来的型范!"④战争所衍生的拜金思想直接造成了社会风俗的恶化,在经济意识开始萌发的社会中,人与人之间逐渐缺失了情感的交流:"钞票越来越多,因之一切责任上的尊严与做人良心的标尺,都若被压扁扭曲,慢慢失去应有的完整……社会习气且培养到这个民族堕落现象的扩大。"⑤

由此可见,沈从文并非廉价地营构乌托邦,而是不断地拷问现实及生长于这片土地里的人们。这份复杂的爱恨情感始终纠缠着沈从文,在他看来,

---

① 沈从文:《〈湘西〉题记》,《沈从文全集》(第11卷),北岳文艺出版社2009年版,第328页。
② 沈从文:《凤子》,《沈从文全集》(第7卷),北岳文艺出版社2009年版,第165页。
③ 沈从文:《巧秀与冬生》,《沈从文全集》(第10卷),北岳文艺出版社2009年版,第425页。
④ 沈从文:《辰州小船上的水手》,《沈从文全集》(第11卷),北岳文艺出版社2009年版,第275页。
⑤ 沈从文:《白魇》,《沈从文全集》(第12卷),北岳文艺出版社2009年版,第159页。

乡土中国之变既有外来文化侵蚀的缘由，也与人自身精神蜕变息息相关。对于后者，他予以了不留情面的抨击："这是湘西人负气与自弃的结果！负气与自弃本是两件事，前者出于山民的强悍本性，后者出于缺乏知识养成的习惯。"① 沈从文认为，"负气"和"自弃"使湘西成为他人眼中的"苗蛮匪区"，也是制导湘西失落的内在根由。那么，湘西人充沛的生命力能否拯救他们的命运呢？沈从文对此也是持怀疑的态度的，在他看来，如果人的机体里潜藏着无法正常运作的黑暗体时，纵使其生命力充沛，其结果也是令人悲观的。这与鲁迅等人所意识到的拯救人应先挽救其精神的观念是一致的。因此，我们能在他的小说中看到乡民身上的诸多劣根性。《新与旧》将战争语境下乡民的精神图景很细致地勾勒出来，刽子手杨金标以自己的职业为乐，在刑场上"杀人"能让他感觉到"种种光荣的幻想"，但是当用"枪毙"的方式替代"砍头"后，他则失去了生活的方向。其沉浮的一生奔波于"奴隶"的边缘，从来没有"悟己为奴"的想法。而他周围的乡民也是一样，当"革命夫妻"被砍头时，他们"对于这独传拐子刀法喝彩"，由于缺乏同情和人道的悲悯，旁人对于这种"他者之痛"又缺乏关切，其虚无的本性被充分地揭示出来。在《夫妇》中，沈从文将村民的"看客"心理和形态细腻地展示出来了，在城乡的互视中，我们看到了乡民无痛感的生活样态，他们对城里人的头发、皮鞋、起棱的薄绒裤、洋服衬衫的好奇固然有异质文化的因由，但更为真实地反映了其虚无与冷漠的精神世界，他们为了被捉的一对青年男女而奔走相告："在八道坡，在八道坡，非常好看的事！要去，就去，不要停了，恐怕不久会送到团上去！""人群也就莫名其妙地包围成一圈了。"对于这些无聊的村民而言，那对青年男女捉住的汉子是"对女人俨然有一种满足，超乎流汗喘气以上的"②。咀嚼着他人的苦痛为乐是对这些看客精神贫瘠的力透纸背地透露，这也体现了作家解剖国人思想的深度。《巧秀与冬生》延续了"看"与"被看"的叙事模式，"族中人"既是施暴者，又是看客。当巧秀的妈与黄罗寨打虎匠私通的事被发现后，族长主张将打虎匠的双脚锤断，以维持风化道德为己任的他并不讨厌那个"青春康健光鲜鲜的肉体"，讨厌的

---

① 沈从文：《〈湘西〉题记》，《沈从文全集》（第11卷），北岳文艺出版社2009年版，第325页。
② 沈从文：《夫妇》，《沈从文全集》（第9卷），北岳文艺出版社2009年版，第69页。

倒是"肥水不流外人田",于是"妒忌在心中燃烧,道德感益强迫虐狂益旺盛",他提议用最残酷的刑罚"沉潭"来处置这个离经叛道者。而族中人更是为"得到一种离奇的满足"与"图谋那片薄田"的个人私欲,"不费思索自然即随声附和",并把她"上下衣服剥个净光"。他们"一面无耻放肆的欣赏那个光鲜鲜的年青肉体,一面还狠狠骂女人无耻"①。最有权力的老族祖充当了主事者,他亲手将其推入深潭中。在这里,沈从文不仅展示了残酷的文化共同体"驱巫"的仪式,而且展览了乡人身上的国民根性。通过"看"与"被看"的辩证法,沈从文批判国民性的话语实践很好地彰显出来了。沈从文发现国人性格中双向疏离的特质,即兼具"趋群"与"避群",唯独遗忘和失去了"个体"。质言之,当发现独异的"个"存在搅乱了显在的文化形态时,他们以"群"的方式予以包围和剿杀;而一旦异类被驯化或同化,同类需要慰藉与帮助时,他们则以看客的角色付之以冷漠的表现。这充分反映了他关于"个""群"问题上的复杂文化心理。

使沈从文痛心的是,乡村的文化共同体有着非常严密的权力规则,然而,这些冷酷的权力机制背后却潜隐着"实利"的世俗尺度和标准。在沈从文的意识中,国人并未接受现代文明的精髓,而"现代文明更是从四面八方东拼西凑起来的一件'百衲衣'",它们同封建化汇成一种"虚伪和呆板的混合物"②,侵蚀着中国人的肌体,腐蚀人们的灵魂。沈从文所书写的湘西世界并非一成不变的化境,它的流变缘于国人的民族秉性及文化选择。在沈从文这里,当前社会上"人人厌烦现状却无人不是用消极的生活态度,支持现状","人人都无个性,无热情,无胡涂希望与冒险企图,无气魄与傻劲"③显然是一种民族遗传基因造成,这种基因就是"顺天委命的人生观",正是这种文化基因的代代延传,造成了乡土中国难以生发其本有的民族性格。在此,沈从文对于现代中国的审视以及国人国民根性的反思,均体现了现代知识分子参与社会问题讨论的努力,集中凸显了沈从文关注社会历史发展并试

---

① 沈从文:《巧秀与冬生》,《沈从文全集》(第 10 卷),北岳文艺出版社 2009 年版,第 420 页。
② 沈从文:《〈看虹摘星录〉后记》,《沈从文全集》(第 16 卷),北岳文艺出版社 2009 年版,第 345 页。
③ 沈从文:《风雅与俗气》,《沈从文全集》(第 17 卷),北岳文艺出版社 2009 年版,第 215 页。

图建构中国想象的话语实践。

在《〈看虹摘星录〉后记》中，沈从文说过："美丽总令人忧愁，然而还受用。"①"美丽"就如一个有缺口的圆，它的"令人忧愁"在于美的非恒常性、易消逝性。当然，美的这种流向是有原因的。湘西人自足自在的宗法式生命文化形态在现代文明和自身文化特点的"共谋"下，"异化"在所难免。对此，沈从文对这个令人惆怅的悲剧故事的成因的思索同样充满了"变"的动机。由此，从"自然"走向了"非自然"。"不物于物""不为外物所役"的生命理趣一去不复返了。外来文明渗透是"异化"的"外因"，湘西人自身文化中隐含落后野蛮的习俗、安于现状的生命态度是异化的"内因"。毋庸讳言，现代文明像一股股洪潮不停息地向湘西这片边域阵地袭来，同时，湘西人自身文化的特点使他们不断退守并最终放弃理想的乡土乐园。

第二节 "镜像"的去魅："生命"转向"生活"

当作者从温习历史回到现实，真实地贴近湘西内部生活时，突然"我被'时间'意识猛烈的掴了一巴掌"，沈从文才发现还乡的真正意义，是让他感受到现实中的湘西与记忆中的湘西以及文本中塑造的湘西产生了巨大分裂。于是他不禁感慨"我明白'我不应当翻阅历史，温习历史。'在历史面前，谁人能够不感惆怅？"②在《美与爱》中，沈从文批判了那些以"习惯的心和眼"来追逐"生活"，而不追寻"生命"如何使用的国人，认为这些人不过是"花园中的盆景"③。在这里，他虽仍以"乡下人"自称，但其身份本质已经发生了根本的变化，他作为知识分子的使命感"希腊小庙"的建构多了理性审思的深度，乡土中国并不是"桃花源"式所在，他试图为人们打开"观察与认识湘西的现实主义窗口"④。这个窗口不仅通向湘西，也通向20世纪上

---

① 沈从文：《〈看虹摘星录〉后记》，《沈从文全集》（第16卷），北岳文艺出版社2009年版，第343页。
② 沈从文：《老伴》，《沈从文全集》（第11卷），北岳文艺出版社2009年版，第296—297页。
③ 沈从文：《美与爱》，《沈从文全集》（第17卷），北岳文艺出版社2009年版，第361页。
④ 凌宇：《从边城走向世界》，岳麓书社2006年版，第366页。

半叶同样面临苦难、贫穷、病痛的整个乡土中国。

一、"时间考官"与裂变的声音景观

在讨论文学经典的问题时,沈从文提出了"时间"这一检验其是否为经典的标准:"文学还是文学,作品公正的审判人是'时间'(从每个人生命中流过的时间),作品在读者与时间中受试验,好的存在,且可能长久存在,坏的消灭,即一时间偶然侥幸,迟早间终必消灭。"[①] 无疑,这种辩证的思维对于考究沈从文笔下的乡土中国的常态与变状是很有裨益的。沈从文意识到,诗化的乡土中国不可能保持常态,在外在文明的侵蚀和内在文化的蜕变作用下,其裂变解体是不法抵抗的必然结果。而这一切的反思要在"时间考官"的检视下完成:"正因为我们背后还有一个无言者'时间',虽沉默却比较公正,将清算一切作品,也教育一切作家。"[②]"我希望我的工作,在历史上能负一点儿责任,尽时间来陶冶,给它证明什么应消灭,什么宜存在。"[③] 显然,只有在流动的时间比照中,我们才能真正理性地辨析乡土中国的文化内质及所隐含的可能性的走向。

在沈从文的思想观念中有一对相对照而观的时间性概念:"过去"与"当前"(或"明天")。在《辰河小船上的水手》中,沈从文运用比照的方式,醒目地揭示了辰河流域人生的变化:

> 十五年前,沿河长街的油坊,尚常有三两千新油篓晒在太阳下。沿河七个用青石作成的码头,有一半皆停泊了结实高大四橹五舱运油船。……一个旅行者来到此地时,一切规模总仍然可得一个极其动人的印象。
>
> 如今小船到了这个地方后,看看沿河各码头,皆已破烂不堪,小船泊定的一个码头,一共有二十只船,除了一只船载运了方柱型毛铁,一

[①] 沈从文:《短篇小说》,《沈从文全集》(第16卷),北岳文艺出版社2009年版,第499页。
[②] 沈从文:《滥用名词的商榷》,《沈从文全集》(第17卷),北岳文艺出版社2009年版,第141页。
[③] 沈从文:《习作选集代序》,《沈从文全集》(第9卷),北岳文艺出版社2009年版,第7页。

只船载辰溪烟煤,正在那里发签起货外,其他船只似乎已停泊了多日,无货可载。有七只船还在小桅上或竹篙上,悬了一个用竹缆编成的圆圈,作为"此船出卖"的标志。①

在这里,沈从文并没有分析今非昔比变化的具体过程及根由,仅在时间的裂变处留下了一个省略的空间来发人深省。也正是经由时间的冲刷和沉积,乡土中国开始了其蜕变的历程,尽管这是作家不愿意看到的,但事实却无法改变。在《水云——我怎么创造故事,故事怎么创造我》中,他再一次强调了这种变化:"在过去时代能激你发狂引你入梦的生物,都在时间漂流中消失了匀称与丰腴,典雅与清芬。能教育你的正是从过去时代培育成功的典型。时间在成毁一切,都行将消灭了。代替而来的将是无计划选择随同海上时髦和政治需要繁殖的一种简单范本。""伟大处""匀称与丰腴,典雅与清芬"只能成为无法回转的"过去物"。尽管如此,作家又不得不无奈地自我辩难:"是的,你害怕明天的事实。或者说你厌恶一切事实,因之极力想法贴近过去,有时并且不能不贴近那个抽象的过去。"②

"过去"的乡土中国是沈从文神往的"精神家园",而"目前"或"明天"是沈从文伤悼的"失乐园",乡土也异化成变质的乡土。为此,沈从文说:"我的读者应是有理性,而这点理性便基于对中国现代社会变动有所关心,认识这个民族的过去伟大处与目前堕落处,各在那里很寂寞地从事与民族复兴大业的人。"③"现代文明"侵蚀和湘西自身文化隐痛双管齐下,自然的生命在人生的浪涛里颠簸沉浮。现代的一些弊病也带到了湘西的人和事上。自然生命的"常体"开始瓦解,"神性"随之消失、解体,由"常"到"变"。沈从文意识到了顺应自然与改造自然之间的紧张,而且这种复杂的关系已经来到了湘西这片纯洁的土地上。"这些不辜负自然的人,与自然妥协,对历史毫无担负,活在这无人知道的地方。

---

① 沈从文:《辰河小船上的水手》,《沈从文全集》(第11卷),北岳文艺出版社2009年版,第275—276页。
② 沈从文:《水云》,《沈从文全集》(第12卷),北岳文艺出版社2009年版,第112页。
③ 沈从文:《〈边城〉题记》,《沈从文全集》(第8卷),北岳文艺出版社2009年版,第59页。

在"反异化"的问题上,沈从文认同道家所谓"回到自然"的观念,他意识到这种诗性自然人性异常脆弱,在现代"文明病"的侵蚀下已日趋呈现出蜕变的危机。具体析之,现代文明带给湘西人最大的影响是:以金钱为主的世俗观念。"人与人的关系变得复杂到不可思议,然而又异常单纯的一律受钞票所控制。到处有人在得失上爱憎,在得失上笑骂,在得失上作伪誓和伪证人。"①"生命"的"神性"在金钱的铜臭气味下失去了原有的光辉。在《边城》里有这样一段:"由于边地的风俗淳朴,便是妓女,也永远那么浑厚,遇不相熟的人,做生意时得先交钱,再关门撒野,人既相熟后,钱便在可有可无之间了。"②在"乡土中国"里,金钱不是主要的东西,"自然""爱""美"是主调,而伴随着"现代文明"的到来,这种"自然神性"脆弱地解体了,庄严的"生命"也就走向了凡俗的"生活"。所谓"生活",是指衣、食、男女等人的基本需要。人需要"生活",但如果只有"生活",便与动物无异,是一种生物学上的"退化现象"。在《知己朋友》中,他借一个作家之口坦言:"我的作品是为一个仇敌而写的,永远为了仇敌动笔,仇敌是什么?就是'生活'。"在他看来,"生活"是乱七八糟、毫无秩序的,"各处负得是永远不清楚的债,各处留下永远做不到的人情"③。这种凡庸的生活形态毫无诗意可言:"捕蚊捉虱,玩牌下棋,在小小的得失上注意关心,引起哀乐,即可度过一生。生活安逸,即已满足。活到末了,倒下完毕。"④为此,他呼吁"向生活作战",批判那种"只要能吃,能睡,且能生育,即已满足愉快,并无何等幻想或理想推之向上或向前,尤其是不大愿因幻想理想而受苦"的人,认为这与动物并无二异。这其中,外在物质方面的"金钱"对"生命"和"生活"的诱惑和限制是不同的。沈从文说过:"金钱对'生活'虽好像是必需的,对'生命'似不必需。生命所需,惟对于现世之光影疯狂而已。因生命本身,从阳光雨露而来,即如火焰,有热有光。"⑤他心仪于"生活"之外的"生命",这是一个想象中的"生命",在小说《中

---

① 沈从文:《水云》,《沈从文全集》(第12卷),北岳文艺出版社2009年版,第104页。
② 沈从文:《边城》,《沈从文全集》(第8卷),北岳文艺出版社2009年版,第70页。
③ 沈从文:《知己朋友》,《沈从文全集》(第6卷),北岳文艺出版社2009年版,第403页。
④ 沈从文:《潜渊》,《沈从文全集》(第12卷),北岳文艺出版社2009年版,第31页。
⑤ 沈从文:《潜渊》,《沈从文全集》(第12卷),北岳文艺出版社2009年版,第32页。

年》中，他表达了这样的人生态度："这世界有一些人在'生活'里'生存'，有一些人又在'想象'里'生活'。我自然应属于后面的一种人。"①"想象"里"生活"就是其所崇仰的"生命"，脱离了这种神性的光彩，就只能成为耽溺于生活的世俗人的生存状态。

"现代文明"已经到了湘西，其表象是各类现代商品的涌入，而最为本质的则是思想观念的输入。沈从文从具象和抽象的层面深刻地描摹了湘西生命的蜕变历程。《黄昏》中描绘了一个曾为全城人提供饮用水的水塘在当前所发生的改变：

> 水塘却早已成为藏垢纳污的所在地了。塘水容纳了一切污水赃物，长年积水颜色黑黑的，绿绿的，上面盖了一层厚衣，在太阳下蒸发出一种异常的气味，各方点浅处，天气热时，就从泥底不断的喷涌出一些水泡。②

与此相同的是，《泥涂》中的生命之水早已不见清澈透亮的溪流，也不再是人们嬉戏的自然景观，而成为厌弃的死水。在这里生存的乡人过着蝼蚁一般的生活，他们的悲哀在于认同和屈从于这种缺乏神性的生存乱象。在《长河》里，沈从文更是不厌其烦地描绘了被世俗所占领的乡民生存境遇："公子哥有钱而无知，衣襟上插两只自来水笔，手腕上戴白金手表，稍有太阳赶忙戴大黑眼镜，衣冠入时材料讲究，会吹口琴唱京戏，闭目吸大炮台或三五牌香烟，玩扑克会十多种花样，大白天拿手电筒满足虚荣。长辈固有的勤俭忠实以及在自然景物衬托下的简单信仰与抒情气氛被外来的洋布煤油逐渐破坏。年青人全无知识也毫无希望从学习中去认识。对历史社会的发展，既缺少较深刻的认识，对个人生命的意义，也缺少深刻的理解。个人出路和国家幻想，都完全寄托在一种依附性的打算中，结果到社会一滚，自然就消失了。日子过得很好，但是那点年青人的壮志和雄心……可完全消失净尽

---

① 沈从文：《中年》，《沈从文全集》（第7卷），北岳文艺出版社2009年版，第9页。
② 沈从文：《黄昏》，《沈从文全集》（第7卷），北岳文艺出版社2009年版，第419页。

了。"① 整个人事都被一个叫"新生活"的东西所笼罩。连"竹笼中的两只小猪，虽可以引她到一个好梦境中去。另外那个'新生活'，却同个锤子一样，打在梦上粉碎了"。平静的乡村生活失去了以往的宁静，小说里的保安队队长已不是《边城》中的顺顺团总，他的权势气焰笼罩在乡村文化的上空。即使家庭殷实的地方绅士滕长顺连自己的女儿夭夭也保护不了，更不用说那片橘园了。而那些接受了新式教育的"新青年"也夹杂着浓厚的世俗气：

  待到暑假中，儿子穿了白色制服，带了一网篮书报回到乡下来时，一家大小必对之充满敬畏之忱。母亲每天必为儿子煮两个荷包蛋当早点，培补元气；父亲在儿子面前，话也不敢乱说。儿子自以为已受新教育，对家中一切自然都不大看得上眼，认为腐败琐碎，在老人面前常常作"得了够了"摇头神气。②

"五四"所开启的"进化伦理"在这里早已失效，获取了话语权的幼者完全弃置了传统的家族观念，新式外衣下滋长着颐指气使的做派。沈从文并不反对用新思想来解救青年，他担忧的是那些用现代庇佑的人性的丧失："对历史社会的发展，既缺少较深刻的认识，对个人生命的意义，也缺少较深刻的理解。个人出路和国家幻想，都完全寄托于一种依附性的打算中，结果到社会一滚，自然就消失了。"③ 对于这种变化了的"新生活"，"老水手"表示出不适应感，沈从文借这些土生土长的乡人的质疑来审视笼罩在乡土上空的现代新思想。在此，沈从文认识到"自然"的消失是"生命"由"常"到"变"的主要表现。在都市文明的挤压之下，《小砦》已经奏响了自然生命逐步走向沦亡的哀音，其中的妓女已失去了《边城》里所描述的那般自然与纯美，而演变成少年被人诱奸、成年一身疾病的悲惨命运。更为严重的是，蛮横无理的城里人和外乡人的陌生脚步已开始踏入这片土地，自然人只有躲进洞穴度日。在《柏子》里，妓女的命运堪忧，她们与水手之间浪漫的诗意生活已经

---

① 沈从文：《〈长河〉题记》，《沈从文全集》（第10卷），北岳文艺出版社2009年版，第3—4页。
② 沈从文：《长河》，《沈从文全集》（第10卷），北岳文艺出版社2009年版，第15页。
③ 沈从文：《〈长河〉题记》，《沈从文全集》（第10卷），北岳文艺出版社2009年版，第4—5页。

不在,"她们的收入有些一次可得洋钱二十三十,有些一整夜又只得三毛五毛。这些人有病本不算一回事,实在病重了,不能作生活挣饭吃,间或就上街走到西药房去打针,……只要支持得下去,总不会坐下来吃白饭。直到病倒了,毫无希望可言了,就叫毛伙用门板抬到那类住在空船中孤身过日子的老妇人身边去,尽她咽最后那一口气,……土里一埋也就完事了。"①在沈从文的笔下,充满了一种强烈的今昔对照的感受。"十五年来竹林里的鸟雀,那份从容处,犹如往日一个样子","但这个民族,在这一堆日子里,为内战,毒物,饥馑,水灾,如何向堕落与灭亡大路走去"②;"浦市码头既已衰败,三十年前红极一时的商家迁移的迁移,破产的破产","庙宇也破成一堆瓦砾了"③。"地方经济真很使人担心。若照这样下去,这些人过一阵便会得到一个更悲惨的境遇的。我还记得十年前这河里的情形,比现在似乎是热闹不少的。"④

在今昔对照下,从宏观上看湘西呈现出一副经济衰败的趋势。昔日繁荣的码头浦市,如今已明显破落,以前沿河长街的油坊、晒在太阳下的三两千新油篓、停满码头的结实高大四橹五舱运油船,以及来往船只在这里交货转载的壮观场面,如今再也没有了,沿河码头"皆已破烂不堪,小船泊定的一个码头,一共有十二只船",而其中只有一两只船载运毛铁或烟煤,"其他船只似乎已停泊了多日,无货可载。有七只船还在小桅上或竹篙上,悬了一个用竹缆编成的圆圈,作为'此船出卖'的标志"⑤。《滕回生堂的今昔》通过"今昔"的变化,书写了乡土的变迁。"滕回生堂"开设在热闹中心的东门桥头上,长桥两旁有二十四间铺子,理发铺、成衣铺、鞭炮店、洋广杂货店、布号、盐号及猪牛羊屠户案桌,真是热闹非凡,曾经寄父那腾回生堂铺子就是其中一间,铺里羚羊角、马蜂窠、猴头、虎骨、牛黄、狗宝,无一不备,还有堆积成山的各种草药,屋里长年笼罩着药草的香味,铺子靠河,临

---

① 沈从文:《桃源与沅州》,《沈从文全集》(第11卷),北岳文艺出版社2009年版,第235页。
② 沈从文:《辰河小船上的水手》,《沈从文全集》(第11卷),北岳文艺出版社2009年版,第275页。
③ 沈从文:《泸溪·浦市·箱子岩》,《沈从文全集》(第11卷),北岳文艺出版社2009年版,第374页。
④ 沈从文:《过梢子铺长潭》,《沈从文全集》(第11卷),北岳文艺出版社2009年版,第150页。
⑤ 沈从文:《辰河小船上的水手》,《沈从文全集》(第11卷),北岳文艺出版社2009年版,第276页。

窗低头便可看河里来往运米运柴的船只，抬头可欣赏高山四季美景，"那山头春夏之际作绿色，秋天作黄色，冬天则为烟雾包裹时作蓝色，为雪遮盖时只一片炫目白色"。桥墩下游便是清潭，潭里大鲤鱼肥鳜鱼游来游去，门前小瓦盆里种着各种草药，尤其那罂粟草花，"开着艳丽煜目的红花"……沈从文绘声绘色地描述记忆中的这个地方，带着这样的温情记忆来重走故乡之路，"我当时心中怎样激动！"但当作者真正踏上阔别十八年的那座桥时，一切都改变了当初的模样，爽直慷慨、喝酒划拳的寄父五年前就死了，"我各处一看，卦桌不见了，横招不见了，触目皆是草鞋"，滕回生堂"生意不好做"，基本不卖药了，这桥上也不再是当年那繁华场面，有十家烟馆，还有五家卖烟具的杂货铺。这种今昔的极大差异让作者陷入深思，十八年前后的巨大落差，也彻底浇灭了沈从文回乡所有的温情和激动。

在《〈长河〉题记》中，沈从文直截了当地道出了这一残酷的真实："去乡已经十八年，一入辰河流域，什么都不同了。表面上看来，事事物物自然都有了极大进步，试仔细注意注意，便见出在变化中那点堕落趋势。"① 在《〈湘西〉题记》中，作者也这样写道："去乡约十五年，去年回到沅陵看看，新陈代谢，人事今昔情形不同已很多。"② 在沈从文的眼中，时间是判定"乡土中国"走向的标尺，在现代文明的折射中，"乡土中国"内隐的生命形态呈现出裂变的态势，原来充满自然的人性和德性正在缺失。为此，在《滕回生堂的今昔》的结尾，沈从文表现出极大的失落和悲凉感。作者离开前原本要到河边给这座占据童年很大位置的桥拍照留影，但"一看到桥墩，想起十七年前那钵以罂粟花，且同时想起目前那十家烟馆三家烟具店，这桥头的今昔情形，把我照相的勇气同兴味全失去了"③。

二、"划龙舟"精神与民间信仰的缺失

沈从文意识到，很多人"所需要的是'生活'，并非对于'生命'具

---

① 沈从文：《〈长河〉题记》，《沈从文全集》（第 10 卷），北岳文艺出版社 2009 年版，第 3 页。
② 沈从文：《〈湘西〉题记》，《沈从文全集》（第 11 卷），北岳文艺出版社 2009 年版，第 329 页。
③ 沈从文：《滕回生堂的今昔》，《沈从文全集》（第 11 卷），北岳文艺出版社 2009 年版，第 324 页。

有何等特殊理解,故亦不必追寻生命如何使用,方觉更有意思"①。这种人事、环境的变化正表征着"乡土中国"蜕变的讯息,这其中,金钱、等级观念的转变尤为突出,正一步步吞噬着湘西人本有的自然品格。在沈从文的小说中,传统的湘西殉情故事不再重演,爱情没有了传奇而黯淡无光:《龙朱》中所极力渲染的"对歌"的热情也已经消失,婚姻的标准已开始从人自身转向了许多其他的附加物上。在《贵生》中,金钱的异化力正吞噬着恋人间的情谊。青梅竹马的金凤和贵生早有爱意,但金凤还是抵挡不住城里五爷所给予的物质的诱惑,早已不像沈从文早期小说里人物那样笃信超越物质的爱情理想。金凤的冷淡与决绝就是著例,在这里,决定爱情的已不是多年的情感,而是感情外的世俗条件。《丈夫》中的妇女身上发生的变化,正预示着湘西自然生命精神的崩溃与解体:"她们从乡下来,从那些种田挖园的人家,离了乡村,离了石磨同小牛,离了那年青而强健的丈夫的怀抱,跟随了一个熟人,就来到这船上做生意了。做了生意,慢慢的变成为城市里人,慢慢的与乡村离远,慢慢的学会了一些只有城市里才有的恶德,于是妇人就毁了。"②在《媚金·豹子·与那羊》中,沈从文无奈地写道:"地方的好习惯是消灭了,民族的热情是下降了,女人也慢慢的像汉族女人,把爱情移到牛羊金银虚名虚事上来了,爱情的地位显然是已经堕落,美的歌声与美的身体同样被其他物质战胜成为无用东西了。"媚金、豹子那种坚守信义,视爱情胜于生命的热情再也找不到了,"爱情的字眼,是已经早被无数肮脏的虚伪的情欲所玷污,再不能还到另一时代的纯洁了"③。当年两人殉情的山洞也被"供奉的菩萨"占领了,他们至爱的传说在新的人事关系中不断地被遗忘。

更为残酷的是,即使在《边城》这样一片圣洁的土地上也澎湃起了现代变易的潜流。"走车路"(托媒提亲)——"走马路"(唱歌求爱),"碾坊"(财富的象征,自由爱情的异化)——"渡船"(没有财产,爱情至上的表征)这两组意象及人物选择的不同方式恰恰是沈从文关于"常"与"变"思

---

① 沈从文:《潜渊》,《沈从文全集》(第12卷),北岳文艺出版社2009年版,第31—32页。
② 沈从文:《丈夫》,《沈从文全集》(第9卷),北岳文艺出版社2009年版,第47—48页。
③ 沈从文:《媚金·豹子·与那羊》,《沈从文全集》(第5卷),北岳文艺出版社2009年版,第357页。

辨的具象化。对此,李健吾这样评价道:"自然越是平静,'自然人'越显得悲哀:一个更大的命运影罩住他们的生存。这几乎是自然一个永久的原则:悲哀。"①《夫妇》中一对青年夫妇在阳光的诱惑下做了件原本正常不过的"呆事",然而这种不违背伦理的事情却遭致了乡人几乎一致的冷眼和批判,俨然每人都是儒家礼教的维护者,大谈"有伤风化"之类的圣人之言,并着力想出各类恶意的惩罚方式"除之而后快",其看客心理昭然若揭。而沈从文所赞赏的不悖乎人性的自然性爱观念似乎在现代湘西中难找立足之处。更让人心寒的是,一些从湘西传统社会中走来的老人也似乎接受了这种新的道德观念,"大概他们都把自己年青时代中那点孩子气处与憨气处忘掉,有了儿女,有提倡的必需了"②。这种于己无伤于他人无害的激情举动却成为现代湘西社会所排斥的异类之举,情感的掩藏与做作反而被当作社会正常的行为,这才是湘西的真正悲哀。当"恋爱则只是一群阉鸡似的男子,各处扮演着丑角喜剧"时,一切美好的情感都被世俗所吞噬,爱情也就"成为公式"③。

那么,对于这种不乏挽回的、变动的抽象生命形态,沈从文在感叹其"美丽的失却"的同时,也开始了深深的反思。在他看来,作家有使命书写出这种生命的"常"与"变",更有责任去唤醒国人对于永恒价值追求的"信仰"。这种"信仰"就是其审美救世的重要精神支撑。他这样写道:"凡美好的都不容易长远存在,具体的且比抽象的还更脆弱。美丽的笑容和动人的歌声,反不如星光虹影持久,这两者又不如某种观念信仰持久。英雄的武功和美人的明艳,欲长远存在,必与诗和宗教情感结合,方有希望。但能否结合,却又出于一种偶然。因人间随时随处,都有异常美好的生命,或事物消失,大多数即无从保存。并非事情本身缺少动人悲剧性,缺少的只是一个艺术家或诗人的情绪,恰巧和这个问题接触。必接触,方见功。这里'因缘'二字有它的庄严意义。'信仰'二字也有它的庄严意义。记住这两个名词对人生最庄严的作用,在另外一时,就必然发生应有的作用。"④ 在创作

---

① 李健吾:《咀华集·咀华二集》,人民文学出版社 2007 年版,第 45 页。
② 沈从文:《夫妇》,《沈从文全集》(第 9 卷),北岳文艺出版社 2009 年版,第 69 页。
③ 沈从文:《如蕤》,《沈从文全集》(第 7 卷),北岳文艺出版社 2009 年版,第 338 页。
④ 沈从文:《青色魇》,《沈从文全集》(第 12 卷),北岳文艺出版社 2009 年版,第 183—184 页。

《长河》的过程中,沈从文曾有"历史在重造"的感触:

> 我想起数千年前人住在洞穴里,睡在洞中一隅听雷声轰响所引起的情绪。同时也想起现代人在另外一种人为的巨雷响声中所引起的情绪。我觉得很感动。唉,人生。这洪大声音,令人对历史感到悲哀,因为它正在重造历史。①

在这里,历史变动的"雷声"惊醒了"水灾洞穴里的人"和"现代人",提醒处于"前现代"中的人无法再回到过去那个"常态"中去,也引起了包括作家在内的现代人对于历史演进的思索。随着现代文明的渗透,乡土中国内蕴的一些蛮风、陋习、落后、保守的因子与这种强势渗透结为同盟,"神在生命中"的"常态"很难维持,自然"神"统治的时代逐步"解体"。生命的"神迹""庄严"在异质文明的侵蚀下不复存在,代之的是:"神既经解体,因此世上多斗方名士,多假道学,多蜻蜓点水的生活法,多情感被阉割的人生观,多轻微妒忌,多无根传说。大多数人的生命如一堆牛粪,在无热无光中慢慢燃烧,且结束于这种燃烧形式,不以为异。"②

如果说"乡土中国"变动的表象是商品、金钱等物质形态的涌入,那么更深层次的变化则是乡土中国民间信仰的蜕变。在现代文明的介入下,乡土中国本有的神秘面纱逐层被剥开,曾被视为神圣的事物在现代强大探照灯的照射下失去了其原有的魅力,并逐渐丧失了生命活力。社会出现了芜杂无序的局面,新的信仰尚未在湘西完全确立,旧的神性信仰却在日益消失,人的精神信仰出现了新旧杂糅的混杂现状。在小说《失业》中,接线员大忍的"中国是什么样子,有些什么"的质疑传达了作家对于现代中国的反思。现代中国的境遇堪忧,这里信仰缺失,精神虚无,"军人与烟贩合作,把毒物派销到县里,商人照例得个二八回扣","纳贿,以多报少,作奸犯科,打

---

① 沈从文:《致张兆和——给沦陷在北平的妻子》,《沈从文全集》(第18卷),北岳文艺出版社2009年版,第316页。
② 沈从文:《美与爱》,《沈从文全集》(第17卷),北岳文艺出版社2009年版,第361页。

官司讨价还价,……一切不名誉而在中国又公认为极其自然的种种事情"①。《阿黑小史》中的"神巫"似乎失去了神性,五明虽然是万里挑一的湘西青年,但他早已失去了自己的精神信仰,他完全无法洞明"神使"的真正使命所在,他在老辈人崇仰的招神打鬼仪式中只是感觉好玩,并非出于本心而崇拜神,他遵照老巫师的吩咐拿着鸡蛋装模作样地随处乱扔,看似打鬼实为糊弄他人,图一些为自己所用的钱物。沈从文痛心于神巫的去神性过程,喟叹人心不古但又无法挽回的"失乐园"。没有神参与的仪式变成了愚弄的游戏,由于神的去魅,"阿黑的发烧,只有增无减。……捉鬼的又反请鬼指示另一种鬼的方向,糟蹋了鸡蛋,阿黑的病就只好继续三十天了"。应该说,沈从文借助阿黑最后的死亡来表征失去神性之后社会现实的可能性局面。《道师与道场》中的巫师已不同于《龙朱》《神巫之爱》中的人物那样超脱,时刻保持着神使的尊贵。小说里的两名道师耽溺于世间女子的情爱而不能自拔,把信神视为可笑的愚昧行为,"在路上,他见到一些老妇人向他道谢,就生怒,几乎真要大声的向这些人说,这道场是完全的糟蹋精力同金钱的事了,他又想把每家门上的那些纸符扯去免得因这一次道场在这地方留下一点可笑的东西……"②。这种对于神的消解并非意味着乡土新的信仰的确立,而依然处于蒙昧与虚无的混沌状态之中,其沉迷于男女情欲而失其本心恰是力证。在这里,沈从文将"神之子"的"堕落"来隐喻乡土中国信仰体系的无序,这为其重建乡土中国的文化信仰提供了重要的平台。

在乡土中国蜕变的历程中,民间信仰及"划龙舟"精神日趋解体,世俗的力量和乡民精神的缺失给这片乡土带来了可预见的文化走向。关于这种变化,沈从文曾这样写道:"湘西人常自以为极贫穷,不时且不免因此发生'自卑自弃'感觉,俨若凡事为天所限制,无可奈何。"③他曾着力咏叹的诗意乡土中国难以恒常,正面临着前所未有的危机。基于此,沈从文依然不放弃对于现代乡土中国的追索,以及美好人性的探索,"我们用什么方法,就可以使这些人心中感觉一种'惶恐',且放弃过去对自然和平态度,重新来一

---

① 沈从文:《失业》,《沈从文全集》(第8卷),北岳文艺出版社2009年版,第313页。
② 沈从文:《师道与道场》,《沈从文全集》(第5卷),北岳文艺出版社2009年版,第285页。
③ 沈从文:《〈湘西〉题记》,《沈从文全集》(第11卷),北岳文艺出版社2009年版,第328页。

股劲，用划龙船的精神活下去？"①

总而言之，沈从文小说中始终流露着一种"逝去"的基调，一切都无法挽回，人随着周围的幻境在不断地发生着变化。正如沈从文在《湘行散记》里所描绘的那样，"时间鸦片已毁了他"。时间摧毁了脆弱的乌托邦，在世俗充斥、人心不古的当下，沈从文用记忆的方式来祭奠那份本不常在的风景。他在感叹故乡在变的同时也领悟"似乎有些情形还是一成不变"②。这种"一成不变"中包含了优与良两种文化因子，这也正是沈从文返乡时感慨至深之所在。由"常"趋"变"体现生命的时间性，也体现了理想生命本身根性的脆弱性。沈从文以现代的眼光敏锐地看到了这种倾向。他说："我看到一些符号，一片形，一把线，一种尤声的音乐，无文字的诗歌。我看到生命一种最完整的形式，这一切都在抽象中好好存在，在事实前反而消灭。"③"因美与'神'近，即与'人'远。生命具神性，生活在人间，两相对峙，纠纷随来。"④理想与现实、抽象与具体的反差使沈从文的文本中有一种淡淡的悲剧色调。对此，有学者认为："先以歌咏田园诗般的散文笔调缓缓地展开对湘西人纯朴风情的细致描述，最后却以一个出人意料的转折，一下子打断前面的歌咏，把你推入对人生无常的强烈预感之中：这就是沈从文个人文体的最显著的形式特征。"⑤文体的"突然转折"是作家复杂心理、世事易变的直接反映，应该说，沈从文很好地把控了乡土中国流动的生命脉息，通过精当的文字恰如其分地表述出来，留给读者不只文字的美，还有精美文字之外的生命之思。

有感于这种变化的际遇，沈从文不无痛心地写道："对于他们的过去和当前，都怀着不易行诸笔墨的沉痛和隐忧，预感到他们明天的命运——这么一种平凡卑微生活，也不容易维持下去，终将受一种来自外部另一方面的巨

---

① 沈从文：《箱子岩》，《沈从文全集》（第11卷），北岳文艺出版社2009年版，第281页。
② 沈从文：《〈湘西〉题记》，《沈从文全集》（第11卷），北岳文艺出版社2009年版，第329页。
③ 沈从文：《生命》，《沈从文全集》（第12卷），北岳文艺出版社2009年版，第43页。
④ 沈从文：《潜渊》，《沈从文全集》（第12卷），北岳文艺出版社2009年版，第34页。
⑤ 王晓明：《"乡下人"的文体与"土绅士"的理想》，载王晓明主编：《二十世纪中国文学史论》（上卷），东方出版中心2003年版，第453页。

大势能所摧毁。"① 当我们察觉了沈从文小说中整体基调的变化特质，就能更加深刻地认识到作家站在流变的时间点上来考量人性的审美倾向。这种"淡淡伤感"背后，除了小人物的人生起落造成的感伤之外，最主要的是生命原初秩序的破坏，人性本常的颠覆，乡民愚昧风俗的统治。在《边城》的意绪里，最具诗意的牧歌声和淡淡忧郁的暗示交织在一起，形成了复调。为此，朱光潜是这样评论《边城》的："表现出受过长期压迫而又富于幻想和敏感的少数民族在心坎里那一股沉忧隐痛。"②《长河》的一章"秋（动中有静）"中这样写道："然而在如此景物明朗和人事欢乐笑语中，却似乎蕴蓄了一点凄凉。到处都仿佛有生命在动，一切说来又实在太静了。过去一千年来的秋季，也许和这一次差不多完全相同，从这点'静'中即见出寂寞和凄凉。"③ 其他的小说如《媚金·豹子·与那羊》《小砦》等也隐伏着"秋天的感觉"般的悲凉气息，"时代是过去了。好的风俗是如好的女人一样，都要渐渐老去的"④。新的现代风俗用一种强制性的传承方式渗入了湘西社会，逐渐使后者接受了一种新的外来观念，造成了许多本土传承的中断。

沈从文感悟道："民族衰老了，为本能推动而作成的野蛮事，也不会再发生了。"⑤ 在向往与失落的情感起伏中，沈从文开启了其对于乡土中国复杂的文化自省之途。但不管如何，他依然对于乡土德性的逐渐丧失表示出沉重的喟叹："可是，过去的，有谁能拦住不让它过去，又有谁能制止不许它再来？时间使我的心在各种变动人事上感受了点分量不同的压力，我得沉默，得忍受……我明白'我不应当翻阅历史，温习历史'，在历史面前，谁人能够不感到惆怅？"⑥ 沈从文的感情思绪是复杂的：一方面，湘西人的自然生命观是他力图捕捉和保留的理想因子；但另一方面，自然生命又在一点点地蜕化和变质，成为"过去物"。基于此，沈从文开启了重建乡土中国的现代之思。

---

① 沈从文：《散文选译序》，《沈从文全集》（第 16 卷），北岳文艺出版社 2009 年版，第 384 页。
② 朱光潜：《从沈从文先生的人格看他的文艺风格》，《花城》1980 年第 5 期。
③ 沈从文：《长河》，《沈从文全集》（第 10 卷），北岳文艺出版社 2009 年版，第 22 页。
④ 沈从文：《媚金·豹子·与那羊》，《沈从文全集》（第 5 卷），北岳文艺出版社 2009 年版，第 355 页。
⑤ 沈从文：《如蕤》，《沈从文全集》（第 7 卷），北岳文艺出版社 2009 年版，第 339 页。
⑥ 沈从文：《老伴》，《沈从文全集》（第 11 卷），北岳文艺出版社 2009 年版，第 297 页。

第五章 "向未来凝眸"：现代中国的思想重造

  现代中国的民族国家想象要落实到"中国问题"这一基点上才能予以论述。因为只有了解中国存在的问题才能更好地理解中国知识分子着力于中国想象的前提、运思方式等理论问题。作为文化形态的中国与民族共同体的中国在"中国问题"上是相互关联的。在讨论"湘西"时，沈从文始终没离弃这一中国立场："必须把湘西当成中国的湘西，才不至于出问题"[①]；"解决这问题，还是应当从根本上着手，使湘西成为中国的湘西，来开发，来教育"[②]。在中国语境中谈论现代中国的构想才有实质的价值。沈从文文学经典的生成与作家对"人"的思考密不可分，"明日的新的经典，既为人而预备，很可能是用'人事'来作说明的"[③]。他将这种观念视为作家创作必须抱有的"信仰"，有了这种信仰，作家才不至于堕入文字游戏的狭小空间里，不至于离弃社会折射而使文学成为空中楼阁。沈从文清醒地意识到，一味地怀想传统而泥古不化阻碍了民族新生，现代民族国家的重建与人的觉醒和健全人格的确立密不可分，只有将人的理性精神注入失去生机的民族肌体内，完成"由个体向集体再到民族国家"的"放大与延伸"，才能使民族最终走向振作与强盛。

---

① 沈从文：《〈沈从文散文选〉题记》，《沈从文全集》（第16卷），北岳文艺出版社2009年版，第385页。
② 沈从文：《苗民问题》，《沈从文全集》（第11卷），北岳文艺出版社2009年版，第410页。
③ 沈从文：《学习写作》，《沈从文全集》（第17卷），北岳文艺出版社2009年版，第332页。

第一节 "新抽象原则"：重建理想健康的人格模态

在营构乡土中国的过程中，沈从文没有像鲁迅等作家那样直白地透露其"立人"或"立国"的现代性意识，他从自身的乡土经验出发来整合民间资源，在此基础上来审思现代中国的走向。有感于"人民体力与道德，都似乎在崩溃，向不可救药的一方滑去"①的现状，沈从文力图总结乡土中国民族性格堕落的根由，注目于未来，重建民族品德和现代中国的前进之途。据张新颖考察，1935年左右至1949年年底，沈从文是一位"思想者"，是一个"从文学到思想的阶段"，而且"越是往后去，思想的成分越重"②。应该说，这种思想成分的加重本源于沈从文对于中国现实的体验，在他看来，"国家忧患那么深，国民责任那么重，如我们不能在普遍国民中（尤其是智识阶级中）造成一种坚韧朴实的人生观，恐怕是不能应付将来的！"③显然，这种凝眸于将来的国民人格的设想是基于当前困境有感而发的，构成了其民族国家想象的主要内核。

一、催生"怕"与"羞"的痛感，重铸国民道德

20世纪40年代，沈从文的文学观念较之前期有一个明显的变化则是注目于"高尚原则重造"与"国民道德的重铸"④。构筑于乡土之上的"生命乐园"以一种"乌托邦"的力量来平衡和疏导作家在都市所受到的文化冲击和焦虑。他不是闭起眼睛把乡土中国当作避难地，把自己封闭起来，保护起来，他还希冀乡土这片圣地里健康、和谐、淳朴、自然的生命形态能为治愈都市病态生命提供良方。于是沈从文对过去存在于自己脑海里的乡土进行了

---

① 沈从文：《小砦》，《沈从文全集》（第10卷），北岳文艺出版社2009年版，第187页。
② 张新颖：《沈从文九讲》，中华书局2015年版，第4页。
③ 沈从文：《变变作风》，《沈从文全集》（第14卷），北岳文艺出版社2009年版，第159页。
④ 沈从文：《一种新的文学观》，《沈从文全集》（第17卷），北岳文艺出版社2009年版，第172页。

"心与梦"的书写。乡土想象世界寄予了作家现实的印迹,在那片净化的乡土里生命纯真而自然,人性和谐善美,与现实世界形成了沟壑鲜明的路向。沈从文曾说过:"坐在房间里我耳朵里永远响的是拉船人声音,狗叫声,牛叫声音……我是从另外一个地方来的人,一切陌生,一切不能习惯,形成了现在的自己的。"①生活在都市里却始终持存着乡土的经验与记忆,这种不断切换和闪回的乡土记忆即是都市边缘人的身份写照,也是其坚守乡土中国书写的思想资源。

然而,理想的"乌托邦"不是一成不变的,乡土中国毕竟不是构建于世外的天堂,现代文明的渗透如春风吹到了这片土地上,湘西生命自身的一些弊病与这种渗透一起逐步蚕食着自然生命体,"生命流转,人性不易"也只能成为一种理想,美丽的"桃花源"沦落为令人心痛的"失乐园"。在《七色魇》《烛虚》中,随处可以看到沈从文对民族人格的懦弱、虚伪、势利,民族精神的堕落的揭露,他称"这正是中华民族的悲剧"②。"桃花源"的生命哲学是人与自然相契合的形态,而"失乐园"里的生命与自然已不相契合,等级制度、金钱观念左右着人的行为,不能按生命的本然来取舍,人与自然相分。在论及《边城》的立意时,沈从文这样写道:"拟将'过去'和'当前'对照,所谓民族品德的消失与重造,可能从什么方面着手。"③正是有了这种比照的意识,沈从文在痛失理想"家园"后,有了"经典重造"的想法。他说:"一个民族或一种阶级,它的逐渐堕落,是不是纯由宿命,一到某种情形下即无可挽救?会不会只是偶然事实,还可能用一种观念一种态度而将它重造?我们是不是还需要些人,将这个民族的自尊心和自信心,用一些新的抽象原则,重建起来?"④这种似乎是带有疑问的自我询问表征了现代知识分子的现实情怀,挽救和重建民族品性的经典体现了沈从文建构现代乡土中国的现代意识。当然,这种经典的重造并非是一种简单的回归过去,回到过去那种优美自然的梦的世界里去,而是积极面对席卷乡土的各类现实环

---

① 沈从文:《〈生命的沫〉题记》,《沈从文全集》(第16卷),北岳文艺出版社2009年版,第306页。
② 沈从文:《长庚》,《沈从文全集》(第12卷),北岳文艺出版社2009年版,第36页。
③ 沈从文:《〈长河〉题记》,《沈从文全集》(第10卷),北岳文艺出版社2009年版,第5页。
④ 沈从文:《绿魇》,《沈从文全集》(第12卷),北岳文艺出版社2009年版,第138—139页。

境，以立人和立国并举，以民族人格的铸造为主导的文学实践。在沉寂于乡土田园的美好境地里，在沉思乡土中国的历史后，沈从文"发现了'堕落'二字真正的意义。又慢慢的从一切书本中，看出了那个堕落因子"。洞悉到人和动物的区别，沈从文没有沉沦，他直言要"接受这个民族一种新的命运"①。这种直面自我的反思尽管让作家有困惑，甚至无处言说，但他还是试图去发现压制民族发展的缘由，在"堕落"中重建，"阻止退化现象的扩大，给新的生命一种刺激启迪的"②。显然，只有真正意识到一个民族国家的"弊病"所在，才能有效地进行医治。这与鲁迅所开创的"立人"传统也是一脉相承的。

在思考重铸国民道德的问题之前，沈从文以一种"抉心自食"的自觉意识来反思知识分子及"五四"以来的中国新文学。在他看来，知识分子在现代教育之中理性增强了，但却缺失了"怕"和"羞"的情感。在他看来，在中国古代，因鬼神迷信与性的禁忌，年轻人的情绪上的"怕"和"羞"并不少见，但也因此而畏缩不前。为此，他认为要重新植入这种感性的国民品格："我似乎正在同上帝争斗。我明白许多事不可为，努力终究等于白费，口上沉默，我心并不沉默。我幻想在未来读书人之中，还能重新用文学艺术激起他们'怕'和'羞'的情感。"③有了痛感，人才会去不断地反思自己、超越自我，进而反抗来自外界的刺激和压制。在哲学家维特根斯坦看来，疼痛是不具公共性的，因为"只有我知道我是否真的疼：别人只能推测"④。对于沈从文而言，都市生活带给他最大的困扰不是因文化差异而产生的异己感和陌生感，而是久居都市后的麻木感，即他所说的"感情瘫痪"：

> 听各样市声，听算命的打小锣，听卖萝卜的喊叫，听汽车的喇叭，听隔院吹箫，不单没有一件事能使我爱听，且没有使我真感到不爱听的嫌恶。从声音上知道这世界上不拘在何处还是活的，独这脑，同这一颗

---

① 沈从文：《黑魇》，《沈从文全集》（第12卷），北岳文艺出版社2009年版，第171页。
② 沈从文：《美与爱》，《沈从文全集》（第17卷），北岳文艺出版社2009年版，第362页。
③ 沈从文：《烛虚》，《沈从文全集》（第12卷），北岳文艺出版社2009年版，第21页。
④ 〔奥〕维特根斯坦：《哲学研究》，陈嘉映译，商务印书馆1996年版，第135页。

心，打针以后似的痹麻着，感情瘫痪了。①

在这里，沈从文痛感自己鲜活生命的被囚禁，这种感性的缺失必然会带来理性秩序的混乱。为此，他将自己的疼痛隐喻性地表达出来，同时也试图突破身体疼痛所具有的个体隔离性，致力于将个体疼痛与国家危机公之于众，这当然是沈从文心中预设的转述痛感，事实上在他的意识中，中国人是不大具有痛感的。《菌子》里的主人公是一个思想安分的人，每天重复着过去的生活轨迹，对于同事的羞辱也变得麻木，"每一个眼前说来的一天都如过去的任何一天，除开放假，寒暑无异，他都是规规矩矩到办公室去办公，接受同事们搁在家中就预备下来的各样新鲜取笑方法"。他的不抵抗和消极主义是其消弭痛楚的有效方法，在幻梦中廉价地维系着自己"强者"的身份："梦中是可以恣意同人打骂不怕上司的处罚的，于是预备卷衣袖起身对同事用力施报复了"，更为悲哀的是"最后还是被别人用一只破袜子或一个纸球，口喊法宝来了，把菌子惊倒于地，醒来心只是突突的"②。《石子船》里的水手生活在自足的个人世界了，早已忘却了凄苦与无奈，"只吃粗糙的饭，做枯燥的事，有了钱就赌博，在一点点数目上作着勇敢的牺牲，船开动了，为抵地后可以得一顿肉吃，就格外诚心地盼望早到，间或还作着极其可笑的梦，水面上风清月白时，忘了日晒雨淋的苦，就唱着简单的歌，安慰着自己生活的凄凉而已"③。由于没有自知的痛感，即使面临困境也不可能产生焦虑的反应。对于那种"忙碌到连想想自己是怎样一种生活也缺少空暇""不能说一句精致的话，连一句平常话也呐呐说不出口"的人，沈从文将其称之为"这些东西"，他反复质问"这也可以算做人吗？""为什么就蠢到这种样子了？"④在提出这些问题之后，他醒悟："也许把这个民族的弱点与优点同时提出，好像大不利于目前抗战，事实上我们要建国，便必须从这种作品中注意，有勇气将民族弱点加以修正，方能说到建国。"⑤沈从文要唤醒国人不自觉的痛感，以期完成其重铸国民品格及百年立国的目的。

---

① 沈从文：《〈老实人〉自序》，《沈从文全集》（第2卷），北岳文艺出版社2009年版，第3页。
② 沈从文：《菌子》，《沈从文全集》（第5卷），北岳文艺出版社2009年版，第423页。
③ 沈从文：《石子船》，《沈从文全集》（第5卷），北岳文艺出版社2009年版，第232页。
④ 沈从文：《一个大才的通信》，《沈从文全集》（第4卷），北岳文艺出版社2009年版，第336页。
⑤ 沈从文：《烛虚》，《沈从文全集》（第12卷），北岳文艺出版社2009年版，第52页。

沈从文从"文运的堕落"窥见了中华民族文化的失落与弊病，于是，他要通过重造文学来实现国家重造的努力："社会必须重造，这工作得由文学重造起始。"这是一个作家所能做的最实际的工作了，文学的社会功用被激活，成为"燃起这个民族被权势萎缩了的情感，和财富压瘪扭曲了的理性"①。这其中，国民"人"精神的复位以及精神信仰的复苏是沈从文民族重造的重要维度。他说过："我不是医生，不能乱开方子，但一个作者若同时还可以称为'人性的治疗者'，我的意见值得你注意。"②因此，以"人性的治疗者"自命的沈从文并没有将"乡土"的一些原始落后野蛮的因素遮蔽掉，而是用一种启蒙者的悲悯来审视他们身上的劣根性。如前所述，沈从文理性地发掘了乡人身上自足的人生习性，那种长期生活于静态空间下的守常，让他们丧失了对现代的敏感，也失去了与外界融通的意识。因而，一旦现代侵入乡土，他们的命运就非常堪忧，悲剧往往产生。用鲁迅的话说就是："中国人向来就没有争过'人'的价格，至多不过是奴隶。"③对于现实，沈从文隐晦地提出了社会问题，而且还试图去诊治。

然而，沈从文深知这种重建并非易事，但他愿意去尝试，"只要我有力，我能选我要作的事去实验，在事实的炉上可以炼出我的真金。倘若说，炼也罢，实际材料还是一块铜，那在这证据上我可以安身立命，因为似乎从'炼过了'的一句话上便得到那安身立命的基本了"④。在《懦夫》中，沈从文提出了"近代科学的力量"与"古代民族的勇敢"互搏的命题，他借主人公介尊之口批判了"利用这个民族所独具的善忘的习惯，各人很堕落，很无聊，也能很马虎地生活下去"的民族，进而他也提出了自己想象中国、改造中国的主张："中国不能打仗，战争不是挽救中国的一条路。中国只有两条生路，一条是造成秩序，想富国强种的办法，一条不要旧的制度，重新改造。"⑤在这里，需要引起我们注意的是，"过去"理想家园的重新修复，不是要回到"过去"。事实上，很多事情都无法回到原来的状态，即使追寻过去，也只能

---

① 沈从文：《从现实学习》，《沈从文全集》（第 13 卷），北岳文艺出版社 2009 年版，第 375 页。
② 沈从文：《给某教授》，《沈从文全集》（第 17 卷），北岳文艺出版社 2009 年版，第 195 页。
③ 鲁迅：《灯下漫笔》，《鲁迅全集》（第 1 卷），人民文学出版社 2005 年版，第 224 页。
④ 沈从文：《中年》，《沈从文全集》（第 3 卷），北岳文艺出版社 2009 年版，第 428—429 页。
⑤ 沈从文：《懦夫》，《沈从文全集》（第 6 卷），北岳文艺出版社 2009 年版，第 462 页。

是一抽象的过去:"或者你厌恶一切影响你目前生活的事实,因之极力想法贴近过去,有时并且不能不贴近那个抽象的过去。"①因而,很多人认为沈从文的小说理想耽于"旧"与"常",与"五四"新文化运动倡导的"新"与"变"是背道而驰的,是一种"向后看"的思想。这种说法是有极大的片面性的。沈从文赞颂"过去"不是简单的倒退回到"过去",而是希望"过去"好的品质、好的存在能催化和重铸现代人的精神。针对"中国人的病",他所开的药方是:"真的爱国不是'盲目复古',而是'善于学新'。目前所需要的国民,已不是搬大砖筑长城那种国民,却是知独立自尊,宜拼命学好也会拼命学好的国民。"②从这方面来看,沈从文对过去美好品德的向往不是要退化到"前现代"的状态中去,而是取今复古,从过去的文化遗存中攫取有助于现在的因子。这诚如他所说的那样:"《边城》中人物的正直和热情,虽然已经成为过去了,应当保留些本质在年青人的血里或梦里,相宜环境中,即可重新燃起年青人的自尊心和自信心。"③沈从文认识到年青人是民族和时代的希望,在以"'人'来重新写作'神话'"的话语实践中,重视孩子的品性培养是至关重要的。他表示:"我们是不是对于那些更年轻的一辈,从孩子时代始,在教育中应加强一点什么成分,如营养中的维他命,使他们生长中的生命,待发展的情绪,得到保护,方可望能抵抗某种抽象恶性疾病的传染,方可望于成年时能对于腐烂人类灵魂的事事物物,能有一点抵抗力?"④成年人在腐烂的外界疾病的传染下,失去了以前的品性,所以如果对孩子加以保护和防范,可能在以后的人生中能有"免疫"的作用。当然,这种对失去的"精神乐园"一味追忆,耽溺于一种审美寻梦,使他面对现实、直面人生的力度和深度大打折扣。对理想生命的有意美化,相对而言就削弱了对人性复杂多面性的开掘。曾有论者指出沈从文与鲁迅的差别:"他与鲁迅的差别在于,他没有写出现代人在现代世界上所做的近乎绝望的人性挣扎,他的作品也不带有这种绝望挣扎的色彩,对堕落着的现代社会的轻蔑态度和对一

---

① 沈从文:《水云》,《沈从文全集》(第12卷),北岳文艺出版社2009年版,第112页。
② 沈从文:《中国人的病》,《沈从文全集》(第14卷),北岳文艺出版社2009年版,第89页。
③ 沈从文:《〈长河〉题记》,《沈从文全集》(第10卷),北岳文艺出版社2009年版,第5页。
④ 沈从文:《北平的印象和感想》,《沈从文全集》(第12卷),北岳文艺出版社2009年版,第283—284页。

个消失着的世界的温情追忆，使他的作品缺少西方现代主义文学作品中那种恐怖意识和焦虑意识。"① 应该说，沈从文消极的抵抗异化的方式难以抗衡现代文明的强大渗透，作为一个现代都市的边地来客，"生活在别处"的人生境遇让他逐渐远离中心话语，在失去了精神家园的前提下，他仍旧走的是一条由文化改造人、改造生命、改造民族的道路。

沈从文站在现代知识分子立场，用理性的眼光揭示和分析了湘西生命由"常"到"变"的原因，他的作品中也流露出淡淡的忧虑感和疼痛感。沈从文并不拒斥现代文明的烛照，他所担忧的是乡土经验无法在短时间里接受异己的现代思想，更有可能在这种风驰电掣的变动中失去了乡土本有的常态与品德。在《长河》中，他一针见血地指出，乡人无论是体力和精神都是淳朴康健的，他们不需要通过认识字来讨论社会问题，其真正需要的则是"与日常生活有关系的常识和信仰"。而那种不触及乡土和乡人日常生命信仰的现代说教和变革显然是不适用的："一切生活都混合经验与迷信，因此单独凭经验可望得到的进步，若无迷信掺杂其间，便不容易接受。"② 然而，由于领悟了乡土中国流变的奥秘，沈从文对"精神家园"的理解和建构便有了更深刻和理性的理解。纯粹至美的乡土中国不是空中楼阁，在动态的文化语境中，面临着意想不到的可能性裂变。沈从文写梦却不沉溺于梦，常常游离于梦与现实的边缘，梦与现实的对接传达出作家深长的民族忧患意识。从更深层的意义上理解，这种对乡土中国的价值重建本源于作家"现代民族国家"的建构的现代性想象，也深刻地回应了后发现代国家如何顺应现代文明发展的潮流，拯救和修复"精神家园"的冥想。这种努力承继了现代知识分子寻求现代中国生存和发展的主体想象传统：在动态的文化结构中追索和考量中国传统文化，并以经过淘洗和过滤的文化遗存来推动现代民族国家的现代变革。

二、"意志力"驱动生命的"转化"与"升华"

沈从文对民族人格的寻找与重造是从人类学层面和历史文化层面两个维

---

① 王富仁：《中国现代主义文学论》（下），《天津社会科学》1996 年第 5 期。
② 沈从文：《长河》，《沈从文全集》（第 10 卷），北岳文艺出版社 2009 年版，第 21 页。

面来思考和努力的。从人类学的层面来看，其笔下的乡土中国有着地域文化的独特性，但它从未脱离中华民族的血缘关系。从历史文化的眼光来看，以湘西乡土主导的中国形象较多地保留了"前现代""先民""人类童年"的一些特征，他们有一套套自身的话语、一桩桩自身的生存规范、一条条自身的价值标准。具体而言，有本民族的言语、道德标准、行为规范、生存方式、生命情态。而这些都是中华民族大家庭中千姿百态的生态。与其说沈从文关注"生命"，不如说他更关注民族、国家的现状与未来发展。他并不相信西方文化能够解决好民族现存的问题，"正如所说的，'蝗虫集团从海外飞来，还是蝗虫'，如果是虎豹呢，即或只剩下一牙一爪，也可见出这种山中猛兽特有的精力和雄强气魄！不幸的是现代文化便培养了许多蝗虫"①。他所害怕的是西方文化中对人性异化的负性要素，这可以使民族中尚存的优秀品格消失殆尽。

文学是沈从文"入世"的主要手段，这种无用之用的文学是建构主体想象的主导方式。他认为文学是可以参与现代民族国家塑造的途径，现代中国繁杂的文学运动并非个人意气之争，而是推动社会历史发展的工具。他认为："一切由庸俗腐败小气自私市侩人生观建筑的有形社会和无形观念，都可以用文字作为工具，去摧毁重建。"②要重建现实秩序离不开文化的传播与言说，沈从文用文学之笔记录了乡土中国的现代演进过程中的苦痛与蜕变，他的小说创作试图寻找中华民族赖以生存和向前发展的"文化母体"，而这种文化母体所蕴含的历史和现实都通过乡土中国的沉浮来表现。中华民族身上体现的生生不息的"强力意志"、坚贞不移的爱情神话、自然纯洁的人性在沈从文的湘西小说中都能找得到。

然而，沈从文对于民族人格的"重造"并非要引导人们遁入陈旧的历史时空，他深受"五四"新文化思潮的影响，清醒地意识到民族向前向上必须跟随世界发展的潮流，要向未来凝眸。他曾劝诫年轻人不要泥古："不要尽看那些旧书，我们已没有义务冉去担负那些过去时代过去人物所留下的趣味同观念了。在我们未老之前，看了过多由于那些老年人为一个长长的民族历

---

① 沈从文：《黑魇》，《沈从文全集》（第12卷），北岳文艺出版社2009年版，第175页。
② 沈从文：《长庚》，《沈从文全集》（第12卷），北岳文艺出版社2009年版，第39页。

史所困苦融合了向坟墓攒去的道教与佛教的隐遁避世感情，而写成的种种书籍，比回忆还更容易使你'未老先衰'。"① 显然，这似乎和他的小说中所建构的停滞历史流动的"桃花源"世界是有差异的。事实上，沈从文的湘西世界中处处也潜藏着"走向现代"的危机隐喻，他明白历史的流动是必然的，哪怕不情愿也只是徒劳。于是，沈从文没有被动地喟叹经典的失落，而是着力于经典的重造。在《一个传奇的本事》中他对此有解释："这种人生观的基础，应当建筑在对生命能作有效的控制，战胜自己被物态征服的弱点，从克制中取得一个完全独立的人格，以及创造表现的绝对自主性起始。"② 在《小说作者和读者》中又说："生命离开一个动物人生观，向抽象发展与追求的欲望或意志，恰恰是人类一切进步的象征。"③ 这显然没有简单停留在中国道家思想的平台上，而更接近西方理论家所说的个体人格。其精神实质就是非从众的个体意志和自我创造性，反抗沉沦的非本真状态，"抗拒"成了人存在的前提。要实现现代人格的正常发展既要保障人的自由，当然更要建构健康、合理的人伦秩序。沈从文正是从人的自身诉求与社会发展的现代使命来确立其想象中国的价值判定的。抵御异化、彰显生命本真，在沈从文这里，也就理解为人类文化发展的始基和一切创造力的活源。

在《若墨医生》一文中，"我"与若墨医生谈论的国家问题很值得思考，作为一个作家的"我"认为，中国"一切中毒太深，一切太腐烂，太不适用"，若墨医生则认为，"既然中毒，应当诊断"。以中国专家自居的"我"反问他"你相信一切容易吗？"他的回答是"我不相信那么容易，但我有这种信仰，我们需要的就是信仰……我们要这点信仰，才能从信仰中得救！"对此，"我"也同意，在"我"看来，"是的，我也以为要信仰的。先信仰那个旧的完全不可靠，得换一个新的，彻底换一个新的，从新的基础上，建设一个新的信仰，一切才有办法，——这是我的信仰！"在久论无果的情况下，十六个月过去后，这件事只剩下一个影子留在"我"的记忆里，对"我"而言：

---

① 沈从文：《一周间给五个人的信摘录》，《沈从文全集》（第 17 卷），北岳文艺出版社 2009 年版，第 181 页。
② 沈从文：《一个传奇的本事》，《沈从文全集》（第 12 卷），北岳文艺出版社 2009 年版，第 230—231 页。
③ 沈从文：《小说作者和读者》，《沈从文全集》（第 12 卷），北岳文艺出版社 2009 年版，第 66 页。

> 我现在还只那么尽想象中国应当如何重新另造，很严肃的来写一本"黄人之出路"。为了如何就可以把某一些人软弱无力的生活观念改造，如何去输入一个新的强硬结实的人生观到较年青一点的朋友心胸中去。①

对于中国的想象，沈从文心中始终有一个"老去民族"的印记，这是他又爱又恨的文化符码。他清醒地意识到过去民族存在的精神弊病，这和"五四"一代知识分子的观念是相似的。他指出："一个民族已经那么敝旧了，按照过去的历史而言，则哲学的贫困与营养不足，两件事莫不影响到我们这个民族的生存态度。号称黄帝家嗣的我们，承受的既是个懒惰义化，加上三千年作臣仆的世故，思想皆浮在小小人事表面上爬行，生活皆无热无光，是一件自然而然的事情。"②在这里，沈从文的话已经触及了民族文化的内核，他发现了中国遭遇现代危机的内在根由——陈旧的思维观念及生存状态。在他看来，如果再继续延续这种思想，无所作为，现代中国将无法在世界发展的大潮中立足。因而，他提出，"要把依赖性看作十分可羞，把懒惰同身心衰弱看作极不道德。要有自信心，忍劳耐苦不在乎，对一切事皆有从死里求生的精神，对精神身体两不健康的病人狂人永远取不合作态度"。沈从文认为，独立人格需要"意志力"与"怀疑"精神，优良的民族精神与独立的个体品质的养成并非一蹴而就，而在中国内忧外患的情境下更是难上加难，解决的方案唯有："用'意志'代替'命运'，把生命的使用，在这个新观点上变成有计划而能具连续性，是一切新经典的根本。"③国家在忧患的情境下，想自强依然要靠"做人的气概"。"种族延续国家存亡全在乎'意志'"，"让生命'转化'或'升华'"，"要靠'韧性'来支持"，"国家转好，完全出于多数人的意志"。④因而，他强烈地呼吁人的"意志力"的出场，以

---

① 沈从文：《若墨医生》，《沈从文全集》（第9卷），北岳文艺出版社2009年版，第172—181页。
② 沈从文：《元旦日致〈文艺〉读者》，《沈从文全集》（第17卷），北岳文艺出版社2009年版，第202页。
③ 沈从文：《长庚》，《沈从文全集》（第12卷），北岳文艺出版社2009年版，第40页。
④ 沈从文：《给驻长沙一个炮队小军官》，《沈从文全集》（第17卷），北岳文艺出版社2009年版，第350页。

此重建民族的自尊心与自信心。

有感于国民缺乏活力、精神涣散的现状，沈从文强调要激活国人内心的意志力，在他看来，只有那些不安于"当前"，对"未来"有所倾心的人才能在生命的"深"和生存的"强"方面向前发展。他进而概括道："国家重造社会重造全在乎人的意志。"[①] 在《懦夫》中，在谈及如何重建"结实的民族之墙"的问题时，沈氏借主人公之口大声疾呼："是结结实实的意志！……不管改作也好，修正也好，认真向不拘某一方面走去都是必须的。使人悲观的是年青人不走，没有寻路的胆气，也缺少选路的习惯"，其结果是"把这个民族引向烂泥里走去，胆小心怯，做梦也只在一点小小得失上盘旋"[②]。无疑，沈从文所谓的"民族重造"的落脚点依然在人的思想和意志的改造上，"人的重造"才是其小说创作的重心。沈从文用他熟悉的"乡下人"为参照和观照物，他贴近"人"而远离书本的姿态让他能更好地鞭挞人性中的丑恶，也让他更便利地发掘契合自然的人格形态。关于这一点，我们可以通过他与巴金的一段对话来析之。他和巴金探询的文学问题实质上是其文学观念的阐发："你不觉得你还可以为人类某一理想的完成，把自己感情弄得和平一点？你看许多人皆觉得'平庸'，你自己其实就应当平庸一点。人活到世界上，所以称为伟大，他并不是同人类'离开'，实在是同人类'贴近'。你，书本上的人真影响了你，地面上身边的人影响你可太少了！你也许曾经那么打算过，'为人类找寻光明'，但你就不曾注意过中国那么一群人要如何方可以有光明。一堆好书一定增加了你不少的力量，但它们却并不增加你多少对于活在这地面上四万万人欲望与挣扎的了解。"[③] 沈从文对于民族国家的思考受益于"五四"新文化的驱动，他指出：新文学对于社会重造及民族重造的重要责任，"以为社会必须重造，这工作得由文学重造起始"。于是，他到了北京等都市任教、创作，目的是"读点书，半工半读，读好书救救国家。这个国家这样下去实在要不得！"[④] 可以说，"五四"新文化运动给他以

---

① 沈从文：《学习写作》，《沈从文全集》（第17卷），北岳文艺出版社2009年版，第332页。
② 沈从文：《懦夫》，《沈从文全集》（第6卷），北岳文艺出版社2009年版，第471页。
③ 刘红庆：《沈从文家事》，新星出版社2012年版，第109页。
④ 沈从文：《从现实学习》，《沈从文全集》（第13卷），北岳文艺出版社2009年版，第375页。

全新的生命，让他意识到自己的存在以及民族未来的可能性。

在思考"人"的问题上，沈从文以自己熟谙的"湘西人"入手，他不仅仅以"湘西人"的理想人格的塑造为旨归，而且上升到对整个中华民族理想人格的审思。这与"五四"时期所开启的"立人"实践不相析离。有感于"许多人活下来生命都同牛粪差不多，俨然被一种不可抗的命定聚成一堆，燃烧时无热又无光。虽然活下来，意义不过是能延长若干时候而已"①，他认为，"我们应明白一个'人'的权利，向社会争取这种权利，且拥护那些有勇气争取正当权利的国民行为"②。在此，沈从文所谓的"人权"是在中西文明比照下的一个概念，体现了作家对于个体生命尊重的文化意识，具有很强的现代感和批评的立场。在他看来，现代中国要往前推进，必须依赖于人各项权利的自主与发现，否则这样的国民也只能靠"君王恩赏神佛保佑过日子"。唯有那些有自我意识的个体或群体的出现，国家才会显现出走向未来的自信。同时，获得权利和承担义务又是合二为一的。从这种意义上说，沈从文文学想象和创作主张与"五四"新文学精神是一致的。他强调个体的自觉、反思这个个体的流变的目的也在于以此为镜，反观乡土中国的现代演进，为其想象中国提供文化考察的话语资源。为此，他书写了乡土中国的常变形态，在肯定其独特的文化精神的同时也对其存在的弊病进行了现代性的深思，从"大写经典"到"重造经典"的历程中思考整个民族未来和理想的生存方式。

在构筑"乡土中国"的文学实践中，沈从文贯彻着其对理想民族人格追索的现代意识，即用永恒的人性来诊治不断蜕变的人的精神弊病。他说过："我要表现的是一种'人生形式'，一种'优美，健康，自然而又不悖乎人性的人生形式'。"③他对这种理想人格的寻找是一个伴有肯定和否定的态度，对乡民"常"的人格的肯定，对城里人悖乎人性和乡民"变"了的人格的否定。在理想的民族人格中"能看到民族向上的努力"。沈从文指出："使他的生命'深'一点，也可能使他生存'强'一点。引起他的烦乱，不安于'当

---

① 沈从文：《谈家庭》，《沈从文全集》（第14卷），北岳文艺出版社2009年版，第153页。
② 沈从文：《中国人的病》，《沈从文全集》（第14卷），北岳文艺出版社2009年版，第89页。
③ 沈从文：《习作选集代序》，《沈从文全集》（第9卷），北岳文艺出版社2009年版，第5页。

前',对'未来'有所倾心,引带此一时或彼一时读者体会到生命更庄严的意义,即'神在生命本体中'。两千年来经典的形式,多用格言来表现抽象原则。这些经典或已失去了意义,或已不合运用。明日的新的经典,既为人而预备,很可能是用'人事'来作说明的。……一切奇迹都出于神,这由于我们过去的无知,新的奇迹出于人,国家重造社会重造全在乎人的意志。"①他的这种"向人类远景凝眸"正是对乡土中国何去何从的远景观照。在他看来,可以将文学凝固于一定的方向上,"文学虽不能综合各个观点不同的作者于某一方向,但认清楚了这方向的作者,却不妨在他那点明朗信仰上坚固顽强支持下去。我们希望每个作者当他既认为必须在某种态度下制作作品时,先不缺少认识他那所取方向价值的能力"②。在这里,沈从文看似在召唤别的作家的出场,实质上是自己创作的一个总结和归纳。那么,生命的"深"和"强"在哪里?笔者认为沈从文不认同代表主流话语中的"政治"和"城市"维度,并非反现代性,而是沉潜下来,把"生命"的发展未来和"民族国家"的前途对接和潜移。

沈从文从未否定过"五四"启蒙思想对他的影响,这种现代意识的生成使得作家潜沉于社会现实的本土土壤中,用现代知识分子独有的启蒙者的姿态去观照现代中国。不可否认,沈从文的这种对民族人格、民族灵魂的思索与寻找,出发点是人本主义或人道主义。他把湘西人的灵魂全方位刻画出来了,是一种卓有远见的"现代思想"。"五四"以降,"人本主义"或"人道主义"一直是文学艺术家不遗余力着力躬行和努力的出发点,沈从文在"都市人"与"湘西人"、"现代人"与"乡下人"的对峙与比较中似乎已经找到了他的理想人格与努力的方向,他在展现这类人的特征的同时,没有原地自我欣赏,而是站在时代的现代高度,思考着他们的处境和发展演变的历程。这是一位乡土小说家难能可贵所在。纵观现代乡土书写的文学流派,乡土作家的书写方式大致有两类:一类是受鲁迅影响的乡土作家群,他们以启蒙知识分子高高在上的姿态,对乡土存在的"陋习""落后""蛮俗"进行理性的批判;一类则是以沈从文为代表的京派作家,他们与乡土亲近,大写特写乡

---

① 沈从文:《学习写作》,《沈从文全集》(第17卷),北岳文艺出版社2009年版,第332页。
② 沈从文:《记丁玲》,《沈从文全集》(第13卷),北岳文艺出版社2009年版,第117—118页。

土值得依恋和美好的情状。两者尽管书写方式有异，但殊途同归：都注目于乡土的现代审思，观照乡土之子的苦难与变革。在沈从文这里，"生命"是"民族国家"的"根"和"种"，"生命"的好坏、优劣决定了"民族国家"存在和发展的进程。在湘西这块乡土的"试验田"里，他发掘了纯粹而本真的民族品性，同时也没有耽溺于对这种乡土品格的赞颂，而贯彻了一种文化反思的视野与观念，对乡土中国的现代走向予以辩证地观照。

沈从文持守一种"抽象"的原则，试图给民族人格带来一种彻底的"生物原则"，人性向善但不保守，充盈着生命力。在他看来，"人要抽象观念稳定生命，恐得在三十岁以后，已由人事方面证实一部分生命意义后。……自然先要每一个人如一般生物，尽种族义务，尽过这种义务后，若照一般生物原则，即将死去。……人似乎是一种介于两者之间的生物，因此活到某一时，即不免感觉生存的空虚和厌倦"①。要达至民族国家的新生的诉求，有必要发掘民族文化中有益的精神基因，同时接纳现代文明的合理资源。欲实现这种目标，当然文学的功用必不可少。沈从文抽象的文学手笔既营造了颇具地域特色的湘西世界，同时也是借助这一片文学的圣地来想象中国，以此来确立其对现代中国的主体认同。

在《黑魇》中，沈从文写道："微风掠过前面的绿原，似乎有一阵新的波浪向我身边推过。我攀住了一样东西，于是浮起来了。我攀住的是这个民族在忧患中受试验时一切活人朴素的心。"②他认为在"波浪旋涡"中，得以自救和生存的是忧患"民族"的"朴素的心"，这"朴素的心"寄寓在哪？我们可以在他醉心的自然生命里找寻到答案。应该说，沈从文既信仰生命，又探索生命，进而追问生命的哲学意义。面对着自己理想建造的精神家园由"乐园"到"失乐园"，沈从文有了拯救家园的想法。他的方式是恢复"人与自然相契"的生命方式，但不是要盲目地回到"过去"，而是要用"过去"的生命精神、生命哲学照亮"未来"，成为现代民族国家前进的一份动力。沈从文的生命观念是与生物的生活观念完全不同的，他把生命哲学上升到与民族生存的前途思考与冥想的高度。他指出："激发生命离开一个动物人生

---

① 沈从文：《给一个中学教员》，《沈从文全集》（第17卷），北岳文艺出版社2009年版，第325页。
② 沈从文：《黑魇》，《沈从文全集》（第12卷），北岳文艺出版社2009年版，第173页。

观，向抽象发展与追求的兴趣或意志，恰恰是人类一切进步的象征。"①沈从文对都市生活的批判和对乡土生命的赞颂的叙事方式体现了"互文性"的特点，是一种互相参照态度自明的手法。"美育代宗教"的宗教情怀成为沈从文努力的一种现代性方向——"审美救世"。我们暂且不论这种方式能否在中国社会里取得成效，但他至少为我们提供了一种全新的想象方式。民族人格的寻找和重造是沈从文生命思考的终极诉求，他不仅是要为我们展示湘西人独特的生命存在状态，他的目的是用这一个地方的"生命"形态来启发和开导我们民族、国家前进和向现代化发展，这是其他所谓的"乡土作家"所不及的，是对"精神家园"的现代性冥想。正如凌宇所说："……与西方偏重于个体生命自由相比，沈从文更关注生命自由与群体生命自由二者的统一，并将群体自为的生命形态视为最高的生命层次，从中孕育出他的强烈的民族忧患意识。这种现代生命意识与民族忧患意识的统一，构成沈从文作为中国现代作家的基本品格。"②

第二节 "清洁运动"：现代性自反特质的超越

一般而论，沈从文的文学创作有一种对抗现代性的倾向：他向往那种没有经过现代文明烛照的原始生命状态，在"前现代"的境地中找寻中华民族被压抑和遮蔽的精神质素。在这种观念的实施过程中，他走出了与其他乡土作家不一样的审美主义道路。这也消解了现代性"进步"的单一逻辑，为我们理解现代性提供了全新的方法和视野。在现代抒情文学的传统中，沈从文是非常独特和典型的一位以开掘民族文化、优秀文化来疗治国人的作家。

一、现代性的"抵抗"与"自我颠覆"的悲壮

沈从文意识到，乡人很难内在地产生某种追逐现代思想的意识，而那

---

① 沈从文：《短篇小说》，《沈从文全集》（第16卷），北岳文艺出版社2009年版，第494页。
② 凌宇：《从苗汉文化和中西文化的撞击看沈从文》，《文艺研究》1986年第2期。

种由外而至的被动的现代渗透又难以真正地在其心灵中扎根、生长。在《萧萧》中,沈从文设置了首尾对照的锁闭结构,在唢呐声中主人公萧萧的生命轨迹被置于这个自足的封闭世界。沈从文没有静态来书写乡土中国的各类生存迹象,而是在其中植入了"变动"的触媒——与花狗大的相好怀孕触犯了乡土家族禁忌,由此掀起了一场围绕性爱与族规冲突的波澜,打破了乡土常态的平静。然而,随着新生命的降临一切又风平浪静,这种妥协和和解的结局也内蕴了乡土秩序的温情与包容。"女学生"是勾连小说的重要关节意象,祖父关于女学生的只言片语让萧萧对其产生了朦胧的印象。在意外怀孕后,女学生更是成了萧萧的精神支柱,是追求自由的隐喻,她也曾一度和花狗大商量要逃到城里去,"花狗大,我们到城里去自由,帮帮人过日子,不好么?"然而,当乡土伦理消解这场风波后,萧萧对女学生的理解也发生了变化,"讨个女学生媳妇"成了她最为直接的理想,那个曾经憧憬的自由梦想早已不复存在。在此,现代性的朦胧召唤被一种"自反"的回应消解殆尽,"自我颠覆""自我疏离"表明了现代性对于乡人而言是很难引起发自内心的关注和持久的执念,它们就像一些模糊的印迹曾触及过乡人的心灵,但很快这一切又被一种根深蒂固的旧的思维所吞噬。当一切恢复常态后,尝试用"现代"来打开古老乡土缺口的努力也随之被挥霍,这正是沈从文对于"现代"观念从外而内的引入和诱导实践保持警惕的真正原因。

现代性以"进化"为逻辑,将社会的发展指向"未来",肯定破旧立新的思维形态。然而,沈从文的小说并未设置将来的乌托邦,反而在历史的流动中发现了人性的堕落。《小砦》以"上年纪"的人与"年纪较轻"的人进行代际参照,前者幻想回到过去,保守着"做好事""有个良心"的朴素情怀;而后者则沉迷于生存竞争而身心疲惫,"无诅咒,无信仰","活着,就那么活"①。在这里,新旧之间的替换并不是朝着正向发展的轨迹,反而以一种退化的趋势而呈现:一切都在变,但"混日子越来越难了"。《七个野人和最后一个迎春节》以"最后"来隐喻新旧交替的节点。在没有变革之前,北溪村就是一个世外桃源,村民淳朴善良,过着自足和幸福的生活,"在世界

---

① 沈从文:《小砦》,《沈从文全集》(第10卷),北岳文艺出版社2009年版,第188—189页。

上自由的生活，全无一切苦楚"。然而在北溪改了司，设了官后，原先所有的一切都发生了极大的变化，各种条例和规则横行，村里也来了"不必做工可以吃饭的人"和"靠说谎话骗人的大绅士"，这一切打乱了原来"神"主宰的世界，在文明开启的北溪却遭致了人性的流失。七个男子为了逃避"此后族中男子将堕落，女子也将懒惰"的现实，采用一种悲壮的方式来反抗，逃到山洞作了"野人"："为了终须要来的噩运，大势力的侵入，几个年青人不自量力，把反抗的责任放在肩上了。他们一同当天发誓，必将最后一滴的血流到这反抗上。"①在这里，"野人"是返归自然的一种生活方式，少了很多"文明人"需要承担的义务，它"不纳粮税，不派公款，不为地保管辖"。然而，尽管如此，"野人"依然是弱势生命在强大外力作用下无奈的处世姿态。"半原始的生活"也好，"野人"姿态也罢，都是一种被动的非主动的生命态度。然而，这种看似退化的生活方式却可视为一种抵抗，抵抗现代性篡改其原有的自然生态。最终，这七个"野人"被砍头示众，再也不会出现与现代进程相背离的"逆潮流而动"的野人了。这种悲壮的坚守启示着：外在文明的渗透力非常强大，而乡民的生命是非常脆弱的，"年高有德的长辈，眼见到好风俗为大都会文明侵入毁灭，也是无可奈何的"。在看似历史发展的轨迹里，进化和变革并没有带来乡民生命形态的改观，反而酿成了另一种形态的退化，对此沈从文用一种反语的方式写道："这故事北溪不久就忘记了，因为地方进步了。"②

对于乡土而言，其现代化的结果并非主动和自发的，而是被动的。这种被拉入的现代性对于乡民而言有着天然的隔膜，他们对于现代停留在自身知识范围之内，也无法跳出自身文化圈子去合理地想象。在沈从文的小说中，我们总能看到作家发自肺腑的喟叹，既有对现代文明渗透的担忧，又有对乡土文化自身的忧思。小说《爹爹》的开篇用较长的篇幅描摹出了乡土中国的文化隐喻：一匹如大象的船在拉船人高亢的"摇老和里"和"咦老和里"的

---

① 沈从文：《七个野人与最后一个迎春节》，《沈从文全集》（第 4 卷），北岳文艺出版社 2009 年版，第 187 页。
② 沈从文：《七个野人与最后一个迎春节》，《沈从文全集》（第 4 卷），北岳文艺出版社 2009 年版，第 192 页。

号子中缓慢前行。在沈从文看来，这艘从乡土驶向都市的船表征了"乡土中国"向"现代中国"演进的历程。同时，作家也从拉船人的歌声里听到了叹息："只是一种用力过度的呻吟。是叹息。是哀鸣。"可悲的是，拉船人和听到这歌声的国人根本听不到歌声兴起的哀感。"牛马一样的力量"给文明人带来取用不竭的衣服、香料和家具，但是却抵抗不住这种力量消亡的虚无，这种消磨了的力量正在挥霍乡人的生命："把一个健壮有为的身体，毁灭到一件无意而得的意外事上，这对生命仍然可以说是一种奢侈浪费。"①

沈从文的"乡土中国"是一个丰富多彩的世界。既有人物在各自人事和生活范围里的命运，也渗透作家自己的文化价值趋向。面对着世俗之物对于知识分子的异化，沈从文曾表现出失望之情，他清醒地意识到："当代风气已到思想家或文学家，都准备放弃了头颅或双手所能成就的工作，转到新的社交上争取世人尊敬，奴才的奴才也衣冠整齐到处可以碰头时，巴斯卡所谓'人生全部的尊严在能思想'这句话的意义，真值得人重新分析认识。如果发现这点'尊严'业已掉入烂泥中，或正开始为一部分知识分子有意抛入烂泥中，我们是不是还可希望另外有些人，能用手中一支笔将它拾起，重新交给年青人？'思想'二字的真正的含义是什么，是盲目的信赖，还是深刻的怀疑？"②他从乡土中国被异化的现象中看到了国民精神和信仰的失陷。在《一个爱惜鼻子的朋友》中，沈从文这样感叹道："从这些人推测将来这个地方的命运，我俨然洞烛着这地方从人的心灵到每一件小事的糜烂与腐蚀。这些青年皆患精神上的营养不足，皆成了绵羊，皆怕鬼信神。一句话，皆完了。"③尽管如此，他也没有对乡土中国完全绝望，他认为："我们当前便需要一种'清洁运动'，必将现在政治的包庇性，和现代商业的驵侩气，以及三五无出息的知识分子所提倡的变相鬼神迷信，于年青生命中所形成的势利、依赖、狡猾、自私诸倾向完全洗刷干净，恢复了二十岁左右头脑应有的纯正与清朗，来认识这个世界，并在人类驾驭钢铁征服自然才智竞争中，接

---

① 沈从文：《爹爹》，《沈从文全集》（第2卷），北岳文艺出版社2009年版，第227页。
② 沈从文：《〈看虹摘星录〉后记》，《沈从文全集》（第16卷），北岳文艺出版社2009年版，第346—347页。
③ 沈从文：《一个爱惜鼻子的朋友》，《沈从文全集》（第11卷），北岳文艺出版社2009年版，第312页。

受这个民族一种新的命运。我们得一切重新起始，重新想，重新作，重新爱和恨，重新信仰和怀疑……"①沈从文提出"爱和美"的新宗教来影响和治疗国民。他说："我们实需要一种美和爱的新宗教，来煽起更年青一辈做人的热诚，激发其生命的抽象搜寻，对人类明日未来向上合理的一切设计，都能产生一种崇高庄严感情。国家民族的重造问题，方不至于成为具文，为空话！"②当"爱和美"成为一种文化传统而被重新审视并注入现代精神时，它就具有推动文化发展的持续力量。沈从文浓笔重彩地写出了乡土中国的"爱和美"底色，将文学的笔触伸展于中国文化的纵深处，开掘出了被人忽视的精神领地，这无疑是他之于中国文学的独特贡献。正如萧乾所说："新文学是进步的，却完全不了解作为伟大中国灵魂的农民的内心生活……战争已经解决了一切问题，它第一次消除了城里人和乡下人之间的界限，学者和文盲之间的界限，在现实中生活的人们和想要描绘生活的人们之间的界限。"③言外之意，对沈从文价值的判定一定要在新文学整体发展的脉络中予以考究才能得出公允的看法，萧乾充分肯定沈从文撤去"学者""作家"与"乡人"的距离，以及在此基础上的诗化的"破格"。自中华民族遭受现代性危机以来，中国形象被黑暗、昏黄的色调所笼罩。事实上，在剖析和批判国人"病态"的同时，也亟待将其本有的"闪光点"重新发掘出来，这两种思路的实施才是"立人"的重要手段和方法。为了掘美，沈从文创作了另一个"丑"的生活世界——都市文明社会，这里没有单纯的人性、自然的生存状态，有的是肮脏的商业交易、非正常的人际关系。并且他对"美的追求"近乎一种宗教情怀，虔诚而执着。

新中国成立后，沈从文的自由主义立场显然让他陷入尴尬的处境，孤独与寂寞如影随形。他曾这样说过："可惜这么一个新的国家，新的时代，我竟无从参与。多少比我坏过十分的人，还可从种种情形下得到新生，我却出于环境上性格上的客观的限制，终必牺牲于时代的过程中。"④他深知"时代

---

① 沈从文：《黑魇》，《沈从文全集》（第 12 卷），北岳文艺出版社 2009 年版，第 171 页。
② 沈从文：《美与爱》，《沈从文全集》（第 17 卷），北岳文艺出版社 2009 年版，第 362 页。
③ 萧乾：《现代中国与西方》，大象出版社 2009 年版，第 59 页。
④ 沈从文：《19490406 日记》，《沈从文全集》（第 19 卷），北岳文艺出版社 2009 年版，第 25 页。

突变，人民均在风雨中失去自主性，社会全部及个人理想，似乎均得在变动下重新安排。过程中恐不免有广大牺牲，四十岁以上中年知识分子，于这个过程中或更易毁去。这是必然的"①。事实上，沈从文的文学书写从未离开人与社会的深刻关联，他认为，作为一个知识分子的人是可以"重造现实"的：

> 个人以为现实虽是强有力的巨无霸，不仅支配当前，还将形成未来。举凡人类由热忱理性相结合所产生的伟大业绩，一与之接触即可瘫痪圮坍，成为一个无用的堆积物，然而我们却还得承认，凝固现实，分解现实，否定现实，并可以重造现实的，唯一希望将依然是那个无量无形的观念！由头脑出发，用人生的光和热所蓄聚综合所作成的种种优美原则，用各种材料加以表现处理，彼此相黏合，相融汇，相传染，慢慢形成一种新的势能、新的秩序的憧憬来代替。知识分子若缺少这点信心，那我们这个国家，才当真可说是完了！②

在他看来，先立己，方有资格谈立国。现实是文学的根，深植于现实的土壤里，作家才能真正用文学之笔来书写自己的文学梦。就像《懦夫》里的凌介尊，他并没有陷入盲目的行列中，认为在学校里学好专业也是爱国的表现。这种"迂回"的并不直接的态度正是沈从文一贯的文学主张。在小说中，作家要使多数人明白，"那个多数在课堂，在实验室，在工作场，在一切方面，仿佛沉默无闻，从各种挫折困难中用一个素朴态度守住自己，努力探寻学习的专家学人，为国家民族求生存求发展所做的工作之巨大而永久。一个作家之所以可贵，也即是和这些人取同一沉默谦虚态度"③。

上述观念的形成与沈从文的人生经历密切相关，"大多数人受过'学校教育'，我受的却是'人事教育'。受学校教的人，作人观念似乎就不大宜于文学，用功地方也完全不对。他们爱憎皆太近于一个'人'了。一个像人的

---

① 沈从文：《19481220 致炳垒》，《沈从文全集》（第 18 卷），北岳文艺出版社 2009 年版，第 523 页。
② 沈从文：《从现实学习》，《沈从文全集》（第 13 卷），北岳文艺出版社 2009 年版，第 392 页。
③ 沈从文：《懦夫》，《沈从文全集》（第 6 卷），北岳文艺出版社 2009 年版，第 460 页。

人，同社会哀乐爱憎原应当一致的。但一个饱受人事教育的人呢，他热得怕人也冷酷得怕人"①。"我得认识本人生活以外的生活。我的智慧应当从直接生活上得来，却不需从一本好书一句好话上学来。"②可以这么说，沈从文走得是一条"审美救世"的道路，"我们活到这个现代社会中，已经被官僚，政客，银行老板和伪君子，理发匠和成衣师傅，种族的自大和无止的贪私，共同弄得到处够丑陋！可是人生应当还有个较理想的标准，至少容许在文学和艺术上创造那个标准。因为不管别的如何，美当永远是善的一种形式，文化的向上就是追求善的象征！"③也正是这种立场的选择使沈从文站到了与二三十年代主流思想潮流不一致的"反现代"的方向上了。醉心于人性的描写以及诗化乡土中国的建构和营造。然而，沈从文所做的恰恰是现代性想象的另一种方式："反现代性的现代性"。它与启蒙现代性对"现代"信念式的期盼不同的是：对"现代性"本身保持高度清醒的态度和客观的反省批判精神。因而，施蛰存的一番对沈从文的评价发人深省："沈从文不是政治上的反革命，而是思想上的不革命。他不相信任何主义的革命能解决中国的问题。"④

二、"掘美"与国民信仰体系的创构

近代以来的知识分子往往将中国的落后归结于知识范式、知识传统的陈旧上，而以这种滞后的知识体系为基础的信仰结构自然跟不上现代的步伐。为此，他们着眼于"鼓民力""启民智"，以期重建国民的信仰体系。由于对中国传统信仰的失望，很多知识分子几乎放弃了对中国文化内部修复的实践，而是致力于从整体上置换中国信仰体系的价值重建。但是，这种中国信仰文化的重整在助力激活民族活力的同时，也容易弃置依附于中国本土文

---

① 沈从文：《致一个作者的公开信》，《沈从文全集》（第17卷），北岳文艺出版社2009年版，第377—378页。
② 沈从文：《我读一本小书同时又读一本大书》，《沈从文全集》（第13卷），北岳文艺出版社2009年版，第253页。
③ 沈从文：《水云》，《沈从文全集》（第12卷），北岳文艺出版社2009年版，第107页。
④ 施蛰存：《滇云浦雨话从文》，孙冰编：《沈从文印象》，学林出版社1997年版，第30页。

化之上的有益遗存。持守着"科学"的标尺,一些民间信仰被粗暴地打上了"迷信""守旧""愚昧"等标识,这种不加针砭的价值判定势必造成文化资源的浪费,也不利于新的民族信仰体系的建立。

　　在对待信仰的问题上,沈从文主张以真诚而率真的心态去审思中国人的信仰体系。他并没有用非此即彼的思维在科学与民间宗教、信仰之间勾画绝然对立的区隔,而是在融通的平台上发掘相通性。在沈从文看来,中国传统文化遵循的是自上而下的路径,而自下而上的个体的价值被遮蔽和限制。"天人合一"尽管强调人,但最终还是导向"人和于天"的目的。儒家的"修身"观念限制了人的主体性的催发,在"唯上"与"唯他"的视界中,人的价值日趋被他人与他物所取代。沈从文不将"传统"与"现代"之分作为判断一切的基本价值标准,"中"与"西"、"新"与"旧"并不是具有"好""坏"这样的价值判断的意味在里面。相反,对传统精神的找寻以及对现代都市文明的反思都可以洞悉沈从文小说的"现代性想象"。当然,我们也不能简单地认为,沈从文的文学创作只是一味地再现"美"与"善"而无视社会的种种丑态的批判。事实上,沈从文的文学创作是从双重视角来呈现社会的丰富性的。他主张,要"先在生活态度上,建立一个标准,一种模范,由此出发,再说爱国,救国,建国"①。当然,这需要读者从这些文字的表象背后去深掘社会问题的本真,由此来洞见作家处理"和谐"和"苦痛"的平衡能力。他指出:

　　　　我这种乡下人的气质倘若得到你的承认,你就会明白我的作品目前与多数读者对面时如何失败的理由了,即或有一两个作品给你们留下点好印象,那仍然不能不说是失败。我作品能够在市场上流行,实际上近于买椟还珠,你们能欣赏我故事的清新,照例那作品背后蕴藏的热情却忽略了,你们能欣赏我文字的朴实,照例那作品背后隐伏的悲痛也忽略了。②

　　里面自然浸润有悲哀,痛苦,在困难中的微笑,到处还有"我"!

---

① 沈从文:《给青年朋友》,《沈从文全集》(第14卷),北岳文艺出版社2009年版,第125页。
② 沈从文:《习作选集代序》,《沈从文全集》(第9卷),北岳文艺出版社2009年版,第4页。

但是一切都用和平掩盖了，因为这也还有伤处。心身多方面的困苦与屈辱烙印，是去不掉的。如无从变为仇恨，必然是将伤痕包裹起来，用文字包裹起来，不许外露。①

作家提醒读者不要沉醉于其作品的美的表层，要独处其背后的"热情"与"悲痛"，这是现代知识分子直面现实的体现。沈从文还注重在苦难和困境中去锤炼国民的精神。面对着民族危机给人带来的恐惧和痛苦，他不赞成年轻人去等待和相信"那不足信的战争胜利"，而应该注意"我们的责任是保守我们自己的信仰"②。

沈从文并不排拒现代文明，他深切地认识到封闭而静态的乡土亟须文明的普照。但他同时也发现：现代文明的到来并没有矫正国民与生俱来的文化弊病，相反，在世俗的泛滥下，人性的光辉逐渐褪去，国民的信仰出现了危机。沈从文笔下的都市人尽管沐浴着现代文明的春光，但他们却缺失向上的生命力，"无聊"与"虚空"占据了他们的心灵。《或人的太太》细致地描绘了都市人的上述精神状态："大街上，一些用电催着轮子转动的，用汽催着轮子转动的，车上载着的男男女女，有一半是因为无所事事很无聊的消磨这个下午而坐车的。坐在车上实际上也就是消磨时间的一种法子。"③沈从文显然不认同这种无操守的国民精神状况，他呼喊那种有责任感、有命运感的国民的出现。在《焕乎先生》中，沈从文将都市游戏人生的人成为"精神生活者"，这类人有着"幻想"的本领，但却在现实中庸碌无为，他们"常常觉到伟大堕入骄傲现世的，这骄傲在他却全找不出。精神生活者常常表示着超物质超实际的希望与信仰"④。这类人始终被一种不可知的命运支配着，"实际生活与内心的不调和，长期的冲突着"，然而他们却始终无法真正改变现状，苦闷无法疏导与排解。"'勇敢'二字不知在什么时节就离开他身体而消失到无可找寻的地方去了。"《诱——拒》里的木君喜欢看戏，是一个典型的"看

---

① 沈从文：《一个人的自白》，《沈从文全集》（第27卷），北岳文艺出版社2009年版，第10—11页。
② 沈从文：《懦夫》，《沈从文全集》（第6卷），北岳文艺出版社2009年版，第445页。
③ 沈从文：《或人的太太》，《沈从文全集》（第2卷），北岳文艺出版社2009年版，第151页。
④ 沈从文：《焕乎先生》，《沈从文全集》（第2卷），北岳文艺出版社2009年版，第162页。

客"，他对于"为什么要看""看什么""如何看"等问题从来不考虑，沈从文将其概括为"无聊人"："是聪明青年男子汉与道学家两者皆可拿来鄙夷作趣的一种无用人。"① 显然，这类人是不可能成为"民族脊梁"的，沈从文发现，国民信仰危机的内在根由本源于其无特操、没有信仰的目标、缺乏践行力等要素，而正是基于此，名的虚幻性乘机而入，占据了实的位置。因而，要建构科学合理的国民信仰必须击碎对名的盲目仰慕、信赖，将这种"伪信"纠正为对实的"信从"。

沈从文对知识分子作用的强调，源于他对历史的看法。在沈从文看来："一切历史的成因，本来就是由一些抽象观念和时间中的人事发展相互修正而成。书生易于把握抽象，却常常忽略现实。然在一切发展中，有远见深思知识分子，却能于正视现实过程上，得到修正现实的种种经验。"② 可见，"现实"在沈从文文学实践中的重要价值。他既相信历史、社会，乃至宇宙都存在一种本质，可以被表达为某种观念形态，但又相信历史的发展并不完全是由这种观念主导。基于此，沈从文认为，年青一代只有"从'争夺'以外接受一种教育，用爱与合作来重新解释'政治'二字的含义，在这种憧憬中，以及憧憬扩大努力中，一个国家的新生，进步与繁荣，才会慢慢来到人间的"③。在属于乡土题材的创作中，20世纪20年代鲁迅开启了对乡土社会的启蒙批判叙事，"五四"开启了以现代民族国家/现代个人为坐标的新的文学想象和价值空间。鲁迅是这种精神的开创者和实践者。受"进化论"思想的影响、鉴于古代统治者一贯推行的"愚民"政策，他以其深刻犀利的笔触对国民中的"丑"的东西（劣根性）进行了毫不留情的批判和揭露，这在他的《故乡》《祝福》《孔乙己》《阿Q正传》等作品中多有展示。他的文学观念是"以挞丑求立人"，国民在认识到自身的丑陋弊端后，去掉这些"糟粕"，一个个充满活力与思想的"美好的人""新人"才可能出现，才能肩负起这个时代的重担，成为"时代的脊梁"。此后，受他影响的一批乡土作家如王鲁彦、台静农、彭家煌等在他们的作品中，乡土基本被描绘成阴暗悲凉的基调，

---

① 沈从文：《诱——拒》，《沈从文全集》（第3卷），北岳文艺出版社2009年版，第303页。
② 沈从文：《致吉六》，《沈从文全集》（第18卷），北岳文艺出版社2009年版，第521页。
③ 沈从文：《从现实学习》，《沈从文全集》（第13卷），北岳文艺出版社2009年版，第390页。

"冥婚""典妻""水葬"等陋习处处在戕害着人的幸福甚至生命；麻木落后的乡下人过着毫无希望的生活。到了20世纪30年代，在日本侵华的大背景下，乡土再一次成为社会灾难的缩影。茅盾、叶紫、吴组缃等创作了许多"丰收成灾"的作品，乡下人在这种境遇下悲观无助，但也不会主动的抗争；在萧红的东北乡土题材的作品里，乡下人对待生和死只是动物性的。这既是对20世纪被"现代性话语"笼罩下文学的一种反思，同时从另一个方面肯定了沈从文的审美叙事，正是他填补了被现代性话语掩盖的空白——沈从文要在经历百年耻辱和文学家失去信心的国民中寻找到一些好的品格和希望的火种，让他们发光发热，照亮未来。他在边地的乡下找到了，他希望"可以从这口古井中，汲取新鲜透明的泉水"①。他对国民人格"真""善""美"的寻找和歌颂是我们不能忽略的，他的"寻美""颂美"与鲁迅开创的"显丑""挞丑"殊途同归，目的都是思考"立人"这个现代性的话题。

在沈从文看来，"美"不仅能影响一个人，而且能改变一个民族国家的心性与灵魂。他表示：

  一种美的模型在我眼睛下，一种美的印象在我回忆上，都能使我麻，都能使我醉。在梦中，遇到一种美的情境直到醒来一天两天仍然保留我那难于捉摸的来去甜苦。②

  美丽当永远是善的一种形式，文化的向上就是追求善的象征！③

在《凤子》一文中，都市人对于美却有着与乡下人完全殊异的认知："美丽的常常是有毒的，这句格言是我们城中人用惯了的。"④用美浇灌的乡土中国是一种沈从文设想的形象模型，是其试图精心呵护以免有失的诗化家园。这种模型即沈从文所谓"希腊小庙"文学理想的外化："音乐和图画吸入生命总量，形成的素朴激情，旋律和节度，都融汇而为一道长流，倾注

---

① 沈从文：《凤子》，《沈从文全集》（第7卷），北岳文艺出版社2009年版，第206页。
② 沈从文：《一件心的罪孽》，《沈从文全集》（第2卷），北岳文艺出版社2009年版，第100页。
③ 沈从文：《水云》，《沈从文全集》（第12卷），北岳文艺出版社，2009年版，第107页。
④ 沈从文：《凤子》，《沈从文全集》（第7卷），北岳文艺出版社2009年版，第112页。

入作品模式中,得到一回完全的铸造。模型虽很小,素朴而无华,装饰又极简,变化又不多,可恰恰和需要相称。"① 在《黑魇》中,沈从文讲述了这样一个故事:"王子眼睛被恶人弄瞎后,要用美貌女孩子的纯洁眼泪来洗,方可重见光明。现在的人呢,要从勇敢正直的眼光中得救。"讲故事的人补充说:"一个人从美丽温柔眼光中,也能得救!"② 在他看来,美本身意味着一种崇高的德性,"在有生中我发现了'美',那本身形与线即代表一种最高的德性,使人乐于受它的统制,受它的处治。人的智慧无不由此影响而来。典雅词令与华美文字,与之相比都见得黯然无光,如细碎星点在朗月照耀下同样黯然无光。它或者是一个人,一件物,一种抽象符号的结集排比,令人都只想低首表示虔敬。阿拉伯人在沙漠中用嘴唇触地,表示皈依真主,情绪和这种情绪正复相同,意思是如此一来,虽不曾接近真主,至少已接近上帝造物"③。无论是翠翠,还是三三,亦或《菜园》里那个"美丽到任何时见及皆不免出惊"的媳妇,"美"的价值在于,它可以驱动人向善的力量,引人向未来注目,"我们生活若还有所谓美处可言,只是把生命如何应用到正确方向上去,不逃避一切人类向上的责任,组织的美,秩序的美,才是人生的美!"④ 在沈从文的小说里,只有这种与生俱来的爱和美能调和乡土中的暴力事件,让暴力在这种充满德性的挚爱温情中软化。

沈从文的这种"寻美""颂美"的宗教情怀并不意味着导向宗教本身,而更多的意味着对人性、人生、生命以及人类共享的精神价值理念怀有敬畏感、神圣感。这即如他所说:"一个好的文学作品,照例会使人觉得在真美感觉以外,还有一种引人'向善'的力量。"⑤ 这种向善的力量是民众需要的生命方向,沈从文希望塑造国民向善的精神品质,进而凝聚为国家向上的力量,"我指的是这个读者从作品中接触了另外一种人生,从这种人生景象中有所启示,对'生命'能作更深一层的理解。至于生命的明悟,使一个人消

---

① 沈从文:《关于西南漆器及其他》,《沈从文全集》(第27卷),北岳文艺出版社2009年版,第27页。
② 沈从文:《黑魇》,《沈从文全集》(第12卷),北岳文艺出版社2009年版,第177页。
③ 沈从文:《烛虚》,《沈从文全集》(第12卷),北岳文艺出版社2009年版,第23页。
④ 沈从文:《若墨医生》,《沈从文全集》(第9卷),北岳文艺出版社2009年版,第167页。
⑤ 沈从文:《短篇小说》,《沈从文全集》(第16卷),北岳文艺出版社2009年版,第493页。

极的从肉体理解人的神性和魔性如何相互为缘,并明白人生各种形式,扩大到个人生活经验以外。或积极的提示人,一个人不仅仅能平安生存即已足,尚必须在生存愿望中,有些超越普通动物肉体基本欲望,比饱食暖衣保全首领以终老更多一点的贪心或幻想,方能把生命引导向一个更崇高的理想上去发展"①。乡土中国凸显的人性之光、向上的元气、自然的本态对于作家来说是神圣和庄严的。沈从文寻找和思考的"生命根性""生命神性"都具有了某种难以割舍的自然力量。

沈从文认为:"古今相去那么远,世界面积那么宽,人心与人心的沟通和连接,原是依赖文学的。人性的种种纠纷,与人生向上的憧憬,原可以依赖文学来诠释启发的。这单纯信仰是每一个作家不可缺少的东西,是每个大作品产生必有的东西。"②他又说:"我不是医生,不能乱开方子,但一个作者若同时还可以称为'人性的治疗者',我的意见值得你注意。"③在这里,沈从文把自己称为"人性的治疗者"。既然是治疗者,那就得给这种疾病开出自己的药方或治疗手段。而作为作家的沈从文,他的药方沉潜于他的文学作品中。在沈从文看来,文学这种看似无用的东西却有独特的修复社会的功用,"世界由于各种社会习惯不同,政治制度不同,以及民族自大成见和其他种种原因,形成的无形隔阂和障碍,如果从政治外交上的努力,始终不能完全得到解决,甚至于还加深这种隔阂时,文学艺术应能够起点好作用,帮助人彼此情感相通,能够由相互仇视防御转为相互尊重了解,经野心家、商人、宗教狂一类人煽起的坏影响,由文学把它去掉"④。沈从文强化文学的社会功能的目的在于抵抗异化的压制,用朴素而纯粹的图景来沟通人的情感。在他看来,文学和政治本身都不是最后的目的,最后目的在于社会、民族、国家的"一种观念重造的设计"。他认为"政治的目的是救济社会制度的腐化于崩溃,文学却是一个民族的心灵活动,以及代表一个民族心灵真理的找寻,我们可以说佩服拿破仑,佩服成吉思汗,佩服……但最可爱的却是如托尔

---

① 沈从文:《小说作者与读者》,《沈从文全集》(第12卷),北岳文艺出版社2009年版,第66页。
② 沈从文:《给志在写作者》,《沈从文全集》(第17卷),北岳文艺出版社2009年版,第412—413页。
③ 沈从文:《给某教授》,《沈从文全集》(第17卷),北岳文艺出版社2009年版,第195页。
④ 沈从文:《沈从文自传》,《沈从文全集》(第27卷),北岳文艺出版社2009年版,第140页。

斯泰一类人"①。应该说，沈从文深谙文学对人灵魂塑造的意义，并且认为与政治相比，文学改造社会会更有效，而且更能引导人类社会趋向进步。他对政治的疏离态度更多的是因为他要求文学的独立性，强调文学要与政治、商业、金钱绝缘，不能沦为它们的工具。这是文学艺术独特的功用，在沈从文的文学观念中，文学自身的审美特性克服了外在作用力的制导，凝聚成其参与民族国家建构与想象的重要手段。"清洁运动"体现了沈从文自由主义的文学态度，并将其贯穿于其民族国家想象的过程中。有一点是无须怀疑的，那就是作家在"生命"的思考中倾注了自己的宗教情怀，他把普泛的宗教情怀移植到思索民族出路和民族人格建构的志向中去了。可以这么认为，沈从文的"美育代宗教"的宗教情怀通过其强烈的社会承担精神表达出来。沈从文不是廉价的"美"的歌唱者和寻找者，他的"美育代宗教"的宗教情怀有"救世"的承担。

---

① 沈从文：《杂谈六》，《沈从文全集》（第14卷），北岳文艺出版社2009年版，第27页。

第六章　现代性认识装置下乡土中国的精神表征

在现代民族国家的构建历程中，对乡土中国的审思不能停留在静态而自足的狭小视野中，它注定要在一个向世界敞开的情境中才能得以洞见。换言之，沈从文正是借助打破常态的乡土中国来开启其现代民族国家想象的，走出历史性的"经验景片"来考察乡土中国人伦关系、社会形构、生活方式、习俗习惯的变状恰是沈从文民族国家想象的逻辑基石[①]。沈从文的文学实践营构了中国形象，这种中国形象是与传统中国殊异的形象体系，是表征着作家独特精神寄予的符号体系，加入了知识分子重塑中国形象的阵营。通过时间、空间、身体等文化要素的勾连，沈从文营构的中国形象铭刻了中国印记。因此我们可以通过探究沈从文作品中所营构的文化符号体系，揭橥符号表意系统呈示中国形象的可能性形态及精神表征，以此探究现代中国的现实境域与未来中国的文化走向。

第一节　"静态"时间隐喻与农业文明的挽歌

在沈从文的文学创作中，时间不仅表现为一种计时的物理刻度，而且还体现为一种凝聚存在之思的抽象哲学。沈从文对于中国形象的呈述离不开他眼中"人"的生存状况和命运沉浮，这就要求他要洞悉动态时间过程中人的时间思维及精神取向。有了从时间中考量人成长的意识，时间不再被视为某

---

① 陈彦：《〈边城〉及其之后：现代性转变中的人伦图景——以〈边城〉、〈长河〉、〈雪晴〉系列为中心》，《文艺理论研究》2012年第6期。

种脱离主体而在的某种神秘的力量,而是与主体的生存相关,与历史的发展进程相连的可体验、可认知的因素。我们可以通过对时间三维的认知来审视沈从文笔下人物的生存姿态及走向,并将他们的时间意识理解为作家审思民族国家演进的重要标尺。

一、悬置的乡土与"停滞中国"的牧歌

沈从文想象中国是从自然景致开始的,他将乡土中国的田园牧歌图景幻化为一个充满人性光辉的形象。尽管沈从文曾自言"有意疏于写景",但他笔下的自然美景却是颇有中国古典雅致的。这其中,"边城"与"长河"是其中重要的表征形象。

在《边城》里,"边城"是表征中国形象的"边城",沈氏并没有离弃想象中国的议题来建构乌托邦,"不明白这个民族真正的爱憎与哀乐,便无法说明这个作品的得失"①。而他建构诗化中国形象是这样开篇的:

> 若溯流而上,则三丈五丈的深潭皆清澈见底。深潭中为白日所映照,河底小小白石子,有花纹的玛瑙石子,全看得明明白白。水中游鱼来去,皆如浮在空气里。两岸多高山,山中多可以造纸的细竹,长年作深翠颜色,迫人眼目。近水人家多在桃杏花里,春天时只需注意,凡有桃花处必有人家,凡有人家处必可沽酒。夏天则晒晾在日光下耀目的紫花布衣裤,可以作为人家所在的旗帜。秋冬来时,人家房屋在悬崖上的,滨水边的,无不朗然入目。黄泥的墙,乌黑的瓦,——正因为处处有奇迹可以发现,自然的大胆处与精巧处,无一地无一时不使人神往倾心。②

这俨然是一幅静谧的田园山水画,宛如幻梦的桃花源。其中,静谧是这片乡土的文化特征:"一切总永远那么静寂,所有人民每个日子皆在这种单

---

① 沈从文:《〈边城〉题记》,《沈从文全集》(第8卷),北岳文艺出版社2009年版,第58页。
② 沈从文:《边城》,《沈从文全集》(第8卷),北岳文艺出版社2009年版,第67页。

纯寂寞里过去。一分安静增加了人对于'人事'的思索力，增加了梦。"一条蜿蜒的"长河"点燃了"边城"的生命灵性，人和自然景致合二为一。《长河》延续了《边城》的意绪，是"雷雨后的《边城》，接着写翠翠如何离开她的家"①。其自然景致与《边城》无异，都是诗化中国的形象隐喻："向对河望去，但见千山草黄，起野火处有白燕尾云。……银杏白杨树成行高走。大小叶片在微阳下翻飞，黄绿杂彩相间，如旗纛，如羽葆。又有所招邀，有所期待。沿河橘子园尤呈奇观，绿叶浓翠，绵延小河两岸，缀系在枝头的果实，丹朱明黄，繁密如天上星子，远望但见一片光明，幻异不可形容。"②自然山水的美好孕育着"自然之子"，是活脱脱的"天人合一"境界的外化。如果说《边城》省略了对"明天"不可预知的猜想和预设，《长河》则进一步给予了答案。从《边城》到《长河》折射了乡土中国对于现代文明的排拒与挣扎。静谧的乡土潜伏着躁动，是沈从文描摹乡土景致的重要特征。

正如沈从文所认为的那样，自然万物的美丽是一种自在自为的存在，想通过艺术把心灵领悟到的这种美表现出来是极为困难的，就像小说《虹桥》里小周所说："这个哪能画得好？简直是毫无办法。这不是为画家准备的，太华丽，太幻异，太不可思议了。这是为使人沉默而皈依的奇迹。只能产生宗教，不会产生艺术家的！"失望之余终于体会到，乡下人"把生命谐合于自然中，形成自然一部分的方式，比起我们赏玩风景搜罗画本的态度，实在高明得多！"③在这里，自然生命与人的生命和谐同一，这种境界让人不忍破坏、喑哑难言。沈从文并非画家或导游，"我主意不在领导读者去桃源旅行"，他的小说创作多呈示自然景致背后的中国人及中国情境，因而就被赋予了更深厚的社会现实价值。这即他所说："一切作品皆应植根在'人事'上面。一切伟大作品皆必然贴近血肉人生。作品安排重在'尽其德性'。一个能处置故事于人性谐调上且能尽文学德性的作者，作品容易具普遍性与永久性，那是很明显的。"④换言之，只有作家被所经历的"人事"和"人生"

---

① 沈从文：《致张兆和》，《沈从文全集》（第18卷），北岳文艺出版社2009年版，第317页。
② 沈从文：《长河》，《沈从文全集》（第10卷），北岳文艺出版社2009年版，第22—23页。
③ 沈从文：《虹桥》，《沈从文全集》（第10卷），北岳文艺出版社2009年版，第395页。
④ 沈从文：《论穆时英》，《沈从文全集》（第16卷），北岳文艺出版社2009年版，第233页。

所感动，煽起作家内心的感情时，才能创作出优秀的作品。在《水云》中，沈从文自述《边城》出版后读者的赞誉与误读："我的新书《边城》是出了版。这本小书在读者间得到些赞美，在朋友间还得到些极难得的鼓励。可是没有一个人知道我是在什么感情下写成这个作品，也不大明白我写它的意义。即以极细心朋友刘西渭先生的批评说来，就完全得不到我如何用这个故事填补过去生命中一点哀乐的原因。正惟其如此，这个作品在个人抽象感觉上，我却得到一种近乎严厉而讽刺的责备。"[①] 言外之意，沈从文认为读者如果只停留在对超越世俗"化外之境"美感的领略，而没有意识到作家在作品中内蕴的"哀乐"与"忧思"，是不可能真正读懂《边城》的。《边城》的真正用意在于这种静态田园中隐伏的乡民的悲哀。

寓居在都市的沈从文显然不适应都市快节奏生活，他将时间视为可恶的"老厌物"，他感叹"人与一切都是为这老厌物支使着！人与一切都是为这老厌物背起向无穷渺茫中长跑！"[②] 为了对抗都市那种冗长而乏味的生存模态，沈从文将视线转向缓慢乃至静态的乡土。于是，在其小说中，一个超脱于历史之外的乡土中国被营构出来了。在《阿黑小史》中，沈从文设置了一个"革命也不到这地方来"，由此切断了文明的烛照及时间的现代进程。这里俨然一幅自然山水画，一切充满了自然神性："站在门边望到天上，天上是淡紫与深黄相间。放眼又望各处，各处村庄的稻草堆，在薄暮的斜阳中镀了金色，全仿佛是诗。各个人家炊烟升起以后又降落，拖成一片白幕到坡边。远处割过禾的空田坪，禾的根株作白色，如用一张纸画上无数点儿。"[③] 没有时间流动的田园牧歌图景静态而自然，其中的乡人自足而居，不受外界的干扰，俨然置身世外。《一个女人》中的三翠是一个平常的女人，对于她来说，所有的事情无非是洗衣、做饭、看笋子、摘菜花、打发人、打发猫、打发狗，从十三岁到三十岁，人生的轨迹丝毫没有任何改变，对于她而言，"日子过去了，她并不会变"[④]。《雨》中里那个"四四方方的老钟"即是

---

① 沈从文：《水云》，《沈从文全集》（第12卷），北岳文艺出版社2009年版，第113页。
② 沈从文：《公寓中》，《沈从文全集》（第1卷），北岳文艺出版社2009年版，第351—352页。
③ 沈从文：《阿黑小史》，《沈从文全集》（第7卷），北岳文艺出版社2009年版，第263页。
④ 沈从文：《一个女人》，《沈从文全集》（第4卷），北岳文艺出版社2009年版，第301页。

静态乡土文化的隐喻,它"一摇一摆,像为雨声催眠了似的,走得更慢更轻了"①。《柏子》中的水手、妓女的生活始终没有大的动静,日复一日。船上的水手与吊脚楼中的妓女生活在没有变动的空间里,他们宿命般地置身于生活中而失去了对未来可能性的兴致。在《雪晴》系列中,十六年前巧秀妈沉潭的遭遇在其女儿身上复现,时间的流逝却不曾让这个家庭有任何改变,母女命运的循环折断了时间的前进路向。《边城》中翠翠似乎也将经历母亲同样的悲剧。《老伴》里也有绒线铺母女安于现状的循环,对于这种宿命的循环,沈从文不无痛心地写道:"我明白'我不应当翻阅历史,温习历史'。在历史面前,谁人能够不感惆怅?"这种时间叙事颇似于伊恩·瓦特所说的"无时间的故事反映不变的道德真理",是与当时的"现实存在于无时间性的一般性之中的世界观相一致"②的。在《一九三四年一月十八》中,沈从文这样写道:"看到日夜不断千古长流的河水里石头和砂子,以及水面腐烂的草木,破碎的船板,使我触着了一个使人感到惆怅的名词。我想起'历史'。沿历史这条河怅望,他不去注意滔滔而下的急流,却注目那走在石滩上'脊梁略弯的拉船人'。"③在另一篇文章中,他这样写道:"然而这地方的一切,虽在历史中照样发生不断的杀戮,争夺,以及一到改朝换代时,派人民担负种种不幸命运,死的因此死去,活的被迫留发,剪发,在生活上受朝代种种限制与支配。然而细细一想,这些人根本上又似乎与历史毫无关系。从他们应付生存的方法与排泄感情的娱乐看起来,竟好像今古相同,不分彼此。这时节我所眼见的光景,或许就和两千年前屈原所见的完全一样。"④显然,从城市中回乡的沈从文是有时间意识的,而眼前的这片乡土却依然如故,这不禁让其因时间错位而产生了情感上的悸动,发出了"难道我如浮士德一样,当真回到了那个'过去'了吗?"⑤远离动态的现实语境,乡人无时间的重复命运

---

① 沈从文:《雨》,《沈从文全集》(第1卷),北岳文艺出版社2009年版,第67页。
② 〔美〕伊恩·瓦特:《小说的兴起》,高原、董红均译,生活·读书·新知三联书店1992年版,第16—17页。
③ 沈从文:《一九三四年一月十八》,《沈从文全集》(第11卷),北岳文艺出版社2009年版,第252—253页。
④ 沈从文:《箱子岩》,《沈从文全集》(第11卷),北岳文艺出版社2009年版,第278页。
⑤ 沈从文:《老伴》,《沈从文全集》(第11卷),北岳文艺出版社2009年版,第296页。

构成了沈从文小说时间图景的主色调。在此，沈从文关心的是乡人数十年如一日的对于"生活"的"忠实庄严"，以及那些"于历史似乎毫无关系"的普通人坚忍顽强的"求生"的努力。对于湘西人"今古相同，不分彼此"的时间观念，沈从文的情感是复杂的，一方面这种静态的生存状态能让美善长期停滞，可免于外在文明的侵蚀；但同时，他也悲悯于这些俨若与历史毫无关系的乡民以及其时代重复的命运。

与外界动态的时间状态不一样，沈从文笔下的湘西世界以静态的方式存在着，它们有着自足的时间规则，人的生老病死被抽象为恒常的生命状态中。主宰它们的不是外在的文明，也不是当地有权势的人，而是日常的神性。这是一种典型的桃花源式的图景。《边城》中的茶峒，它是一个怎样的地方？沈从文说："除了号兵每天上城吹号玩，使人知道这里还驻有军队以外，其余兵士皆仿佛并不存在……一切总永远那么静寂，……在这小城中生存的，各人也一定皆各在分定一份日子里，怀了对于人事爱憎必然的期待。但这些人想些什么？谁知道。"① 在这个地方，历史仿佛停止了前进的脚步，乡土中国被缩影成一艘搁浅的船只，俨然一处桃花源，乡人的生活简单而重复，他们在认认真真地过日子，年轻人慢慢变老，老人慢慢死去，孩子们渐渐长大。就像金介甫所说的那样："他们不靠日历时间来记录岁月的流逝，而是靠收获庄稼，靠民间节日，人的纪念日来说明季节的到来。"② 在小说中，作家借祖父之口说起了翠翠和其母亲的关系："翠翠一切全像那个母亲，而且隐隐约约便感到这母女二人共同的命运。"十六年过去了，翠翠和她的母亲并没有阴阳两隔，而是同处于爱情故事的整体脉络里，时间在这个自足的"边地"世界里停滞了。《三三》的开篇是这样写的："一个堡子里只有这样一座碾坊，所以凡是堡了里碾米的事都归这碾坊包办，成夭有人轮流挑了仓谷来，把谷子倒进石槽里去后，抽去水闸的板，枧槽里水冲动了下面的暗轮，石磨盘带着动情的声音，即刻就转动起来。"③ 这是农业文明的象征隐喻，"碾坊"外的世界风云变幻，而堡子里的人却自成生活，重复着恒

---

① 沈从文：《边城》，《沈从文全集》（第8卷），北岳文艺出版社2009年版，第68页。
② 〔美〕金介甫：《沈从文传》，符家钦译，湖南文艺出版社1992年版，第174页。
③ 沈从文：《三三》，《沈从文全集》（第9卷），北岳文艺出版社2009年版，第11页。

久的生活状态，安乐而自足。《初八那日》描写的是摸摸巷东口坪坝的锯木房里的故事，它发生在初八这一天，但是这一天于在锯木房内劳作的四老和七老来说，并不是什么特别的日子，因为"至于如同七老一类人，七也是锯木，八也是锯木，即或就九就十也仍然是拖锯子……所不同的只是一个半日在上头俯着拖，一个半日在下头仰着拖，真的管日子去干吗？"对于乡人这种静态的时间观念，沈从文是持否定态度的，他感叹道："对于寒暑的来临，他们便更比其他世界上人感到四时交替的严肃。历史对于他们俨然毫无意义，然而提到他们这点千年不变无可记载的历史，却使人引起无言的哀戚。"也许生活于其中的人是没有意识的，但是作为一个从外面世界的"返乡者"，沈从文深感外部世界的变动带给自己的变化，也正是自己的这种双重身份，让其既能"入乎其内"，又能"出乎其外"，"我有点担心，地方一切虽没有什么变动，我或者变得太多了一点"①。

  这种恒常的时间形态是建构在封闭的文化空间之中的。在《旅店》中，沈从文道出了湘西世界区别于其他空间形态的地方，"生长在都会中人是即或有天才也想不到这些人生在同一世界的"。这种空间形态生成了非线性的矢量时间模态，是一种类似于神话的时间形态，"看到日夜不断千古长流的河水里的石头和砂子，以及水面腐烂的草木，破碎的船板……这些东西于历史似乎毫无关系，百年前或百年后皆仿佛同目前一样"②。"××族的部落，被上帝派定在一个同世界上俨然相隔绝的地方，生育繁殖他们的种族。他们能够得到充足的日光，充足的饮食，充足的爱情，却不能够得到充足的知识。"③ 在这里，沈从文强化湘西世界的无时间形态是为了其质疑现代神话造成了人的精神的堕落，体现了他对于现代文明烛照的不信任。沈从文的湘西世界是一个自足的系统，其中人物活动的地点和活动的范围是狭窄和固定的，人物在日常空间外的活动（包括外界时间讯息）是通过叙述者的旁白来交代的。沈从文经常以一个叙事者的身份介入人物故事之中，对于他们的生

---

① 沈从文：《一九三四年一月十八》，《沈从文全集》（第11卷），北岳文艺出版社2009年版，第253页。
② 沈从文：《一九三四年一月十八》，《沈从文全集》（第11卷），北岳文艺出版社2009年版，第249页。
③ 沈从文：《爱欲》，《沈从文全集》（第9卷），北岳文艺出版社2009年版，第277页。

存状态和命运变迁常加以一定的评定,如"与其他无生命物质一样,惟在日月升降寒暑交替中放射,分解……"①。日常庸常化堵塞了外来时间的折射和渗入,湘西世界也保持了原初平静的镜像,时间没有参与到事件的进程中来。即使是离开家乡多年的游子回到故乡,依然意识不到时间的太多变化,"谁相信这是十年的时间了呢?""一切还是一个样子,总好像并不改变多少"。②

二、"历史"与"道德"的二律背反

在考究沈从文小说的中国想象议题时,我们不能回避"历史"与"道德"这两个相互关联的范畴。沈从文的小说创作总是特定历史语境的产物,不可避免要和历史进行对话。然而,沈从文的小说又长于对乡土中国传统德性的赞美和开掘,对历史演进保持着某种审慎的质疑和审思。可以说,历史和道德的两难和悖论始终占据着沈从文小说的情节结构,在常与变的抉择中出现了思想裂隙,成为进一步思考沈从文民族国家思想的有效视点。

上述湘西人无时间流动的生命形态,一方面呈现出与自然相契合的自足性,"我赞美我故乡的河,正因为它同都市相隔绝,一切极朴野,一切不普遍化,生活形式生活态度皆有点原人意味,对于一个作者的教训太好了"③。另一方面则表现出循环而恒常的封闭性。而后者也是沈从文理性审视和观照的维度,这种无生死、无冲突的"和谐"图景久而久之将导向另一个极端:"生死虽说是大事,同时也就可以说是平常事。死了,倒下了,瘪了,烂了,便完事了。"④"他们因为所在的地方,不如中国北京那么文明,不如上海那么繁华,所以玩古董,上公园,跳舞,看戏这类娱乐也得不到。每人虽那么活下去,可不明白活下去是些什么意义。"⑤这类现象在沈从文小说里俯

---

① 沈从文:《箱子岩》,《沈从文全集》(第11卷),北岳文艺出版社2009年版,第280页。
② 沈从文:《还乡》,《沈从文全集》(第5卷),北岳文艺出版社2009年版,第256页。
③ 沈从文:《滩上挣扎》,《沈从文全集》(第11卷),北岳文艺出版社2009年版,第171—172页。
④ 沈从文:《三十年前的十一月二十三日》,《沈从文全集》(第12卷),北岳文艺出版社2009年版,第198页。
⑤ 沈从文:《爱欲》,《沈从文全集》(第9卷),北岳文艺出版社2009年版,第277页。

拾即是。《黔小景》中在深山老林里挣扎、奔波的小商人常年劳累忙碌，从未思考过生活的路到底在何方；几代人的生活在无声息中度过，在埋掉儿子后孤独的老人也孤零零地死去，那个"久经雨水冲刷而变形的人头"即是当地人对于他人生死的一种基本态度。在这种时间哲学的主宰下，乡人的循环命运不可避免：《萧萧》中两代童养媳命运的传承；《雪晴》中巧秀母女沉潭命运的循环；《边城》中翠翠母女爱情悲剧有很大的相似性。

基于对"乡土中国"循环而封闭时间意识的洞悉，沈从文在营构故事的同时，将抒情的因素植入其中，强化了这一封闭时间里人事命运的氛围与情绪的渲染。对此，王德威认为："沈从文对抒情与写实话语的重组，将写作的核心从'事件'系统移至'话语'系统，这就使得事件可以在符码的语境里不断被理解、省思、重组。"[①] 然而，与历史脱节的时间图景下的人却并没有丧失德性，这即是说没有受到文明污染的乡民仍充满着人情味，没有丧失道德感。《道德与知慧》中的保姆身份低贱，但并没有缺失起码的人性。相反，那些知识渊博的大学教授却缺乏了乡人的那种难能可贵的道德品格。他们一味地"雄辩"与"哈哈"，"用自己一种书生的观念，为一切事胡乱加以注解"，对于这些体面的教授，沈从文毫不留情地揭示了他们内心深处所潜藏的矛盾与懦弱："从中国或从外国书里，培养出一种古怪的人格，……没有什么固定信仰，却认为一切现象不好，不美观，皆由于政府的无力整饬与有意放弃。他真心的不高兴那些权力的人，以及帮助作恶的人，时时像在同那种恶势力冲突，可是他却又并不放下他那一分因社会畸形发达自己所得的好处。"[②] 在沈从文看来，中华民族文化的一个结构性缺陷在于缺乏"爱"与"诚"，各顾己私的观念占据了很多人的头脑。这些以知识者自居的教授在名士派头的外表之下包藏着"实利"的企图。在这里，知识与道德并不表现为一种正向关系，而是被世俗实利所扭曲。为此，沈从文将历史与道德置于一件小事中进行考量，深刻地揭示了"愚蠢"杨妈的高贵品德以及牢骚满腹的教授们伪善的嘴脸。相反，在《八骏图》中，那些接受过良好教育的教授们

---

① 王德威：《批判的抒情——沈从文的现实主义》，《沈从文研究资料》（下），天津人民出版社 2006 年版，第 882 页。
② 沈从文：《道德与知慧》，《沈从文全集》（第 5 卷），北岳文艺出版社 2009 年版，第 470 页。

尽管懂得现代礼仪与道德，并以现代人士自居，但他们思想暗角里的懦弱与伪善却又从另一个角度消解了他们"道德"与"良知"的角色定位。对此，沈从文这样写道："他们一生所有的只是专门知识，这些知识有的同'历史'或'公式'不能分开，因此为人显得很庄严，很老成。但这就同人性有点冲突，有点不大自然。……这些人虽富于学识，却不曾享过什么人生。便是一种心灵上的欲望，也被抑制着，堵塞着。"①沈从文不认同那种"唯知识"的论断以及以知识者自居的"伪士"，在他看来，一旦知识成为获取世俗利益的利器时，道德及人性的光辉就失去了。在其众多知识分子的题材中，这种批判的意识始终存在。在《烛虚》中，曾留过洋的某太太夸夸其谈，出门就与人谈论"妇女问题"，而回到家就成为寄生的"软体动物"："她生存下来既无任何高尚理想，也无什么美丽目的。不仅对'国家'与'人'并无多大兴趣，即她自己应当如何活得更有意义，她也不曾思索过……只配说是一个代表上层阶级莫名其妙活下来的女人。"这显然不是沈从文眼中真正的"新女性"，她们受过良好的教育，然而这种现代教育并未提升其自身的修为与品格，反而异化了她们的灵魂。这类妇女甚至还不如生活在蒙昧状态之中的湘西的妇女，无性格、无目的、无幻想地生存于世。而真正的"新女性"则应该是"她还应当作一个'人'，用人的资格，好好处理她的头脑，应用到较高文化各方面追求上去，放大她的生命和人格，从书本上吸收，同时也就创造，在生活上学习，同时也就享受"②。

　　站在静态的时间轨迹中来反思乡土中国，沈从文看到了知识与道德的悖反，意识到了乡土德性的光辉与力量，也发掘了变动的历史演进带给乡人的毁灭性的危害。而这种发现，又让其陷入了矛盾的两难处境中。沈从文深刻地认识到："生命本身不能凝固，凝固即近于死亡或真正死亡。"③为了对抗这种固执而僵硬的时间模式，沈从文陷入了深思，他发出了这样的质疑："我们用什么方法，就可使这些人心中感觉一种对'明天'的'惶恐'，且放弃

---

① 沈从文：《八骏图》，《沈从文全集》（第8卷），北岳文艺出版社2009年版，第206页。
② 沈从文：《烛虚》，《沈从文全集》（第12卷），北岳文艺出版社2009年版，第13页。
③ 沈从文：《抽象的抒情》，《沈从文全集》（第16卷），北岳文艺出版社2009年版，第527页。

过去对自然的和平态度，重新来一股劲儿，用划龙船的精神活下去？"① 于是，他不惜打破这种纯粹自然的时间形式，在他很多的作品中，外部世界与内在世界的力量合谋，原先和谐的镜像随着外来他者的介入而发生着细微的波动。在《渔》中，沈从文采用过去和现在比照的艺术笔法，在乡土中国中渗入一种"进步"的时间线索，然而令人失望的是，人的道德却没有因社会的进步而进步，反而"近日因为进步，一切野蛮习气已荡然无存，虽仍不免有一二人借械斗为由，聚众抢掠牛羊，然虚诈有余而勇敢不足，完全与过去习俗两样子"②。在《建设》中，那些寄生于都市之中的工人，艰难地讨生活，挥霍一整天的力气只换来一点点维持生计的米盐，更可悲的是，一些人慢慢地学会了盗窃与不劳而获，为此，作家这样写道："'金钱'与他们离得很远，所以'道德'这东西，也同样与他们离得很远，就不得不做这些坏事。"③沈从文感觉到，历史的进步带来的并非人性与道德的提升，相反"商业和人民、体力与道德，都似乎在崩溃，向不可救药的一方滑去"④。《边城》中的"白塔"是湘西精神的隐喻，"白塔坍塌"意味着湘西古朴、康健的生命精神的流失，这给主人公翠翠带来了极大的恐慌："无意中回头一看，屋后白塔已不见了。一惊非同小可，赶忙向屋后跑去，才知道白塔业已坍倒，大堆砖石极凌乱的摊在那儿。翠翠吓慌得不知所措，只锐声叫她的祖父"。在小说中，白塔的倒塌和祖父的逝世是连接在一起的，象征着爱与美的集体离场，留下孤苦无依的翠翠。于是，重建白塔成了拯救精神家园的必然选择，但这并不意味着一切又回到了原初美好的境地，在小说的结尾，作家这样写道："到了冬天，那个坍塌了的白塔，又重新修好了。可是那个在月下唱歌，使翠翠在睡梦里为歌声把灵魂轻轻浮起的年青人，还不曾回到茶峒来。"又如在《长河》中，"新生活运动"正一步步逼近这个古朴的山城，一种健康自然的生命形态正扭曲变形。《申报》《大公报》等新闻媒介成为吕家坪居民了解外在世界的一个窗口，政治上的波动逐渐成为小镇舆论的核心。

---

① 沈从文：《箱子岩》，《沈从文全集》（第 11 卷），北岳文艺出版社 2009 年版，第 280—281 页。
② 沈从文：《渔》，《沈从文全集》（第 5 卷），北岳文艺出版社 2009 年版，第 271 页。
③ 沈从文：《建设》，《沈从文全集》（第 6 卷），北岳文艺出版社 2009 年版，第 157 页。
④ 沈从文：《小砦》，《沈从文全集》（第 10 卷），北岳文艺出版社 2009 年版，第 187 页。

在沈从文看来,"新生活"的到来并不能带给乡人现代福祉,机器榨油取代传统作坊的生产方式隐喻了畸形人际关系的组合,以追逐商业利益为内核的现代逻辑正在日益吞噬着原始自然的乡土信仰,打着"现代"旗号的保安队长更是用暴力敲诈着他人的财产,而夭夭被霸占的命运也是这一话语权力制导的结果。

正是因为有了历史与道德的相互参照,使得静态乡土中国的道德不是抽象的一成不变的道德,而是在历史变动情境中的道德。在此张力结构中,道德的善恶并不是单向度呈现的,区别善恶的标准也更具多元性的特质。在《七个野人与最后一个迎春节》中,沈从文写道:"将来的北溪,也许有设官的一天吧?"将来时间的预设挑战着湘西人现在的时间模式,也预示着他们对于未来时间的恐惧:"到那时,人人成天纳税,成天缴公款,成天办站,小孩子懂得见了兵就害怕,家犬懂得不敢向穿灰衣人乱吠,地方上每个人皆知道了一些禁律,为了逃避法律人人全学会了欺许,这一天终究会要来吧。"[①] "这一天终究会要来吧"是沈从文站在将来时间立场上考量湘西人生命状态的体现,"我们似乎需要'人'来重新写作神话。这神话不仅综合人类过去的抒情幻想与梦,加以现世成分重新处理,应当是综合过去人类求生的经验,以及人类对于人的认识,为未来有所安排。有个明天威胁他,引诱他"[②]。对于沈从文而言,将来的到来是无力阻挡的,将来所有的神秘和恐惧会驱散人们静态的时间观念,能着眼于未来去重塑民族的人格及精神,这正体现了沈从文民族国家意识的深刻之处。

第二节 "互文"空间隐喻与城乡文化的共鉴

沈从文身在城市,记忆却漂洋过海,膨胀、发酵,异常活跃,隔着遥远

---

① 沈从文:《七个野人与最后一个迎春节》,《沈从文全集》(第4卷),北岳文艺出版社2009年版,第182页。
② 沈从文:《北平的印象和感想》,《沈从文全集》(第12卷),北岳文艺出版社2009年版,第284页。

的时间和空间,记忆的"有选择性"筛选、处理,使他把目光聚焦于乡村古朴、优美、恬静、人性淳美的田园诗一面,却过滤掉了农村本身所具有的贫穷、丑陋、阴暗以及农民为了生存挣扎艰辛的一面。记忆的面团任作者的想象捏成千万个褶子,每一个褶子里都镀上了玫瑰色迷雾般的光泽。作者以一种修辞的、审美的眼光去回忆乡村生活,这里的想象要远多于经验,看到的自然是诗意化的田园、乐园。当然,把乡村一味地当成田园牧歌来咏赞是表面而肤浅的,但我们也不能就此就苛责沈从文对于农村的真实缺乏透彻的了解,因为这只是作者当下特定时期的一种情绪表达和心理需要,借故土风情的回忆获取慰藉,沉浸在绵绵乡情中自我疗伤。

一、城乡分立与"异域想象"

沈从文营构中国形象是站在现代平台上予以论定的,他指出了传统中国的种种弊病,而且认为这是与道德为纽带而支配着国人的行为,如果不改变,中国将难以真正立足,因为,"中国是个三千年来的帝国,历来是一人在上,万民匍匐。历史负荷太久,每个国民血液中自然潜伏一种奴隶因子。沿例照样成为国民共通的德性,因为禀赋这种德性方能生存。老子向吾人讴歌这种德性,孔子为帝王训练这种德性……一篇历史陈账,革来革去,死的烂了,活的变了,一切似乎都不同了。可是潜伏到这个老大民族血里的余毒,却实在无法去尽"。[①] 他对过去的回顾主要是通过他对湘西的"回乡"书写完成的,这其中饱含了他对过去美好图景的喟叹及再造。这正如他在《鸭窠围的夜》中所写的那样:"我所看到的仿佛是一种原始人与自然战争的情景。那声音,那火光,都近于原始人类的武器!"[②] 同时,他也发现自己再也难以回到故乡去的两难,于是,一种"向远景凝眸"的乡土想象就此生成。

尽管乡土文化有很强的自足性和封闭性,但它依然无法完全与外界绝缘,都市文化对乡土文化的渗透和折射始终存在。那么,乡人是如何对自身

---

① 沈从文:《作家间需要一种新运动》,《沈从文全集》(第17卷),北岳文艺出版社2009年版,第104页。
② 沈从文:《鸭窠围的夜》,《沈从文全集》(第11卷),北岳文艺出版社2009年版,第248页。

之外世界进行"凝眸"与"想象"的呢?这是理解城乡文化相互关联问题的重要切口。要弄清楚这个问题,有必要了解在乡人眼中都市文化的表征是什么。沈从文用新的文化符码来表征都市文化或现代文明,从而建构其新旧分立的文化图景。这其中"女学生"就是表征都市文化的重要符码。在《萧萧》中,"女学生"出现在故事叙事之中是通过萧萧祖父的"传闻"而引入这个封闭而逼仄的乡土世界的。而对于这个与乡村女孩有差异的"女学生"的印象,乡人最初是以"笑"的方式来看待的,小说这样写道:"女学生这东西,在本乡的确永远是奇闻。每年热天,据说放'水'假日子一到,便有三三五五女学生,由一个荒谬不经的热闹地方来,到另一个远地方去……这种人过身时,使一村人皆可以说一整天的笑话。"为什么会笑呢?因为"传闻"中"女学生没有辫子,像个尼姑,穿的衣服又像洋人,吃的,用的……总而言之一想起来就觉得怪可笑!"在这里,乡人用"乡土"的标准丈量都市,由此对于异域的想象也就具有不可回避的"误读"与"偏见":

> 她们穿衣服不管天气冷暖,吃东西不问饥饱,晚上交到子时才睡觉,白天正经事全不作,只知唱歌打球,读洋书。她们一年用的钱可以买十六只水牛。她们在省里京里想往什么地方去时,不必走路,只要钻进一个大匣子中,那匣子就可以带她到地。她们在学校,男女一处上课,人熟了,就随意同那男子睡觉,也不要媒人,也不要财礼,名叫"自由"。……她们不怕男子,男子不能使她们受委屈,一受委屈就上衙门打官司,要官罚男子的款,这笔钱她可以同官平分。她们不洗衣煮饭,有了小孩子也只化五块钱或十块钱一月,雇人专管小孩,自己仍然整天看戏打牌。①

在一种文化对另一种文化阐释时,"想象往往比知识更重要","想象的力量足以创造或超越现实"。②没有真正到过都市去领略"女学生"生活的乡

---

① 沈从文:《萧萧》,《沈从文全集》(第8卷),北岳文艺出版社2009年版,第255页。
② 〔美〕史景迁:《文化类同与文化利用:世界文化总体对话中的中国形象》,廖世奇、彭小樵译,北京大学出版社1997年版,第16—17页。

人在讲述都市中带有想象的成分,而这种被想象出的"女学生"形象也就多少带有贬抑的色彩。尽管如此,这种自说自道的"讲述"还是称为乡人笃信的事实。尽管萧萧局限于自己封闭的内心而否定"做一个女学生",但"从此心中有一个'女学生'"的念头却植根于这个乡下女孩子的心中。小说这样写道:"因为有这样一段经过,祖父从此喊萧萧不喊'小丫头',不喊'萧萧',却唤作'女学生'。在不经意中萧萧答应得很好";"做梦也便常常梦到女学生,且梦到同这些人并排走路"。当萧萧与花狗大偷情的事被家人知晓后,她曾一度想逃到城里去,因为那里有她想象的"自由"。但是,对她而言,这只是一个念想,获得"特赦"后只能回到其安身立命的乡土,尽管萧萧并不完全排拒"现代"或"都市",但"都市"这个曾令其向往的符号的意义发生了改变,先前那个朦胧地向往自由的萧萧最终只能回到麻木的生活状态之中。很多年以后,那个有些怪异但令人钦羡的"女学生"也被其"命定"为儿子的"童养媳"。概而言之,通过乡人想象后的"女学生",其内涵发生了置换,成为乡人眼中"物化"或"性化"的替代物。

当然,城乡之间并非绝缘,"进城"和"下乡"的迁徙使得城乡成为可能。《三三》里的小乡村是一个封闭的村落,但因为到乡村养病的城里人的出现而打破了这里的宁静。因为这个城里人的出现,乡人开始讨论自身之外的世界。他们对城市的想象也只能停留在一知半解的认知之中,从三三的母亲和乡人谈论"病"就可见一斑:"谁清楚城里人那些病名字。依我想,城里人欢喜害病,所以病的名字特别多;我们不能因害病耽搁事情,所以除打摆子就只发烧肚泻,别的名字的病,也就从不到乡下来了。"三三是一个心性纯洁的小女孩,她对都市没有太多的认识,无法理解城里女孩的生活,她对城市的理解停留在自己的虚幻想象中。在她的想象中,"一座极大的用石头垒就的城,这城里就有许多好房子,每一栋好房子里面住了一个老爷同一群少爷……城里有洋人,脚干直直的……城里还有大衙门,许多官如同包龙图一样,威风凛凛"[1]。这个无法真正辨识都市与乡村文化差异的乡村女孩,无法理性地去判定城乡的好坏,外人的转述毕竟不是真正的洞悉,在懵懂的

---

[1] 沈从文:《三三》,《沈从文全集》(第9卷),北岳文艺出版社2009年版,第30页。

情境下只能将都市视为乡村对立的"异物",这种偏见尽管从整体上呈现了乡下人对于异域想象的基本看法,但这种思想缺陷所带来的短视和盲从却是客观存在的。也正是这种不准确的异域认知,使得三三在自己的爱情归属的选择上产生了不知所措感,文化的差异及自我认知的缺憾最终使三三和城里少爷的爱情无疾而终。

在《丈夫》中,沈从文利用乡下的丈夫到城里看望在妓船上谋生的妻子的故事线索,为读者呈现了城与乡参照的文化图景。妻子着装的改变及城市的派头让丈夫"感到极大的惊讶,有点手足无措"。这种距离感让原本对城市有几分怯懦的丈夫颇感不适应,但又只能无奈地承受着这一切。当他的烟管被妻子夺去换成哈德门香烟时,他在感到惊讶之余又有几分对都市的新奇感。对丈夫而言,最让他难以接受的莫过于晚上妻子接客的事实,他"知道怯生生的往后舱钻去,躲到那后梢舱上去低低的喘气"。显然,这里不是他的家,"这丈夫到这时节一定要想起家里的鸡同小猪,仿佛那些小小东西才是自己的朋友,仿佛那些才是亲人,如今与妻接近,与家庭却离得很远,淡淡的寂寞袭上了身,他愿意转去了"①。然而,想要真转回乡村却并不容易,只能短暂忍受着都市中的种种不愉快以及自己身份的尴尬。暂时寓居在城里的乡下人——丈夫第二天在城里的见闻更是凸显了城乡文化的异质性,丈夫与水保的交谈并不顺畅,毕竟这个土生土长的乡下人与"城里有身份的人"有着诸多文化的差异。丈夫第一次找到乡下人身份认同的则是水保述说乡下的事情,这正是丈夫所熟谙的,他滔滔不绝地说了很多乡下逸事,应该说只有在谈及乡间的事情时,丈夫才获得一种归属感,才不被陌生的都市所吞没。此后丈夫的沉默与决绝的回家让妻子很为难,丈夫"像小孩子那样莫名其妙的哭了"更是反映出文化错位情境下乡下人因身份缺失而产生的恐惧感,这也是驱使丈夫与妻子"回转乡下"的重要原因。

然而,由出入城乡之间的人来讲述都市也未必能真实地传达异域人生。在《长河》中,"过路人""跑公事人""生意人""弄船人"游走于城乡之间,他们勾连着都市与乡土,也成为消息的传播者。乡村中也出现了到城市

---

① 沈从文:《丈夫》,《沈从文全集》(第9卷),北岳文艺出版社2009年版,第49页。

里读书的"女学生",亲历都市人生的这些学生所传达的关于都市女学生的传说依然以"奇异"的印象出场,而乡人感兴趣的也只不过是对"女学生"的装束以及婚嫁的见闻:"辫子不要了……膀子腿子全露在外面……且不穿裤子……生活出路是到县里的小学校去做教员,婚姻出路是嫁给在京沪私立大学读过两年书的公务员,或县党部委员,学校同事。"① 更有甚者,这种"女学生"并没有激活乡土求新向上的欲望,反而成为一种"异端",被妖魔化为"新生活"的隐喻,也成为乡村势力者维持地区稳定、欺压乡民的工具。那些围观的水手们毫无特操,女学生在其心中只不过是性的替代品。保安队长跟其他人讲述"长沙女学生"时,"用意倒在调戏夭夭,点到夭夭小心子上,引起她对于都市的歆羡憧憬,和对于个人的崇拜"。在乡土中,夭夭的年龄和都市的"女学生"相仿,但生活在乡土自然世界里的她对于都市是一无所知的。她鄙夷保安队长的底气来自在外地读书的未婚夫刘喜,但可悲的是"他暑假都不回来",这使得文本出现了意想不到的裂隙,城乡融合的想法也只能成为一种虚幻的念想。

质言之,乡民耽溺于自我世界的镜像之中,对于异域文化的折射持守着审慎的观念,对新事物也保持着视而不见的姿态。《长河》中的老水手对大机器生产嗤之以鼻;《建设》中的乡下人除了天生的牛马力气外别无长物,没有节制生育的办法,没有卫生观念,不爱洗澡。新的事物涌入也照见了他们固步自封的弊病,"一个新的白日,所照的还是旧的世界。肮脏的,发臭的,腐烂的,聚在一处还仍然没有变动。一切的绅士看不起的人,还是仍然活到世界上,用不着哀怜用不着料理。一切虚伪,仍然在绅士身上作一种装饰,极其体面耀目。一切愚蠢的人,还是在最小的一种金钱数目上出死力气抬杠以及伤亡死去。沉默的还是沉默"。② 而在都市人的眼中,乡土依然是落后、野蛮的所在,他们对乡土的想象也停留在这种印象之中。《长河》中写到城里人对湘西的看法即可说明这一问题:"湘西人都会放蛊,我知道的!一吃下肚里去,就会生虫中蛊,把肠子咬断,好厉害!"用现代的眼光去看乡土,当然会盲视乡土超越世俗的自然人性。同理,用"前现代"的眼光去

---

① 沈从文:《长河》,《沈从文全集》(第10卷),北岳文艺出版社2009年版,第20页。
② 沈从文:《建设》,《沈从文全集》(第6卷),北岳文艺出版社2009年版,第162页。

审视城市，也能发掘其缺失朴素自然的精神品格。在此逻辑中，城乡融合的构想在沈从文那里是无法得到实现的。

沈从文空间意识的深刻性主要表现为城乡空间文化的"共构"与"互视"上。在谈到城市与乡村作用下物质与精神的关系时，马克思认为："物质劳动和精神劳动的最大的一次分工，就是城市和乡村的分离，城乡之间的对立是随着野蛮向文明的过渡，部落向国家的过渡，地方局限性向民族的过渡开始的，它贯穿着全部文明的历史并一直延续到现在。"① 这即是说，物质与精神的分立是城乡分离的重要标尺，并一直贯彻于整个文明史之中。显然，城乡之间的分离与矛盾不仅是一个物理空间的问题，而且是一个更深层次的文化价值的问题。"都市世界"与"湘西世界"是沈从文小说一对显在的对照世界，这两种题材占了他小说的一半以上。沈从文用两套笔墨模式表明了自己的爱与憎、褒与贬、美与丑：

> 请你试从我的作品里找出两个短篇对照看看，从《柏子》同《八骏图》看看，就可明白对于道德的态度，城市与乡村的好恶，知识分子与抹布阶级的爱憎，一个乡下人之所以为乡下人，如何显明具体反映在作品里。②

沈从文对"城"与"乡"这个相互存在又相互对立的异质文化领域不仅仅是孤立地叙述其好坏，而且将两种文化结合起来进行实验，进而证出优劣和好坏。在《萧萧》一文中，我们能读到这样直露的比较性段落："世界上人把日子糟蹋，和萧萧一类人家把日子吝惜是同样的，各有所得，各属分定。许多城市中文明人，把一个夏天全消磨到软绸衣服、精美饮料以及种种好事情上面。萧萧的一家，因为一个夏天的劳作，却得了十多斤细麻，二三十担瓜。"《边城》中也有类似两类人的直观对照："由于边地的风俗淳朴，便是作妓女，也永远那么浑厚，这些人既重义轻利，又能守信自约，即便是娼妓，也常常较之讲道德知羞耻的城市中人还更可信任。"在《论冯文

---

① 马克思：《费尔巴哈》，《马克思恩格斯选集》(第1卷)，人民文学出版社1972年版，第25页。
② 沈从文：《习作选集代序》，《沈从文全集》(第9卷)，北岳文艺出版社2009年版，第4页。

炳》一文中,他坦言要"用矜慎的笔,作深入的解剖,具强烈的爱憎,有悲悯的情感。表现出农村及其他去我们都市生活较远的人物姿态与语言,粗糙的灵魂,单纯的情欲,以及在一切生产关系下形成的苦乐"。①同时在《绅士的太太》他写道:"我不是写几个可以用你们石头打他的妇人,我是为你们高等人造一面镜子。"②作为都市的"边缘人",沈从文很不满都市的现代弊病,在都市里"营养不良",对于那些自诩为城市里的"太太"的生活状态,他毫不留情地批判道:"她生存下来既无任何高尚理想,也无什么美丽目的。不仅对'国家'与'人'并无多大兴趣,即她自己应当如何就活得更有生趣,她也从不曾思索过。"对此,他提出"做人运动"和"改造运动",以此来"应付'明天'和'未来'!"与此同时,作家又将批评的矛头对准了同样生活在都市的自我:"我发现在城市中活下来的我,生命俨然只淘剩一个空壳。譬喻说,正如一个荒凉的原野,一切在社会上具有商业价值的知识种子,或道德意义的观念种子,都不能生根发芽。"③所以他把期待的目光撤离了都市,而转向了自己心向往之的原乡。当沈从文沉醉于乡土的自然人性世界时,他有意识地切断这些乡人与都市的联系,因为这是一个自足而封闭的世界,正因为这种空间的"隔"才能更鲜明地阐明作者的价值判定。

二、"互为借镜"与城乡互渗构想

当然,沈从文对城乡分立的思考的重心在于"互为借镜"。在沈从文的小说中,城市与乡村空间景致的差异是非常明显的,如前所述,《边城》等小说中优美自然的生态环境引人入胜,流连忘返,"一个对于诗歌图画稍有兴味的旅客,在这小河中,蜷伏于一只小船上,作三十天的旅行,必不至于感到厌烦。正因为处处有奇迹可以发现,自然的大胆处与精巧处,无一地无一时不使人神往倾心"。④与此相对的,则是另一个让人心生厌倦的都市

---

① 沈从文:《论冯文炳》,《沈从文全集》(第16卷),北岳文艺出版社2009年版,第150页。
② 沈从文:《绅士的太太》,《沈从文全集》(第6卷),北岳文艺出版社2009年版,第213页。
③ 沈从文:《烛虚》,《沈从文全集》(第12卷),北岳文艺出版社2009年版,第23页。
④ 沈从文:《边城》,《沈从文全集》(第8卷),北岳文艺出版社2009年版,第67页。

空间。在沈从文的笔下，我们能看到与乡土完全不一样的都市景观："在这天空下面的城市，常常是崩颓衰落的城市。由于国内连年的兵乱，由于各处种五谷的地面都成了荒田，加之毒物的普遍移植，农村经济因而就宣告了整个破产，各处大小乡村皆显得贫穷和萧条，一切大小城市则皆在腐烂，在灭亡。"①"晚风带着一点儿余热，从吴淞吹过上海闸北，承受了市里阴沟脏水的稻草浜一带，便散放出一种为附近穷苦人家所习惯的臭气。白日里，这不良气味，同一切调子，是常使装扮干净的体面男女人们，乘坐×路公共汽车，从隔浜租界上的柏油路上过身时，免不了要生气的。"②应该说，都市文化空间并非乡土文化空间蜕变的结果，两者并置于沈从文的小说中，成为相互参照的文化板块。

有感于"五四"新文化后，很多青年人"向大都市里跑去，在上海或南京，武汉或长沙，从从容容住下来，挥霍家中前一辈的积蓄，享受现实，并用'时代轮子''帝国主义'一类空洞字句，写点现实论文和诗歌，情书或家信。末了是毕业，结婚，回家。回到原有那个现实里，等待完事"③。沈从文深感失望以及对历史与道德的二律背反的焦虑，作为都市的"边缘人"，他把期待的目光撤离了都市，而转向了自己心向往之的乡土中国。"经过多年的教育，末了还是只能在目前情况中进行工作，可以证明我过去总把自己说成是'乡下人'的称呼，还有点道理。因为尽管在大都市里混了半世纪，悲剧性的气质，总不易排除。"④"我太熟悉那些与都市相远的事情了，我知道另一个世界的事情太多，目下所处的世界，同我却离远了。我总觉得我是从农村培养出来的人，到这不相称的空气里不会过好日子，无一样性情适合于都市这一时代的规则，缺处总是不能满足，这不调和的冲突，使我苦恼到死为止，我这时，就仿佛看到我一部分的生命的腐烂。"⑤在这里，沈从文以湘西健康自然的生命世界作为他的理想基点和评判标准，很显然，都市虚伪龌龊的生命系统是与沈从文自持的尺度格格不入的，于是都市世界成了他批判

---

① 沈从文：《黄昏》，《沈从文全集》（第7卷），北岳文艺出版社2009年版，第418页。
② 沈从文：《腐烂》，《沈从文全集》（第9卷），北岳文艺出版社2009年版，第196页。
③ 沈从文：《〈长河〉题记》，《沈从文全集》（第10卷），北岳文艺出版社2009年版，第4页。
④ 沈从文：《致徐盈、彭子冈》，《沈从文全集》（第24卷），北岳文艺出版社2009年版，第190页。
⑤ 沈从文：《致王际真》，《沈从文全集》（第18卷），北岳文艺出版社2009年版，第63—64页。

的目标，也是彰显湘西世界的"参照物"。在《凤子》中，沈从文将都市与乡土的状态进行了比照，表征"现代"和"科学"的工程师在启蒙乡民的同时，也接受着乡民的生命启蒙。总爷的人性光辉及人生智慧让这个从城里来的工程师自叹弗如，也昭示了其用"知识"去消解"信仰"的不可行性。在城与乡张力场中优劣自现、好坏自明。"那个从城里来的客人"无疑是沈从文打量乡土中国的一个"使者"，在他眼中，乡土与城市是完成殊异的文化系统，其价值也不言自明："那个城里来的客人，拥着有干草香味的薄棉被，躺在细麻布帐子里，思索自己当前的地位，觉得来到这个古怪地方，真是一种奇遇。人的生活与观念，一切和大都市不同，又恰恰如此更接近自然。一切是诗，一切如画，一切鲜明凸出，然而看来又如何绝顶荒谬！是真有个神造就这一切，还是这里一群人造就了一个神？本身所在既不是天堂，也不像地狱，倒是一个类乎抽象的境界。我们和某种音乐对面时，常常如同从抽象感到实体的存在，综合兴奋，悦乐，和一点轻微忧郁做成张无形的摇椅，情感或灵魂，就俨然在这张无形椅子上摇荡。目前却从现实中转入迷离。一切不是梦，唯其如此，所得正是与梦无异的迷离。"①

沈从文意识到，生长在都市的人是很难有意识关注都市之外的世界的，因为他们熟稔了自己长期生存的镜像。小说《乡城》以城里青年到乡下去宣传抗战为故事线索，宣传队的喧闹与乡村的宁静形成了鲜明的对照，作家反对都市青年以"知识""宣传"之名先入为主的优越性，他指出："大家都说'下乡宣传'，这件事自然好。可是宣传并不只是'热情'，需要知识似乎比热情多一些。想教育乡下人，或者还得先跟乡下人学学，多明白一点乡下是什么。"②在《旅店》中，他曾以侨寓都市者的视野洞悉了都市人的这种耽溺都市的短视："生在都会中人是即或有天才也想不到这些人生在同一世界的。博士是懂得事情极多的一种上等人，他也不会知道这种人的存在的。俄国的高尔基，英国的萧伯纳，中国的一切大文学家，以及诗人，一切教授，出国的长虹，讲民生主义的党国要人，极熟习文学界情形的赵景深，在女作家专号一书中客串的男作家，他们也无一个人能知道。革命文学家，似乎应

---

① 沈从文：《凤子》，《沈从文全集》（第7卷），北岳文艺出版社2009年版，第151页。
② 沈从文：《乡城》，《沈从文全集》（第10卷），北岳文艺出版社2009年版，第293—294页。

知道了,但大部分的他们,去发现组织在革命情绪里的爱去了,也仿佛极其茫然。"① 与这些都市人不一样的是,他能用城乡参照的视野来看待这个世界。因而,我们在阅读沈从文的都市小说或乡土小说时可利用这种双向参照的艺术视角,来审思其所依托的思维取向和价值立场。质言之,这种双向参照的叙事方式是作家将两类异质生命混杂,相互体验进而价值自明的一种尝试。即将城里人置身于乡下的生活环境中,或者是乡下人到城里去体验生活。因此某一元文化的"他者"的命运体现了两种文化的性质和优劣。各自生命的体悟和命运的沉浮表明城乡异质生命的"水火难容"。作家的价值判断在这种参照的结局中互证和自明。

值得注意的是,沈从文小说营构了"进城"与"离乡"的叙事结构,这无疑将抒情主人公置身于进退失据、漂泊无依的尴尬境地。之所以如此,作家要向读者申明的是,城乡的对立原则亦是两者互为他者的方法。这即如论者所言:沈"进城"与"返乡"的姿态同样坚定:他在心理上留恋乡土,却义无反顾地离开;他在现实中急欲进入的都市,却成为小说中蔑弃的对照物。②《逃的前一天》可以说是沈从文用一种艺术表述的方式对自己离乡的回顾。文本中的兵士"他"生活在一群"纯农民的放逸的与世无关心"的老兵中,"过年了他们吃肉,水涨了他们钓鱼,夜了睡觉,他们并不觉得他们与别人是住在两个世界"。而"他"却感到"一种荒山的飞鸟与孤岛野兽的寂寞,心上发冷,然而并不想离开此地"③。这种复杂的心理是沈从文审视城乡异质空间而自然衍生的情感,游离于两个空间的人具备了辩证、区别两重空间的人生阅历,然而他的痛苦也因此而生成。小说《菜园》同样设置了两个文化空间,一个是紧张而动荡的文化空间,另一个则是娴静柔美的田园空间。生活在菜园边的母子经常沉默无言,听晚禅和溪水之声,"这天气是连说话也觉得可惜",他们身上流露的"林下风范"与地方所谓绅士的假名士风流形成了对照。在小说中,沈从文借主人公之口将城乡文化的对峙与价

---

① 沈从文:《旅店》,《沈从文全集》(第 4 卷),北岳文艺出版社 2009 年版,第 173 页。
② 叶中强:《以拒绝"都市"的方式走向都市——沈从文的"都市"语义及其"京派"身份再省》,《学术月刊》2012 年第 7 期。
③ 沈从文:《逃的前一天》,《沈从文全集》(第 4 卷),北岳文艺出版社 2009 年版,第 292 页。

值取舍表露出来:"这城中也如别的城市一样,城中所住蠢人比聪明人多十来倍,所以竟有那种人,说出非常简陋的话,说是每一株白菜,皆经主人的手抚手摸,所以才能够如此肥茁,这原因是有根有柢的,从这样呆气的话语中,也仍然可以看出城中人如何闪耀着一种对于这家人生活优美的企羡。"在这里,城里人与乡下人的区别在于一个是"蠢人",另一个是"聪明人"。尽管玉家菜园主人的儿子少深在北京之行后,成为了一名共产党。但是都市并没有消泯他身上的乡土情趣,回到菜园后的少深"许多事都还仿佛天真烂漫,凡是一切往日的好处完全还保留在身上,所有新获得的知识,却融入了生活里,找不出所谓痕迹"。他的生活仍然是"在门外溪边小立,听水听蝉,或在瓜棚豆畦间谈话,看天上晚霞"。显然,都市文化是无法吞噬乡土文化的,主人公少深的都市经验依然无法消解其乡土记忆。

通过城市人与乡下人的"互视"来考量城乡文化优劣,是沈从文小说惯用的方法。小说《夫妇》从表面上是写城市人拯救乡下人的故事,但实际上作家拷问和反思的重心却没有偏重于乡下人,而是对两种人都进行了细致入微的审思。一对新婚夫妇在回家省亲的过程中陶醉于山水的美好,情之所至而在草堆里做了"呆事",被村人捉住而引来众人的围观。这其中,"大酒糟鼻子""练长"等看客虚无的根性被揭示出来。最终在乡下养病的城里人"璜"救了他们,让其顺利赶路回乡。在这里,作家无意褒扬城里人的文明举动,而有意深刻地揭示这个城里人隐匿的性意识。"璜"并不是完全蜕变的城里人,他并不能真正融入乡土,这从其不敢吃"带血的炒小鸡"以及无法摆脱的城市"精神衰弱症"就可见一斑。在他捡到曾经缚在"女犯人"头上的野花时,他竟然不自觉地将其放在鼻子上嗅着,"一种暧昧的欲望"在他身上轻轻摇动,浮想联翩地感觉有一种"看不见的危险伏在身边"。于是,他决定第二天就返回城里,回到其原来谙熟的城市文化圈中,他"觉得住在这里是厌烦的地方了,地方风景虽美,乡下人与城市中人一样无味,他预备明后天进程"[①]。

如果说城里人无法真正融入乡土生活,那么乡下人则更难适应城市里的

---

① 沈从文:《夫妇》,《沈从文全集》(第9卷),北岳文艺出版社2009年版,第77页。

生活。沈从文自陈其创作《虎雏》的目的在于，"与《八骏图》相对照，见两种格式"①。这种创作初衷使作家始终保持了城乡对照的意识。小说写的是一个在大都市生活的"我"很想留住"生长在边壤，年龄只有十四岁，小豹子一样的乡下人"虎雏，对他施以现代的教育方式（音乐、数学、诗歌、工程学等），"希望他在我的教育下成为一个知识界伟人"。然而，优越的条件、精良的教育方案不能脱去虎雏身上土生土长的雄蛮，最终虎雏在外滩打死一个城里人，只身逃回了湘西。其实在"我"想留下虎雏并试图改造他时，"我"的六弟已经点破了这种尝试的不可能性："那你简直在毁他！""……可是你试当真把他关到一个什么学校里去看看，你就可以明白一个作了三年勤务兵在我们那个野蛮地方长大的人，是不是还可以读书了。"这种"改造"尝试的失败使沈从文对城乡共生互融设想产生怀疑："至于一个野蛮的灵魂，装在一个美丽的盒子里，在我故乡是不是一件常有的事情，我还不大知道；我所知道的，是那些山同水，使地方草木虫蛇皆非常厉害。我的性格算是最无用的一种型，可是同你们大都市里长大的读书人比较起来，你们已经就觉得我太粗糙了。"②在散文《虎雏再遇记》中沈从文续写了逃离都市回到湘西的虎雏如虎归山，在自己的生存文化领域里如鱼得水，在与作者一起乘船漂行中又显示了他的勇敢与野性：一个人到岸上码头将挑衅骂人的士兵痛打一顿。作者写道："我心想，幸好我那荒唐打算有了岔儿，既不曾把他的身体用学校锢定。这人一定要这样发展才像个人！他目前的一切，比起住在城里的大学校的大学生，……派头可来的大多了。"乡下长大的虎雏，有着乡下人的野性，在异质城市文明的规范和培养下，不能得到改造，并最终逃离城市，回到乡下，在属于和适合自己的文化领域里，自然健康的成长。在沈从文看来，用最文明的方法来"新造"乡下人，只不过是一种"荒唐的打算"，因为"一切水得归到海里，小豹子也只宜于深山大泽方能发展他的生命"③。

在沈从文看来，城市人沾染了文明病，"被官僚，政客，肚子大脑子小

① 沈从文：《题〈虎雏〉自存本》，《沈从文全集》（第14卷），北岳文艺出版社2009年版，第452页。
② 沈从文：《虎雏》，《沈从文全集》（第7卷），北岳文艺出版社2009年版，第41页。
③ 沈从文：《虎雏再遇记》，《沈从文全集》（第11卷），北岳文艺出版社2009年版，第298页。

的富商巨贾，热衷寻出路的三流学者，发明烫发的专家和提倡时髦的成衣师傅，共同弄得到处够丑陋！一切都若在个贪私沸腾的泥淖里辗转，不容许任何理想生根"①。乡土存在的价值在于给都市"立一面镜子"，但无法真正疗治城市的文明病。《三三》显现出乡下人对都市人最终的恐惧与绝望，三三偶遇来乡下砦子里养病的城里少爷，一度对城里生活有了几丝向往，"她这时忖想……什么时候我一定也不让谁知道，就要流到城里了去，一到城里就不回来了。但若果当真要流去时，她愿意那碾坊，那些鱼，那些鸭子，以及那一匹花猫，同她在一处流去"。三三和母亲对城里人、城里事物也都充满了好奇和向往，她们一同谈论着城里的事，一起做城里的梦，但心里又充满了矛盾："我想我老了，不能进城去看世界了。""你难道喜欢城里吗？""你将来一定是要到城里去的！""怎么一定，我偏不上城里去！""那自然好极了。""你不去城里，我也不去城里。城里天生是为城里人预备的，我们自然有我们的碾坊，不会离开。"②在这里，沈从文试图通过三三和城里少爷的婚姻来实现城乡融合的理想。然而，不出一个月，城里人终因三期痨病而死，三三那个"朦胧的梦"也被现实撞醒，刚刚滋生对城里生活的憧憬也被笼罩上一层阴影，这也彻底撕毁了作家期冀都市与乡土融合的构想。

小说《长河》里城乡文化相遇以及文化异质的反应正与近代中国中西文化的碰撞有着诸多相似之处。这不是作者要刻意如此，因为现实中这二者本是同构。从城里来的委员称赞萝卜溪的萝卜大而好吃，要拿土壤回去化验，这在当地人看来是非常可笑的："'委员是个会法术的人，身边带了一大堆玻璃瓶子''这是土壤，拿去炼煤油，熬膏药？''我要带回去话念（化验）它''你有千里镜吗？''我用（险危）显微镜'""我猜想一定就是电光镜，洋人发明的。"③显然，都市人与乡下人有着两套不同的话语体系，对于都市的新鲜事，乡下人尽管有兴趣，但多数是不了解的。而在都市人的思维中，"湘西人都会放蛊，我知道的！一吃下肚里去，就会生虫中蛊，把肠子咬断，

---

① 沈从文：《〈看虹摘星录〉后记》，《沈从文全集》（第16卷），北岳文艺出版社2009年版，第343页。
② 沈从文：《三三》，《沈从文全集》（第9卷），北岳文艺出版社2009年版，第36页。
③ 沈从文：《长河》，《沈从文全集》（第10卷），北岳文艺出版社2009年版，第25页。

好厉害!"作为他者的文化异质者很难跳出自我的话语系统来真正理解这种文化的区隔,由此产生的误读难以避免。

对于沈从文而言,城市与乡村的体验是完全殊异的,先验性地介入了其创作的过程中。对于这种观念,他毫不讳言:"写乡村小城市人民,比较有感情,用笔写人写事也较亲切。写都市,我接近面较窄,不易发生好感是事实。"① 有了这种先入为主的价值判断,读者往往看到了沟壑鲜明的两种文化系统,其道德和价值的判定似乎不言自明。小说《灯》营构了一幅乡下人和城里人灵魂交流的图景。在一系列显隐的比照中,沈从文将城乡比照的主题很好地阐释出来了。小说以"一切外表以及隐藏在这样外表下的一颗单纯优良的心"的老兵的言行为视角,来开启其对城乡文化的审思。怀抱着自己的光荣梦想,老兵来到失去准则的都市给"我"做起了厨子,但无论其多么诚忠与勤劳,最终还只是一个都市的"多余人"。这种空间的错位让"我"发觉了他的孤独:"他们是那么愚蠢,同时又是那么正直,那最东方的古民族和平灵魂,为时代所带走,安置到这毫不相称的战乱世界里来,那种忧郁,那种拘束,把生活妥协到新的天地中。"② 当老兵将所有的希望寄托在"我"身上时,这无疑又是不可靠的。因为这个"永远是另一个世界的光和色"的梦想,对于丧失了都市生活热情的"我"来说,也只是个可怜的梦。小说表面上写的是老兵的梦的破灭,但究其实也书写了那个在城市进退失据的"我"的梦碎。在《凤子》中,城乡的比照更为直接,小说通过一个文化青年离开京城,返回乡野的所见、所闻、所思、所悟为线索,构筑了一个自然乡土如何疗治"都市逃亡者"的主题。小说充斥着乡土中国的纯美与质朴,也从侧面传达了另一种世界的熙攘与矛盾,但这种叙事模式并没有简单地归于乡土对于都市的诊治,而是更为深厚地展示了游走于乡土和都市间的主人公内心的情感纠葛、矛盾。小说最后作家分别借总爷、城里人的话表达城乡的看法:"我以为城里人要礼节不要真实的,要常识不要智慧的,要婚姻不要爱情的","对生命的解释,生活的意义,比起我们哲学家来,似乎也更明慧一点"。

---

① 沈从文:《答凌宇问》,《沈从文全集》(第16卷),北岳文艺出版社2009年版,第523页。
② 沈从文:《灯》,《沈从文全集》(第9卷),北岳文艺出版社2009年版,第147页。

《虎雏》主人公的"逃走"阐明了这样一个道理：都市世界不能改造乡下人野蛮的本性，都市生命不能同化、扭曲乡村生命。城里青年在乡村的"死亡"昭示：乡村人对城市生活向往的不切实际，城市不是理想生命所在。在《凤子》中，城里人在乡村如梦如画的神境中，认识了自己，认识了生命。而生活于都市的人为各种"物"和"观念"包围，社会化极度膨胀，自然性逐渐消退，人成了表格、数目。而乡土则是人生命存在的原乡，生命以其本真方式呈示。在很多文章的题识中，沈从文明确表达出了他对都市的排斥感，甚至厌恶的态度："这才是我最熟的人事……我应当回到江边去，回到这些人身边去。这才是生命！城市所见除骗子，什么都没有。"①

不管是历来读书人把湘西当成陶渊明笔下那个"桃花夹岸，芳草鲜美"的"洞天福地"，还是沈从文之前自己构建的"希腊小庙"，似乎都给人一种湘西桃花源的印象。然而事实上，现实的湘西和中国的很多乡村一样，也千疮百孔、灰暗丑陋。沈从文一直引以为傲的对抗城市文明的一点东西发生了本质变化，所以他的内心是波澜起伏无法平静的，"我能那么镇静吗？""我心中似乎极其骚动"，"一颗心跳跃着，勉强按捺也不能约束自己"②。虽然内心无法接受这个残忍的现实，但作为一个理性的知识分子，他也无法做到视而不见。作者在对桃花源去魅的过程中，充满了无尽的哀戚和悲伤。他质疑湘西到底是进步还是倒退，两种文明形式谁优谁劣，这些都激起沈从文对湘西未来民族命运较之此前更深一层的思考。

---

① 沈从文：《题〈八骏图〉自存本》，《沈从文全集》（第14卷），北岳文艺出版社2009年版，第464页。
② 沈从文：《老伴》，《沈从文全集》（第11卷），北岳文艺出版社2009年版，第297页。

第七章 文学与政治结缘:"民族政治"的析离与聚合

在20世纪中国现实主义思潮的推进过程中,政治文化思潮的渗透力和影响力无疑是巨大的。显然,这与特定的社会政治环境以及作家的创作心态不无关系。从文学反映社会这一本质属性来看,"五四"以来的中国现实主义的文学功能除了呼吁人的个性解放之外,还要对阶级性、群体性、民族性等与政治文化相关的内涵进行言说和阐释。而从作家主观创作的角度来看,中国特定的政治文化生态生成了作家忧民患世的情怀,政治理念在他们的文学创作中始终是其参与社会、建构文化理想的思想血脉。沈从文的乡土想象与政治语境相遇时,其文化选择如何呢?在民族政治主导的中国文坛,沈从文的遭遇会怎么样呢?这与其生命意识之间的关系有何关联?这些问题的提出将有助于深化我们理解沈从文文学创作的局限与意义。

第一节 "人事""梦"的平衡与失衡

梳理沈从文的诗学概念,不难发现:"梦"与"人事"是其中非常核心的一组范畴。它们代表了作家思想的多维性,既要从内心出发构筑超脱于现实的美好精神家园,又不能排拒现实社会的渗入与干扰。沈从文试图平衡两者的冲突,将"人事"的内涵淡化于"梦"的幻境之中,他也提醒读者不要忽视了小说中"隐伏的悲痛",在"美丽"且"忧人"的故事结构中给人既虚幻又真实的境界,这无疑是沈从文小说的魅力所在。然而,在抗战的大背景下,"人事"和"梦"相安无事的平衡被急剧的民族危机所撕裂,沈从文被迫要作出调整去重新修复两者的失衡关系。但他一如既往的文学观与政治观念让其无法完成这一重构的系统工程,这让其陷入了被批判的泥淖之中。

一、"共名"语境与"文学者的态度"

在抗战的氛围下,原来的被启蒙者成了文化的主体力量,相反原来的启蒙者却成了接受教育者,在严峻的军事环境下,这种新的文化规范确立起其不容置疑的权威性,知识分子先进的启蒙意识却被暂时搁浅。正如陈思和所说:"战争的强制性质使知识分子不得不放弃启蒙的任务。因为启蒙只能对思想起效,不能为直接的政治斗争,甚至政权所左右,它只能成为知识分子自由思想的工具,却永远不能成为政治集团作宣传的工具。在这个时候,新文学的启蒙意识才遇到了它真正的对手,战争的文化规范。"[①] 在抗战面前,民众最关心的是如何集中全民族的力量御敌于国门之外,而启蒙运动中所强调的个人权利和个性解放倒成为次要的事情。可以说,战争的紧迫性不得不让知识分子暂时放弃其启蒙的意图。因为启蒙只能对思想负责,不能直接为政治服务,它充其量只能成为知识分子自由思想的工具,却很难具备成为政治集团宣传工具的功能。在这个时候,新文学的启蒙意识遭遇到了它的真正对手,即战争的文化规范。启蒙者所固有的批判性与当时积聚已久的民族激情间的冲突越来越凸显,随着抗战的深入,民众在潜意识中也日渐反感启蒙,越来越难以接受启蒙者的这种态度。鲁迅的一番话正说明这一问题:"我先前的攻击社会,其实也是无聊的。社会没有知道我在攻击,倘一知道,我早已死无葬身之所了。"[②] 在救亡这一主导的话语面前,文学必须围绕着抗战这一最大的政治展开,梁实秋的"与抗战无关"的约稿、沈从文的"反对作家从政论"、朱光潜的"距离审美说"等遭到批评家的猛烈批判也就不足为奇了。可见,在战争的文化背景下,启蒙知识分子受到压制成为一种不可避免的文化策略。

---

① 陈思和:《中国新文学整体观》,上海文艺出版社2001年版,第64页。
② 鲁迅:《答有恒先生》,《鲁迅全集》(第3卷),人民文学出版社2005年版,第477页。

在抗日战争这一特殊历史时期，战争影响和决定着一切，文艺要在救亡中发挥作用，必须宣传大众、组织大众、教育大众，于是，文艺的革命功利性和政治宣传性得以强化。抗战文学"必须负起的责任，使人民士兵知道，感动，而肯为国家与民族尽忠尽孝。当社会需要软性与低级的闲话与趣味，文艺者去迎合，是下贱；当社会需要知识与激励，而文艺力避功利，是怠职"①。老舍的这句话体现了抗战对文艺的时代诉求，抗战文学不能回避激发广大民众参加到抗战中去的时代使命。当时一切文艺活动都集中于对抗战有益这一焦点上，"抗战第一，胜利第一"的思想渗透到了每个作家的精髓中。面对大众化潮流导致的知识分子话语的失落，知识分子在言论上的反抗是有限的，声音也是微弱的。这种功利性的诉求给作家带来的影响不言而喻，为了响应这种时代的号召，一部分作家将宣传价值放置在第一位，而忽略其艺术价值。于是，"差不多""抗战八股"这样的现象应运而生。有的作家从时代主题、从民族救亡的角度出发，认为这些现象的存在是不可避免的自然现象，不必为然。郁达夫的话就很有代表性："抗战文艺的有'差不多'的倾向，是天公地道，万不得已的事情；除非你是汉奸，或是侵略者的帮凶，那就难说。否则，抗战文艺就决不会有鼓吹不抵抗，或主张投降议和，或劝人去吸鸦片，调戏妇女的内容。文艺倾向的一致，文艺作品内在意识的明确而不游移，并不是文艺的坏处，反而是文艺健全性的证明。所以抗战文艺的有'差不多'的倾向，我非但不悲观，并且还很乐观。"②郁达夫所言很好地阐释了文艺为抗战服务的社会功能，也正因为这种功能，使很多作家放大了文艺的宣传性而放松了对文艺自身审美价值的追求，导致抗战初期的作品中出现了，如浪漫的热情过度，廉价的光明，无条件的胜利，二元对立的脸谱化人物，雷同的主题的现象，这些都是这一时期文艺缺失的种种表现。

关于抗战文艺的一些弊端，当时的评论家也意识到了这一问题。老舍早在1938年就使用了"抗战八股"这个词语来形容抗战文艺存在的艺术质量问题，承认"抗战以来的文艺，无论在哪一方面，都有点抗战八股的味道"，只是老舍在权衡之下，选择了为"抗战八股"辩护的立场："抗战八股总比

---

① 老舍：《三年来的文艺运动》，《大公报》1940年7月7日。
② 郁达夫：《关于抗战八股的问题》，新加坡《星洲日报半月刊》1939年5月15日第22期。

功名八股有些用处，有些心肝。"①1940年，罗荪的《抗战文艺运动鸟瞰》②一文比较系统和全面地分析了抗战文艺存在的问题，他认为当前抗战文学主要存在着"公式主义""摄影主义""典型和主题开掘不深""理论与批评活动的贫乏""关于民族形式的问题"等五个方面的问题需要克服和改进。1940年年底"文协"由《抗战文艺》出面召集了一次题为"一九四一年文学趋向的展望"的座谈会，专门研究和探讨了这一问题。老舍、艾青、阳翰笙、郭沫若等人在检讨过去三年的抗战文艺运动时，都承认了初期抗战文艺取材狭隘，对抗战生活理解不够深入，流于公式化的毛病。在个人发言的基础上，姚蓬子归纳文协同人的意见，也承认了初期抗战文艺内容浅浮，艺术性差，"多少有点公式化，近于所谓标语口号文学"，题材相当狭窄，"作家的目光几乎完全集中于战争的正面"的弊病③。萧红在《马伯乐》中讽喻了那种为了追逐名利的炮制抗战小说的现象："他买了几本世界文学名著……那书是外国小说，并没有涉及中国的事情。但他以为也没有多大关系……总之他把外国人都改成中国人后，又加上自己最中心之主题'打日本'。现在这年头，他不写'打日本'，能有销路吗？再说你若想当一个作家，你不在前边领导着，那能被人承认吗？"抗战文人马伯乐的这种心理代表了当时很多知识分子对于"救亡"语境中文学的思考。这些问题的产生最主要是作家为了过分地强调文艺的宣传性、政治性和目的性，"在抗战的现在，民族的最大仇敌是日本帝国主义者，举国团结一致的目标是抗敌，现实既是如此，当然无论理论或作品都自然无法'差得多'，假设故意要'差得'太'多'，恐怕倒有走向敌人怀抱里去的危险"④。当然也存在作家对现象挖掘不深、思考不够的可能。就"公式主义"而论，由于作家既定的思想与主题来左右人物与事件的发展，文学对象的自律性被束缚了，以致出现"差不多"的现象，即文学的诸要素存在着某种趋同的倾向、定型化的模式。在所有的文学要素中属人物塑造最引人关注，当然也最难把握。抗战文学中首先存在着重"事"

---

① 老舍：《制作通俗文艺的苦痛》，《抗战文艺》1938年第2卷第6期。
② 罗荪：《抗战文艺运动鸟瞰》，《文学月报》1940年创刊号。
③ 《一九四一年文学趋向的展望（会报座谈会）》，《抗战文艺》1941年1月1日第7卷第1期。
④ 李南桌：《论"差不多"和"差得多"》，徐迺翔主编：《中国新文艺大系（1937—1949）：理论史料集》，中国文联出版社1998年版，第31页。

轻"人"的问题，其写作过程"就是先有了固定的故事的框子，然后填进人物去，而中国人民的决心与勇敢，认识与希望，对目前牺牲之忍受与对最后胜利之确信等观念，则又分配填在人物身上"。对此茅盾认为这是"本末倒置"，因为"'人'在作家心中成熟而定形的时候，'故事'的轮廓也就构成了"①。正因为这种既定的套路，使得抗战文学在塑造人物的时候存在着敌我二元对立的脸谱化及人物性格太单纯缺乏个性等问题。

对于抗战文学"差不多"模式的滥用，沈从文将其归因于作家缺乏"思索"："我们爱说思想，似乎就得思得想。真思过想过，写出来的文学作品，不会差不多。由于自己不肯思想，不愿思想，只是天真糊涂去拥护所谓某种固定思想，或追随风气，结果于是差不多。"②在小说《宋代表》中，沈从义批判了那些跟风革命的个体迷失者。在弥散着革命的氛围里，主人公粉墨登场，他们看似对革命非常热心，积极参加各类与爱国相关联的运动，但是革命之后一切照旧："抽烟的继续抽，将香烟牌子改成国产香烟，谈女人的继续谈，想夺人所爱的继续行动，计划请女人看电影的于是去请。"宋代表的"一根文明杖的尖端，在空气中画了好多圈子，一直画到真光电影场售包厢售票处。"③对于这些人满口大话空话，打着革命旗号来满足个体欲望的现象，沈从文予以尖锐的批判。在这里，作家没有被表面的革命所遮蔽双眼，透过这些现象表面，他讽刺了这类大学生庸俗与低级的革命观，革命只是其满足个人欲望的幌子，小说细腻地叙述了这种内外的"分层"与"错置"：一面是激昂的爱国口号；一面则是墙上挂满大大小小的女人裸体油画以及书架上摆满数不清的洋书和各色各样的香水瓶子。沈从文不满那些打着抗战旗号而投机的作家，他们没有执着的人生追求，更缺失个人的独立性，有的只有迎合时事，为个人获益机关算尽。在小说中，作家还将这种人分为"老实"与"黠诡"两种：老实的只是好好先生，遇事不大思索，在乱世中容易失去自己的操守。黠诡的却奴性十足，见异思迁且趋炎附势。在公开场合中始终披着冠冕堂皇的外衣，口口声声谈"思想"，在实践中却放弃一切行动。在

---

① 茅盾：《八月的感想——抗战文艺一年的回顾》，《文艺阵地》1938年第1卷第9期。
② 沈从文：《再谈差不多》，《沈从文全集》（第17卷），北岳文艺出版社2009年版，第148页。
③ 沈从文：《宋代表》，《沈从文全集》（第5卷），北岳文艺出版社2009年版，第410页。

沈从文的意识里，这种人本来目的也就只是做文人。"做文人的意义，是满足一个动物基本欲望，食与性。别无更多幻想与贪心，倒像是个很知足的动物。"① 在《懦夫》中，亡国的威胁正逼近着大学生的内心，主人公介尊的同学都极其兴奋地投入到张贴爱国标语、参加学潮运动、到政府部门请愿等活动之中，处处弥散着一种爱国的热情：

> 大学生宿舍皆挂了一个代表决死宣言的红色六方符号，且常常在宿舍中大声高唱决死队特制的短歌。这些使人看来流泪的热情，代表了中国北方大学生对国事关心的实情，人人皆很诚心的准备战争扩大时为国牺牲，人人皆在一种狂热中表现一个民族的醒悟新的生命。②

对于充满热血激情的大学生而言，战争无疑是检视自我血性和爱国情怀的"试金石"。而介尊却与上述狂热的爱国志向和精神不一样，他埋头在实验室里整理记录，阅看参考书，不参加各种日常的集会，也不过问战事的进展，"只在沉默里生活下去，这沉默由他们想来，却认为是'把热情归纳到一定方向上去的决定'"。在他看来，这种"牺牲而得救"的努力无异于"一种赌博的狂热"："把自己一身变成一种数目，加在战争上一方面去，带了点侥幸而胜的希望，闭了双目让命运来决定这民族的存亡。"他认为国民误会了"国家积弱"的原因，盼望在顷刻间赌博意义上明白自己的输赢最终会牺牲自己。自然，他的这种看法也得到了其他同学的质疑："国家已快亡了，读书有什么用处？为了免避这个民族的灭亡，为了避免帝国主义者瓜分中国，毫无疑问，唯一挽救之道，就是全民动员，出于一战。"介尊反对打着爱国旗号而盲目自大的"爱国的自大"现象，针对有人认为可以用中国古代的火药来抗御外来入侵的言论，他尖锐地批评道："中国的火药，是在玩具上发明的，打帝国主义，雪民族耻辱，争国家人格，都需要另外一种兵器，这兵器就是知慧与忍耐，要知慧才可以去思索一切，认识一切，要忍耐

---

① 沈从文：《新的文学运动与新的文学观》，《沈从文全集》（第12卷），北岳文艺出版社2009年版，第49页。
② 沈从文：《懦夫》，《沈从文全集》（第6卷），北岳文艺出版社2009年版，第452页。

才能持久。要明白自己的弱点是时间的愚昧无识,自大自私养成的,就也需要长时间的坚苦忍耐才可望得救。"① 应该说,介尊是战争语境下一类知识分子的代表,他们并非不爱国,只是不主张盲目地沉浸在狂热的激情之中,而应从民族的纵深处检视文化机体的弊病,进而远离前方战场,而最终成为被人视为不爱国的"懦夫"。当然,一味地躲进书斋而盲目冥想也于爱国无益。在抗战背景下,沈从文的思想观念和介尊相似,从狂热的爱国热潮中疏离出来,因而也难免遭受批评者的诟病和攻讦。

随着抗战文学意识形态化弊病的日趋严重,有人提出了恢复文学自身审美特性的主张。京派对于中国自由主义思潮的贡献是最为显著的,他们在文学上追求对立性,精神超越性,反对对政治的直接介入。这种追求与抗战时期"政治功利性"有诸多冲突的地方。其实早在抗日战争全面爆发之前,沈从文与茅盾等左翼作家进行过一场关于"差不多"的论争,这可以说是"五四"以来的"为人生还是为艺术"论争的承继,也是后来"与抗战无关"论争的理论背景。1936年10月,沈从文以"炯之"的笔名在《大公报》文艺副刊上发表《作家间需要一种新运动》,较早地看到了当时文学创作中题材、内容、风格的"差不多"现象。他认为,这个现象"说得蕴藉一点,是作者大都关心'时代'"的缘故。作家们都"记着'时代'而忘了'艺术'"。在他看来,这"差不多"的局面"若不幸而延长十年八年,社会经过某种变化后,还会变本加厉,一切文学新作品,全都会变成一种新式八股。"他因此提出"作者得把作品'差不多'看成一种羞辱,把作品'差不多'看成一种失败"②。沈从文向来反对文学的公式化,他早就说过:"想把文学完全从因袭陈腐旧套子公式脱出,使它和活生生的语言接近,并且充满新的情感和力量,变成一个有力的武器,有力的新工具,用它来征服读者,推动社会,促之向前。更多人,来从事这个新工作……继续向前,创造出千百种风格不一,内容不同的新作品,来代替旧有的一切。"③ 沈从文的这一观点立即引起

---

① 沈从文:《懦夫》,《沈从文全集》(第6卷),北岳文艺出版社2009年版,第470—471页。
② 沈从文:《作家间需要一种新运动》,《沈从文全集》(第17卷),北岳文艺出版社2009年版,第107页。
③ 沈从文:《〈沈从文小说选集〉题记》,《沈从文全集》(第16卷),北岳文艺出版社2009年版,第373—374页。

了左翼作家的批评，茅盾发表《关于"差不多"》一文，指责沈从文将文学的时代性与艺术的永久性对立起来，"幸灾乐祸似的一口气咬住了新文艺发展所不可避免的暂时的幼稚病"，他认为："炯之先生大声疾呼痛恨'差不多'，然而他不知道应从新文艺发展的历史过程去研究'差不多'现象之所由发生……作家们应客观的社会需要而写他们的作品——这一倾向，也是正确的。"①沈从文对此予以反击，他认为，要作家创作的自由，就要保持作家的个性，不被政治家牵着鼻子走。那些"受主义统治和流行趣味支配"的作家缺失了对生活本身的体认，容易陷入雷同化的窠臼中，他指出："当朝野都有人想利用作家来争夺政权巩固政权的情势中，作家却欲免去帮助帮闲之讥，想选一条路，必选限制最少自由最多的路。"②此论争并未深入地探讨下去，但其中提到的问题却有很大的理论和实践启发作用。"差不多"现象引起了自由主义和左翼作家的共同注意，说明了当时公式化、概念化倾向的严重性。到了"抗战"与"救亡"成为时代主题时，此论争引发的关于文学与时代关系的论题就又有了继续论争和探讨下去的可能和新特点。

沈从文"文学者的态度"彰明了文学主体性的态度，运用在创作上就是要"尽其德性"③。他不满"海派"作家耽溺于都市趣味而丧失用"自己的语言"言说"自己的欲望"的现象④。他呼吁那种"将文学当成一种宗教，自己存心做殉教者"的"新文人"的诞生⑤，这也是其一直坚守的作家的姿态。在梁实秋提出"与抗战无关"的言论后不久，沈从文则在《今日评论》发表《一般或特殊》一文，支持梁实秋的观点，他把文学划为"特殊"部门，把抗日工作鄙薄为"一般"工作。他认为很多人都只记得"一切文学都是宣传"这几个字，"于是社会给这些东西笼统定下一个名词，'宣传品'。这个词的内容，包含了'虚伪'，'浮夸'，'不落实'，'无固定性'，'一会儿就

---

① 茅盾：《关于"差不多"》，《中流》1937年第2卷第8期。
② 沈从文：《再谈差不多》，《沈从文全集》（第17卷），北岳文艺出版社2009年版，第150页。
③ 沈从文：《论穆时英》，《沈从文全集》（第16卷），北岳文艺出版社2009年版，第233页。
④ 沈从文：《现代中国文学的小感想》，《沈从文全集》（第17卷），北岳文艺出版社2009年版，第35页。
⑤ 沈从文：《新文人与新文学》，《沈从文全集》（第17卷），北岳文艺出版社2009年版，第83页。

过去',种种意义"①。在这里,本文无意再叙述这场论争的具体过程,只想就"抗战文艺"与"艺术缺失"之间微妙复杂的关系提出来,引起我们的反思。梁实秋、沈从文忽视文学是一定时代的文学,是特定历史文化背景下人的精神产品暂且不论,他们所说的"抗战八股"除了道出当时文艺作品为抗战这一政治服务的特点外,却也反映了抗战初期文学作品中存在的公式化、概念化等弊端。反驳者如罗荪、宋之的、张天翼等人抗战文艺虽有不足,但对这个时代是负责的,对读者也是有益处的,两者的轻重是不一致,认为梁实秋对"抗战八股"的批判实质是对"抗战文艺"的否定。以抗战的需要来立论批评梁实秋、沈从文的人还很多,如罗荪就认为,抹杀了"抗战八股"就是"抹杀了今日抗战的伟人力量的影响,抹杀了今日中国的抗战这个真实的存在,抹杀了今日全国爱国的文艺界在共同努力的一个目标:抗战的文艺"②。宋之的认为诚然抗战文艺"所写下发表的大抵是印象,是速写,没经过琢磨,也没有时间去琢磨。热情淹没了人物,叙述多过于描写,距离所谓'伟大的作品'的门槛还远得很",但绝非对谁都没有好处,"读者确实是感到益处的。他在这些速写里认识了抗战的一面,增强了抗战的决心"③。张天翼撰文认为:"假如说到我们的写作有点'差不多',或者害了'八股'症,那完全是另外一种意义……我们自己的指出这些毛病,也完全跟艺术至上主义大爷们的用意不同:我们跟他们恰正相反,我们恰正是为了要增强艺术的战争力。"④关于这一问题的论争,后来又出现了批判朱光潜的"距离美学说"、施蛰存的"文学贫困说"。

在沈从文的意识中,战争是其"人事"中重要的组成部分。但他关心的不是战争本身的成败,而是在战争中锤炼出来的精神。他曾说过:"我真愿意到黄河岸边去,和短衣汉子坐土窑里,面对汤汤浊流,寝馈在炮火铁雨中一年半载,必可将生命化零为整,单单纯纯地熬下去,走出这个琐碎,懒惰,敷衍的衣冠社会。一分新的生活,或能够使我从单纯中得到一点新的信

---

① 沈从文:《一般或特殊》,《沈从文全集》(第17卷),北岳文艺出版社2009年版,第262页。
② 罗荪:《再论"与抗战无关"》,重庆《大公报》1938年12月5日。
③ 宋之的:《论"抗战八股"》,《抗战文艺》1938年第3卷第2期。
④ 张天翼:《论"无关"抗战的题材》,《文学月报》1940年第1卷第6期。

心。"① 这种从战火中铸炼出来的精神是一种"坚韧朴实的人生观"②，是其重建民族品格的方向。然而，沈从文理想的民族人格并非个人英雄的吹捧，而是人性至美的普通人的群体。在《读英雄崇拜》中，沈从文驳斥了陈铨的领袖崇拜论，陈铨将英雄崇拜的式微和现代社会的紊乱归结为"五四"以来提倡"民治主义"和"科学精神"的兴起，公然否定"五四"启蒙理性精神，沈从文则站在民族社会的现代性立场上予以反驳："若真的以一个人具神性为中心，使群众由惊觉神秘而拜倒……这国家还想现代化，能现代化？"所以他极力反对政治上"无知识的垄断主义""与迷信不分的英雄主义"以及"封建性关系为中心的外戚人情主义"。而"国家要现代化，就无一事不需要条例明确实事求是的科学精神"③。沈从文的"向人类远景凝眸""民族品德的重造"就其实质而言是焦灼于中国的现在和未来，用文学设计中国的走向，以文学想象中国形象的一种方式。

毋庸置疑，一切以民族国家命运为己任的知识分子都是反对"文艺与抗战无关"的。而从文艺的艺术性出发，反对教条式的"抗战八股"也有其合理的地方。如果能平衡文艺的思想性与艺术性的关系，并将两者有机结合，则抗战文艺的生命力将更强，影响力、战斗力将更大。通过这次论争让很多人更好地意识到了文艺之于抗战的使命，能更大程度地整合全民族的力量开展民族独立斗争。与此同时，也让人们认识到抗战文艺问题主要是一个政治立场问题或政治倾向性问题，而不是对题材、风格、样式有什么限制，也意识到"抗战八股"之于文学的思想性及艺术性的危害，这些对于抗战文学的良性发展都有裨益。

二、在"工具重造"中致力于"抽象的抒情"

在检视中国新文学发展历程时，沈从文发现：与"政治"和"商品"的结缘，使文学转换了方向。他不满这种"文运的堕落"，提出了其著名的

---

① 沈从文：《烛虚》，《沈从文全集》（第12卷），北岳文艺出版社2009年版，第16页。
② 沈从文：《变变作风》，《沈从文全集》（第14卷），北岳文艺出版社2009年版，第159页。
③ 沈从文：《读英雄崇拜》，《沈从文全集》（第14卷），北岳文艺出版社2009年版，第145页。

"文学者的态度"的观念。这是其理想中作家品格的概括。但现实中这种姿态却为世人所难容，因而他呼唤"带一点稚气或痴处"①"带点儿顽固而且也带点儿呆气"②的作家出场。事实上，在现代中国特定的语境中，要真正理解沈从文这种带着几分"不识时务"的文学态度的人并不多见，其与流行观念远离的创作姿态也屡受他人批判。在周作人附逆之后的1940年9月，沈从文还发表《从周作人鲁迅作品学习抒情》，他对周作人的抒情笔调和独特的人情姿态着力推崇，认为其抒情创作"充满人情温暖的爱，理性明莹虚廓"，甚至"如秋天，如秋水，于事不隔"。而对鲁迅用了"充满对于人事的厌憎，感情有所蔽塞，多愤激，易恼怒……"。于是也就引起了聂绀弩的猛烈抨击。聂绀弩概括总括性地表述："我们常常说：鲁迅一生的历史就是战斗的历史，其实只说了一面，就另一面说，鲁迅的历史就是被'社会'围剿的历史。"③

在沈从文的意识中，战争的破坏性远大于其建设性："我看了三十五年内战，让我更坚信这个国家的得救，不能从这个战争方式得来。"④他怀疑和否定"工具理性"，不希望文学受制于任何形式的权力，他是这样理解时代，也是这样要求自己的。他主张作家要恢复"五四"时期的那种自由的品格，"让我们来重新起始，在精神上一面保留'五四'运动初期作家那点天真和勇敢，在阅历上加上这二十年来从社会变动文运得失讨得的经验，再好好来个二十年工作，看看这个民族的感情中，是不是还能撒播向上的种子，发芽或发酵，有个进步的明日"。⑤他批评抗战期间昆明的部分民主人士"在学识上既无特别贡献，为人还有些问题"；认为第三面力量中很少有人"在最近三十年，真正为群众做了些什么事？当在人民印象中。又曾经用他的工作，在社会上有以自见？"⑥批评丁玲等作家去延安是"积极参加改造"，"是随政

---

① 沈从文：《窄而霉斋闲话》，《沈从文全集》（第17卷），北岳文艺出版社2009年版，第41页。
② 沈从文：《文学者的态度》，《沈从文全集》（第17卷），北岳文艺出版社2009年版，第52页。
③ 参见聂绀弩：《从沈从文笔下看鲁迅》，《国文月刊》1940年第1卷第2期；李金发：《从周作人谈到"文人无行"》，商务印书馆1942年版。
④ 沈从文：《政治与文学》，《沈从文全集》（第14卷），北岳文艺出版社2009年版，第257页。
⑤ 沈从文：《白话文问题——过去当前和未来检视》，《沈从文全集》（第12卷），北岳文艺出版社2009年版，第63页。
⑥ 沈从文：《从现实学习》，《沈从文全集》（第13卷），北岳文艺出版社2009年版，第395页。

治跑的"。① 在感觉到自己"落后"于时代后，沈从文也开始反省文学的社会价值，他提出"工具重造"的主张。这里的"工具重造"意识着沈从文重新开掘文学的社会功用，重申文学与人生的密切关联。在反思"五四"新文学所取得的成就时，他充分肯定了文学之于民族向上的建构之功，这其中文学的工具性价值功不可没："这种民族精神的建立与发扬，分析说来，就无不得力于工具的能得其用。"② 当然，这并不意味着沈从文开启了革命性改造中国的文学道路，其真正意图在于借助文学滋养人心、铸炼人性，最终达到改造人生的目的。在战争的形势下，他依然思考现代文明和战争带来的人性变异等问题，主张用战争的特定情境来重审民族性格与国民精神，以此"建立一个标准，一种模范，由此出发，再说爱国，救国，建国"③。当然，这种并非直接的政治表达在战时语境中很难为批评家所理解。在很多批评家看来，战争是需要发挥文学工具性的，它关乎着民族国家的生存与未来。

沈从文受到左翼主流作家的批判是必然的，因为在抗战的语境下，他搁置了文学的社会功能，试图将文学从政治的权力中析离出来，强调文学的审美自足性，淡化政治意识形态对于文学的折射，"我只觉得一个作家应当如同思想家，不会和人碰杯，不会和人唱和，不算落伍。他有权利在一种较客观的立场上认识这个社会，以及作成社会的人民情绪生活的历史。从过去、目前，而推测出个未来。他也有权利和一切党派游离，如大多数专门家一样，把他的作品贡献于人民"④。这在特定的文化语境中多少有些不合时宜，毕竟不存在完全脱离社会存在的文学形态，文学生产是政治话语的一部分，作家的"撤退"被理解为缺乏社会担当的表现。沈从文的复杂性在于他一方面表示不关心政治，但另一方面却始终不忘用文学的笔来参与民众灵魂的改造。这种多元的文学创作理念也使其容易被误读，理性的态度是回到历史的现场，梳理沈从文创作心态的变动性，找寻其远离政治又曲折地回应政治的双重曲线轨迹，还原真实的沈从文，真正回到沈从文那里去。

---

① 杨华：《论沈从文的〈从现实学习〉》，《文萃》1947年周刊第二年第12、13期合刊。
② 沈从文：《"五四"二十一年》，《沈从文全集》（第14卷），北岳文艺出版社2009年版，第133页。
③ 沈从文：《给青年朋友》，《沈从文全集》（第14卷），北岳文艺出版社2009年版，第125页。
④ 沈从文：《政治与文学》，《沈从文全集》（第14卷），北岳文艺出版社2009年版，第257页。

沈从文与政治保持距离的创作原则使其经常招致批评家的误解，对此，他并没有讳莫如深，他指出："近年来常有人说我不懂'现实'，追求'抽象'，勇气虽若热烈实无边际。在杨墨并进时代，不免近于无所归依，因之落伍。这个结论不错，平常而自然。极不幸即我所明白的现实，和从温室中培养长大的知识分子所明白的全不一样，和另一种出身小城市自以为是属于工农分子明白的也不一样，所以不仅目下和一般人所谓现实脱节，即追求抽象方式，恐亦不免和其他方面脱节了。"① 事实上，沈从文也预设了自己作品的读者，一些人被排斥出其作品的读者群："你们多知道要作品有'思想'，有'血'，有'泪'，且要求一个作品具体表现这些东西到故事发展上，人物言语上，甚至一本书的封面上，目录上。你们要的事多容易办！可是我不能给你们这个。我存心放弃你们。"② 他放弃了那些直接从其创作中去寻找宏大思想和意义的读者，当然，这也使得他没有成为革命作家，其以远离的方式切近的创作原则依然保留着对于民族国家想象的一份努力。

在沈从文的意识中，文学并非救国的工具，而只是弱者的志业，其文字也只是一种"抒情"。而这种抒情，"从生理学或心理学说来，也是一种自我调整，和梦呓差不多少，对外实起不了什么作用的"③。作为都市漂泊者的沈从文，边缘身份与游离状态给他的主要经验是一种双重"他者"的视角和眼光：一方面，面对三四十年代主流文学或政治化或商业化的道路，沈从文本能地忠诚于自己的经验实感，保持着一种审慎的态度，他始终不愿取悦多数，而是贴着自己笔下的世界去感受天地自然的细微曲折；在另一方面，受"五四"新文化运动"人的文学"和"国民性改造"等传统影响，沈从文在欣赏乡土中国自然景致的同时，多了一种跳出自然化状态的社会视野去回望熟悉的乡野，不仅清楚地意识到隐藏在民族惯性中悲哀的一面，更在特殊的历史时期敏锐感受到乡土社会在历史变革中的阵痛。这种双重"他者"的视角，在四十年代进一步表现在沈从文避开了喧嚣的时代话语，继续以边缘者的眼光来审视战争。此时的沈从文越过战争的现实，以远眺姿态思考历史背

---

① 沈从文：《从现实学习》，《沈从文全集》（第13卷），北岳文艺出版社2009年版，第373页。
② 汪曾祺：《又读〈边城〉》，《读书》1993年第1期。
③ 沈从文：《抽象的抒情》，《沈从文全集》（第16卷），北岳文艺出版社2009年版，第535—536页。

景之外更深邃的原则,关注"远比相斫相杀的历史更为久远恒常同时又现实逼真的生存和价值"。①

沈从文认为,现代政治唯一特点是"嘈杂",文学在这种嘈杂和混乱中是不可能产生真正的艺术的。在他看来:"第一等艺术,对于人所发生的影响,却完全相反,只是启迪少数的伟大心灵,向人性崇高处攀援而跻的勇气和希望。"② 20世纪40年代中后期沈从文的小说创作再次返归其熟悉的乡土中国,虽然沿用了沈氏独特的抒情牧歌笔法,但在清丽文本背后却蕴含着多重张力。《雪晴》集在叙事手法上回归了作者驾轻就熟的"风景画"式的抒情牧歌,将"我"设定为十八岁的少年,"镶嵌到这个自然背景和情绪背景中"。③ 但作家屡屡在不经意处出现于小说中,打破风景画表面的平静,显露出现实世界的绰影。这样一来,"我"的所见所思便具有了勾连记忆与现实的隐喻意味。借助象征手段将作家抽象的观念化为可感知的具体形象,将难以言明的某种情绪、观念或情趣附之于更直观的具体意象上去。沈从文一向惯熟于此,到40年代,似乎更刻意追求这种表现方式:"一切都近于象征。情感原出于一种生命的象征,离奇处是它在人生偶然中的结合。以及结合后的完整而离奇形式。"④ 在其小说中,作家思想观念的聚集常常中断故事情节的推衍,而这些抽象观念与隐晦的叙事手法一道淡化了现实语境的直接折射。沈从文强调:"一切离不了象征。唯其是象征,简单仪式中即充满了牧歌朴素的抒情。"⑤ 从这种意义上说,淡化显效性的现实内涵,强化主观的抒情化倾向是沈从文四十年代小说创作的主要特质。

在《雪晴》中,"我"与四个相熟同乡学生一同前往乡下过年。途中偶遇几个人带着几只狗在积雪被覆的溪涧中追逐狐狸,此时想当画家"用一支笔来捕捉这种神奇的自然"的"我"突然领悟到自身的局限:"静寂的景物虽可从彩绘中见出生命,至于生命本身的动,那份象征生命律动与欢欣在寒气中发抖的角声,那派表示生命兴奋与狂热的犬吠声,以及在这个声音交错

---

① 张新颖:《一条河与一个人》,《新文学》(第5辑),大象出版社2006年版,第131页。
② 沈从文:《虹桥》,《沈从文全集》(第10卷),北岳文艺出版社2009年版,第391页。
③ 沈从文:《赤魇》,《沈从文全集》(第10卷),北岳文艺出版社2009年版,第406页。
④ 沈从文:《青色魇》,《沈从文全集》(第12卷),北岳文艺出版社2009年版,第190页。
⑤ 沈从文:《雪晴》,《沈从文全集》(第10卷),北岳文艺出版社2009年版,第411页。

重叠综合中，带着碎心的惶恐，绝望的低嗥，紧迫的喘息，从微融残雪潮湿丛莽间奔窜的狐狸与獾兔，对于忧患来临挣扎求生所抱的生命意识，可绝不是任何画家所能从事的工作！我的梦如何能不破灭，已不大像是个人可以作主。"① 自然的生命律动是难以通过绘画实现的，当然也是文字无法再现的。在上述文字中，作家提及"兴奋""狂热""惶恐""绝望""紧迫"等多种情绪本源于现实的沉思，而第二天清晨所见动物被捕捉，挣扎死去，更表征了作家难以名状的内心的挣扎与矛盾，而这一切与现实人生保持着一种距离。沈从文将人与自然的张力扩展于自己能够感知的失语之中，在他的思维里，即使是蕴含着生命力的乡间田猎也隐含着对自然生态破坏的危机，这与其前期极力彰显乡民生命强力时有了差异。在深层语境中暗合当时的时代背景，实际上意欲暗示一种"静"已是不可能的，一切都处在变动之中。这种深微的思想观念与沈从文在 40 年代的玄想与凝思分不开，且与后面偶然的悲剧在人事上的变动也密切关联。"我眼中被屋外积雪反光形成一朵紫茸茸的金黄镶边的葵花，在荡动不居情况中老是变化，想把握无从把握，希望它稍稍停顿也不能停顿。过去一切印象也因之随同这个而动荡，华丽，鲜明，难把握，不停顿！"时代的动荡，② 逼迫人不得不面对旧文明的沦落，不仅是乡土中国，整个国家的各个部分都被裹挟着应对，延续已久的各种处事方式随着时代的快速变化而显得捉襟见肘。

　　在抗战的语境中，沈从文所彰显的生命力显现出更为深邃的内涵。作家并不主张个人英雄主义，他所倚重的是历史远景及未来国民性格的重造。具体而论，一方面，他热切地赞颂张扬的生命力与健康质朴的人性，及其所能带来的积极抗争的自信心和永不屈服的自尊心；而另一方面，又忍不住担忧生命力的无谓浪费。《雪晴》里巧秀的命运即是著例。十八岁青春萌动的"我"初见巧秀即被吸引，"一个年青乡下大姑娘，也好像一个火炬，俨然照着我的未来"。"十七岁年纪，一双清亮无邪的眼睛，一张两角微向上翘的小嘴，一个在发育中肿得高高的胸脯，一条乌梢蛇似的大发辫。说话时未开口即带点羞怯的微笑，关不住青春生命秘密悦乐的微笑。且似乎用这个微笑即

---

① 沈从文：《赤魇》，《沈从文全集》（第 10 卷），北岳文艺出版社 2009 年版，第 404—405 页。
② 沈从文：《雪晴》，《沈从文全集》（第 10 卷），北岳文艺出版社 2009 年版，第 408 页。

是代表一切,生命存在的意义和价值,以及愿望的证实。"①巧秀尽管不如翠翠那般具有自然性灵,却也不乏灵气,颇惹人怜爱。她命途多舛,在经历了与中砦人私奔成匪后,饱受人生的艰苦,进而成为寡妇。她的人生轨迹宿命般地重复了母亲的遭遇。在小说中,对于巧秀的际遇,十八岁的"我"吃惊且惋惜,隐含作者也跳入故事框架予以对话,对于女性的命运付之以复杂的人文情怀:"生命发展与突变,影响于黄毛丫头时代的较少,大多数却和成年前后的性青春期有关。或为传统压住,挣扎无从,即发疯自杀。或通过一切有形无形限制,独行其是,即必然是随人逃走。惟结果总不免依然在一悲剧性方式中收场。"②这其中,制导巧秀命运的因素是爱欲,在其驱动下,人的喜乐与悲苦似乎早已注定。沈从文很现实地点明了女性生命力解放后的困境,对于自身生命诉求的自觉,生命意识的启悟,难以找到适宜的发泄途径,只能充满悲剧情绪地浪费在难以有光明结果的希望上。这种生命力的释放对于个人而言,是生命的无谓消耗,"因为不仅偶然被带走的东西已找不回来,即这个女人本身,那双清明无邪眼睛所蕴蓄的热情,沉默里所具有的活跃生命力,都远了,被一种新的接续而来的生活所腐蚀,遗忘在时间后,从此消失了,不见了"③。对于群体而言,更像一块石子投入茫茫大海,除了一丝涟漪,再无别的改变,"巧秀的逃亡正如同我的来到这个村子里,影响这个地方并不多,凡是历史上固定存在的,无不依旧存在,习惯上进行的大小事情,无不依旧进行"④。在这里,作家对于爱与死相邻的主题有了更深一层的理解,不再高扬超越生死的至爱,而是理性地反思爱欲的价值及可能性的危机与困苦。

值得注意的是,这一时期沈从文的小说里常出现幻想,它存在于年轻人的思维意识中,也铺陈于文本的叙事脉络之中。在巧秀大胆而天真的文化选择中,也包含了些许"幻想",哪怕是在危机四伏的情境下也依然存活着不灭的冥想。在沈从文看来,幻想力是人具有生命力的表现方式,他尤为看重

---

① 沈从文:《雪晴》,《沈从文全集》(第10卷),北岳文艺出版社2009年版,第409—410页。
② 沈从文:《巧秀与冬生》,《沈从文全集》(第10卷),北岳文艺出版社2009年版,第425页。
③ 沈从文:《巧秀与冬生》,《沈从文全集》(第10卷),北岳文艺出版社2009年版,第417页。
④ 沈从文:《巧秀与冬生》,《沈从文全集》(第10卷),北岳文艺出版社2009年版,第422页。

青年人精神中的这种品质，甚至认为其属于人类精神的向上部分，"至于生命的明悟，……或积极的提示人，一个人不应仅仅能平安生存即已足，尚必须在生存愿望中，有些超越普通动物肉体基本的欲望，比饱食暖衣保全首领以终老更多一点的贪心或幻想，方能把生命引导向一个更崇高的理想上去发展"①。可见，一个消泯了光明或梦想的个体是不可能成为一个国家的脊梁的，缺失了民魂的生命形态是无法承担时代使命的。沈从文主张合理地疏导这种生命力和幻想力，尤其是在受压抑的情境下找到合适的形式去安放和排遣这隐藏于乡土中国的精神元气。同时，无处安放的活力积聚，无益于推进历史车轮，反而会成为地方的隐患。少女因爱而私奔，因触及乡规而落洞或沉潭，进而悲剧性地死去。这难能可贵的行为背后依然有值得喟叹的生命消耗与流逝。男子的"乡村游侠情绪和某种社会现实知识一接触"，则可能变为地方的游离分子或革命分子。脱离了传统劳作消磨体力的方式，而"近于一个寄食者"，"会合了各种不得已而作成的堕落"。②他们或变成土匪，或占据武器拥兵自重，引发家族仇杀、地方冲突，甚至于大的内战。总之这些生命的力量无一例外都被消耗在历史的悲剧之中。沈从文意识到农村社会形式的分解或已成历史必然，但无论何种形式的社会，无论哪个时代，未来的民族国家建设迫切需要解决的是：如何在保持民族个性中的活力与热情的同时，为年轻人的幻想力、生命力谋划有效的安排。无法发泄的生命力将导致人参与历史的暴力，进而把自己毁灭。这一沉重的命题不仅指涉湘西，也折射现代乡土的变迁与命运，彰显了沈从文想象乡土中国的现代意识。这即如小说《雪晴》所写的那样，想成为画家的"我"，在目睹生命的律动和自然超过画人的大胆巧思后，领悟到一支画笔的局限性，"任何一种图画，却不曾将这个近乎不可思议的生命复杂与多方，好好表现出来"。在雪晴的庄宅周围，既有风景如画的自然景致，又有悲怆凌乱的寒风袭来，隐喻了生命组成的丰富性和分层性，构成"象征生命多方的图案画"。③而这种对生命与天地自然调和为一的认识，构成了对生命的另一层领悟。

---

① 沈从文：《小说的作者与读者》，《沈从文全集》（第12卷），北岳文艺出版社2009年版，第66页。
② 沈从文：《巧秀与冬生》，《沈从文全集》（第10卷），北岳文艺出版社2009年版，第425—426页。
③ 沈从文：《雪晴》，《沈从文全集》（第10卷），北岳文艺出版社2009年版，第412—413页。

在文学与现实的关系问题上，沈从文始终坚守文学的独立特性。在《赤魇》中，沈从文借十八岁年轻的"我"画家梦的破灭，对文艺作品的表达限度提出怀疑；随后的《雪晴》《巧秀与冬生》和《传奇不奇》抒情隐去，叙事增强，以一场本没有必要发生的战争对国家政治强力提出质询。文学与政治强力本质上同属于人的规划与创造的产物，而"生命复杂与多方"，远超于人力的限制，更近于"道"。沈从文用一个形象比喻予以阐释："虽重叠却并不混淆，正如同一支在演奏中的乐曲，兼有细腻和壮丽，每件乐器所发出的每个音响，即使再低微也异常清晰，且若各有位置，独立存在，一一可以摄取。"他在此所强调的，是个体生命存在的价值，这是在现实面前也不应褫夺的。当然，他并没有孤立地强调个体，而是将个体放入乡村伦理图景中加以呈现，使得乡土有机性绽放出独有的价值。"那个似动实静的白发髻上的大红山茶花，似静实动的十七岁姑娘的眉目和四肢，作为一种奇异的对比，嵌入我生命中。"①与年轻人生命力同被"我"珍视的，是满家老太太白发上的那朵大红山茶花。沈从文心中的理想图景中，不仅需要跃动的血气，还需要一种"似动实静"的力量与之构成平衡，具体倾注在"三十年前老一辈贤惠能勤一家之主"的代表——满老太太身上。老太太体贴而周到，散发出母性的温暖，"为人正直而忠厚，素朴而勤俭"，"头脚都拾理得周周整整，不仅可见出老辈身份，还可见出一点典型人格。一切行为都若与书本无关，然而却处处合乎古人所悬想，尤其是属于性情温良一面，俨若与道同在"②。沈从文将满老太太放置到"道"的高度，就使人物的性格和行为拥有了典型性的意味。满家哥哥办喜事时，老太太前后张罗周至；冬生失踪时，她慈悯地安慰杨大娘；做大队长的儿子为争面子上报剿匪时，她有远见地预感到一场不必要的残杀；而当残杀真的发生后，她站出来安慰惊慌失措的年轻人；又在新年送匾时，借故吃斋和巧秀守在碾坊碾米。老太太的行为全按乡村古旧的仪式，长远习惯的规矩支配了大部分生活，不问如何，凡事从俗。这种忠厚虔诚的品质散发着悠远历史历练与淘洗所带来的安定气息，面对年轻血气激起的大浪也能沉稳镇定给予一定的补救。沈从文对满老太太所

---

① 沈从文：《雪晴》，《沈从文全集》（第10卷），北岳文艺出版社2009年版，第408—410页。
② 沈从文：《传奇不奇》，《沈从文全集》（第10卷），北岳文艺出版社2009年版，第435页。

代表的老辈人予以特殊的敬爱和高度评价，且进一步引向同质异构的另一个群体："生活虽穷然而为人笃实厚道，不乱取予，如一般所谓'老班人'。也信神，也信人，觉得这世界上有许多事得交把'神'，又简捷，又省事。不过有些问题神处理不了，可就得人来努力了。人肯好好的做下去，天大难事也想得出结果；办不了呢，再归还给神。如其他手足贴近土地的人民一样，处处尽人事而处处信天命，生命处处显出愚而无知，同时也处处见出接近了一个'道'字。"①杨大娘类的穷而忠厚和满老太太类的富而怀仁共同构成了"道"的阴阳两面，都显出动荡中的定力。乡土中国朴素而又生动的"道"，显然在社会长久变动和向内腐化的过程中逐渐褪去了，尤其到年轻一辈的手中，不复踪影，反而产生出一套新的现实哲学。"道"的失落最终将隐藏的矛盾放大，付出血的代价。

需要认真思考的是，乡土中国行进过程中"道"的失落是如何造成的？概而言之，至少有如下三个方面的原因：一是县长所代表的国家强力的入侵；二是兼任保长的满大队长所代表的乡土社会自下而上政治轨道的断裂；三是杨大娘代表的乡里人适应现代经济模式时的情感冲突。第一点县长的强制命令为研究者广泛关注，这一时期的《长河》《芸庐纪事》等作品都不同程度地涉及外来力量对本土文化的渗透，国家政治强力在《长河》保安队长身上的体现甚至让司马长风感到"无边的恐怖"。强力在动荡的时代语境下被主流地认为是"正确"的需要，并人为加以推动。沈从文在理性上并不否认强力对于宏观战局的意义和现代民族国家建制的必要性，但对于具体实施，他却敏锐地意识到充满自发生命力的世界正一步步被侵蚀，且人们错误的"把战争当作竞争生存唯一手段"。他认为，"若明白战争的原因是出于'工具进步'与'观念凝固'的不能两相调整，就必然会相信人类还可望在抽象观念上建设一种新原则，是进步与幸福在明日还可望从屠杀方式外获得。"②

止如金介甫所说："《雪晴》的现实主义色彩特别浓烈。它探索了乡村

---

① 沈从文：《巧秀与冬生》，《沈从文全集》（第10卷），北岳文艺出版社2009年版，第422—423页。
② 沈从文：《小说的作者与读者》，《沈从文全集》（第12卷），北岳文艺出版社2009年版，第75—76页。

社会腐化现象和伦理道德的转变，而这是小说《长河》所没有涉入的。沈仍然在追索外来人对乡村道德败坏影响的根源。但在《雪晴》中，也没有外来人亲自渗入这个苗民地区，既没有人强迫当地人废弃传统道德，也没有树立过坏的典型。……而是腐化已经深入到社会内部，造成全民族社会经济的腐朽。"① 此时期的沈从文不再简单地梳理乡土中国的变动根由，而是在现实与幻想之间建立起一个"中间地带"，提供反思乡土伦理与乡土变迁的有效平台。质言之，乡土中国的变迁牵连着经济、政治、文化等范畴，各类关联的因素相互作用，一步步地将乡土中国推向了无法挽回的变动轨道上。满家大少爷既是满家年青一代的领头人，且满家又是高岷地方二百户人家中的大族首户，循着约定俗成的规矩，自然是本村新一代的"首事人"。传统社会政治得以运行的基础，并非简单地依靠自上而下的轨道运行，"政权长久的稳定即便不必赢得人民的积极支持，至少也要得到他们的容忍"。② 在乡土中国的结构体系中，上传与下达的中介是士绅，他们是调和政府对人民的控制和人民意愿诉求的中间人，满家首事人也囊括其中。应该说，士绅基本上控制着乡民的意志，基于差序格局的控制力，乡土中国被整合成为一个文化共同体。当然，这里依然是一个权力博弈场。然而在现代国家制度传入高岷后，满家"村中一脚踢凡事承当的大队长"自兼起地方保长的角色，出于大户保全财富本能的任职，却无形中将自己置于骑虎难下的境地。"保长"身份背后的保甲制度把自上而下的政治轨道进一步向基层延伸，弱化了高度发展的地方自治机制和约定俗成的自治原则。当代表传统社群的士绅身份和现代政府权力末端的保长身份集于满家大少爷一身时，自下而上的政治轨道彻底断裂，原本的博弈空间不复存在，满大少爷再难抗拒来自上面的政令。于是，当他对形势判断失误，出于争面子的情绪将"家边人"的争斗上报县长后，就失去了控制时局的主动权，只能被动执行上层的命令。远离土地的县长对乡邻并无感情，个人升职的利益和田猎的行乐远高于被"匪"轻易定性的生命。最后的一切恶果只得由"背贴着土"的满大队长承担。

　　沈从文关注到下层自治空间缺失所带来的僵局，但他毕竟不是社会学

---

① 〔美〕金介甫：《沈从文传》，符家钦译，湖南文艺出版社1992年版，第210页。
② 费孝通：《中国士绅——城乡关系论集》，外语教学与研究出版社2011年版，第17页。

家，文学的限度让他只能清晰地认知却无法真正改变固有的文化秩序，"这二十年一种农村分解形式，亦正如大社会在分解中情形一样，许多问题本若完全对立，却到处又若有个矛盾的调合，在某种情形中，还可望取得一时的平衡。一守固定的土地，和大庄院、油坊或榨坊糟坊，一上山落草；却共同用个'家边人'名词，减少了对立与磨擦，各行其是，而各得所需。这事看来离奇又十分平常，为的是整个社会的矛盾的发展与存在，即与这部分的情形完全一致。国家重造的设计，照例多疏忽了对于这个现实爬梳分析的过程，结果是一例转入悲剧，促成战争"[①]。不言而喻，乡土中国脆弱的有机性显示出激烈碰撞后的调适，而这种被动的调适再难抚平创痛。这种内在机理的失调遭遇现代文明时，"现代"并没有带来先进且适合的社会秩序，反使原来的自治组织加速分解，乡土"力比多"所生成的负面效应充分地体现出来。

除了"首事人"陷入困境外，普通乡民也不得不面临现代经济模式渗透带来的乡土情感冲突。被沈从文形容为"穷得厚道贤惠的老妇人"杨大娘，为了庆祝独子东生的日生庚日，上城卖掉家里的笋壳鸡，"因为鸡在任何农村都近于那人家属之一员，顽皮处和驯善处，对于生活孤立的老妇人，更不免寄托了一点热爱，作为使生活稍有变化的可怜简单的梦"。在集市上与城里来的老鸡贩儿番讨教还价后成交，"末了且像自嘲自诅，……心中混合了一点儿平时没有的怅惘，疲劳，喜悦和朦胧的期待"。[②] 猝不及防的噩耗击碎了杨大娘虚幻的喜悦与期待，而仅有的笋壳鸡也已不在身边，精神再无可安慰之物，迅速衰弱成"萎悴悴的，虚怯怯的"。现代经济模式中的"商品"概念抹平了村民倾注其中的情感，实用价值之余别无他物。简单粗暴的经济逻辑必然带来乡土情感的冲突，模式化的思维深层又与政治规划相类。

事实上，沈从文的乡土想象并未完全脱离现代中国的文化语境，他的小说尽管不呈现启蒙与被启蒙的叙事模式，但他纵向整合和远景凝眸的笔法还是让其文学创作具有了自己鲜明的个性。他反对的并不是合理的现代，而恰恰是一个被公式化、简单化，甚至掏空了伦理内涵的现代。他认为在救亡的高亢浪潮下，不应该忽视中国既有的弊端和问题，它们可能在抗日胜利之

---

① 沈从文：《巧秀与冬生》，《沈从文全集》（第10卷），北岳文艺出版社2009年版，第426页。
② 沈从文：《巧秀与冬生》，《沈从文全集》（第10卷），北岳文艺出版社2009年版，第428—430页。

后形成明日的困难，影响到民族未来的发展。沈从文已然认识到现代文明对乡土社会的改变在所难免，某些老一辈珍贵品质的消逝"无可挽回亦无可补"。①事实上，他对文中老太太形象已掺入些许想象和改造："老太太对日常家事是个现实主义者，对精神生活是个象征主义者，对儿女却又是个理想主义者；一面承认当前，一面却寄托了些希望于明天。"②此句或可代表作者本人的态度。纷乱的思绪中隐隐存着一个中心，就是从《边城》《长河》一脉承下来的民族品格重建和国家未来发展的秩序。沈从文不断思索怎么把道德的、伦理的、审美的原则贯穿到我们的社会生活中去，这与后期他对审美代宗教的推崇相延续。

总而言之，在四十年代的小说创作中，沈从文将抽象的、遥远的、优美的、人性的原则集中投射在了一个永恒的瞬间——"我仿佛看到那只向长潭中桨去的小船，仿佛即稳坐在那只小船上，仿佛有人下了水，船已掉了头。……水天平静，什么都完事了。一切东西都不怎么坚牢，只有一样东西能真实的永远存在，即从那个小寡妇一双明亮、温柔、饶恕了一切带走了爱的眼睛中看出去，所看到的那一片温柔沉静的黄昏暮色，以及两个船桨搅碎水中的云影星光"③。在暮色倏忽中，小寡妇的目光包含了沈从文在历史洪流中朝向生命的宏大关怀，温柔明亮的眼睛与澄净平和的自然构成了某种稳定的原则，这原则于文学，或能"启迪少数的伟大心灵，向人性崇高处攀援而跻的勇气和希望"④；于社会，或能从混乱的压抑中解脱，为幻想力与生命力安排一个出口。

第二节 "政治无信仰"与沈从文的"重造政治"

沈从文远离政治的文学观念体现了其自由主义的姿态，对于这种文学

---

① 沈从文：《传奇不奇》，《沈从文全集》（第10卷），北岳文艺出版社2009年版，第452页。
② 沈从文：《传奇不奇》，《沈从文全集》（第10卷），北岳文艺出版社2009年版，第436页。
③ 沈从文：《巧秀与冬生》，《沈从文全集》（第10卷），北岳文艺出版社2009年版，第431—432页。
④ 沈从文：《虹桥》，《沈从文全集》（第10卷），北岳文艺出版社2009年版，第390页。

观念我们应该理性地分析,既要考虑作家的创作个性及一贯的文学姿态,又要考究置身于其所处的历史文化语境。沈从文曾交代,自从加入教书的队伍中,生活逐渐演变成"半知识分子",环境与人事对他的影响是非常大的。就环境而论,"其时学校中改良主义者的民主自由思想占较大比重。这些知识分子,平时虽不和国民党妥协,但是也不对于人民革命有何认识,只觉得当前不对,内战是国家不上轨道,降低国际地位的消耗,而倾心于英美式个人民主自由。我在这种环境中熏陶下去,和新的社会现实于是日益隔开了"。就他人的影响而言,沈从文和学院派中很多人乐意于参加写作竞赛,不参加不明白的有政治性的争论,"不免染上了一点知识分子中小资产阶级的作风,和些清华、北大的先生们喝喝茶,听他们谈谈这样那样"。同时,沈从文的性格中亦有与政治不敏感的地方,"我既缺少和恶势力决绝斗争的气概,也不能和新旧官僚完全同流,对于政治上的分合不定,更增加对政治的不理解"①。由此种种生成了他上述文学观念。

一、政治显效性与艺术自主性的两歧

与左翼作家不一样的是,沈从文始终坚持一种文学的纯洁精神,主张文学的审美功用。他指出:"文学是用生活作为根据,凭想象生着翅膀飞到另一个世界里去一件事情,它不缺少最宽泛的自由,能容许感情到一切现象上去散步。什么人他愿意飞到过去的世界里休息,还有什么人,又愿意安顿到目前的世界里;他不必为一个时代的趣味,拘束到他的行动……他有一切权利,却没有低头于一时兴味的义务。他可赞赏处只是在他自己对于那个工作的诚实同他努力的成就。"②这段话可视为沈从文的文学观或政治观,他将文学与政治的关系安顿得泾渭分明,两者似乎没有太多的交集。在他看来,一个作家的文学创作可以无视社会历史的喧闹与演进,对于时代的"趣味"可以不闻不问,这就是文人"宽泛的自由"。

沈从文曾准备把《长河》写成长篇巨制,把沅水流域的一些码头好好写

---

① 沈从文:《沈从文自传》,《沈从文全集》(第27卷),北岳文艺出版社2009年版,第142—150页。
② 沈从文:《记胡也频》,《沈从文全集》(第13卷),北岳文艺出版社2009年版,第31页。

一下，写出20世纪上半期一幅中国风俗画。在三十年代初，沈从文曾为自己拟定了一个二十年内的写作计划表，计划要写："一、黄河，写黄河两岸北方民族与这一条肮脏肥沃河流所影响到的一切。""二、长江，写长江中部以及上下游的革命纠纷。""三、长城，写边地。""四、上海，写工人与市侩对立的生活。""五、北京，以北京为背景的历史的社会的综集。"……有趣的是，这张写作计划表中的沈从文，很显然和我们印象中那个写《边城》的沈从文多少有些距离。沈从文不是一个只讲艺术不顾社会和现实人生的作家，他在不断被经典化的同时，也在被不适当地特征化、单一化了。很多研究都将注意力投放在沈从文对"梦"的书写和追求上，而他作为现代知识分子对现实和政治的关注的另一侧面，在事实上却被遮蔽了。王德威认为："尽管在大多数作品中，沈从文表现出一种幽谧宁静、心向'自然'的姿态，他的写作其实响应了一九二〇、三〇年代动荡不安的文化/政治局面，其激进处并不亚于台面上的前卫作家。"① 在《〈长河〉题记》一文中，沈从文指出："所谓政治又只是许多人混在一处，相信这个，主张那个，打倒这个，拥护那个，人多即可上台，上台即算成功。……对历史社会的发展，既缺少较深刻的认识，对个人生命的意义，也缺少较深刻理解。个人出路和国家幻想都完全寄托在一种依附性的打算中，结果到社会里一滚，自然就消失了。"② 沈从文对"政治无信仰"的原因是多方面的，既是其乡下人的边缘心态的反映，也是其生命文学观念的必然呈现。对于抗战语境中很多作家从军以及积极参加政治运动的举动，他不以为然，他一直保持着一种"单干户"③和"走单帮"④的姿态。他认可别人批判那时赋予他的各类政治名目，如现代评论派、新月派、小京派头头、战国策派等等。对于政治，他始终保持着距离，并有"对政治无信仰""不懂政治""迷失方向"等态度，这在20世纪风云变幻的中国作家中是很少见的，即使在自由主义作家中也很寥寥。

当然，作为社会成员的作家是不可能与政治绝缘的，沈从文也不例外。

---

① 王德威：《写实主义小说的虚构：茅盾，老舍，沈从文》，复旦大学出版社2011年版，第223页。
② 沈从文：《〈长河〉题记》，《沈从文全集》（第10卷），北岳文艺出版社2009年版，第4页。
③ 沈从文：《复邵燕祥》，《沈从文全集》（第26卷），北岳文艺出版社2009年版，第126页。
④ 沈从文：《我》，《沈从文全集》（第27卷），北岳文艺出版社2009年版，第163页。

尽管他一再声明自己与政治无缘,庆幸自己不懂政治,但他对于民族国家的关注从来没有停止过。对于战争,他主张用"抽象的抒情"来代替暴力行动,他指出:"任何一种政治基础,若是建立于这种庞大武力上,我认为都容易转为军事独裁,只对少数人有利,和民主自由原则将日益离远的。"① 在他的意识中,战争给人心带来太多的阴影和印记,而文学可以为民众抚平创痛、慰藉心灵,由此文学不再记录战争血腥的场面和悲痛的反省,而是绕开战争本身,于人的生命及精神等方面用力,"把文学艺术作工具,进行广泛而持久的教育和启迪,形成多数人对于国家进步一种新态度,新观念,由矛盾对立到和平团结,是势所必然"。② 对于国民党残害左翼文艺进步作家的行径,沈从文也没有保持沉默,他写下了《记胡也频》《记丁玲》等文章来控诉其罪行。他褒扬胡也频为了"一个民族一个社会的翻身",而表现出的"强健努力"。认为,"这个人假若死了,他的精神雄强处,比目下许多据说活着的人,还更像一个活人",并坚信这种精神会在另一处"重新生长"③。进而他指出,国民党的"对知识阶级的虐杀手段"是"全个的愚蠢,这种愚蠢只是自促灭亡,毫无其他结果"。他警告国民党,革命者的努力,"只是为了'这个民族不甘灭亡'的努力,他们的希望,也只是'使你们不作奴隶'的希望"④,在"全个民族非振作无以自存的时节",杀掉的只是"对现状有所不满,敢为未来有所憧憬"的自强不息的作家,"生存的,则只是剩余下来的一群庸鄙自熹之徒",这样下去,"国家前途,有何可言?"⑤ 从这可以看出,沈从文的文学主张中始终存在着对于民族国家前途的思考,其批判的立场与语言的犀利在当时也是别具一格的。当然,这也必遭致国民党所控制的杂志的攻击,其文章也屡次被禁。从这种意义上说,沈从文"不识时势"的文学观念中保留着,保住了其一贯精神独立的品格。

---

① 沈从文:《解放一年——学习一年》,《沈从文全集》(第27卷),北岳文艺出版社2009年版,第55页。
② 沈从文:《政治无所不在》,《沈从文全集》(第27卷),北岳文艺出版社2009年版,第38页。
③ 沈从文:《记胡也频》,《沈从文全集》(第13卷),北岳文艺出版社2009年版,第48页。
④ 沈从文:《〈记丁玲女士〉跋》,《沈从文全集》(第13卷),北岳文艺出版社2009年版,第228页。
⑤ 沈从文:《丁玲女士被捕》,《沈从文全集》(第13卷),北岳文艺出版社2009年版,第234页。

在战争语境中，政治显效性与文学审美性的冲突最直接地表现为思想性和艺术性的矛盾。显效性的政治诉求一度成为抗战文学的话语中心，与其说是现实主义文学对政治的自发顺应，毋宁说政治夹裹的强烈的意识形态性在战时的语境中对现实主义文学产生强大的规训力，"构成意识形态的特殊社会实践的因素就是各种文学和文化文本，其使命要么是支持、'臣服'，要么是改造（生产/再生产）作为一种不可或缺的社会实践的'意识形态'"[①]。这样一来，文学领地不可避免地要承受来自政治话语分派的非文学因素的渗透和影响。在艺术性方面，哪些要素得以强化？哪些遭到压制？哪些需要改造？这些都与政治或显或隐的导向密切关联着。现实主义的艺术审美性通过政治话语的筛选、过滤后，呈现出与特定政治文化语境、主流文学风尚契合的文学形态。当然，艺术性毕竟不归属于思想性，"艺术自主性的概念一般有两种走向的含义：一种是进入象牙之塔，形成逃避主义的艺术观；另一种是康德的观念，把艺术看作一个异质的宇宙（另一个世界）"[②]。拉曼·塞尔登的意思是，艺术的本质独立于社会政治经验之外，在接受政治话语的配置时肯定是有限度的，超过某种限度时，其艺术性就会折损。因此，当作家无力整饬艺术性和思想性之间的冲突时，文学创作的推进将遭致阻碍，其精神品质也会大打折扣。对此，沈从文指出："若把文学附属于经济条件与政治环境之下，而为其控制，则转动时代的为经济组织与政治组织，文学无分，不必再言文学。"[③] "我们虽需要国家对于文学作用有更深刻的认识同时还需要文学作家自己也能认识自己，尊重自己，不要把'思想'完全依赖在政治上。"[④] 当时现实主义文学中出现的遭人诟病的"差不多"现象、"抗战八股"现象，就是思想性与艺术性失范的例证。这类现象产生的原因在于，作家在艺术表达中偏重思想性，不惜以牺牲艺术性来强化作品的政治表达。用沈从文的话来说就是政治向来代表了"权力"，与知识结合即成为"政术"。[⑤]

---

① 陈永国：《文化的政治阐释学》，中国社会科学出版社 2000 年版，第 183 页。
② 〔英〕拉曼·塞尔登：《文学批评理论——从柏拉图到现在》，刘象愚、陈永国等译，北京大学出版社 2000 年版，第 257 页。
③ 沈从文：《记丁玲续集》，《沈从文全集》（第 13 卷），北岳文艺出版社 2009 年版，第 207 页。
④ 沈从文：《小说与社会》，《沈从文全集》（第 17 卷），北岳文艺出版社 2009 年版，第 305 页。
⑤ 沈从文：《政治无所不在》，《沈从文全集》（第 27 卷），北岳文艺出版社 2009 年版，第 38 页。

二、"美育""诗教"重建政治的张力与局限

在理解文学与政治的关系上,沈从文持守着"文学者的态度",即重视文学的自主性,反对文学成为政治的工具或附庸。在他看来,"作家要救社会还得先设法自救。自救之道第一别学别人空口喊叫,作应声虫;第二别把强权当作真理;作磕头虫"[①]。他甚至认为,文学家比政治家更具有价值:"一个伟大艺术家或思想家的手和心,既比现实政治家更深刻并无偏见和成见的接触世界,因此……它的伟大的存在,即于政治、宗教以外,极有可能更易形成 种人类思想感情进步意义和相对永久性。"[②]要理性评价沈从文这种自由主义思想和创作原则,有必要全面梳理文学与政治的辩证关系。长期以来,在认识文学与政治的关系上,人们存在着这样的倾向:要么割裂两者的联系,将两者看成是不可融通的对立物,看不到两者相互建构、彼此生成的关联;要么同化两者的关系,片面地强化政治的整合和统摄作用,将文学视为政治的附庸或工具。两种观点存在同样一个问题:片面地理解文学与政治的关联。实际上,在文学与政治之间建立一种合理的关联是完全可能的。一方面,作为背负特殊时代使命的文学,其社会功能可以很好地契合时代的政治诉求,可以以其独特的方式参与到中国的现代进程之中。另一方面,政治文化内涵的赋予有助于文学境界的提升。对历史命运的关注、对社会生活的参与一直是文学创作的深层内涵。而政治文化的深层意识就是该民族的政治文化认同意识,它支配着作家的文学构想和价值观念。它能产生强烈的自我意识和向心归属情绪,对外防范、对内认同,因此,"政治化"的现实主义具有其他现实主义无法比拟的历史深度。关于文学与政治关系的话题,如果过分强调政治之于文学的训谕和教化功能,或将文学超脱于政治之外,都是非常不恰当的,对两者之间深度关联的理解显然是片面的。如果能重返当时特定的历史现场,审视两者之间存在的辩证关联,进一步叩问这种关联对现实主义思潮推进产生了什么样的影响,现实主义又是如何调适这种影响,并

[①] 沈从文:《再谈差不多》,《沈从文全集》(第17卷),北岳文艺出版社2009年版,第150页。
[②] 沈从文:《一个传奇的本事》,《沈从文全集》(第12卷),北岳文艺出版社2009年版,第231页。

建构自己的话语体系的，这些问题的提出可以将此话题引向深入。

其实，文学与政治不是水火难容的绝缘关系，而是一种张力关系。在张力结构中，任何一方都不可能为另一方所同化，就产生了"非同一性"的价值取向。"非同一性"的哲学思维强调多种力作用下的历史发展趋向，颠覆了历史发展的某种"同一性"的必然律和本质论。文学和政治的力学结构的常态表现为静态的张力，这种静态却隐含着两种力量的博弈。然而，受制于特殊的政治任务，作家不得不强化政治功利性，文学的审美性不得不服从于政治的教化或改造，使得原本静态的张力结构被打破，"非同一性"的相对价值取向为"同一性"的绝对本质所替代。最终，文学的审美性妥协于政治功利性的训诲而实现了两极力量的和解，"和解会解散非同一的东西，会使之摆脱压抑，包括精神的压制；它打开了通向复杂的不同事物的道路，剥夺了辩证法对这些事物的权力。和解将是关于不再是敌意的诸事物的思想"①。阿多诺的意思是说，和解会导致"力场"的解体，"力场"的解体则会造成现实主义内部各要素之间关系的失衡，这正是文学与政治联姻给现实主义带来困局的根源所在。因此，现实主义要走出由政治显效性与文学审美性冲突而衍生的困境，首先应建构起文学与政治间的张力结构，肯定彼此存在的自主性，尔后制衡两者之间相互关联的张力。事实上，沈从文也并非完全盲视文学与政治的关系，并非要决绝地割裂两者的深刻关联。在他看来，文学与政治从来是分不开的，他要求文学家应以"思想家"的身份出现，而不是为了"装点政治"。"把文学凝固于一定方向上，使文学成为一根杠杆，一个大雷，一阵暴风"也未尝不可，但他反对文学受到外界的影响后便即刻"投降"。② 这里的"投降"就是切断文学与政治的张力关联，将文学视为政治的工具，这是沈从文所不愿看到的。他之所以重视文学的自足性，与他作为自由知识分子的身份认定是密切相关的，他说过："有学术自由，知识分子理性方能抬头。理性抬了头，方有对社会一切不良现象怀疑否认与重新检讨的精神，以及改进或修正愿望。"③ 洞悉文学与政治既相互建构又相互疏离的关

---

① 〔德〕阿多诺：《否定的辩证法》，张峰译，重庆出版社1993年版，第5页。
② 沈从文：《记丁玲》，《沈从文全集》（第13卷），北岳文艺出版社2009年版，第118页。
③ 沈从文：《纪念五四》，《沈从文全集》（第14卷），北岳文艺出版社2009年版，第297页。

系，辩证性地审视上述问题，才能更好地走出困局，为其深化提供可资借鉴的有益经验。

在抗战时期，鲁迅精神传统对知识分子的影响最著。由于沈从文的自由主义的立场，在认识文学的战斗精神层面，他难以真正认识鲁迅反抗绝望的战斗精神。在《鲁迅的战斗》一文中，他认为，鲁迅是不愧双手接受"战士"的称呼的，"虽然这大无畏精神，若能详细加以解剖，那发动正似乎也仍然只是中国人的'任性'；而属于'名士'一流的任性，病的颓废的任性，可尊敬处并不比可嘲弄处为多。并且从另一方面去检察，也是证明那软弱不结实；因为那战斗是辱骂，是毫无危险的袭击，是很方便的法术"[1]。与此同时，沈从文也认为鲁迅的战斗也必将在"成功的欢喜"中感到"败北的消沉"。这正是启蒙者无法回避的矛盾与孤独，他进而指出："鲁迅的悲哀，是看清楚了一切，在病的哀弱里，辱骂一切，嘲笑一切，却同时仍然为一切所困窘，陷到无从自拔的沉闷里去了的。"[2] 这种认知是其思想观念的反映，他看到鲁迅"困兽犹斗"的苦闷，也理解他为民族呼喊的社会责任感。当然，由于两人的性格和文学选择的差异，沈从文不可能像鲁迅那样能突入现实生活的困境中"肉搏"绝望，他所做的是思想的自守、修复与反思，这主要表现在他的"乡土中国"的话语实践上。沈从文以其强烈的抒情风格，淡化了文学与政治的直接关联，但这却并不意味着他不是一个写实主义者；而且两者关联贯穿沈从文与现代中国终其一生的痛苦纠缠，可以说，沈从文的困惑不仅关乎个人的命运沉浮，更与知识分子的文化选择密不可分。

值得注意的是，当沈从文遭遇人生挫折时，他都会写自传。30年代、50年代和80年代是其开启自我与时代、自我与社会的大反省。沈从文始终认为，"每个人具有一种新国民的性格"，"使他们在无论何种情形下，又总不放弃属于公民的义务与权力"。在他看来，在当下的中国培养一个人作为国民的义务感与权利意识其实迫在眉睫。每一个国民必须"明白一个'人'的权利，向社会争取这种权利，且拥护那些有勇气争取正当权利的国民行为"。同时，也需领悟"一个'人'的义务是什么，对做人的义务发生热烈

---

[1] 沈从文：《鲁迅的战斗》，《沈从文全集》（第16卷），北岳文艺出版社2009年版，第165页。
[2] 沈从文：《论中国创作小说》，《沈从文全集》（第16卷），北岳文艺出版社2009年版，第201页。

的兴味，勇于去担当义务"①。在多年的向"现实"学习的历程中，沈从文并未停止对于民族国家的现代省思，他提出"美育重造政治"的主张：用"美育"与"诗教"重造政治头脑之真正进步理想政治。②这与蔡元培的"美育代宗教"相互补充，沈从文的方案是：通过"美育"锻炼民众的生命品格，并以这种生命品格吸附于民族国家的向上、向前的努力之中，进而重造理想政治。与同为自由知识分子的胡适相比，沈从文坦言，胡适等人的政治观念"和我的空想社会相隔实远"③。胡适等对政府是寄予一定希望的，他所提出的民主等方案是在现有政府存在的基础上实现的。而沈从文对现实政治则是"完全绝望"，他的希望不是对国民党统治抱有"民主"幻想，而是如他所说的"完全重造"。而其他知识分子如丁西林、陈源、新月的罗隆基、潘光旦、叶公超、闻一多等，沈从文与他们也存在着不同的文化志趣，究其因"由于过去教育不同，当前社会地位不同，写作目标更有显明差距。大革命到来时，知识分子有了新的分化。……我所熟的教授阶层，也有分化，妥协的作了官，受英美民主自由思想熏陶较久的，就留在学校里，进行改良主义的活动"④。由此，他只能"孤立地追求理想，追求工作进步"。

那么怎样"重造政治"呢？在沈从文看来，小说要"贴着人物写"，文学的社会修复效果至关重要，而他执着的怀疑精神也是重要的方式。他强调："在日光之下能自由思索，培养惑疑和否定的种子，这是支持我们情绪的唯一撑柱，也是重造这个民族品德的一点转机！"⑤"明白现实并非承认现实。事恰相反，真的明白应当激起你一种否定精神。……否则将永远在'适应'上辗转。在这一点上，我们也就看得出近三十年知识分子悲剧何在，又如何分担了民族堕落的一环！"⑥这并非他遭人诟病的那种逃避现实的知识分子形象的体现，反而表呈了知识分子参与20世纪中国想象的精神姿态。他

---

① 沈从文：《中国人的病》，《沈从文全集》（第14卷），北岳文艺出版社2009年版，第89页。
② 沈从文：《试谈艺术与文化》，《沈从文全集》（第14卷），北岳文艺出版社2009年版，第384页。
③ 沈从文：《总结·思想部分》，《沈从文全集》（第27卷），北岳文艺出版社2009年版，第104页。
④ 沈从文：《沈从文自传》，《沈从文全集》（第27卷），北岳文艺出版社2009年版，第146页。
⑤ 沈从文：《白魇》，《沈从文全集》（第12卷），北岳文艺出版社2009年版，第160页。
⑥ 沈从文：《"否定"基于"认识"》，《沈从文全集》（第14卷），北岳文艺出版社2009年版，第343页。

反对知识分子依靠"知识"身份来获取生存之本，在他看来，这种"知识"应用于社会向前、民族向上的方向。他不认同自己是"专家式的知识分子"，反对知识分子与"做人"脱节，"至若知识与做人气概脱了节，对国家无信仰，对战争逃避责任，这种人的知识，平时既造成了他过多的特权，战争时且做成他一种有传染的消极态度，在学校即使大学生受坏影响，在目前社会，真可说是毫无用处的！"[①] 显然，这里传达的态度与很多知识分子对其远离社会人生的批判相去甚远。其否定的精神又与很多人认为他只有"至美"情怀的评语并非一致。失望于"有形秩序和无形观念"，他期待"全面改造"。而要改造社会人生，又必须张扬知识分子不随波逐流的气概，不放任自流，不缺失本心，成为外在事物的附庸，他质疑当时一些人的言论，"不能随波逐流的，具有真正独立自主见解和工作精神的，反而名为'无中心思想的个人主义者'，遭受多方面迫害"[②]。从这个角度可以窥见，当时那些"假道学""真俗人"式的文人视沈从文为异类的原因。沈从文对知识分子的审视就是其重造政治的具体表现，文学作品对社会人心的影响是巨大的，因而，知识分子的使命是对人生命价值的重铸，进而推动社会历史的发展。他不循旧路，在自己的精神世界中寻找着塑造民族未来的动力，不倾心于喧嚣的尘世，听从自己的声音，走出了一条铭刻沈从文印记的文学道路。

自称"对政治无信仰"的沈从文曾这样反思自己："和自己弱点而战，我战争了十年。生命最脆弱一部分即乡下人不见市面处，极容易为一切造形中完美艺术品而感动倾心。……尤其是阳光下生长那个完美的生物。美既随阳光所在而存在，情感泛滥流注亦即如云如水，复如云如水毫无凝滞。"[③] 尽管作家自述对"爱"的抽象追求是其"弱点"，但他始终无法克服这个弱点，即对人性永恒的倾心，对破坏乡土自然生态的外在力量进行批判和反思，这种反思显然也包括了政治因素。因而，在创作小说时，沈从文有意忽视那些想要从作品中找寻与"政治"关联的读者，这种放弃也显示了其一贯的文学

---

① 沈从文：《给驻长沙一个炮队小军官》，《沈从文全集》（第17卷），北岳文艺出版社2009年版，第349页。
② 沈从文：《纪念五四》，《沈从文全集》（第14卷），北岳文艺出版社2009年版，第299页。
③ 沈从文：《主妇》，《沈从文全集》（第10卷），北岳文艺出版社2009年版，第316—317页。

立场。《〈边城〉题记》中沈从文的话即明确地阐释了这一观念:"照目前风气说来,文学理论家,批评家,及大多数读者,对这种作品是极容易引起不愉快的感情的。前者表示'不落伍',告给人中国不需要这类作品,后者'太担心落伍',目前也不愿意读这类作品……我有句话想说:'我这本书不是为这种多数人而写的。'……正因为关心读者大众,不是便有许多人,据说是为读者大众,永远如陀螺在那里转变吗?这本书的出版,即或并不为领导多数的理论家与批评家所弃,被领导的多数读者又并不完全放弃它,但本书作者,却早已存心把这个'多数'放弃了。"[1]为此,沈从文的作品也遭到了很多人的批评,"空虚"[2]"空洞无物"[3]"不能表现现实"[4]代表了当时很多人的看法。

  但不管怎样,沈从文还是留下一个守望乡土、怀想家园的踽踽背影。"是不是到明日就有一群结实精悍的青年,心怀雄心与大愿,来担当这个艰苦伟大的工作?是不是到明日,还不免一切依然如旧?"[5]这个问题的答案,沈从文不敢肯定,但"我还愿意再活十七年,重来看看我能看到的一切"。守望者注定是孤独、寂寞而忧郁的,但同时也是庄重、严肃的。在沈从文所处的时代,我们听到更多的是一种强烈呼唤现代文明改造现实的富有历史理性的声音,故而,相对于那个时代,沈从文无疑是超前的,也是寂寞的。他对文明的反省在整个时代背景的衬托下也显出几分薄弱,对于诸多的现代性主题与话语,他皆对其加以消解和否定。对于都市与乡土的辩证思考已经触摸到了关于人类生命形式的探究、民族灵魂的拯救、民族品德的重造等一系列重大命题,这也使得沈从文的乡土书写具有更为恢宏的历史含量和现实启迪。

---

[1] 沈从文:《〈边城〉题记》,《沈从文全集》(第8卷),北岳文艺出版社2009年版,第57—58页。
[2] 侍桁:《一个空虚的作者——评沈从文先生及其作品》,《文学与生活》1931年创刊号。
[3] 贺玉波:《沈从文的作品批判》,《沈从文研究资料》(上),天津人民出版社2006年版,第214页。
[4] 凡容:《沈从文的〈贵生〉》,《中流》1937年第2卷第7期。
[5] 沈从文:《辰溪的煤》,《沈从文全集》(第11卷),北岳文艺出版社2009年版,第379页。

第八章　新人想象：民族新生的话语实践

儿童身上"新"的特质与民族的未来有着内在的关联，儿童迥异于成人的纯洁的"爱""美""自然"等品格是冲破黑暗与虚无的旧中国的人格隐喻，很多现代知识分子对其寄予了现代民族国家的理想。未来中国的儿童形象是中国知识分子在"负重—超越"的心境下的产物，作为一种集体的想象物，它被视为"民族隐喻"机制，发挥着汇聚民族气度的话语功能。沈从文小说书写了众多儿童形象，而且他还改编过外国儿童文学作品，这些实践都深入地参与了现代新人想象的话语实践。

第一节　人类"童年期"遐想与社会化忧思

金介甫认为："在沈从文的想象中，苗民的生活方式是中华民族年轻时期的生活方式。"[①]言外之意，沈从文以人类早期的自然、善、美等品格来构建其"希腊小庙"的模型。由于没有沾染社会化的尘染，它像一个精致的艺术品。显然，这种乡土中国理想的构想与沈从文稚气未脱的气质是一致的。沈从文高度肯定那些如孩童般简单的人性世界，他说过："所谓'乡下人'，特点或弱点也正在此。见事少，反应强。孩心与稚气与沉默自然对面时，如从自然领受许多无言的教训，调整到生命，不知不觉化成自然　部分。……既不相信具有导路碑意义的一切典籍，也很疑惑活人所以活下来应付生存的

---

① 〔美〕金介甫：《沈从文传》，符家钦译，湖南文艺出版社1992年版，第19页。

种种观念与意见,……到城市十五年即成过去,目的与理想都是孩心与稚气向天上的花云与地面的水潦想象建筑起来的……"① 在这里,"孩心"与"沉默自然"构成了一种相互阐释的关系,而两者相遇时,作者领悟到一种"无言的教训",也即他在《云南看云》一文中所说的"无言之教",它"不做作,不过分修饰,一任自然,心手相印"②。这显然在那个"可怕的实际主义"的社会里是找不到踪迹的,在沈从文这里被赋予了某种神性的力量。

一、"童心再现童心":未来中国的历史逻辑

在周氏兄弟的引导下,一时间"儿童本位"思想成为儿童文学界的集体呼声,响应者云集。"儿童本位"是相对"成人本位"而言的,在此之前,"成人本位"曾一度占据话语权力的制高点。在他们看来,儿童是人成长的幼小阶段,身心发展还没健全,只有在成人的教育和抚养之下才能维持自身的发展。在中国,由于传统伦理纲常的影响,"成人本位"被强化,儿童的地位受到长期的压制。"五四"知识分子"儿童本位"思想的提出体现了"人"的发现和解放的时代主潮,他们理性地意识到了儿童并非依赖于成人,他们有自己独立的精神世界和主体价值。与之相关的儿童文学及儿童教育也应考虑儿童主体的特点,这充分体现了儿童独立的原则,也肯定了儿童之于未来、儿童之于社会发展的重要作用。可以说,儿童文学先驱曾一度高举"童心崇拜"的旗帜来反抗"祖先崇拜"的返古思想。"童心"即"赤子之心",在儿童身上表现为不杂陈染,自然真心。老子曾对其大加赞赏:"含德之厚,比于赤子。毒虫不螫,猛兽不据,攫鸟不搏。骨弱筋柔而握固,未知牝牡之合而朘作,精之至也。终日号而不嗄,和之至也。"(《道德经·五十五章》)晚明李贽是这样定义"童心"的:"夫童心者,真心也。若以童心为不可,是以真心为不可也。夫童心者,绝假纯真,最初一念之本心也。若失却童心,便失却真心;失却真心,便失却真人。人而非真,全不复有初矣。"(《焚书·童心说》),他认为,入世后的各种活动,包括读书,虽

---

① 沈从文:《潜渊(第二节)》,《沈从文全集》(第12卷),北岳文艺出版社2009年版,第87页。
② 沈从文:《云南看云》,《沈从文全集》(第17卷),北岳文艺出版社2009年版,第309—310页。

能增长见识，却减弱了童心。而这中间，最容易遮蔽童心的是名利和欲望。童心为什么会被遮蔽，李贽强调两点：一是"修饰"，一是"假言"。因此他提出"护童心"和"障童心"的文化主张，反对外在理念、思维侵蚀天真的心灵。"公安三袁"主张的"性灵说"也是肯定人性的自然状态，保持生命本来的色彩——纯洁、天真、善良、和谐、贞静。鲁迅、周作人、冰心、叶圣陶、郑振铎、丰子恺等人的儿童创作均对此进行了细致入微的书写。他们发现"童心"容易"丢失""遗落"，在成人世界中再难找到。基于此，成人就不应褫夺、扭曲、损坏儿童这种个性，还给儿童一个纯净的儿童世界。

  沈从文用自己美的眼睛打捞和过滤他所经世的现实："我看一切，却并不把那个社会价值掺加进去，估定我的爱憎。我不愿问价钱上的多少来为百物作一个好坏批评，却愿意考察它在我官觉上使我愉快不愉快的分量。我永远不厌倦的是'看'一切。宇宙万汇在动作中，在静止中，我皆能抓定她的最美丽与最调和的风度，但我的爱好显然却不能同一般目的相合。我不明白一切同人类生活相联结时的美恶，另外一句话说来，就是我不大能领会伦理的美。接近人生时我永远是个艺术家的感情，却绝不是所谓道德君子的感情。"[①]他笔下有一系列的虚伪复杂、世俗低劣的"都市心灵"：如《绅士的太太》《都市一妇人》《八骏图》《焕乎先生》《一日的故事》等小说的"高等人"个个心怀鬼胎、虚伪做作，人性猥琐不堪，在物质条件发达的都市中，他们已经失去了自然的人生操守和人性。对此，沈从文为他们开的药方是："用童心重现童心。"[②]他说："一个民族缺少童心时，即无宗教信仰，无文学艺术，无科学思想，无燃烧情感实证真理的勇气和诚心。童心在人类生命中消失时，一切意义即全部失去其意义。"[③]目的是"给高等人立一面镜子"，"参照镜"自然是湘西纯净无暇的童心世界，他创作了一系列具有单纯率真、心灵优美的人物，他们的存在如一株株常青的生命之树，也恰如"生命"本身的色彩——纯洁、自然，未掺杂任何外来成分。"这抹亮色"既是沈从文"理想人性"的要求，又是"生命"颜色中的主色调。

[①] 沈从文：《女难》，《沈从文全集》(第13卷)，北岳文艺出版社2009年版，第323页。
[②] 沈从文：《青色魇·黑》，《沈从文全集》(第12卷)，北岳文艺出版社2009年版，第190页。
[③] 沈从文：《青色魇·青》，《沈从文全集》(第12卷)，北岳文艺出版社2009年版，第180页。

为了描摹这种自然纯洁的乡土生命,沈从文以儿童的视角来看待成人这个充满陌生的世界。在《往事》中,作家通过回忆的笔调,描写了一个从城市回到乡里的儿童的所见所闻,他不自觉地将两者进行比较,在他眼中,"事事都感到新奇",乡里有这个城里孩子平常看不到、也无从感受到的乐趣。作家正是借助这个儿童带领读者走进到乡土的文化内部,在这其中,他"最爱看又怕看的"是小碾坊里的自动水车。在这里,碾坊是乡土农耕文明的一个文化符号,"那圆圆的磨石,固定在一株木桩上只是转只是转"①,而"满身是糠皮"的五叔在他眼中俨然是"一个卖灰的人",他独有的自在与自得演绎着乡土日常生活的平淡与简单。《夜渔》延续《往事》的故事脉络,回乡的城里孩子与五叔一起夜间到溪里打鱼,成人与儿童视角的差异被充分地展示出来了,成人无暇顾及的地方有儿童的眼睛,而儿童所谓的新奇与不解在大人看来又是那么平常,结尾的一句话点出了两者之间的沟壑与隔膜:"关于照鱼的事,五叔似乎并不以为有什么趣味,这很令不知事的茂儿觉得稀奇。"②

一般而论,伦理法则是基于特定的空间场域才得以展开,家就是这一空间的基本单位,是一个集结代际伦理文化的共同体。在中国文化传统中,家与国是始终纠合在一起的。近代以来,现代知识分子将家隐喻为一个"狭的笼":"社会中的万恶的泉源,也是一个造奴隶的场所。"③现代新人"离家"和"毁家"的举动契合了破旧立新的时代精神。在他们看来,"家庭不良,社会国家斯不良耳"④,因而要重建国家形象,有必要重审家庭的伦理文化,批判的剑锋直指父权宰制的家庭文化。值得注意的是,翠翠、三三、萧萧、夭夭等"自然之子"都生活在一个残缺而不完整的家庭。应该说,这种残缺的家庭为这些儿童提供了一片远离伦理纠葛的净土。

沈从文的名作《边城》中的翠翠、老船公、傩送、天保等人都有一颗粗糙、单纯的心,他们在边地小城演绎了一场围绕爱情的人性之歌。淡化物质

---

① 沈从文:《往事》,《沈从文全集》(第1卷),北岳文艺出版社2009年版,第72页。
② 沈从文:《夜渔》,《沈从文全集》(第1卷),北岳文艺出版社2009年版,第82页。
③ 吴弱男:《论中国家庭应该改组》,《晨报》1919年10月25日。
④ 李平:《新青年之家庭》,《新青年》1916年第2卷第2号。

利益，从生命本身的意志出发，爱情在这种优美简单的灵魂中净化，透着神性。在这些人物中翠翠的刻画是最令人叫绝的，她被赋予了阳光般纯净透明的外表："翠翠在风日中长养着，把皮肤变得黑黑的，触目为青山绿水，一对眸子清明如水晶。"对爷爷的依恋、对傩送的朦胧爱恋都能看出她的天真无邪。"在风日里长养着，故把皮肤变得黑黑的，触目为青山绿水，故眸子清明如水晶。自然既长养她且教育她，为人天真活泼，处处俨然如一只小兽物。人又那么乖，如山头黄麂一样，从不想到残忍事情，从不发愁，从不动气。"对于陌生人，翠翠的眼神中也透露出本真的光彩，"把光光的眼睛瞅着那陌生人，作成随时皆可举步逃入深山的神气"，人物纯真无邪，让人不忍亵渎。刘西渭评价这本书说："人世坏吗？不，还是好的，未曾被近代文明沾染了的，瞧，这个角落不是！"① 对于翠翠而言，"在风日里长养着"意味着她没有背负过重的伦理包袱，爷爷的善良让她倍感温暖，反而是爷爷将翠翠视为自己的希望："他从不思索自己的职务对于本人的意义，只是静静的很忠实的在那里活下去。代替了天，使他在日头升起时，感到生活的力量，当日头落下时，又不至于思量与日头同时死去的，是那个伴在他身旁的女孩子。"② 这种看似残缺却饱含爱的家庭关系淡化了伦理秩序，"爱"与"诚"代替了严苛的"成人本位"思想，这也为翠翠自然品格的出场提供了必不可少的条件。在这个类似于"理想国"的村落里，"一切皆由一个习惯支配"，没有等级观念，人与人之间的关系简单而纯粹。正如卢梭所言，处于自然状态中的"野蛮人"还没有善恶的观念，因而总是充满同情和仁慈。③ 翠翠就是一个"小野蛮"的符号，尽管其周遭的环境不断地以悲伤的调子向她袭来，但她却"从不想到残忍的事情，从不发愁，从不动气"，她是这片土地自然灵性的符号，给"边城"点染了一层如诗如画的景致。

在这里，沈从文要借翠翠这类自然人的存在来比照一种文化的流变，即将"民族过去的伟大处"与"民族现在的堕落处"置于一个价值体系中予

---

① 刘西渭：《〈边城〉与〈八骏图〉》，《文学季刊》1935 年第 2 卷第 3 期。
② 沈从文：《边城》，《沈从文全集》（第 8 卷），北岳文艺出版社 2009 年版，第 63 页。
③ 〔法〕卢梭：《论人类不平等的起源和基础》，李常山译，商务印书馆 1997 年版，第 103 页。

以审思,来"明白这个民族真正的爱憎与哀乐。"① 沈从文《三三》的主人公三三像翠翠一样生活在残缺的家庭背景下,童心中不乏爱心,小时候,认为游到她家碾坊的鱼就是她家的,不许不相熟的人来垂钓。母亲开导说:"三三,鱼多咧,让别人钓吧。鱼是会走路的。"相熟的人来钓鱼时,问:"三三,许我钓鱼吧。"三三便说:"鱼是各处走动的,又不是我们养的,怎么不能钓。"② 长大了对城里生活的淡淡向往,对城里白脸先生丝缕好感都是生命自然地流露,没有贫富、功利、等级的世俗考虑,乐天安命,灵魂中多了一份静谧,少了一些喧嚣。与翠翠、三三一样有着璞玉般心灵的还有《长河》的主人公夭夭,在面对日益侵入的外在"文明"时,仰望着满天晚霞,照样充满了乐观:"好看的都应当长远存在。"也是沈从文的呼喊:好看的、美丽的、善良的灵魂不能消失。《长河》中的老水手满满是一个充满童心、善良的长者形象,他尽管贫困,没有财产,但他对时局的关心,对夭夭如亲人一样的关照同样迸发出人性的光彩。

必须承认,儿童身上兼具自然性和社会性,两者原本是一体两面的关系,既存在着差异又有融通的可能。然而,一些知识分子却在"新人"的想象中片面地择取其中一个方面来建构他们的儿童话语体系:要么割裂两者的联系,将两者看成是不可融通的对立物,看不到两者相互建构、彼此生成的关联;要么同化两者的关系,片面地强化一方对另一方的整合和统摄作用。沈从文的深刻性在于他有意识地对儿童的"自然性"与"社会性"进行了辩证地融通。在他看来,儿童是幼者中最具生命力的进化主体,他们的世界有异于成年人,对其自然性的肯定成了其反拨成人"被社会化"的有力武器。同时,他也感叹人的自然性可能遭致社会性的吞噬。《边城》里"走马路"与"走车路"、"要碾坊"还是"要渡船"之争提醒人们,并没有超脱于社会之外的桃花源。那个象征着物质的"碾坊"尽管没有改变二老爱的选择,但对自然之子翠翠却产生了不可名状的刺激:"翠翠心想:'碾坊陪嫁,希奇事咧'……小小心腔中充满了一种说不分明的东西。是烦恼吧,不是!是忧愁吧,不是!是快乐吧,不,有什么事情使这个女孩子快乐呢?是生气

---

① 沈从文:《〈边城〉题记》,《沈从文全集》(第8卷),北岳文艺出版社2009年版,第58页。
② 沈从文:《三三》,《沈从文全集》(第9卷),北岳文艺出版社2009年版,第13页。

了吧——是的，她当真仿佛觉得自己是在生一个人的气，又像是在生自己的气。"① 由于不能判断这种"外来力量"能产生怎样的影响，她只能生自己的气，而这种隐隐感觉到的"烦恼"和"忧愁"正预示着社会化的步伐已经波及了这片纯净的土地。此外，《萧萧》《长河》《三三》里的女主人公对都市的向往与冷漠正说明这一问题。

在讨论儿童自然品格与家庭伦理的关系问题时，沈从文一方面书写了缺父家庭里"子"见素抱朴的自然属性之于其人性纯美的影响，另一方面也阐释了他们无法完全割舍由血缘伦理而导致的矛盾与冲突。他们虽不是"离家"的"逆子"，但他们却是在夹生现代性裹挟下矛盾与焦虑的精神主体。

二、弱者镜像的动机与新人想象的困局

与鲁迅的儿童书写不同，沈从文没有将儿童描绘为处于社会底层的纯粹"弱者"，他们也没有混迹于成人圈子而沦为丧失主体的"非人"。他笔下的儿童多是"自然"或"童心"的代名词，在成人社会中熠熠生辉，当然，他们也并非新人的既成模态，他们身上依然有弱者的短视、无奈与矛盾。当然，他们又是作为新人想象而出现的，参与了现代民族国家主体身份认同的话语实践。于是，沈从文的儿童书写的内在逻辑呈现出充满张力的路向：一方面在现代认同环节中儿童想象暗合了由弱而强、去旧从新的宏大主题，另一方面又因儿童不具备言说能力而被迫屈从于成人的话语体系。换言之，对儿童镜像功能的描绘，表面上契合了启蒙话语的现代与进步的诉求，但在本质上却也隐含了儿童仅仅作为被描写、被解放的他者镜像功能。在沈从文的文学实践中，儿童往往"作为一种方法"，在现代话语表述中的结构性功能被纳入成人视野而被赋予了全新的内涵，最终指向的是作家对于现代民族国家主体性想象的社会实践层面。问题是，"儿童"是如何被建构和生产的？在这个过程中，利用了哪些不同的、相互关联的概念？而有关儿童的惯用观念是遭受了压制，还是继续发挥着作用？通过将建构的"儿童"与想象的

---

① 沈从文：《边城》，《沈从文全集》（第8卷），北岳文艺出版社2009年版，第109页。

"中国"进行观照,沈从文笔下的儿童又是如何在其历史、民族以及中国过渡性的文化语境中被想象性地建构起来的?这些问题的提出有助于洞悉儿童主体被言说的话语实践以及越过儿童镜像所揭示的沈从文儿童文学观念的丰富内涵。

日本学者柄谷行人指出,"使曾经不存在的东西成为不证自明、仿佛从前就有了的东西一样"是一种话语的颠倒,这就是"风景"的发现。在他的思维里,"所谓风景乃是一种认识性的装置,这个装置一旦成形出现,其起源便被掩盖起来了"。言外之意,只有重新还原"被颠倒"事物的位置,才能真正揭示其真正的起源。他曾以儿童为例,指出作家借助儿童"风景"来发现成人的话语实践。他认为,"儿童"是一个历史建构的概念,"所谓孩子不是实体性的存在,而是一个方法论上的概念"[①]。这即是说,以儿童为研究视角并非完全出于其本身研究的意义,更为重要的则是以儿童为镜像来折射操控儿童话语的成人世界。由于儿童不具备言说的能力,其话语表述只能依赖成人来间接性地转述,这实际上保留了成人借助言说儿童来表述自我的可能。由于儿童尚处于拉康所谓的"镜子阶段":身体和周围环境的界限模糊,将自我与镜像等同起来。于是成人借助于儿童的这种误认而将其转换为一种可资互视的"文化存在"。质言之,依托对儿童的文化压制和文化生产,成人完成了对儿童的话语控制,儿童的镜像认同过程被成人合理运作为一种现代的认知结构与话语方式。这种兼具言说主体与被言说客体的双重性赋予了儿童主体充满张力的借代寓意,也彰显了中国儿童文学独特的精神意蕴。

沈从文儿童书写的独特性在于,他善于开掘儿童身上纯美的品格和性情,他们迥异于鲁迅等人所描写的"无声的儿童"或"成人化的儿童",他们是"老中国"社会中一种崭新的存在,寄予了作家想象新人的理想。在现代中国,弱者身份之所以被知识分子关注,最为主要的原因是近代中国的劣败经验,是弱国子民期待国家自强的文化心理反应。被定义为"贫弱民族"的心理阴影始终蚕食着有民族责任感的中国知识分子,他们聚焦于中国走出弱者处境进而自强的目标上。这种现代焦虑感是一种被强行拉入,并深陷现

---

① 〔日〕柄谷行人:《日本现代文学的起源》,赵京华译,生活·读书·新知三联书店2006年版,第124页。

代国家体系中"弱者"的结构性困境下的民族意识。一般而论，儿童的弱者身份是很难与"救国"使命的承担者相提并论的，因为只有强者才能承担拯救民族国家的重任。然而，正是借助这种弱者身份，先觉者将中国"种性"和"族性"的提升寄希望于弱者身份的现代变革，这正是启蒙知识分子"新人想象"的逻辑起点。但是，这种从旧到新的话语转化内蕴着这样的话语偏狭：由弱而强的价值预设容易制造廉价的"强者神话"，弱者蜕变的可能性被揭示出来，而不可反抗的弱者处境以及弱者先天的根性却被遮蔽。最终，这种跪求"他救"的意识自然会漠视弱者本是弱者的事实。沈从文不认同精神"自救"所制造的"弱者神话"，也不认可其因臆想"革命"而衍生出的"强者神话"。在他看来，"强者也是一样的迫害弱者，弱者也是一样并不对强者反抗，但把从强者得来的教训，又去对那类更弱者施以报复。各个生物身上，都留着由祖先传下来的孱弱，虚伪，害痨病的民族的血，又都有小聪明，几乎可以说是本能的知避强项，攻打软地方"[①]。正是弱者这种复杂的"自我"与"他者"纠葛，让沈从文的儿童书写难免陷入"他救"与"自救"的两难困境中。

应该说，儿童这一镜像沉潜着成人的现代性话语经验，两者的冲突与互动重构了沈从文的儿童学观念：一方面，替儿童发声的成人必须努力地挣脱过去、传统或非现代性的弱者身份才能在全新的文化体系中确证自我的思维畛域；而另一方面，他又需要在为儿童代言时将自我界定为儿童话语的来源和出处。这意味着儿童与成人的话语边界必然存在着"断裂"和"扭结"的两歧性。在此张力结构中，儿童与成人的关系类同于现代与传统比照中的强弱关系，强者通过弱者的断裂、解体确立自身价值，进而又用一种现代性话语来表述与自己全然不同的传统，或者说是现代性的话语使得我们对于传统的表述得以可能。因为如果没有弱者这个中介的话，强者是无法完成自我表述的。换言之，那些被我们描述为弱者的儿童话语只有在强者的成人话语中才能获得其意义。

在确认儿童"新人"隐喻的过程中，沈从文并未简单地在新旧性质的

---

① 沈从文：《菌子》，《沈从文全集》（第5卷），北岳文艺出版社2009年版，第417—418页。

差异中区隔儿童与成人,而是在儿童与成人的张力结构中找寻共通点和交融点。通过自然性和社会性的对接、融通,儿童与成人被统摄于现代中国的动态文化结构之中。而这体现了鲁迅在儿童问题上的深刻认知:儿童具备纯粹自然的天性,但也因所置身的文化土壤而潜伏着危机。《大城中的小事情》中的儿童是成人雇佣的工人,当外面战机经过他们的工厂时,儿童的注意力被吸引住了,他们对飞机的兴趣远远超过了自己的工作。对于儿童的这种举动,工厂的主人却对此很生气,"只想走出去抓住任何一个孩子,大声辱骂,用力的批颊。他不能不用许多孩子,不消说这事并不这样作"。为了自己的利益,他不惜禁锢儿童的自由,"不拘那失了营养的瘦弱孩子怎样哀求也仍然得体罚也做一种本不能做的工作。看到这孩子搬取笨重的铁块,或者在旋转如风的轮前守定,眼中积泪"。对于这些儿童而言,"想不到自己的生活,自然不明白主人的事情。总有时明白这折磨,也都意味给这折磨的完全是穷的父母,因为穷才成这样子"①。毋庸置疑,现代中国很难为儿童作家提供一个纯然的"儿童本位"的感性体验场所,这样一来,使得知识分子势必在关注儿童个体发展、尊重儿童天性的思想解放的同时,兼顾儿童与社会、时代的关系,不然超然于时代之外来空谈儿童世界、儿童净土,是不现实的,反过来也会制约和限制儿童本位的书写。沈从文还意识到了另类儿童形象,那就是尚有童心但在成人世界中逐渐泯灭的儿童群体。《夜的空间》里记录的也是这么一群只"忙着"的人,肮脏的妇女,铺子里的屠夫,船上的短工、水手,除了在白天,就是在梦中也是一阵忙乎;工厂里的童工"不做梦,不关心潮涨潮落,只把二毛六分钱一个数目看定,做十三点钟夜工……这些贫血体弱的女孩子,什么也不明白的就活到这世界上了,工作两点钟就休息五分,休息时一句话不说,就靠在乱茧堆边打盹,到后时间到了,又仍然一句话不说到机车边做事"②。也许有人会认为,沈从文对童心的书写漠视了外部环境本身的复杂性,是一种幼稚的短视。事实上,沈从文从未放弃对于异化童心的批判。在《建设》中,成人辱骂小孩子的事件俯拾即是,沈氏将审视的目光锁定在儿童所生活的文化环境。针对那些"有养无教"的父母,他尖

---

① 沈从文:《大城中的小事情》,《沈从文全集》(第5卷),北岳文艺出版社2009年版,第429页。
② 沈从文:《夜的空间》,《沈从文全集》(第8卷),北岳文艺出版社2009年版,第9页。

锐地指出了其精神实质："这些人间的母亲，她们把孩子生下，是并不为某一种权利，所以孩子们活到这世界上以后，她们当然也缺少什么义务教育到孩子，使孩子们像一个小孩子本分的过着日子！小孩子缺少知识，所以还同这些工人对骂，到长大一点以后，他们不是工人就是乌龟，再也不会觉得有什么奇怪了。"①

在传统中国，儿童读物并非没有，但很多都是成人世界的"金科玉律"。《三字经》《百家姓》《千字文》《神童诗》《幼学琼林》《训蒙骈句》《小学》《圣谕广训》《性理字训》《弟护规》《朱子家训》《二十四孝》《女儿经》等蒙学读物，渗透了传统文化的道德教条。以儒教伦理秩序和道德规范为一以贯之的训诫核心内容，再加上教授儿童字句音韵、天象四时、五谷六畜、历史地理等方面的知识，儿童在接受了"收放心""养德性"的蒙学教育之后，渐渐"习成温恭端默气象"，初步由具有各种自然天性的童稚状态迈向老成持重的社会化成人状态。更为深刻的是，他还反思了现代教育对儿童自然性的戕害。在《福生》《在私塾》《我的小学教育》等文章中，他猛烈地批判了旧私塾教育中存在的问题。他意识到传统的蒙学教育对于儿童自由心性的伤害，"呆子固不必天生，父亲先生也可以用一些谎话，去注入到小孩脑中，使他在应当玩的年龄，便日思成圣成贤，这人虽身无疾病，全身的血却已中毒了"②。相反，他津津乐道地书写了儿童快乐的游戏。关于儿童之间的打架，他将其视为人血性的一种预备："苗人们勇敢，好斗，朴质的行为，到近来乃形成了本地少年人一种普遍的德性。关于打架，少年人秉承了这种德性，每一天每一个晚间，除开落雨，每一条街上，都可以见到若干不上十二岁的小孩，徒手或执械，在街中心相殴相扑。这是实地练习，这是一种预备，一种为本街孩子光荣的预备！"③

《静》的主人公岳珉是一个儿童，小说通过其空间的移位来观照社会人生。小说一落笔，便从空间入手，描写了春日天气情况和小女孩岳珉的位置

---

① 沈从文：《建设》，《沈从文全集》（第6卷），北岳文艺出版社2009年版，第168页。
② 沈从文：《在私塾》，《沈从文全集》（第2卷），北岳文艺出版社2009年版，第43页。
③ 沈从文：《我的小学教育》，《沈从文全集》（第1卷），北岳文艺出版社2009年版，第263—264页。

以及她们寓居楼房的布局，在小女孩的楼上、楼下的移位中，视界在空远的想象和现实的处境中来回切换，在这两种空间形态的对峙中，历时性的事件在共时性的形态中横向地并置出来了。

第一，"楼上"：隐时间刻度的空间幻景。暮春时节的一个午后，主人公岳珉从后楼屋顶的晒台向四处眺望，空间视界大大超出了她们在异乡栖身的楼下位置，小说通过主人公的视觉和听觉建构了这种空间景象。她看到了云影和白白的日头慢慢地移过天际；脱线的无主风筝的摇曳；在微风中飘飘如旗帜的晒衣竹竿；石墙罅里新发芽的葡萄藤，绿得同一块大毡茵一样的大坪；开着热闹的桃花的菜园和小庙。她听到了小孩吹的送亲嫁女的调子；两匹奔跑的马；远处船屋里隐约传来的钉锤敲打船舷声；船夫与船客之间的争吵；小尼姑的捣衣声和有趣的回声。所有这些看到的和听到的都是沈从文笔下常见的田园牧歌化的乡土风景，正如题目《静》所暗示的，女孩岳珉所想"为什么这样清静？"的那样，静谧是这幅风景画的主调。热拉尔·热奈特把叙事时间分解为三项内容：时序、时距、频率。① 在大跨度的张望中，只有横向延伸的空间移位，而且，在这里，沈从文并不是一味地模山范水，也不是为了铺叙秀美动人的自然景观，而重在写心、写意，写那种与景物融合的对人生了悟明澈的岳珉的心境，这与中国古典诗词中的写意手法以及幽远意境有相通之处，时序（顺序、倒叙、插叙等）、时距（叙事速度，包括省略、停顿、延宕等）、频率（叙事的重复力量等）是模糊不明的，时间观念十分淡薄，没有明显的时间线索。岳珉在楼上度过的时间片段被暂时框定起来，给人以凝固恒定的错觉。在这种"瞬间感觉"的堆砌中，时间似乎在这种漫无边际的空间张望中停下了脚步。这是一个充满活力、想象、和平、富有生命感的空间幻景，这里是没有现实历史困境和时间焦虑，只有一种直观的空间感觉与空间效果。

第二，"楼下"：显历史现实的时间流徙。沈从文说过："要说明时间的存在，还得回头从事事物物去取证。从日月来去，从草木荣枯，从生命存亡去找证据。"② 因此，在过去、现在、将来的流徙中，历史时间意识就出现

---

① 〔法〕热拉尔·热奈特：《叙事话语 新叙事话语》，王文融译，中国社会科学出版社1990年版，第13页。
② 沈从文：《时间》，《沈从文全集》（第14卷），北岳文艺出版社2009年版，第101页。

了。诚如英国学者里德雷所言:"总的说来,时间是更能把握的东西。我们都能真切地感觉事件以一定的次序发生,一个跟着一个。不论事件发生在身边还是体内,我们都能确定次序,分辨先后。如果不经历事件,则时间将失去意义。时间与事件,是一条分不断的链。"① 在"楼下"的空间里,历史现实的时间流徙非常清晰。岳珉一家人为了逃避战事,躲到异乡一个小楼栖身,全家除了五岁的北生以外全是女人,在逃难的途中进退维谷、困难重重,加上母亲的重病,没有父兄的音讯,路费已所剩无几,岳珉的上海读书梦也破灭了。她们每天到本地报馆门前去看报,从这些消息中找出安慰的理由来,或者互相谈到晚上各人所做的好梦,从各种梦中,卜取一切不可期待的佳兆。在这家人焦急地期盼未来时间心理中,我们能看出情节的推衍与故事的脉络,战争、死亡、历史、现实的图景在时间的流程中呈现出来了。与"楼上"大跨度横向移位以及写意性的空间幻景不同的是,故事序列和现实事件在"楼下"空间里十分明确。

现代小说的空间形式离不开一个重要概念:"反应参照"。所谓"反应参照"简单地说就是"把事实和推想拼合在一起的尝试",其前提则是"反应阅读"或曰"重复阅读"②。这就是说每个单元的意义并不仅仅在于它自身,而且也在于它与其他单元的联系,并置的个体空间部分与空间整体之间是相互作用,彼此参照的,读者在重复阅读中通过反思记住各个意象与暗示,把彼此关联的各个参照片段有机熔接起来,并以此重构小说的背景,在连成一体的参照系的整体中同时理解每个参照的意义。就《静》而言,"楼上"与"楼下"这两个并置的意义单元是既对峙又对话的参照系统。

第一,"楼上"和"楼下"是异质对立的空间生态。如前所述,"楼上"是一幅暂停时间流的空间幻景,而"楼下"则是显时间流徙的现实故事。两者形成了对立悬置的异质空间区域,主要体现在以下两个方面的对立:

首先,驰骋想象/咀嚼现实的两极对立。在"楼上",视野所览都是日常

---

① 〔英〕B.K.里德雷:《时间、空间和万物》,李泳译,湖南科学技术出版社2002年版,第57页。
② 〔美〕约瑟夫·弗兰克:《现代小说中的空间形式》,林芳编译,北京大学出版社1991年版,第8页。

风景，没有超越日常的经验，按美国学者段义孚的论述，所谓的日常风景，即那些与我们起居、炊饮、劳作相关的事物、场所、氛围、环境。① 然而，这些看似日常、普通的风景在岳珉特有的空间凝望中具有了神奇的灵光，她的性灵品质和精神气度塑造了风景的人文形态和气质。断线的风筝、自由的云影、流淌的小河、开得热闹的桃花、绿油油的大坪、捣衣的小尼姑等都具有了抽象抒情的意蕴：自由、灵动、有生命感。徜徉于其中，主人公可以尽情想象，淡忘忧愁，遐想未来，小说写到岳珉与小孩北生看风景时说：

    两个人望着马，望着青草，望着一切，小孩子快乐得如痴，女孩子似乎想到很远的一些别的东西。②

  而"楼下"是一个充满现实苦难的生活流程。与"楼上"和平、充满生命感相异的是战争的背景、死亡的阴影、毫无希望的等待。由于战争，主人公一家逃难到异乡，生活拮据，母亲染病，彼此仅留的也是些难以兑现的希望：妈妈同嫂嫂只盼望宜昌有人来，姐姐只盼望北京的信，女孩岳珉只希望上海有信来，因此好读书。原本多病的母亲不堪现实奔波，身体更坏了，还不时地咳血，小说是这样描写母亲的精神状态的："静静的如一个死人，很柔弱很安静的呼吸着，又瘦又狭的脸上，为一种疲劳忧愁所笼罩。"死亡的阴影笼罩在这一家人的身上，沉重的历史时间流真实地记载了这样一个现实生活。而在"楼上"惬意的享受和欣赏风景的瞬间，过去和现实的生活现状暂时淡化了，历史时间的刻度也短暂停止了，给人一种凝固恒定的幻觉。

  其次，苏醒再生/梦幻压抑的二元对立。在"楼下"历史时间的流徙中，一家人以一种近乎梦幻遐想的方式度过一天又一天。当一家人无可奈何在等待当军事代表的父亲和当军官的哥哥音讯时，希望是很渺茫的，只能用一种幻想（或者通过"做梦"）的方式慰藉心灵的创伤：

---

① Yi-Fu Tuan, *Topophilia: A Study of Environmental Perception, Attitudes, and Values*, Colombia University Press, 1974, p.62.
② 沈从文：《静》，《沈从文全集》（第7卷），北岳文艺出版社2002年版，第221页。

几个人住此已经有四十天了，每天总是要小丫头翠云作伴，跑到城门口那家本地报馆门前去看报，看了报后又赶回来，将一切报上消息，告诉母亲同姐姐。几人就从这些消息上，找出可安慰的理由来，或者互相谈到晚上各人所作的好梦，从各样梦里，卜取一切不可期待的佳兆。①

好梦和幻想能够暂时休眠和慰藉一下现实的窘境，正如鲁迅所说："做梦的人是幸福的；倘没有看出可走的路，最要紧的是好不要去惊醒他。"②生病的母亲与已谙世事的岳珉只能编造乐观梦境、不切实际的幻想来安慰对方。残酷的是两人都明白现实的困境正一步步削弱这种幻想的力量，梦想也变得没什么希望。两人互相哄着对方，口上虽那么说着，女孩岳珉心里却那么想着："妈妈病怎么办？"病人自己也心里想着："这样病下去真糟。"同样的体验出现在姐姐和大嫂回来之后，面对着这种现实局面，三人勉强地笑着，"且故意想从别一件事上，解除一下当前的悲戚处，于是说到一个很久远的故事"。到后来三人还是商量写信打报告的事情。在"楼上"看风景的岳珉可以用一种"平静"的心态暂时苏醒过来，回到精彩的外围想象空间之中，置身于楼上空间小女孩自由的天性、萌动的童真、丰富的想象力真实地再现了。

第二，楼上和楼下是交融补充的空间整体。"楼上"和"楼下"不是一个纯粹截然孤立、对立的两个空间，两个空间是互动参照的，空间形式"要求它的读者在能把内部参照的整个样式作为一个统一体理解之前，在时间上需暂时停止个别参照的过程"③，一味重视个别参照必然会损坏整体样式的参照，因此首先必须建立起整体的格式塔来参照与反应。

"楼上"和"楼下"两个空间关系衔接的纽带是岳珉和她外甥北生在两层楼间的往来。岳珉在楼上的眺望不能持久，和北生的对话打断了她的凝视欲望，在她接送北生上下楼的过程中，"楼上"和"楼下"两个空间有机地

---

① 沈从文：《静》，《沈从文全集》（第7卷），北岳文艺出版社2002年版，第221页。
② 鲁迅：《娜拉走后怎样》，《鲁迅全集》（第1卷），人民文学出版社2005年版，第166页。
③ 〔美〕约瑟夫·弗兰克：《现代小说中的空间形式》，秦林芳编译，北京大学出版社1991年版，第95页。

交融起来。她既享受于扩大的空间想象中又徘徊于现实的时间流程中。"楼上"与"楼下"构成了交互式的作用背景:"楼上"所见所感能影响到"楼下"的行为和意识,同时,"楼下"所思所想也能作用于"楼上"远眺风景的攫取。

"楼上"不是心灵清静的永久逃避地,岳珉每次从"楼下"回到"楼上",并非漫无目的地乱看,而是将"楼下"的所见所感,在想象和欣赏风景时给予现实的"置换"与"选取"。将北生送下楼后,岳珉"想起这小尼姑的快乐,想起河里的水,远处的花,天上的云,以及屋里母亲的病,这女孩子,不知不觉又有点寂寞起来了"。在这里,叙事的言语发挥不了作用,却是抒情的言语感染了读者,景物描写与后面的心境,并没有直接的逻辑关系,并不是表面的因果关联,而是仿如古诗中意象烘托,身处其中的人物在对照中牵起了某种心境,时间的叙述迟缓下来,在一个延长的空间中放散类同性的暗喻。而面对着"楼下"的现实处境,"楼上"领略到的空间情怀也给单调灰色的现实空间来了一点新鲜的"亮色"。望着弥散着死亡气息的母亲,岳珉说:"妈,妈,天气好极了,晒楼上望到对河那小庵堂里桃花,今天已全开了。"针对着手足无措的姐姐和大嫂,岳珉装成快乐的声音:"姐姐,大嫂,先前有一个风筝断了线,线头搭在瓦上曳过去,隔壁那个妇人,用竹竿捞不着,打破了许多瓦,真好笑!"这些话不是孩童天真烂漫的超脱之语,相反它是已谙世事的孩童转移现实痛感的真实写照。由此,"楼上""楼下"的世界不是简单的对立空间,它们彼此"应和"、相互"装饰",共同构成了时间历时性和共时性的庞大空间网络。

小说《静》以童年女性的视角来观察与感受,这使小说笼罩在浓郁的情感氛围中。小说中的岳珉不但是感受和体验者,也是生命的渲染者和抽象抒情的符号,小说推衍脉搏都随着她的情绪而跳动。对于一个孩子来说,大人无暇顾及的场所是她的秘密圣地,大人漠视的风景是她珍贵的宝藏。她很好地捕捉到了自然景观的丰富细部,在她眼中,这些风景是活脱脱的古典风景:自然、静谧、充满着生命感。更可贵的是她能将细部风景整合成一种对现实世界的观照。人们的视阈摄取对远方的、外乡的、陌生的风景更敏感,而本土人对于当地的风景是不太以为然的,正如段义孚所说:"我们可以说只有外来访客（特别是游客类型的访问者）才有一种观看的视点，他的风景感觉常常等同于使用他的眼睛组织画面。"① 主人公是一个外来者，逃难到这个陌生的小寓楼，正是主人公楼上的探望和楼下的凝思，自然风景和生活风景才在空间视阈中分层的表呈。这就将秀美动人的自然景致与风景背后（侧面）错综复杂的社会、文化和历史的含义——表征出来，形成了两个直观的空间生态。

然而，岳珉的情绪又何其复杂与微妙：寂寞中有热烈的渴求，快乐中有现实的隐痛。这一些都扩充为一种生命情绪与抽象心理抒情，取代了时空的物理性质，使小说具有一种内在的秩序和结构。岳珉来回于两个空间之间，现实的牵挂让她下楼，当现实超过了她的忍受程度，她再次上楼让自己平静下来，她一共上楼三次，一次比一次停留的时间短，现实的压力越来越强，小说没有曲折的情节和饱满的人物性格，人物沉入到两种空间情境中，抽象地书写了抒情的氛围与情调。

第一，死亡阴影在空间意域的纵向消长。死亡阴影是生命感知题中应有之义，是笼罩其中一种灰色体验。在"楼下"，咳血的母亲一步步走向了死亡的边缘，北生向他母亲报告了奶奶的病情："娘，娘，大婆又咯咯的吐了，她收到枕头下！"大姐检查了小痰盂后，只是摇头，但还是勉强笑着，到后来只能商量写信打电报的事情。岳珉不知为什么，心里尽是酸酸的，站在天井，同谁生气似的，红了眼睛，咬着嘴唇。北生是向往到"楼上"去看风景的（"狂喜的喊"、"小孩子快乐得如痴"），一次在"楼上"的远眺是小北生真正开眼看世界和生命苏醒的体验。而相对于大人（他的母亲）来说是冷漠和无法理解的，理由是"落了多久雨，上面滑得很！"，"你上楼，大婆要骂小姨！"继而吓唬他说："不小心，把脚摔断，将来成跛子！"这当然有担心小孩安全的母性顾虑，但让一个小孩一直生活在狭小（"到你小屋里玩去"）而且被死亡笼罩的生活空间，而不让其去接触能驰骋想象的大千世界是一种压抑纯真、窒息生命的家长做派，也是北生死亡的一个预兆。我们不能忽略文末沈从文的附记："萌妹述，为纪念姐姐亡儿北生而作。"作者要书

---

① Yi-Fu Tuan, *Topophilia: A Study of Environmental Perception, Attitudes, and Values*, Colombia University Press, 1974, p.63.

写的真正死亡是那个孩子而不是父亲,也不是咳血的母亲。这种模糊的时间与历史的关联、难以预料的现实与虚构的界限、互相置换的时间与空间转换将如同鬼影般的死亡之网撒向了一个庞大的空间体系。

小说结尾,岳珉下楼短暂看顾了母亲之后,又回到了"楼上"。这时听到了隔壁有人拍门,岳珉心便骤然一惊,满心希望是父亲回家来了,但"一切又都寂静了。……日影斜斜的,把屋角同晒楼柱头的影子,映到天井角上,恰恰如另外一个地方,竖立在她们所等候的那个爸爸坟上一面纸制的旗帜"。小说叙述至此,情节戛然而止,这种处理遵循的是空间小说或然性的突然结束的文学逻辑,而非情节小说因果时序的自然到达。"空间形式小说的结束常常是一个任意的停止,而不是一个真正的总结;是作品疲劳的结果,而不是结构的完成;它只是强行作了个结束。这个结束是典型的'开放式的'。"[①]这种"开放式"的最后死亡体认是通过"楼上"和"楼下"互相纠葛、萦绕、印证来实现的,不同的形象系列、情节片段、场景和细节在空间上虽不连贯却又内在统一于共时的叙述中。

第二,死亡阴影与生命感知的空间衍射。浸渍于文本中的生命感知是动摇和变迁的,是随着时空的切换与参照来实现的。女孩岳珉生命萌动与生命感知在"楼上"的空间产生,她的视野中到处是自由、灵动的自然物象。小尼姑四林出现在她的视野中是一个值得我们思考的问题。小尼姑是到河边洗菜的,她的天真与自由跟流动的河水应和着:"从提篮里取出一大束青菜,一一的拿到面前,在流水里乱摇乱摆。因此一来,河水便发亮的滑动不止。"小尼姑洗菜时从容不迫,慢慢地卷起衣袖,各处望了一会,又望了一阵天上的风筝。这幅图景很容易让我们想起卞之琳的名作《断章》中那相互"装饰"的哲理意蕴,岳珉与小尼姑之间的关系不是纯粹的"看"与"被看",她们的生命感知在一定意义上构成互文体验。这种互文参照能达到"从远处注释一种前景(一种由片段带来的前景,一种由其他文本、其他编码引起的前景)"[②]。在小尼姑快乐地欣赏风景时,岳珉的视野中出现了芦管唢呐吹各

---

① 〔美〕约瑟夫·弗兰克:《现代小说中的空间形式》,秦林芳编译,北京大学出版社1991年版,第163—164页。
② 〔法〕罗兰·巴特:《罗兰·巴特随笔选》,怀宇译,百花文艺出版社1995年版,第162页。

种送亲嫁女的调子，这种喜庆的调子和戴黑色僧帽、穿灰色僧衣的小尼姑的快乐是不协调的。随后小尼姑锐声地喊着："四林，四林。"和庵堂那边女人问她的话语中，我们能读出小尼姑快乐中的淡淡的孤独与寂寞，她不能在这个充满生命活力的自然中待上太久，必须回到那个现实的充满宗教禁忌的现实中去。当岳珉微笑着学着低低地喊着"四林，四林"时，小尼姑的感知何尝不与敏感的岳珉形成了一种重复、补充与引证。在小说的最后部分，当家里人都睡着了时候，早熟的丫头翠云正在"偷偷的用无敌牌牙粉，当成水粉擦脸"。这里点缀的生命萌动与性别意识与弥散着死亡阴影的气氛是相异的，也在客观程度上补充和引证了岳珉的心像变迁。时间（历史）的无常与生命感知（心像）的变迁互相作用，将现实流徙与梦幻想象有机联系到一起，"楼上""楼下"两个空间世界也具有了内在的文本间性。

戴维·米切尔森说过："空间形式的小说不是萝卜，日积月累，长得绿意流泻；确切地说，它们是由许多相似的瓣组成的橘子，它们并不四处发散，而是集中在唯一的主题（核）上。"[①] 这个比喻表明同时而且毗邻的发生作用的许多因素的混合体取代线性的连贯顺序，在一个既对立又互相衍射的空间意域中，指向明确的空间主题。"死亡阴影"的消长和衍射是小说反复叙述的一种体现，反复叙述的目的是"对无时间性的醉心"，"对永恒的冥想"。[②] 反复叙事能把个体还原到类，从现象发现规律，把特殊提升到普遍，生活经验与人事通过这样的抽象提炼，从流动时间的冲刷侵蚀中解脱出来，演变成即时情境、生命感、文化心理。不管是"楼上"还是"楼下"，隐态的生命感纠葛着死亡阴影，它们对弈交融、消长浸漫，彰显了《静》内在精神向度的张力，体现了现实与梦幻纠葛与逆反，这正是《静》深刻的空间主题。沈从文将社会符号、历史语境、生命感知、死亡阴影进行了互文性的空间编织与参照，因此我们看到的是一个具有多维文化色彩的语义空间和人物谱系。在一个庞大的空间文化网络中、在空间的切换与参照中，情节在时间流中的衍变被淡化了，而文本参与社会历史和现实人生讨论的深度和力度强化了。

---

① 〔美〕约瑟夫·弗兰克：《现代小说中的空间形式》，秦林芳编译，北京大学出版社1991年版，第142页。

② 〔法〕热拉尔·热奈特：《叙事话语　新叙事话语》，王义融译，中国社会科学出版社1990年版，第105页。

在沈从文看来，真正的历史就是无数像翠翠、三三、三翠、岳珉等普通的无名人物所构成的历史长河，他尊重他们，尊重这些生命的符号："我们平时不是读历史吗？一本历史书除了告我们些另一时代最笨的人相斫相杀以外有些什么？但真的历史却是一条河。从那日夜长流千古不变的水里石头和砂子，腐了的草木，破烂的船板，使我触着平时我们所疏忽了若干年代若干人类的哀乐！我看到小小渔船，载了它的黑色鸬鹚向下流缓缓划去，看到石滩上拉船人的姿势，我皆异常感动且异常爱他们。我先前一时不还提到过这些人可怜的生，无所为的生吗？不，三三，我错了。这些人不需要我们来可怜，我们应当来尊敬来爱。他们那么庄严忠实的生，却在自然上各担负自己那份命运，为自己，为儿女而活下去。不管怎么样，却从不逃避为了活而应有的一切努力。他们在他们那份习惯生活里、命运里，也依然是哭、笑、吃、喝，对于寒暑的来临，更感觉到这四时交递的严重。三三，我不知为什么，我感动得很！我希望活得长一点，同时把生活完全发展到我自己这份工作上来。我会用我自己的力量，为所谓人生，解释得比任何人皆庄严些与透入些！"①沈从文意识到人身外的社会是造成主体缺失自然的重要原因，"宗教，金钱，到近代再加上个'政治倾向'，将多数男子灵魂压扁扭曲"，"和尚，道士，会员议员……人人都俨然为一切名分而生存得十分庄严，事实上任何一个人却从不曾仔细思索过这些名词的本来意义。许多'场面上'的人物，只不过如花园中的盆景，被所谓思想观念强制扭曲成为各种小巧而丑恶的形式罢了。一切所为所成就，无不表现出对自然的违反见出社会的拙象和人的愚心"②。《一个女人》中的三翠也是自然的符号，她天真善良，对生活很乐观，爱做梦，"梦到在溪里捉鱼，到山上拾菌子，到田里捡禾线，到菜园里放风筝"，在梦中，她忘却了生活中费神的事情，然而，生活的困顿逐渐消磨了她身上的那份纯真，甚至"一种小孩子的脾气与生活无关的梦，到近来已不做了"，代之为老师"落雪的梦"。然而，三翠始终顽强地生活着，她的梦发生了变化，但沈从文却认为"做梦有什么用处？可以温暖自己的童心，可以忘掉眼前，她正像他人一样，不但在过去甜蜜的生活上做过梦，在

---

① 沈从文：《历史是一条河》，《沈从文全集》（第11卷），北岳文艺出版社2009年版，第188页。
② 沈从文：《美与爱》，《沈从文全集》（第17卷），北岳文艺出版社2009年版，第361页。

未来,也不觉得是野心阔大,把梦境在眼前展开了"①。纯洁而优美的灵魂是生命本身的亮色,是沈从文浓笔重彩着力抒写的。他认为生命的"庄严与美丽,是需要某种条件的,这条件就是人生情感的朴素,观念的单纯,以及环境的牧歌性"②。是什么滋养了湘西儿女纯净的心灵世界呢?沈从文将其归结于自然的伟大力量,"一切都那么自然,就更加应当吃惊!为什么这样自然?匀称,和谐,统一,是谁的能力?……是的,是的,是自然的能力。但这自然的可惊能力,从神字以外,还可找寻什么适当其德性的名称?"③这种生命的纯真与美丽需要人格灵魂的善和美作为依托。在这里,沈从文没有一味强调儿童的自然性,而是将儿童的自然性和社会性置于新人想象的范畴之中,既肯定自然性之于新人的独特精神品格,又不盲视社会性对儿童的制约与影响。翠翠、三三、萧萧等"自然的精灵"也无法回避社会化对她们的影响,"现代"的折射一方面挤压了她们内心自守的那份宁静与自足,另一方面也诱导着她们走出单纯的内心世界,去接触社会、与社会融合。即便如此,社会性又不能泯灭自然性,那些崇尚自然的新人尽管内心出现了波澜,但却没有完全失去真心,这也是沈从文倍感欣慰的地方:失去爷爷的翠翠依然在二老出走的水边等待着他的回来;嫁给了老烟鬼的夭夭依然保留着未来的淡淡的憧憬。通过自然性与社会性的较量与冲突,沈从文表达了他对于这些新人的忧虑。

应该说,沈从文的儿童文学实践中镶嵌着"儿童镜像"这一认知装置,它对于我们认知儿童主体所负载成人话语的可能与局限等问题有着重要的方法论的意义。沈从文的深刻性在于,他有意识地对儿童的自然性与社会性进行了辩证地融通,并且无意区隔"为儿童"与"为成人"的界限,以此将多维的视角置于20世纪动态的文化结构中予以考量。在鲁迅的意识中,儿童首先是"人",其次儿童是作为非成人的"儿童"。儿童解放作为"人"的议题被提出,又在个人主义的话语体系中得到阐释。儿童的可塑特质以及所赋予的"新人"想象等个人权利问题,赋予了新儿童一种独特的时代使命,使其

---

① 沈从文:《一个女人》,《沈从文全集》(第4卷),北岳文艺出版社2009年版,第305页。
② 沈从文:《凤子》,《沈从文全集》(第12卷),北岳文艺出版社2009年版,第163页。
③ 沈从文:《凤子》,《沈从文全集》(第7卷),北岳文艺出版社2009年版,第89页。

在与成人的代际伦理的博弈中被推至前沿，成为表征新时代的话语符码。与此同时，沈从文没有盲视儿童镜像与成人话语之间的复杂关联，既肯定儿童的新人特性，又审视儿童身上的精神负荷，这正是沈从文新人想象的独特之处。

可以说，沈从文笔下的乡土中国是真是美的，是一首由自然统领的优美乐章。他们的生命形态是沈从文大加赞赏的："这些人不需我们来可怜，我们应当来尊敬来爱。他们那么庄严忠实的生，却在自然上各担负自己那份命运，为自己，为儿女而生活下去。不管怎么样活，却从不逃避为了活而应有的一切努力。"[1]作为京派的代表作家沈从文在其湘西小说中诠释了这种特征。海德格尔引用荷尔德林的诗句"人诗意地栖息在大地上"，用来说明大地不是大地，唯有富于诗意的居住才使"大地成为大地"[2]。边地人以诗意的方式居住在湘西这片大地上，他们诗意的生命形态近乎"人类童年期"，远去了人类丑陋、自私、狭隘、猥琐等成分。它要求人与自然本性契合，人心向美向善，人格健康健全。当我们仔细思考"乡下人"自然生命形态时，能自然地与生命原初经验、人类童年期联系起来。生命的本真形态是一个自然清洁的状态，它充溢神力、追求纯洁爱情、张扬真善心性。在自然怀抱和宗法制维系中，人生命勃发，人的心境和谐，"一念之本初"的童心未泯，原始生命在与自然的交融中演绎成"力的诗""爱的诗""美的诗"。"力"是生命的根本，它提升了生命的热度。"爱"是生命的银光，缺少这缕光芒，生命的形态都黯然无光。"心灵"是生命的颜色，生命的个体需要它来点缀和铺排。沈从文说："去努力为仿佛我们世界以外那一个被人疏忽遗忘的世界，加以详细的注解，使人有对于那另一个世界憧憬以外的认识。"[3]因此有论者认为沈从文"以质朴而雅致、绵密而潇洒的笔触，点画出古老的中国城乡儿女，尤其是带原始静穆感的乡村灵魂的神采，神与物游，物我无间，创造出具有东方情调的和谐浑融的抒情境界"[4]。诗化的"乡土中国"成为沈从文寄寓理想，寻求精神家园的栖息地。

---

[1] 沈从文：《历史是一条河》，《沈从文全集》（第11卷），北岳文艺出版社2009年版，第188页。
[2] 〔德〕海德格尔：《诗·语言·思》，彭富春译，文化艺术出版社1990年版，第198页。
[3] 沈从文：《论冯文炳》，《沈从文全集》（第16卷），北岳文艺出版社2009年版，第150页。
[4] 杨义：《中国现代文学流派》，《杨义文存》（第4卷），人民出版社1998年版，第364—365页。

刘西渭是这样评价沈从文小说的:"沈从文先生是抒情的,然而他不说教;是抒情的,然而更是诗的。"①"诗"概括了沈从文笔下的生命形态,生命是诗化般的,一种原生态的自然景观、本真状态的人物生态,我们无须去考证湘西这种生命的存在可靠性,但它毕竟真真切切地存在于沈从文的作品中,我们能从他的作品中"发现一种燃烧的感情,对于人类智慧与美丽永远的倾心,康健诚实的赞颂,以及对于愚蠢自私极端憎恶的感情"②。在这里,社会—历史性的因素滤除得很干净,人类本真状态与狂野自然的生命直接合一,显出一种亘古的神秘。

第二节 "用天真打量沉重":儿童文学改编的本土立场

在儿童文学的发展过程中,西方儿童文学理论在中国的传播至关重要。现代知识分子持守着"拿来"的理念,为中国儿童文学注入了新鲜的血液。郑振铎就指出:"一切世界各国里的儿童文学的材料,如果是适合于中国儿童的,我们却是要尽量的采用的。因为他们是'外国货'而不用,这完全是蒙昧无知的话。有许多许多儿童的读物,都是没有国界的。存了排斥'外国货'的心理去拒绝格林、安徒生的童话,是很可笑的,很有害的举动。我们希望社会上能够去除这个见解。"③

一、改编过程中"为儿童"与"为成人"的两难

在儿童文学先驱的意识中,儿童首先是"人",其次儿童是作为非成人的"儿童"。儿童解放作为"人"的议题被提出,又在个人主义的话语体系中得到阐释。儿童的可塑特质以及所赋予的"新人"想象等个人权利问题,赋予了新儿童一种独特的时代使命,使其在与成人的代际伦理的博弈中被推

---

① 刘西渭:《〈边城〉与〈八骏图〉》,《文学季刊》1935 年第 2 卷第 3 期。
② 沈从文:《习作选集代序》,《沈从文全集》(第 9 卷),北岳文艺出版社 2009 年版,第 6 页。
③ 郑振铎:《〈儿童世界〉第三卷的本志》,《儿童世界》1922 年第 2 卷第 13 期。

至前沿,成为表征新时代的话语符码。儿童文学正是以"儿童"的本体诉求为起点,从内外两个维度来考察儿童的成长历程,建构起具有现代品格的儿童文学传统。显然,这种诉求因顺应了"人的发现"这一时代呼唤及"启蒙""民族国家"等现代话语而具有了合乎历史逻辑的价值。

毋庸置疑,在"儿童的发现"归并于"人的文学"主潮的同时,也亟待将"儿童文学的发现"纳入中国现代文学体系之中予以观照和审思,以彰明其本有的价值。以往研究中对于儿童文学与成人文学的关系存在着曲解、误读的现象,主要表现为:一是将儿童文学视为成人文学的附属形态。这种观念的逻辑基础是儿童文学的生产者、批评家以及优先接受者是成人而非儿童,儿童只是成人作家话语实践的符码,儿童文学所持立场、标准依然掌控在具有知识话语权的成人手中。成人话语的泛化使得"五四"时期"儿童的文学"与"儿童视角的文学"概念混杂难辨,这无疑弱化了儿童文学的学科性质,也模糊了儿童文学的边界壁垒。二是将儿童文学理解为与成人文学完全相异的形态。这一思维的逻辑动因是为了儿童的发现与解放,为了从传统的家庭秩序中拯救新人群体,以此撼动成人的神话。因为"只有成人相信儿童在某些方面与成人不一样,需要一种属于他们的文学,儿童文学才能够存在"[①]。其结果却切断了两者的共同性和深刻关联。

上述误读的症结在于未能辩证地融通儿童文学与成人文学的关联,"泛化"或"窄化"了两种文学形态的学科壁垒。故此,若要真正理顺两者的关系,绝不能简单地以"为儿童"或"为成人"的差异为尺规去判定两者的区别,而必须将两者置于现代中国的历史现场,在动态的文化语境中审思其深刻的关系。在笔者看来,儿童文学与成人文学之所以能建立关联的逻辑起点是文化的同一性命题和文化的时代性命题。中国儿童文学接受西方资源的主旨是用西方现代儿童文学资源来对抗中国传统文化对于儿童的桎梏,这种"借他人酒杯浇自己胸中之块垒"的接受方式,实际上承担着儿童教育及文化启蒙的使命,它包含了一种以儿童为杠杆、开掘主体价值的现代性实践,创造了一个跨越旧时代、向着新的话语关系迈进的想象空间。成人作家将国

---

① 〔加〕佩里·诺德曼、〔加〕梅维丝·雷默:《儿童文学的乐趣》,陈中美译,少年儿童出版社2008年版,第125页。

家"种性"和"族性"的提升寄希望于儿童弱者身份的现代变革。基于此，儿童"可塑"的精神品格拒绝社会对其"弱性群体"的套话定性，儿童转型的书写与中国新生的建构有机地连接起来。这表明了儿童文学先驱是以中国本土立场来认同和接受西方现代文化的，并且在中西文化间的对接中延展了儿童文学的内在精神结构。

事实上，儿童文学对外国资源的接受实质上涉及中国现代文学史的一个核心问题：即儿童文学"为儿童"与"为成人"的现代性的转换与融合问题。[①]儿童文学"为儿童"的现代性主要表现为尊重儿童"新人"的精神品格，将儿童现代精神的铸造视为现代中国发展的重要显征。而儿童文学"为成人"的现代性则是将成人化的现代理想及价值取向作为是非标准付诸现代儿童的文化结构中。其实，两者现代性共构了儿童文学内在结构的多维向度，但也因主体文化诉求、思维形态及精神指向的差异而衍生了诸多矛盾。儿童文学始终无法回避的悖论是：一方面为了凸显"儿童本位"的现代儿童思想，作家必须拉开儿童与成人的距离、强化儿童与成人的差异，这样才能挣脱儿童归属于成人的宿命。另一方面，为儿童的真正解放考虑，作家又不得已要用成人一套话语系统来启蒙或书写儿童，这势必又要拉近儿童和成人的距离。就接受实践而论，"为儿童"主要表现为译介以"儿童为中心"的符合儿童阅读习惯的文学作品。这要求淡化成人话语的引导和渗透，真正回到儿童本身。然而，这势必又弱化了"五四"现代性的知识逻辑，将儿童文学置于狭小的精神天地；"为成人"则主要基于儿童启蒙、儿童教育的现代性诉求，而接受那些凝聚成人话语的儿童文学作品。显然，这又偏离了"儿童本位"的初衷，进而导入了成人所设置的话语体系中，难以彰显儿童的主体价值。于是，接受的过程与目的失序难以豁免，由此产生的对于外国资源的差异选择、中国化误读等接受现象也就不难理解了。

之所以存在"为儿童"与"为成人"的两歧性，其重要的原因之一是：儿童文学译介者，如鲁迅、周作人、郑振铎、赵景深、茅盾、叶圣陶等人身兼儿童文学创作与成人文学创作，很难用两套标准和立场来区分"为儿童"

[①] 吴翔宇：《"五四"儿童文学的中国想象研究》，北京师范大学出版社2014年版，第131页。

和"为成人"的内在关联。与成人文学相异的是,儿童文学拥有双重读者:一个是作为接受主体的儿童,另一个则是作为"隐含读者"的成人。在译介安徒生的童话时,赵景深有意识地强调安徒生童话预设双重读者的特点:安徒生题名"说给孩子们的故事",但其童话"要写给小孩看,又要写给大人看",因为"小孩们可以看那里面的事实,大人还可以领略那里面所含的深意"[1]。郑振铎也认识到了安徒生这一特点,"童话有专为儿童写的,也有不专为儿童写的。最有名的童话作家安徒生所做便有一部分不适合儿童的"[2]。周作人则赞赏安徒生"能够造出'儿童的世界'或'融合成人与儿童的世界'"[3],肯定其催发儿童想象力的文学要素。正是这种双重读者结构,使得儿童文学在思想阐发上不可能那么纯粹:如果作家因为照顾成人这一"隐含读者"而与儿童的审美需求的内容和形式发生冲突,就会在创作中发生根本矛盾,这时作家恐怕只有两条出路,要么牺牲成人这一"隐含读者",要么放弃使作品成为儿童文学这一初衷。的确,中国儿童文学接受外国资源要考虑儿童这一天然接受者的现实,然而,也不能盲视"成人"读者的存在。正是由于双重读者的混杂制导着儿童文学先驱接受外国资源时的文化选择和价值立场。

往深处研究,儿童文学自身结构性的缺陷也是生成上述两歧诉求的重要根由。与同为弱性群体的妇女不同的是,"五四"时期女性作家的出场发出了自己的声音,儿童却始终要依赖成人间接地表达自己,"儿童同成人一样的需要文艺,而自己不能造作,不得不要求成人的供给"[4]。因而,"当女性浮出历史地表欣喜地获得了对世界对自我描述的话语"时,儿童"依然要通过成人的话语系统来传达自己的声音,儿童的特殊点就在于成人与儿童的双逻辑支撑点"[5]。在此"双逻辑支撑点"的逻辑之中,儿童文学陷入了借助成人话语来反成人话语操控的尴尬境地。遗憾的是,尽管通过"自身童年"的唤醒,成人可以与儿童进行对话,但成人被唤醒的"观念性童年"与儿童"实体性童年"之间依然存在着诸多差异。于是,在成人主导的话语体系中,儿

---

[1] 〔丹麦〕安徒生:《我作童话的来源和经过》,赵景深译,《小说月报》1925年第16卷8号。
[2] 郑振铎:《儿童读物问题》,《大公报》1934年5月20日。
[3] 仲密(周作人):《王尔德童话》,《晨报副镌》1922年4月2日。
[4] 周作人:《儿童的书》《晨报副镌》1923年6月21日。
[5] 唐兵:《儿童文学中的女性主义声音》,湖北少年儿童出版社2003年版,第19页。

童被列为启蒙的对象,儿童文学的教育意义也就不言而喻了。郑振铎曾提出儿童文学的"工具主义",在他看来,成人文学没有做传达理性知识的义务,都是无所为而为的作品,而儿童文学则不然,可以对其实施工具主义的启蒙。① 但是,在"五四"的文化语境中,这种实用的启蒙意识被转换为成人话语实践的另一形态。换言之,"为儿童"的启蒙被变换为"为成人"的话语需要,"儿童本位"的观念也因成人话语的渗透而合理延伸。基于此,在接受外来资源时,成人作家往往以成人先入为主的意识来选择资源,并不可避免地加入了诸多与儿童本体有偏差的儿童想象。这种译介与接受间的"不对位"现象使得中国儿童文学接受外国资源时实际上是由两个价值主体共同完成的。

因而,如何处理好"为儿童"与"为成人"的关系就变得相当关键:如果过多地考虑成人读者,有可能会导向成人之于儿童的教化或训诫;如果过多地倚重儿童读者,有可能会归于游戏或娱乐的套路。当然,只预设成人或儿童为单一的"受述者",这样的儿童文学作品的深度和厚度也会受限,因为它失去了儿童接受者与成人接受者冲突与互动反向的推力。从这种意义上说,"为儿童"与"为成人"的两歧诉求扩容了"五四"知识分子接受外来资源的思维视野,但也使其陷入了表述自我与表述他人的话语焦虑之中。

二、外国故事的"拿来"与中国本土文化的"化用"

应该说,外国资源的引入并不是发生在一张白纸上,而是要通过中国文化的内应来起作用的。本土知识分子对于外来资源并非毫无障碍地"接受",文化之间的差异能产生"文艺真实"与"生活真实"的矛盾。显然,只有植根于"中国语境"中的真实才会有艺术真实的洞见。

1928年,沈从文在阅读了赵元任翻译的加乐尔所著的《阿丽思漫游奇境记》后,决定仿写给他的妹妹看,于是,他花了30天写成了《阿丽思中国游记》,它是现代中国儿童文学史上最早的长篇童话。在仿写过程中,沈从文用中国人的方式来构思和撰写,将这一个童话原型嫁接于中国的土壤上,

---

① 郑振铎:《儿童文学的教授法》,《时事公报》1922年8月10日。

开出了融合中西的全新花朵。阿丽思在兔子傩喜的陪伴下来到中国，真正开始了中国之旅。在这里，沈从文将中国的书写镶嵌于外来者认识中国知识、风景的现代性装置中。当傩喜先生问老朋友哈卜君去中国是不是同去美国一样，哈卜君这样回道：

> 不。你要去中国，就把船票买好去就是了。到了就上岸，随便住。你到中国比到这里还自由许多。中国人讲礼貌的很，他们打他们的战，决不会伤了你什么。中国土匪又是都先受过很好的军事训练，再去做土匪抢人的，他们国际礼貌也并不缺少。你的国籍便是你的很好的护照，其他全不会为难。若是在不得已情形下打了官司，在中国上海以及很多地方，都有你本国的审判衙门替你断案，你当然知道这官司是很好打的……①

在这里，沈从文用了一个二元对立模式，即高高在上的龙头大哥美国与低如尘埃的弱小中国。她们的漫游路上看到了诸多残忍的现实内容，如连自杀都需要求助于人的难民；毫无特操，为了虚名竞相倾轧的知识分子；此外还有欺上瞒下、贪赃枉法的文化官员，以及表征中国人、中国文化的种种弊病均被外来人所发现。无奈，她们来到了远离都市的边缘之所——湘西苗部，然而，这里也远非所期待的真正"自然"，在亲历了原始而残忍的奴隶买卖后，她们决定结束漫游回到英国去。显然，这其中有用外国他者来言说中国的"借镜"功能。"外国孩子"这一独特的他者身份，为阿丽思提供了观照中国的很多便利。对她而言，中国的一切都是新鲜而陌生的，儿童的天性让她不会向成人外来者那样理性地思考异域风景。然而，现实的生活彻底击溃了她稚嫩的幻想，现实的发现让她变得沉重，童话本身的趣味性自然退场。沈从文用"天真打量沉重"的童话改写彰明其秉持的中国立场，也体现了中西文化错位的现代认知。在《阿丽思中国游记》中，沈氏道出了他改写西方童话时错位的文化心理，其实质依然是内涵的中国情结：

---

① 沈从文：《阿丽思中国游记》，《沈从文全集》（第3卷），北岳文艺出版社2009年版，第12页。

谁知写到第四章，回头来看看，我已把这一只兔子变成一种中国式的人物了，同时我把阿丽思也写错了，对于前一种书一点不相关连……我把到中国来的约翰·傩喜先生写成了并不能逗小孩子笑的人物，而阿丽思小姐的天真在我笔下也失去不少，这个坏处给我发见时，我几乎不敢再写下去。我不能把深一点的社会沉痛情形，融化到一种纯天真滑稽里，成为全无渣滓的东西，讽刺露骨乃所以成其为浅薄，我是当真想过另外起头的了。①

沈从文所说的"写错了"其实是他对于原作的改动，在中国的土壤里，该童话融入了"社会沉痛情形"的色调，使得童话本身的趣味（"逗小孩子笑"）和纯粹想象失去了现实根基。在《阿丽思中国游记》第二卷的序中，沈从文指出："因为生活影响于心情，在我近来的病中，我把阿丽思又换了一种性格，却在一种伦理颠倒的幻想中找到了我创作的力量了。"② 显然，这里所谓的"又换了一种性格"依然是沈从文根据加乐尔童话原型的再创造，人物有着与第一卷不同的性格，但也不再是原作中的性格了。人物性格的变化只是沈从文自我创作观念变化的体现，它依然与中国社会思潮及文化语境有着密切的关系。尽管在两篇序中，沈从文始终强调他的创作不关乎国内的政党之争，自己也不从属于某些"主义"或"党派"，但是他无法回避中国现实境遇，不可能充当"纯艺术家"的角色。沈从文之后，阿丽思的原型依然在中国改写，但是在引入他者资源时，中国知识分子始终无法排拒中国现实情境的心理暗示，其实用主义的文学功用依然存在③。

在《阿丽思中国游记》中，沈从文并未贯彻原著《阿丽思漫游奇境记》

---

① 沈从文：《〈阿丽思中国游记〉后序》，《沈从文全集》（第3卷），北岳文艺出版社2009年版，第3—4页。
② 沈从文：《〈阿丽思中国游记〉第二卷的序》，《沈从文全集》（第3卷），北岳文艺出版社2009年版，第147页。
③ 对于阿丽思的改写，沈从文之后是陈伯吹，他于1931年创作了《阿丽思小姐》，在其"重版前言"中，他写道，阿丽思的中国游记是"让她到半封建半殖民地的中国看看"。有感于"九一八"事变给中国社会带来的问题，他让主人公"从梦游中回到现实生活上来，从游戏生活的途中走上关心国家大事的生活旋涡里去"。（参见陈伯吹：《蹩脚的"自画像"》，叶圣陶等著：《我和儿童文学》，少年儿童出版社1990年版，第31页。）

完全意识上的儿童视角，总是抑制不住自己的感情跳出来，加入个人的讨论和言说，这使得原有的童话叙事模式出现了变异：他不愿意放弃从阿丽思眼里看中国的机会，夹杂了成人诸多的价值取向。例如，在去中国之前，傩喜以《中国旅行指南》作为其想象中国的资源。在这本表征中国人劣根性大全的《中国旅行指南》中，沈从文将"文化中国"作了一番梳理和介绍，其中不乏对于高官文人的嘲讽，其保守、拍马、说谎、好赌博等恶习被揭示出来。在此略举一段：

> 若是见到中国阔老，谈到生活情形时，你说你对于中国打麻雀牌很想学学，能使他高兴。又说愿意看中国戏（注意是到北京只能说"愿听中国戏"），他也认为你是想领略中国艺术的好白种人。你说你欢喜在初一十五吃观音斋，这个也是很好的话，这话为太太知道更好。①

这番介绍表达了一个中国作家关于"文化中国"的看法，也为外国人的中国之行提供了思想准备。在这里，沈氏只是借用外国人阿丽思等人的游历情节来表达其文化思想。为了抵制上述文化弊病，沈氏将目光转向远离都市的湘西世界，其"乡下人"的文学理想也得到了很好的诠释，他借宜彬母亲之口，道出了自己的心声：

> 喔，阿丽思，你也应见一见我那地方的苗子，因为他们是中国的老地主。如同美国的红番是美国的老地主一样……虽野蛮民族不比高尚的白种人黄种人讲究奴性的保留，可是这个事就很可喜，有了这个也能分出野蛮民族之所以为野蛮民族。你见到苗中之王与苗子的谦虚直率，待人全无诡诈，你才懂到这谦虚直率在各个不同的民族中交谊的需要。阿丽思，还有咧。还有他那种神奇，那种美！②

---

① 沈从文：《阿丽思中国游记》，《沈从文全集》（第 3 卷），北岳文艺出版社 2009 年版，第 31 页。
② 沈从文：《阿丽思中国游记》（第二卷），《沈从文全集》（第 3 卷），北岳文艺出版社 2009 年版，第 194—195 页。

此外，关于教育、育婴、祈神、战争等问题的讨论也多有呈现。长篇累牍的评论打断了故事情节的推衍，阿丽思的中国旅行也演变成作家的中国文化解读。这从根本上改变了原著的叙事模式和人物性格，也显示了沈从文借助童话改写来想象中国的文学努力。

结　语

  沈从文是一个有责任感的作家，他着力于创作出伟大的文学经典，用文学之笔来参与现代中国主体性建构。他是这样界定其钟爱的小说的："以人事为经纬，举凡机智的说教，梦幻的抒情，一切有关人类向上的抽象原则的说明，都无不可以把它综合组织到一个故事发展中。"① 着力于现代中国社会里的人事，在历史的流脉中检视人性的常态与变状，从中开掘有助于中华民族文化的现代质素，是沈从文小说创作的精神主线。在《新文人与新文学》中，沈从文提出这个社会需要的文学家应具有三个品质：一是不与现代社会分离；二是对社会现象进行批判的精神；三是所创作的作品应具有独立性和经典性。② 应该说，其小说创作是按照上述标准来构思和实践的。他主张文学以"严肃"的姿态去融通主体与社会的关系，严肃地选择文字、构思，这样创作出的文学才是动人的。这与那种不端庄的"玩票白相"以及为图名利而写作的社会现象显然是完全不一样的。因而，在沈从文的小说里，我们既能领略到湘西至美纯净的田园风光，又能感受到其对于社会弊病的严厉批判，这正是其对于"伟大作品"及"文学经典"理解的深刻体现："一面记录了这时代广泛苦闷的姿态，一面也就将显示出民族复兴的健康与快乐生机。"③

  有论者指出，"五四"时期的中国文学乃至整个文化的现代转型被称为

---

① 沈从文：《短篇小说》，《沈从文全集》（第16卷），北岳文艺出版社2009年版，第494页。
② 沈从文：《新文人与新文学》，《沈从文全集》（第17卷），北岳文艺出版社2009年版，第85页。
③ 沈从文：《文学者的态度》，《沈从文全集》（第17卷），北岳文艺出版社2009年版，第50页。

是一种"被殖民"的过程。[①]这道出了近现代转型过程中,知识分子在言说民族国家过程中的特殊情境,在不得已而向西方求取援助和支持的过程中试图拉近中国与西方的距离,这是历史和现实的选择。然而,在当时的民族情境中,中国知识分子的现代性渴望与民族国家构建的努力始终是同被殖民化相对抗的,即在认同西方现代话语的同时实践抵抗外来话语侵入的话语策略。在20世纪的中国,基于救亡的历史情境,以认同"西方他者"并批判本民族自我文化传统并举,使得中国知识分子在确立现代性的民族身份时滋生了一种自我割裂的痛苦,这也是难以避免的。消除这种痛苦的方法也许可以是提出"作为主体间性的中国",使"中西之争"让位于人类性问题,使发现东方文化精神和发现西方文化精神成为发现人类文化精神的合奏。[②]可以这样理解,在西方现代话语的重压下,中国逐渐丧失了言说的主体性,成为"被启蒙"的对象,由此很多人倾向于从西方或西学中寻找"阐释中国""言说中国"的方法和资源,"发现西方"或"学习西方"成为当时中国最为直接的文化反应和应对姿态。而中国被置于自省和反思的位置上,逐渐成为需要改进和启蒙的客观化材料,进而失去中国固有的精神信仰。正因为如此,我们也不应该在学习西方或仰视西方的过程中陷入文化自卑主义的窠臼之中。而应该在中西互为主体的平台上,形成一种既冲突又互动的知识话语。而这种话语不是建立在价值论的优劣上,而是在本体论的差异上。

中国现代化后发的特性,使得现代知识分子在文化心理反应上植入了与历史胶合的不适及割裂的苦痛。由于西方他者的存在,中国何去何从始终是先进中国人无法回避的命题,这种召唤的现代性根本性地介入了中国形象的形构中,并成为一种新传统。现代化的宏大叙事将古今之争从会通古今转变成古今转型、新旧交替,而现代化的叙事也意味着西方文化的普遍化建构进一步转化为中国自我形象的建构。沈从文小说塑造了充满着田园气息的诗化的中国形象,这种自塑即是对于外国人他塑中国的一种纠偏,也与鲁迅等启蒙知识分子所营构的国民劣根性为主线的中国形象有着很大的差异。他不同于鲁迅那样通过发掘民族文化中潜存的"劣根",以求价值重建,而是在强

[①] 王宁:《超越后现代主义》,人民文学出版社2002年版,第66页。
[②] 王岳川:《发现东方》,北京大学出版社2011年版,第4页。

化传统文化的优越性中寻求民族文化认同。应该说，这种想象中国的方式在传统中国形象崩塌之时不啻为一种有效的方法，为重构中国形象提供了合理的想象资源。

　　20世纪的中国文学中始终存在着一组悖反的两难命题：乡土与都市；传统与现代；西方话语与本土语言。这成为中国作家难以廓清的两难文化母题。一方面，社会的前进发展需要现代物质的极大丰富和充裕；另一方面，人的精神更需要人性和自然的庇护。在不同的时期和场合，人的价值判断和立场是不同的，常常是一个矛盾掩盖另一个矛盾。我们经常会发问：在乡土与都市之间，哪里才是我们的"生命之根"？在西方现代话语与本土传统语言之间哪里是我们的文化之根？如果说，沈从文一部分小说书写了苗族民族文化的自然属性，那么后来他就将苗汉民族的冲突置于民族想象体的融合之中了。写于1932年9月的《月下小景》其主题和文体与《龙朱》《媚金·豹子·与那羊》一脉相承，作品人物形象的苗族属性本应毫无疑问，但是在作品中涉及人物族属的地方沈从文皆以"××"取消确指，甚至在说明人物部族聚居地所在时，也以"××"代替来刻意回避。

　　毋庸置疑，沈从文的文学创作反映了中国社会的历史情境：

> 　　我作品中反映的那片小小土地上善良人民的贫穷苦难，也正是我国亿万人民在旧社会的缩影。①

　　他的小说并不是对一个地域、一个民族"特例"的描摹，而是对于具有普遍意义和精神旨归的"乡土中国"的隐喻，这显然"超越了普通人习惯的心和眼"，其价值扩展于"认识一切现象，解释一切现象"。② 也许有人会质疑，"边城"只不过是沈从文笔下的一个抽象的文化地域，它能代表"乡土中国"吗？事实上，沈从文擅用以小见大的艺术手笔，在他看来："一片铜，一块石头，一把线，一组声音，其物虽小，可以见世界之大，并见世界之

---

① 沈从文：《德译〈从文短篇小说集〉序》，《沈从文全集》（第16卷），北岳文艺出版社2009年版，第408页。
② 沈从文：《学习写作》，《沈从文全集》（第17卷），北岳文艺出版社2009年版，第332页。

全。"① 可以这样认为,"边城"是中华民族的一个缩影,而且它并未从时代的大格局、大背景中析离出来,而是以自己的方式参与着现代中国风云变幻的社会主题的建构。作为一个自成的体系,"边城"就如同一个具象化的"乡土中国",在这个小中国的土地上,也上演着大中国的时代风云的缩微版。而这个小中国上生活着的人物,也带上了民族寓言的性质。

沈从文指出:"世界在变动中,在坚硬的钢铁与顽固的人心相互摧残的变动中,国家民族忧患加深,个人责任即加重。"② 他批判现代文明,赞美原始淳朴的乡土生命,对"过去"和"常性"生命的倡导,容易给人一种"向后看"的感觉,"当从一个崭新观点去建设这个国家有形社会和无形观念。尤其是属于做人的无形观念重要。勇敢与健康,对于更好的'明天'或'未来'人类的崇高理想的向往"③。似乎着力想回到过去那个社会中去,与社会破"旧"立"新",变化向前的时代精神不一致。因此,许多论者认为其创作是"反现代性"的,导致在意识形态高度统一化的20世纪80年代以前,国内现代文学界对沈从文是"封杀"的,以至于沈从文在美国演讲时,戏称自己为"文物"。在对待现代科技、物质文明问题上,我认为要辩证地看:确实,"现代化"进程需要现代科技、物质文明,要用它们来转化成生产力,这是现代性的内在诉求。沈从文惧怕外在的现代文明,担心单纯的湘西生命会因为现代文明的传播而变质,我们不能因此很武断地认定他是"反现代性"的。他用前瞻性的"历史"眼光冷静地看待"现代性",并且找到了"现代性"潜在的另一面——对人性、生命的"异化"。他说过:"有形的和无形的都一例毁掉了,然而有些东西,却似乎还值得用少量文字或多数人情感中保留下来,对于明日社会重造工作上,有其长远的意义。"④ 这种反"异化"的头脑正体现了他"反现代性的现代性"。正如孔范今在关于价值重建与历史观问题的一篇文章《对视,并不是取其反》中所说的:"文学视野中的历史观应该有别于政治家乃至史学家的历史观。""文学在人的生命乃至历

---

① 沈从文:《烛虚》,《沈从文全集》(第12卷),北岳文艺出版社2009年版,第23—24页。
② 沈从文:《新的文学运动与新的文学观》,《沈从文全集》(第12卷),北岳文艺出版社2009年版,第51页。
③ 沈从文:《长庚》,《沈从文全集》(第12卷),北岳文艺出版社2009年版,第40页。
④ 沈从文:《一个传奇的本事》,《沈从文全集》(第12卷),北岳文艺出版社2009年版,第219页。

史的健全发展上实则另有担承,为其尤为关注的应是人性生存的现实状态,在历史中所起的也应是对那些哪怕是历史中心性进步行为的撑拒与张力的作用。"① 沈从文在面对"现代文明""现代性"这一些社会历史事物时恰恰是一种"对视"的姿态,把政治家、历史家认定是有"历史中心性进步"的"现代科技""物质文明"中的弊端一一指出,为此对"现代性"提出质疑。这"并不是取其反",而是对"正"("历史中心性进步")的一种更"现代"、更"历史"的思考。孔范今在该文的最后下了一个结论:"20世纪中国文学的'现代性'呈现,也往往是表现在对'历史'之'现代性'的质疑上。"沈从文做到了,在对"乡土中国"诗性形象建构与蜕变的反思中,实现了其对"历史"的现代性观照。

亨利·詹姆斯曾说过:"小说乃是历史,这是唯一相当准确地反映着小说本质的定义。"② 其实艺术的其他样式如诗歌、戏剧、散文等无不是在历史的特定维度里发生着审美功能,它们的认知功能同样是对客观物理事物的描摹、社会人生的剖析、精神思想的展现,在现代商品大潮蔓延的文学视界里,把握好"历史"这个维度,文艺的批评才可能是客观的、合理的。沈从文的美学观念与作品完完全全体现了审美现代性的原则与思维,在都市(现代文明)与乡村(原始自然)的对峙中,都市辛酸批判意识、乡土的向往皈依意识;都市的庸俗变异的生活、乡土诗化神性的生命形成了对照。在沈从文这里,他将现实与梦幻有机地结合起来,既有对社会现实的洞悉,又有个人精神生活的凝练与想象。他是这样来评判小说创作的:"个人只把小说看成是'用文字很恰当记录下来的人事',这定义说它简单也并不十分简单。因为既然是人事,就容许包含了两个部分:一是社会现象,即是说人与人相互之间的种种关系;二是梦的现象,即是说人的心或意识的单独种种活动。单是第一部分不大够,它太容易成为日常报纸记事。单是第二部分也不够,它又容易成为诗歌。必须把'现实'和'梦'两种成分相混合,用语言文字

---

① 孔范今:《对视,并不是取其反》,《文学评论》2001年第1期。
② 〔美〕亨利·詹姆斯:《小说的艺术:亨利·詹姆斯文论选》,上海译文出版社2001年版,第6页。

来好好装饰、剪裁，处理得极为恰当，方可望成为一个小说。"①同时，在政治介入文学的语境中，他也始终持守"自由"的创作原则，不受制于他人的作用，始终执着于自己的文学信仰。他说过："我不轻视左倾，却也不鄙视右翼，我只信仰'真实'。"②这是沈从文一贯的文学原则，当然，如果作家完全无视时代诉求、盲视社会现实，其"真实"性也将大打折扣，进而制约着文学深度的开掘及艺术境界的提升。

沈从文对政治家所谓的救国救民的政策深感失望，他认为"政治家的能否伟大，也许全得看他能否从艺术家方面学习认识'人'为准"，真正的思想家和政治家要鼓励民众抗战争取自己的权利和自由，首先就要"认识农村"，"了解农村"，"明白他们生活上缺少的是什么，并明白他们生活上还需要丰富的是什么"。③在《乡城》中，沈从文描写了下乡宣传的城里学生与乡下人产生隔膜而使宣传劳而无功就是想说明这个道理。乡下人的生存处境和经历决定了他们思考问题的方式和价值观，只有真正了解他们，才能设法寻找启蒙之路。这就是沈从文说的"想教育乡下人，得先跟乡下人学习"④。在很长的时间里，沈从文陷入了"情感发炎"与"为抽象发疯"⑤的境地之中，这种对于乡土中国迷恋而疯狂的状态背后潜隐着作家对于乡土深厚复杂的情感。在沈从文看来，"一个人若尽向抽象追究，结果纵不至于违反自然，亦不可免疏忽自然，观念将痛苦自己，混乱社会。因为追究生命'意义'时，即不可免与一切习惯秩序冲突……其实哲人或疯子，在违反生物原则，否认自然秩序上，将脑子向抽象思索，意义完全相同"⑥。这即是其"抽象的抒情"的核心要义，沉入到人的生命之中，去领略超脱于世俗之外的诗意与自然，并且用这种被自然洗礼过得精神来照亮现实与人生。应该说，沈从文营构的乡土中国是一首首由"自然"统领的"诗"，同时他也没有廉价地赞颂，而是在时间的长河中来反思其演进的轨迹。这种反思来源于湘西生命的"常

---

① 沈从文：《小说作者和读者》，《沈从文全集》（第 12 卷），北岳文艺出版社 2009 年版，第 65 页。
② 沈从文：《记丁玲续集》，《沈从文全集》（第 13 卷），北岳文艺出版社 2009 年版，第 207 页。
③ 沈从文：《虹桥》，《沈从文全集》（第 10 卷），北岳文艺出版社 2009 年版，第 391 页。
④ 沈从文：《乡城》，《沈从文全集》（第 10 卷），北岳文艺出版社 2009 年版，第 294 页。
⑤ 沈从文：《生命》，《沈从文全集》（第 12 卷），北岳文艺出版社 2009 年版，第 43 页。
⑥ 沈从文：《生命》，《沈从文全集》（第 12 卷），北岳文艺出版社 2009 年版，第 42—43 页。

性"到"异化"的流向,也表现了沈从文的忧患意识:理想的精神家园如果不能抵御外来因素的侵蚀、吞噬和自身因素的腐变,就不成其为诗意的栖居地。正是在"诗化世界"与"思考空间"的张弛中,理性地上升到"民族—国家"的建构思考中,怎么样的生命是理想的生命?怎么样的生命人格才是这个民族国家的前进基石?在生命的"诗"与"思"的交汇和矛盾痛苦的缠绕中,完成对现代性进程的冥想,开启现代性之思。

与鲁迅和郭沫若否定旧有的民族国家及民族性不同,沈从文释放和弘扬传统的民族性,找到了民族国家建构的"根"。"现代性"和"民族性"的相遇成为20世纪文学的独特个性。也预示着一个新时代的到来,文学发生了现代性转型。从这个意义上讲"20世纪中国文学的性质是中国现代民族主义文学"是颇让人深思的。[①] 这种概括把文学史的范畴放到了"传统—现代""西方霸权—本土话语""现代化—民族化"多重的网络系统中,在它们的相互关系中,我们能认清当时的历史语境下所衍发的一系列有关"乡土"讨论的深层意蕴。

关键的问题是:"现代民族国家"这种"共同想象体"前进的内在动力、发展的方向和模式是什么?自晚清进步民主思想家到"五四"的先觉者们都认为:中华民族是一个在精神方面患病的民族,而这种病态根源于几千年的中国传统,现代性要求对传统文化的反抗和叛逆。同时认为学习西方先进的科学制度、民主自由的人文思想是摆脱民族危机和建立现代民族国家的主要方式。这种思想必然要求与传统的道德、伦理观念决裂,因此,"五四"先觉者们采用"矫枉过正"的偏激思想反对传统,鲁迅认为传统文化的精髓是"吃人",要"救救孩子",让他们免受传统道德的戕害。郭沫若诗中以凤凰"涅槃"的方式表明要与"过去"旧的时代决裂,创造一个新时代……然而,几千年的传统岂是想抛弃就能抛弃的吗?有论者在论及"五四"的现代性和民族国家时指出:"现代性与民族国家之间必然发生冲突:要实现现代性就必须学习西方,走西方的道路,从而导致反传统;要建立现代民族国家又必须反对西方帝国主义,走反西方的道路,从而导致认同传统,从传统中获取

[①] 朱德发、贾振勇:《现代的民族性与民族的现代性——论中国现代文学的价值规范》,《福建论坛》(文史哲版)2000年第4期。

'支援意识'。中国必须进行两难的选择。"[①]沈从文的健康、自然的湘西生命世界向人们传达了另一种声音：传统文化中也有有意的、健康的文化因素，它们和西方先进的民主、科学思想一样对民族国家的建构和发展有重大启示和作用。沈从文的创作走的是与"五四"启蒙作家沿袭西方英美的浪漫个人精神的道路（以鲁迅的"摩罗主义"的个体精神和人的意志；郭沫若开鸿辟野的破坏重建的酒神精神为代表的现代呼喊……）和传承俄苏"拉普""无产阶级文化派""社会主义现实主义"理论体系的将文艺意识形态化、政治化的"左翼文艺运动"道路（以蒋光慈为代表的"革命浪漫谛克"将浪漫和革命相结合，其理论基础是反映论和意识形态论）不一致的浪漫叙事，走向了一条孤独小路，远离现实的战争、阶级、人事纷争；远离尘世的喧嚣和现代文明的烦扰，向着心中的神和诗意挺进。他在"边地"的生命血液里发现了一种厚积着传统的文化因子，是那么健康！那么有生命力！

王一川认为："以鸦片战争时期作为国体名称的'中国'的诞生为标志，古典性中国形象在西方他者冲击下急剧破灭，中国形象终于成为一个需要重新追问的空前急迫而重要的大问题；也正是为着解决这个问题，实现中国文化复兴，现代中国人开始了新的想象力活动——建构现代性中国形象。"[②]强调的是文学家对民族国家的创造和想象，那么，沈从文是如何想象"民族"、"国家"的呢？沈从文的文学创作与二三十年代的主流语境似乎是不一致的，但他在自己的孤独小道上同样在思考着民族国家的出路、走向和未来。他把民族国家想象成为由健康人格支撑的民族共同体，他自然而然地走向乡土、亲近乡下人，关注他们的过去与现在，在湘西世界里寻求到了民族国家的现代之"根"。而沈从文津津乐道的是湘西生命的"过去"状态：这是一个远去现代文明污染、保持着本土传统的生活习惯和生命形态的独特世界。很显然，"五四"新文化先驱倡导和主张"改造国民性"的原因是洞悉到了在"人"身上发现了因袭传统的弊端，所以要"破旧立新"。而沈从文恰恰是在"人"身上发现了保留有美好的传统气质和品性。

[①] 杨春时：《现代民族国家与中国新古典主义》，杨春时、俞兆平主编：《现代性与 20 世纪中国文学思潮》，广西师范大学出版社 2005 年版，第 39 页。

[②] 王一川：《中国形象诗学》，上海三联书店 1998 年版，第 16 页。

詹姆森在《处于跨国资本主义时代中的第三世界文学》一文中说:"所有第三世界的本文均带有寓言性和特殊性:我们应该把这些本文当作民族寓言来阅读,……"[①]"民族的才是世界的"这句话充分肯定了本土文化作为世界文化一元所具有的自身含义。沈从文的小说是"乡土"题材小说,"乡土"道出的是地域的精神气质,他把湘西这片"乡土"下的人的生存状态很好地诠释出来了。"湘西生命世界"成了独特的地域生态。美国小说家兼理论批评家赫姆林·加兰曾精辟地指出:"显然,艺术的地方色彩是文学的生命力的源泉,是文学一向独具的特点。……如果文学只是或主要是雷同,文学就是毁灭了。""应当为地方色彩而地方色彩,地方色彩一定要出现在作品中,而且必然出现,因为作家通常是不自觉地把它捎带出来;他只知道一点:这种色彩对他是非常重要和有趣的。"[②]赫姆林·加兰告诉我们"地方色彩"是文学得以生存和呈现的主要特征,沈从文的"湘西生命世界"在中国文学史乃至世界文学史上都是有自己民族、种族的地方色彩和传统的。与福克纳的约克纳帕塔法县、马尔克斯的马孔多镇、鲁迅的鲁镇、萧红萧军的东北黑土地系列……一起成为地域小说的重要风景。沈从文的小说不仅仅是表现"现实文化地理",同时也是"历史文化地理"的内在特质的现代性描摹。在湘西的"土气息泥滋味"的表层地理民俗结构中,内在的历史文化精神品质照样发人深思。

沈从文批判了国人全盘西化以及对外国的盲目崇拜,在《记一个大学生》中这样写道:"他痛恨一切谈中国文化的人,以为该死。他自己,则中国文化是什么,他没有求得结论,西洋文化是什么,同样也没有求得结论……以为中国一切糟糕,愿意生存于西洋物质文明之中。"这个新式大学生认为外国的烟和酒都比中国的好。在对待外国文明的态度上,沈从文保持了一定的清醒,随着"五四"引进外国文化的如火如荼地开展,他并没有否定而是频频向中国传统文化回眸,对于一切向西方看言必称希腊的言行深恶

---

① 〔美〕詹姆逊:《处于跨国资本主义时代中的第三世界文学》,张京媛主编:《新历史主义与文学批评》,北京大学出版社1993年版,第234页。
② 〔美〕赫姆林·加兰:《破碎的偶像》,引自丁帆等:《中国大陆与台湾乡土小说比较史论》,南京大学出版社2001年版,第22页。

痛绝。他立足于中国的本土文化，并且反思中国现代化进程中的得与失，以国人人格的铸造为重心，开启了想象中国的话语实践。

毋庸置疑，沈从文精神皈依的生命世界是美的，是诗的。它于民族国家的建构是大有裨益的，"当从一个崭新观点去建设这个国家有形社会与无形观念。尤其是属于做人的无形观念重要。勇敢与健康，对于更好的明天或人类未来的崇高理想的向往。为追求理想，牺牲心的激发，……更重要是从生物学新陈代谢规律上，肯定人生新陈代谢之不可免，由新的理性产生意志，且明白种族延续国家存亡全在乎意志，并非东方式传统信仰的命运。用意志代替命运，把生命的使用，在这个新观点上变成有计划而能具有连续性，是一切的经典的根本"。① 杨义先生认为沈从文给中国现代文学奉献了三方面的诗性智慧：一是那种几近化外之地的质朴正直的人性之美；二是充满生命灵气的天人合一的审美思维方式；三是明澈浏亮，流转随意的水一般委婉多姿的诗化和散文化的小说体式。② 诚然，但他的生命，不是要为现代人构筑世外桃源，不是要为精神上的逃避和单纯的审美愉悦而廉价地使用文字，他试图从本土的优秀文化遗存中寻找个人和民族生命的根，以救治现代文明的庸俗和堕落。要找回和重造个人和民族本"根"，目光盯紧少为文明所污染和现代性设计改造的乡土，他不死心地认为，有些东西尽管成为过去，"应该还保留些本质在年轻人的血和梦里，相宜环境中，即可重新燃起年轻人的自尊心和自信心"③。正如陈思和所说："唯有用现代观念重新观照历史的人，才能对自身获得真正的理解，而非简单的复古倒退；同样，唯有敢于正视历史又懂得历史的人，才能真正的理解现状与未来，这也非盲目的西方文化崇拜者所能及。"④ 文化寻根意识立足于对民族特性的反思以及对其积极精神重新发现和弘扬。沈从文要寻的"根"应是远去诟病健康的"生命元气"。面对着湘西生命由"常"到"变"，由"神在生命中"到"神之解体"，沈从文力图重新"造神"，他认为："然而人是能够重新知道'神'的，且能用这个

---

① 沈从文：《长庚》，《沈从文全集》（第12卷），北岳文艺出版社2009年版，第40页。
② 杨义：《沈从文的凤凰情结及其小说的文化特质》，《吉首大学学报》（社会科学版）2002年第4期。
③ 沈从文：《〈长河〉题记》，《沈从文全集》（第10卷），北岳文艺出版社2009年版，第5页。
④ 陈思和：《文学创作中的文化寻根意识》，《笔走龙蛇》，山东友谊出版社1997年版，第61页。

抽象的神，阻止退化现象的扩大，给新的生命一种刺激启迪的。"①针对国民生活在无信心、无目的、无理想的情形，他提出："似乎需要一个'神'，一种'神话'。有个'明天'威胁他，'引诱'他。"②在他的意识里，中国人需要若干美丽观念，尤其是当其深陷困境时，这可以成为一种可依傍的抽象的力量。即如有学者说："在沈从文的创作中，所谓'爱'与'美'的展示并非真正创就了现代人的宗教，但其以对待自我的审慎与对待自然和艺术的虔诚相结合，确以把现代人的生活和现代文明的'物化'状态追逼到了人类情感或精神的对立面，以其哀婉和冷峻的面目宣示抗议和忠告，袒露了一个二十世纪中国审美主义者应有的艺术良心。"③我们在惊叹沈从文创造的一个个"现在时态"的乡土田园牧歌世界的同时，也能窥见其对"过去时态"的传统精神的钦羡和想望。

从沈从文立足乡土中国的构建与反思来分析，我们不难看出，沈从文延续了"五四"以来知识分子想象中国的文学传统。他没有搁置乡土内蕴的自由、强力、真诚等要素，而是着力地开掘这种有效的文化资源，并且以此为镜来烛照现代文明所存在的问题。与此同时，他也不是一个狭隘的"地方主义者"，他从湘西这一乡土来洞见现代中国的历史文化变迁。在此，沈从文观照乡土中国的目光与态度实际上反映了其观照中国、传统与本土文化的态度与观念。借助民族国家这一宏大话语，沈从文的文学创作积极参与了"人国"的挖掘和改造工程，参与了现代民族国家地理的绘制和"兴国"梦想的实践。他对乡土中国形象的描绘及想象所体现出的文学精神与西方话语、西方形象并非是一种臣属意识，也并非生吞活剥地"横向移植"外国资源，而是基于本土文化的立场，对其进行了中国式的实践，这也充分地彰显了沈从文乡土文学的现代价值。

---

① 沈从文：《美与爱》，《沈从文全集》（第17卷），北岳文艺出版社2009年版，第362页。
② 沈从文：《潜渊》（第二节），《沈从文全集》（第12卷），北岳文艺出版社2009年版，第85页。
③ 周仁政：《审美主义与中国现代文学传统》，南京大学中国现代文学研究中心编：《中国现代文学传统》，人民文学出版社2002年版，第204页。

参考文献

一、著作类

鲁迅：《鲁迅全集》第 1 卷、第 3 卷，人民文学出版社 1981 年版。

蔡元培：《蔡元培美学文选》，北京大学出版社 1983 年版。

凌宇：《从边城走向世界》，岳麓书社 2006 年版。

〔德〕卡西尔：《人论》，甘阳译，上海译文出版社 1985 年版。

刘小枫：《诗化哲学》，山东文艺出版社 1986 年版。

〔奥〕弗洛伊德：《文明及其遗憾》，王冬梅等译，安徽文艺出版社 1987 年版。

余英时：《士与中国文化》，上海人民出版社 1987 年版。

马德邻、吾淳、汪晓鲁：《宗教，一种文化现象》，上海人民出版社 1987 年版。

杨义：《中国现代小说史》第 2 卷，人民文学出版社 1988 年版。

杨义：《文化冲突与审美选择》，人民文学出版社 1988 年版。

凌宇：《沈从文传》，北京十月出版社 1988 年版。

巴金、黄永玉：《长河不尽流：怀念沈从文先生》，湖南文艺出版社 1989 年版。

〔德〕海德格尔：《诗·语言·思》，彭富春译，文化艺术出版社 1990 年版。

吴立昌：《沈从文：建筑人性神庙》，复旦大学出版社 1991 年版。

〔美〕金介甫：《沈从文传》，符家钦译，湖南文艺出版社 1992 年版。

罗成琰:《现代中国的浪漫文学思潮》,湖南教育出版社1992年版。

凌宇:《重建楚文化的神话系统》,湖南文艺出版社1995年版。

刘小枫:《现代性社会理论绪论——现代性与现代中国》,牛津大学出版社(香港)1996年版。

刘洪涛:《湖南乡土文学与湘楚文化》,湖南教育出版社1997年版。

孙冰:《沈从文印象》,学林出版社1997年版。

陈思和:《笔走龙蛇》,山东友谊出版社1997年版。

温儒敏:《新文学现实主义流变》,北京大学出版社1988年版。

王一川:《中国形象诗学》,上海三联书店1998年版。

杨义:《中国现代文学流派》,《杨义文存》第4卷,人民出版社1998年版。

李泽厚:《中国思想史论》上、中、下卷,安徽文艺出版社1999年版。

王本朝:《20世纪中国文学与基督教文化》,安徽教育出版社1999年版。

陈国恩:《浪漫主义与二十世纪中国文学》,安徽教育出版社1999年版。

谭桂林:《二十世纪中国文学与佛学》,安徽教育出版社1999年版。

田中阳:《湖湘文化精神与二十世纪湖南文学》,岳麓书社2000年版。

张新颖:《20世纪上半期中国文学的现代意识》,生活·读书·新知三联书店2001年版。

陈思和:《中国新文学整体观》,上海文艺出版社2001年版。

丁帆等:《中国大陆与台湾乡土小说比较史论》,南京大学出版社2001年版。

许志英、丁帆:《中国新时期小说主潮》,人民文学出版社2002年版。

张光芒:《启蒙论》,上海三联书店2002年版。

罗成琰:《百年文学与传统文化》,湖南教育出版社2002年版。

张宝明:《自由神话的终结》,上海三联书店2002年版。

旷新年:《1928:革命文学》,山东教育出版社2002年版。

李辉:《静听回声》,文汇出版社2002年版。

王润华:《沈从文:中国现代小说的新传统》,见南京大学中国现代文学研究中心编:《中国现代文学传统》,人民文学出版社2002年版。

范家进：《现代乡土小说三家论》，上海三联书店2002年版。

王德威：《现代中国小说十讲》，复旦大学出版社2003年版。

〔德〕西美尔：《生命直观》，刁承俊译，生活·读书·新知三联书店2003年版。

杨义：《京派海派综论》，中国社会科学出版社2003年版。

王义军：《审美现代性的追求》，上海文艺出版社2003年版。

王晓明：《二十世纪中国文学史论》，东方出版中心2003年版。

刘志荣主持、陈思和主讲：《百年文学十二谈》，复旦大学出版社2004年版。

肖伟胜：《现代性困境中的极端体验》，中央编译出版社2004年版。

王爱松：《当代作家的文化立场与叙事艺术》，南京大学出版社2004年版。

高旭东：《中西文学与哲学宗教》，北京大学出版社2004年版。

陈平原：《中国小说叙事模式的转变》，北京大学出版社2004年版。

王珞：《沈从文评说八十年》，中国华侨出版社2004年版。

〔美〕艾布拉姆斯：《镜与灯》，郦稚牛等译，北京大学出版社2004年版。

〔美〕马泰·卡林内斯库：《现代性的五副面孔》，顾爱彬、李瑞华译，商务印书馆2004年版。

汪树东：《中国现代文学中的自然精神研究》，黑龙江人民出版社2005年版。

杨春时、俞兆平：《现代性与20世纪中国文学思潮》，广西师范大学出版社2005年版。

费孝通：《乡土中国　生育制度》，北京大学出版社2005年版。

张新颖：《沈从文精读》，复旦大学出版社2005年版。

吴世勇：《沈从文年谱1902—1988》，天津人民出版社2006年版。

赵园：《地之子——乡村小说与农民文化》，北京大学出版社2007年版。

罗宗宇：《沈从文思想研究》，湖南大学出版社2008年版。

贺仲明：《　种文学与一个阶层——中国新文学与农民关系研究》，人民出版社2008年版。

费孝通：《中国士绅——城乡关系论集》，外语教学与研究出版社2011年版。

刘红庆：《沈从文家事》，新星出版社2012年版。

张新颖：《沈从文的后半生：1948—1988》，广西师范大学出版社2014年版。

张森：《沈从文思想研究》，人民文学出版社2014年版。

李扬：《沈从文的家国》，上海交通大学出版社2014年版。

二、论文类

苏雪林：《沈从文论》，《文学》1934年第3卷第3期。

刘西渭：《〈边城〉与〈八骏图〉》，《文学季刊》1935年第2卷第3期。

王润华：《论沈从文〈边城〉的结构、象征及对比手法》，《南北极》1977年第18期。

朱光潜：《从沈从文先生的人格看他的文艺风格》，《花城》1980年第5期。

黄子平、陈平原、钱理群：《论"二十世纪中国文学"》，《文学评论》1985年第5期。

凌宇：《从苗汉文化和中西文化的撞击看沈从文》，《文艺评论》1986年第2期。

赵园：《沈从文构筑的"湘西世界"》，《文学评论》1986年第6期。

〔日〕今泉秀人：《"乡下人"究竟指什么——沈从文和民族意识》，《中国现代文学研究丛刊》1992年第3期。

刘一友：《论沈从文与楚文化》，《吉首大学学报》（社会科学版）1992年第3、4期合刊。

汪曾祺：《又读〈边城〉》，《读书》1993年第1期。

刘洪涛：《区域文化与乡土文学——以湖南乡土文学为例》，《中国比较文学》1999年第1期。

吴晓东：《中国现代文学中的审美主义与现代性问题》，《文艺理论研究》1999年第1期。

李欧梵：《当代文化的现代性和反现代性》，《文学评论》1999年第5期。

凌宇：《二三十年代乡土小说中的乡土意识》，《文学评论》2000年第

4 期。

刘洪涛：《〈边城〉：牧歌与中国形象》，《文学评论》2002 年第 1 期。

逄增玉：《论中国现代文学中质疑现代性主题与叙事》，《江汉论坛》2002 年第 2 期。

杨义：《沈从文的凤凰情结及其小说的文化特质》，《吉首大学学报》（社会科学版）2002 年第 4 期。

陈国恩：《沈从文的湘西小说与道家艺术精神》，《学习与探索》2002 年第 4 期。

凌宇：《沈从文创作的思想价值论》，《文学评论》2002 年第 6 期。

杨联芬：《沈从文的"反现代性"》，《中国现代文学研究丛刊》2003 年第 1 期。

旷新年：《民族国家想像与中国现代文学》，《文学评论》2003 年第 1 期。

王晓明：《现代中国的民族主义》，《当代作家评论》2003 年第 2 期。

朱寿桐：《论中国现代浪漫主义作家的平民化姿态》，《天津社会科学》2003 年第 3 期。

孔范今：《论中国文学的现代性转型与文学史重构》，《文学评论》2003 年第 4 期。

孔范今：《对视，并不是取其反》，《文学评论》2004 年第 1 期。

赵学勇、崔荣：《片面的深刻 —— 论沈从文的都市小说》，《吉首大学学报》2004 年第 3 期。

程国君：《"以生命的眼光看艺术" —— "新月"诗派的生命诗学》，《文学评论》2005 年第 4 期。

张箭飞：《风景感知和视角 —— 论沈从文的湘西风景》，《天津社会科学》2006 年第 5 期。

罗宗宇：《"立意"在重造 —— 论沈从文"重造"思想的生成》，《民族文学研究》2008 年第 2 期。

姜涛：《从会馆到公寓：空间转移中的文学认同 —— 沈从文早期经历的社会学再考察》，《中国现代文学研究丛刊》2008 年第 3 期。

贺仲明：《论中国乡土小说的现代性困境》，《南京大学学报》2008 年第

5 期。

胡梅仙：《论沈从文民族道德重建思想》，《宁夏社会科学》2010 年第 1 期。

俞兆平：《浪漫主义在中国的四种范式》，《天津社会科学》2010 年第 6 期。

俞兆平、陈立峰：《论沈从文的生命沉思与抽象追求》，《厦门大学学报》2010 年第 6 期。

俞兆平：《卢梭美学视角中的沈从文》，《学术月刊》2011 年第 1—2 期。

陈思和、刘诗哲：《论〈边城〉与〈长河〉思想艺术特色》，《同济大学学报》2011 年第 2 期。

李青果：《读书，收藏，"日知录"和学人影响——论沈从文先生的学术养成》，《中山大学学报》2012 年第 2 期。

陈彦：《〈边城〉及其之后：现代性转变中的伦理图景》，《文艺理论研究》2012 年第 6 期。

解志熙：《爱欲书写中的"诗与真"——沈从文现代时期的文学行为叙论》，《中国现代文学研究丛刊》2012 年第 10—11 期。

张洁宇：《革命时代的"人的文学"——重评"京派"》，《中国人民大学学报》2012 年第 6 期。

张新颖：《沈从文与二十世纪中国》，《当代作家评论》2012 年第 6 期。

叶中强：《以拒绝"都市"的方式走向都市——沈从文的"都市"语义及其"京派"身份再省》，《学术月刊》2012 年第 7 期。

李杨：《"抒情"如何"现代"，"现代"怎样"中国"》，《天津社会科学》2013 年第 1 期。

李俊霞：《五四乡土叙事的生成：现代认识"装置"下的想象与建构》，《文学评论》2013 年第 1 期。

宋剑华：《论中国现代文学中多重视角下的"乡景"叙事》，《福建论坛》（人文社会科学版）2013 年第 10 期。

后　记

　　沈从文是我很喜欢的一位作家，他优美质朴的文字总是能打动我，使我能在其文学世界中忘却现实生活诸多不快，心境归于宁静。作为沈从文的老乡，湘西世界里演绎的故事似乎并不陌生、久远，我的思绪也经常被带到了自己的故乡，那片生我育我的神奇土地。

　　在武汉大学攻读硕士学位时，我选择了沈从文作为学位论文的研究对象。当时定的题目是"沈从文小说的生命意识"，这是一个老生常谈的议题，要做出新东西着实不易。毕业后，我的兴趣就转移到了鲁迅研究。有时我也会有意无意将这两人进行对比，下意识地在自己的心目中划定了两人无法沟通的沟壑。诚然，鲁迅对于现实人生的批判态度，对于世间万象的清醒回应，与沈从文间离现实人生去营造抒情之梦的文学构想有着较大的差异。于是，我们容易简单地将沈从文理解为一个逃避现实，逃遁到根本无法达至的梦幻中去的形象。这样一来，沈从文就不由分说地被这种想当然的推理而误读。实际上，沈从文并不是一个单纯的"造梦者"，他也是一个敢于凝眸和思考中华民族历史和文化的人，只不过在"人事"和"梦幻"面前会有所倚重，在两者的平衡和失衡中我们能窥见沈从文文学思想的精神线索。

　　沈从文的际遇能洞见现代中国知识分子丰富的精神心灵史，也能以此烛照出风云变幻的社会风尚、时代氛围和价值取向。以"沈从文小说的民族国家想象研究"为题来研究，笔者的用意大致是要以沈从文的乡土想象为个案，以此探究现代知识分子重构中国、书写中国的话语努力。沈从文的乡土想象有代表性，不同于鲁迅，也殊异于其他乡土文学作家。因而，系统地梳理沈从文基于乡土书写而践行的民族国家想象，为我们整体勾勒现代中国知识分子的中国想象提供有效的"学案",而这种丰富的文学经验也势必会积聚于"现代知识分子与 20 世纪中国"这一宏大的视野中来。这其中,沈从文是不能被遗忘和忽视的。在撰写论文的过程中,我始终是充满着矛盾的,既在远离尘嚣的"桃花源"里游弋,又在各种话语场域和动态的情境中陷入沉思。也许任何一个现代知识分子都无法回避进出历史的沉重与矛盾,当然也正是如此,立体而丰富的沈从文也逐渐清晰,并向我们走来。

　　行文至此,我的心绪是宁静的,心里充满了感动。在此,我想对支持我研究的各位师友表达我诚挚的谢意,是你们大力的支持和无私的帮助,让我能坚持自己的研究而不至于半途而废,并且在写作中体会到了快乐和欢愉。于是,写作不再是一件痛苦的事,相反它成了我人生的必修课,让我心怀敬意却又流连忘返。感谢浙江师范大学人文学院的张涌泉教授、高玉教授的提携和支持,使得本书能顺利地成为"丽泽人文书系"的一分子。感谢我的家人对我一贯的理解和支持,在我身心疲惫之际,他们总能第一时间送来问候,让我没有后顾之忧,这是我一生的财富,带着这种感动前行,我走得很踏实!

　　是为后记。

吴翔宇记于柳湖花园寓所
2017 年 9 月 26 日